U1019780

重庆红色印记寻访录

中共重庆市委党史研究室 重庆日报 编

西南大学出版社
SWUP 国家一级出版社 全国百佳图书出版单位

图书在版编目(CIP)数据

重庆红色印记寻访录 / 中共重庆市委党史研究室，
重庆日报编. -- 重庆 : 西南大学出版社, 2022.12（2023.11 重印）
ISBN 978-7-5697-1712-9

Ⅰ. ①重… Ⅱ. ①中… ②重… Ⅲ. ①新闻采访—作
品集—中国—当代 Ⅳ. ①I253

中国版本图书馆 CIP 数据核字(2022)第 230509 号

重庆红色印记寻访录
CHONGQING HONGSE YINJI XUNFANG LU

中共重庆市委党史研究室　重庆日报　编

责任编辑：李浩强　谭　玺
装帧设计：观止堂_未　氓
照　　排：吴秀琴
出版发行：西南大学出版社（原西南师范大学出版社）
地　址:重庆市北碚区天生路2号
邮　编:400715
电　话:023-68868624
经　　销：新华书店
印　　刷：重庆市圣立印刷有限公司
幅面尺寸：170mm × 240mm
印　　张：24
字　　数：361千字
版　　次：2022年12月　第1版
印　　次：2023年11月　第2次印刷
书　　号：ISBN　978-7-5697-1712-9

定　　价：84.00元

前　言

PREFACE

党的历史是最生动、最有说服力的教科书。中国共产党是一个长于总结历史经验、善于运用历史规律、勇于开创历史伟业的马克思主义政党。注重用党的奋斗历程和伟大成就鼓舞斗志、明确方向，用党的光荣传统和优良作风坚定信念、凝聚力量，用党的实践创造和历史经验启迪智慧、砥砺品格，是我们党的光荣传统。

重庆是一块英雄的土地，有着光荣的革命传统。在庆祝中国共产党成立一百周年之际，为全面贯彻习近平总书记2019年4月视察重庆时对用好红色资源的重要指示要求，全力配合做好党史学习教育，切实贯彻好党的十九届六中全会精神，充分发挥党的历史在以史鉴今、资政育人中的重要作用，真实记录、全景再现、立体传播好中国共产党重庆历史，中共重庆市委党史研究室、重庆日报、重庆电视台联合策划开展了“奋斗百年路　启航新征程·寻访红色印记——庆祝建党一百周年大型全媒体报道”。

中共重庆市委党史研究室主动肩负起党的红色家谱传承者、马克思主义理论传经布道人的神圣使命，在选题策划、专家支持、史料支撑、审核把关、后期出版等方面履职尽责，担当作为。重庆日报、重庆电视台加强选题策划与具体实施，派出精兵强将，采用蹲点式、行进式采访形式，走进历史深处，走进火热生活，走进奋斗一线，用笔头与镜头报道中国共产党重庆历史发展进程、伟大成就和宝贵经验，全面、系统、生动、立体地记录历史伟业，展现百年风华。

采访报道从2021年1月下旬启动至7月中旬结束，历时半年之久，陆续推出特刊、专题、专访、视频等深度融媒体报道，大力营造共庆百年华诞、齐心协力开创新局的浓厚氛围，掀起庆祝建党百年与党史学习教育的新高潮。报道通过回顾那些在中共党史、重庆经济社会发展史上值得铭记的历史瞬间，实地探访红色革命遗址，深入宣传毛泽东与重庆谈判、周恩来与南方局、邓小平与西南局等，全面展示在重庆涌现出来的重要历史人物，着力弘扬以红岩精神为代表的精神谱系，充分展示中国共产党带领中国人民从站起来、富起来到强起来的丰功伟绩，充分展现中国共产党在重庆的光辉历史，充分展现了党的十八大以来，重庆市委带领全市人民，把习近平总书记的殷殷嘱托全面落实在重庆大地上的生动实践。

回望过往的奋斗路，眺望前方的奋进路，必须把党的历史学习好、总结好，把党的宝贵经验传承好、发扬好，铭记奋斗历程，担当历史使命，从党的奋斗历史中汲取前进的力量。

为更好地集中呈现这组系列报道，让大家更好地了解中国共产党在重庆的故事、领导重庆发展的故事，中共重庆市委党史研究室、重庆日报共同将重庆日报推出的系列采访报道，按年经事纬汇编成《重庆红色印记寻访录》，并对个别文章标题进行了适当修改，以方便广大党员干部、群众、学生全面了解中国共产党在重庆大地上留下的丰富的红色资源和不懈奋斗的为民情怀。

目录
CONTENTS

勇立潮头播火种

——先驱者在渝传播马克思主义

马克思主义的种子如何在巴渝大地破土而出、为什么能不断发展壮大？回顾重庆地方党组织的创建历程，缅怀革命先驱的光辉业绩，让我们一起寻访那段“红色印记”。

伟大开端　新文化思潮兴起

青砖、木窗、石拱门……沿着一条小巷，走进渝中区望龙门二府衙街19号（原70号）——中共重庆地方执行委员会旧址（杨闇公旧居），绿树掩映下的三层小楼古朴庄严。

“我们就是要当好‘翻译者’，挖掘好、传承好、讲述好重庆红色故事，把红色历史更立体、有重点地呈现给观众。”在小楼前，市委党史研究室南方局研究室副主任黎余告诉重庆日报记者。

走进展厅，由渝中区委、市委党史研究室主办的“红色旗帜　巴渝丰碑”图片展，正吸引着不少市民驻足观看。

“这里本是杨闇公父亲杨淮清的产业，后杨闇公在此成立中共重庆地委，领导川渝人民参加革命斗争，在川渝建党史上写下辉煌一笔，朱德、刘伯承、吴玉章、萧楚女等都曾到此活动。”黎余介绍。

展厅第一单元是“马克思主义在重庆地区的广泛传播”，其中一张陈愚生的大幅照片格外醒目。“他在川渝新文化思潮和马克思主义的传播上，是一位承前启后的人物。”黎余说。

陈愚生，四川泸州人。1919年，他与李大钊等多位以天下为己任的有志青年，成立了少年中国学会，旨在“找寻方向，实现理想”。

该学会是五四运动时期存在时间最久、会员数量最多、会员分布最广的一个进步社团，荟萃了众多时代精英，会员毛泽东、蔡和森、恽代英、邓中夏、张闻天、田汉等，都是当时中国新文化运动的活跃人物。

彼时，新文化运动的春风已吹遍大江南北，而闭塞的重庆仍然军阀混战，社会动荡。

1920年底，陈愚生接受东川道尹叶炳臣推荐，到重庆任东川道尹公署秘书长一职。他曾在重庆联中自治会成立大会上的讲话中旗帜鲜明地宣传马克思主义："社会主义，本不是马克思才有这种理想，何以今马克思独享盛名，读到社会主义，莫不是推为鼻祖呢？这就因为前此倡社会主义的，只是一种理想，到了马克思才用科学的方法来证明，才使社会主义成为科学的社会主义的缘故。"

位于渝中区望龙门二府衙街19号（原70号）的中共重庆地方执行委员会旧址（杨闇公旧居）。齐岚森摄/视觉重庆

针对当时重庆的学校多被守旧顽固势力把持，教育内容和教学方法仍是老一套等问题，他以一个具有新时代胆识的开拓者，大刀阔斧地撤换了重庆几所主要学校的校长，把具有新思想的熊浚、张方谷、沈懋德等人分别委派到重庆联中、川东师范、巴县中学等校任校长，并引进了一批京、津、沪及归国的深受新思潮影响的青年到重庆，让重庆教育界成为重庆新文化运动中最活跃和最有生气的领域。

不仅如此，陈愚生还创办了《新蜀报》，参与发起了重庆裁兵运动等。

“遗憾的是，1923年，陈愚生因病逝世，但他对新文化思潮和马克思主义在重庆的传播起了重要推动作用，是一位承前启后的人物。恽代英、萧楚女、邓中夏等对四川马克思主义运动起着重要作用的先驱者，都是由他直接或间接介绍入川的。”黎余称。

勇立潮头　迎来马克思主义热潮

走进重庆中国三峡博物馆，“城市之路”展厅以大量历史文物资料，反映了重庆的苦难和挑战、面临的机遇及发展。

一件件历经沧桑的文物，一段段波澜壮阔的历史，让参观者置身于鲜活的历史之中，重新发现和认识这座城市。

“这是邓中夏和黄日葵，他们是最早到重庆播下革命火种的共产党员。”“80后”讲解员高洁正在细心地为观众讲解。对她来说，“把英雄之城的红色故事讲述给更多人听，是一件非常幸福的事”。

顺着高洁手指的方向，一张老照片格外醒目，照片中的邓中夏和黄日葵英俊帅气，意气风发，目光如炬。

邓中夏和黄日葵(右)。受访者供图

1921年暑假，在陈愚生、刘泗英的提

议下，东川道尹叶炳臣出面，邀请了北京和南京两地的学者高一涵、陈启修、陶孟和以及少年中国学会会员邓中夏、黄日葵（北京共产主义小组成员）等人，到重庆举办暑期讲学会。

讲学分两处进行：一处设在重庆总商会，由来自北京的学者和少年中国学会会员主讲；一处设在巴县中学校内。讲学持续了近一个月，在重庆青年中激起热烈反响，有力地促进了马克思主义的传播。

暑期讲学会结束后，邓中夏留了下来，亲自主持和领导了重庆二女师学生反对封建教育的择师运动，全校学生罢课一月之久，迫使重庆地方当局撤换了不受学生欢迎的校长和学监，标志着重庆女青年的进一步觉醒。当时，受他思想影响较大的学生就有钟复光（“人民音乐家”施光南的母亲），后成长为中国早期妇女运动领导者。

择师运动结束后，邓中夏于1921年10月上旬离渝返京。但他仍然关心着自己培育的这些青年的思想，在给他们的信中附诗《问》：

光明在山顶上，
可是山前山后，荆棘丛丛，
山左山右豺狼阻路，
青年朋友们，去呢不去？

回京后，邓中夏继续投身革命运动，参与发动和领导了京汉铁路工人二七大罢工，参与创办了《中国青年》杂志，参与组织领导了省港大罢工等，成为我党早期的一位卓越领导人和杰出的工人运动领袖，中共第二届、第五届中央委员和第三届、第六届中央候补委员。

“1933年，邓中夏被捕，在狱中任凭敌人使尽阴谋诡计、软硬兼施，他始终坚贞不屈，同年9月被杀害于南京雨花台。”从事中共党史研究的市委党史研究室一处处长简奕称，邓中夏为中国革命做出了重大贡献，他的名字将永远闪耀在中国革命斗争史册上。

除了邓中夏、黄日葵，在恽代英、萧楚女、陈毅等人共同推动下，重庆于

1921年下半年至1922年下半年，迎来了传播马克思主义的热潮。

1921年10月21日，恽代英自武汉来到重庆演讲。在重庆联中的演讲中，他以“青年应该怎么做”为题，猛烈地抨击了当局政府“争权夺利、互相倾轧、互相争杀”，并指出“现在要说青年有希望无希望，只看我们青年努力不努力”。他的演讲让青年学生受到很大震动。其后，恽代英还在泸州建立了青年团组织，宣传马克思主义。

被誉为“100位为新中国成立作出突出贡献的英雄模范人物”之一的著名革命家萧楚女，更是两进夔门、三上渝州，播火种于巴山蜀水，所到之处，以报纸和学校讲台为阵地，传播马克思主义的火种，积极从事青年运动，为促进马克思主义在四川和重庆的传播与中国共产党重庆地方组织的创建做出了不可磨灭的贡献。

文字当武器　论战反马克思主义思潮

《人声》《川东学生联合会周刊》《渝江评论》《新蜀报》……

在重庆图书馆文献资料室，保存着一批当年的进步报刊，泛黄的纸张上，每个字仍然饱含力量，似乎要一跃而起。

“事实上，重庆跟国内其他地方一样，马克思主义的传播并不是一帆风顺的，既引起了帝国主义和封建军阀的极端恐惧和反对，也与资产阶级改良主义和林林总总的反对马克思主义思潮发生了激烈交锋。”重庆图书馆研究咨询中心副研究馆员唐伯友称。

如，1922年初，陈毅等被法国当局遣返回国后来到重庆，发表了《留法勤工俭学生被迫归国后宣言书》，控诉法国和中国军阀政府勾结迫害勤工俭学学生的罪行。此后两年时间里，陈毅还两度接受《新蜀报》的邀请，出任主笔，经常发表文章尖锐抨击军阀混战的恶行和社会的黑暗，并与萧楚女、周钦岳一起撰写了多篇宣传马克思主义和科学社会主义的文章，以及鞭笞社会时弊的檄文。不少学生、工人、市民、进步团体受到这些文章影响，加入反对军阀的战斗中。陈毅因此被军阀政府视为最不受欢迎的人之一，令警察厅将他“礼送出川”。

不仅如此，当时重庆还有一个颇为有名的无政府组织，他们反对马克思主义、反对暴力革命，主张工学主义、合作主义，有意通过混淆真理与谬误的界限来误导民众。

当时，王右木、恽代英、萧楚女等人与无政府主义者展开了激烈的斗争。王右木创办的《人声》报经常发文，结合中国现实状况，运用马克思主义学说，对无政府主义的理论进行批判，剖析其脱离社会实际的危害性，使许多受无政府主义影响的青年逐渐抛弃该错误思想。

恽代英在川南师范任教期间，利用各种机会揭露无政府主义的本质及其危害性，帮助受影响的青年学生转变思想；萧楚女在渝期间，也经常利用星期天和学生深入交流，向他们传授马克思主义经济学和科学社会主义常识，使不少学生摆脱了无政府主义的影响。

不仅如此，1923年，资产阶级右翼分子在法国巴黎成立了中国青年党，标榜国家主义，并于次年在上海创办《醒狮周报》，出版多种书籍，进行反共宣传。他们宣扬超历史、超阶级的国家观念，鼓吹“全民政治”“全民革命”，欺骗了不少青年知识分子，重庆二女师和重庆联中一度成为国家主义派的大本营。

萧楚女为此做了大量细致的工作。他在《中国青年》上发表了一系列文章，既从理论上又从事实上驳斥国家主义派的观点。1925年，他还编写出版《显微镜下之醒狮派》一书，针对国家主义派宣扬的各种言论进行了逐一批驳。罗世文、杨闇公、童庸生等人也纷纷撰写文章批判国家主义派。

“客观上，通过一系列争论和批判，既进一步传播了马克思主义和中国共产党的政治主张，让具有先进性、科学性、革命性特点的马克思主义逐步取代了各种纷繁的社会思潮，被先进分子所接受，进一步扩大了自己的影响和思想阵地，也使得大量青年知识分子逐渐认清了无政府主义、国家主义的真实面目，使其影响日渐缩小，最终被广大青年抛弃。”唐伯友说。

火种耀巴渝　星火燎原谱新篇

“共产党要打倒欺骗和屠杀工农的国民党”“共产党要使人人有饭吃有衣穿”…… 今年1月27日，中共綦江支部旧址(邹进贤故居)原址修复完毕开放，7幅标语字字千钧，经历近百年岁月，仍令人心情激荡。

“中共綦江支部和中共重庆支部（在渝中区中法学校成立）均于1926年1月成立，是重庆地区最早建立的两个党组织。同年2月，中国共产党重庆地方执行委员会又在渝中区二府衙成立。这标志着重庆革命运动在中国共产党领导下进入了一个新的历史阶段，并迅速汇入到全国大革命的洪流之中。”简奕说。

她称，正是在传播马克思主义的先驱们的不断努力下，马克思主义在重庆得到广泛传播并吸引了大批青年，为重庆地方党组织的建立打下了坚实思想基础，做好了组织准备。

事实上，重庆地方党组织成立前，在重庆传播马克思主义的先驱已开始探索将马克思主义与工人运动相结合的路径。

他们中的部分人开始走出书斋，逐渐深入到工人中去，宣传和传播马克思主义，提高重庆工人们的政治觉悟，工人运动的内容逐渐突破原来的局限，向争取政治权利和反帝爱国运动的方向发展。

“这些斗争有力地推动了马克思主义与重庆工人运动的初步结合，在一定程度上为中国共产党重庆地方党组织的建立创造了良好条件。”简奕说。

合上历史卷轴，简奕似乎明白了中国共产党历经百年为什么能始终站在时代发展前列和中国社会发展进步的潮头。

“从马克思主义在重庆的传播历程中，或许就能找到答案，先驱们始终能审时度势、把握大势，坚持真理、修正错误，拒腐防变、抵御风险，勇于变革、勇于创新，与时俱进、与民同在，不断提高党的建设科学化水平，不断加强党的先进性建设。”她说。

（韩毅　柏雨欣）

《川东学生救国团之宣言》首次完整面世

2021年6月2日，发表于102年前的《川东学生救国团之宣言》首次完整面世。这篇宣言是重庆学生团体参加五四运动最直接的证明，填补了五四运动正史里西部版图的空白。

1919年5月4日，五四运动在北京爆发。5月24日，由川东师范、重庆联中、巴县中学等校学生代表发起的四川川东学生救国团在重庆正式成立，他们制定《川东学生救国团临时简章草案》，发表《川东学生救国团之宣言》和《哭告同胞书》，并通电全国，声援北京五四运动。

《川东学生救国团之宣言》刊载于1919年6月10日的《国民公报》上，20世纪80年代曾经被收录在相关史料中。

"在过往的五四运动正史里，往往关注于北部、东部地区（北京、上海、天津、武汉等），而西部重镇重庆的记载长期缺失。"重庆市地方史研究会会长周勇说，为庆祝中国共产党成立100周年，他和课题组成员对《川东学生救国团之宣言》这一份文献进行了重点发掘，发现之前收录的内容不连贯，便怀疑有错漏。历经千辛万苦，终于找到《国民公报》原报，仔细勘校，果真发现此前收录的文献中，内容缺少，错字、掉字、衍字、通假字不少，相当多的标点符号使用也不规范。

原来，1919年6月10日的《国民公报》第3版上有一则新闻，标题为《救国宣言》，其内容开头便是《川东学生救国团之宣言》。但字号极小，且当年报纸使用的纸张不好，印刷质量亦不佳，加上原报出版时间已逾百年，字迹已模糊一片，很难辨认。而且第3版版面有限，《川东学生救国团之宣言》没有登载完整便转版了。且因为报上没有注明转版信息，故后来工作人员在抄录时便戛然而止。

周勇称，他们对这期《国民公报》全部8个版的内容进行仔细辨认，结果在第5版右上角，发现印有“接紧要新闻”字样。考其内容，与第3版的《川东学生救国团之宣言》完全衔接。

第5版上的内容共271字。周勇等人补上了这些遗漏的内容，纠正了错字，剔除了衍字，补上了掉字，规范了通假字，重新标点，使《川东学生救国团之宣言》在102年后得以完整面世，为历史研究保存了一份极其珍贵并十分完整的史料。

（匡丽娜）

“这是一篇激扬着青春热血的文字”

——《川东学生救国团之宣言》展现重庆青年救国风采

鸣呼！国家将亡，必有妖孽，曹章辈内附权贵，外结强邻，断送我辈数千年相传之圣地，颠覆我四百兆托命之国家……

这是1919年6月川东学生救国团公开发表的《川东学生救国团之宣言》上的一段文字。百余年过去，2021年6月2日，这个宣言首次完整呈现在世人面前。

《川东学生救国团之宣言》背后有着怎样不为人知的故事？重庆日报记者采访了重庆市地方史研究会会长周勇，还原了那段不能忘却的历史。

内忧外患，重庆早已蓄积响应五四运动的力量

“这是一篇激扬着青春热血的文字，充满了爱国豪情的呐喊。”周勇讲述了《川东学生救国团之宣言》产生的历史背景。

1919年，五四运动在北京爆发，掀起了中国人民反帝反封建的伟大爱国运动。事实上，饱受帝国主义封建主义压迫之苦的重庆，早已蓄积了响应五四运动的力量。

西方列强对中国西部市场觊觎已久。1876年中英签订《烟台条约》，帝国主义对重庆的侵略不断深入。1890年，中英签订《烟台条约续增专约》，强迫重庆开埠，并在重庆方家什字麦家院（今重庆宾馆附近）设立英国驻重庆领事馆。这是西方列强在重庆设立的第一个领事馆。

1895年，中日签订《马关条约》，日本强迫重庆开埠，并夺取了川江轮船航行权。1891年3月1日，重庆海关成立。1898年3月8日，英商立德乐带领“利川”号驶抵重庆，标志着中国川江航行权的完全丧失，掀起了帝国主

义大规模入侵川江的高潮。1899年5月7日，英国军舰闯至重庆江面，开创了外国军舰侵入川江的先例。之后，法国、美国纷至沓来，他们强占码头，设立兵营，在中国西南的勾结和争夺进入了白热化。

1901年，日本强占南岸王家沱为日租界。1904年，重庆海关又“永租”了通远门等处的公地。

辛亥革命失败后，四川军阀混战越演越烈，而重庆始终是各路军阀争夺的重点，这给重庆人民的生命财产造成了重大损失。再加上各地土匪乘乱打家劫舍，重庆人民生活日益艰难。饱尝军阀混战之苦的重庆人民，迫切希望推翻军阀统治。

字里行间，尽显重庆人忠勇刚烈、护国爱民个性

1919年5月4日，五四运动在北京爆发。由于信息闭塞，五四运动爆发的消息传至重庆已是5月中旬，社会各界震动，首先点燃了青年学生反侵略、反卖国的怒火。

5月24日，由川东师范、重庆联中、巴县中学等校学生代表发起的四川川东学生救国团正式成立，他们制定《川东学生救国团临时简章草案》，发表《川东学生救国团之宣言》，并通电全国，声援五四运动。

周勇介绍，《川东学生救国团之宣言》慷慨激昂，一气呵成，字里行间里将重庆人忠勇刚烈、坚韧顽强的个性表达得淋漓尽致。

文章开头便一针见血指出帝国主义侵略中国的野心，发出不当亡国奴的呐喊：

鸣呼！国家将亡，必有妖孽，曹章辈内附权贵，外结强邻，断送我辈数千年相传之圣地，颠覆我四百兆托命之国家……芸芸神州，衮衮华胄，其将遂沦为日人之牛马奴隶耶！

之后，愤而质疑，控诉帝国主义罪行：

日人之食言背信不足惜，其横暴狡狠玩弄中国于股掌之上，心目中尚有我政府国民存在否耶？……推其任意宰割之用心，山东青岛可任日割据，云南、贵

州、广西，未必不可割于法；四川、西藏、扬子江流域，未必不可割于英也。

文章临近结尾，向国民发出号召：

我国民何去何从，将低首下心，甘称臣妾我大和民族耶？抑发奋自强，为有战死无降，俘之斯已达耶!?

游行持续8个小时，标志着重庆的五四运动达到高潮

“《川东学生救国团之宣言》是重庆学生团体参加五四运动最直接的证明。”周勇称，重庆的五四运动是由青年学生率先发动的，重庆社会各阶级、阶层的市民对学生们的爱国行动给予了广泛支持。

据了解，川东学生救国团不仅发表救国宣言，还通电声援北京学生和上海救国团，抗议北洋军阀政府逮捕学生，强烈要求“废密约、还青岛、释学生”；致电巴黎和会中国专使，要求其“不辱命为国争光，力争青岛……死不签字……”。

1919年6月3日，川东学生救国团1500余人游行示威，声援北京五四学生爱国运动，要求还我青岛，惩办卖国贼。受访者供图

1919年6月3日，在渝的20余所学校同时罢课。早上7点，1500余名学生聚集在通远门附近的打枪坝，他们各拿一面白色小纸旗，上面写着“还我

青岛”“惩办国贼”“速息内争”“劝用国货”“誓雪国耻”等标语，开始游行。学生们在游行过程中，高呼爱国口号，并散发大量爱国传单，整座山城群情激奋，游行持续了8个小时，直到下午2点50分游行队伍才整队而散。这次大规模的示威游行，标志着重庆的五四爱国运动达到高潮。

五四运动后，重庆青年学生积极投身振兴中华伟大探索

“在重庆青年学生的感召下，重庆民众开展了轰轰烈烈的抵制日货运动。”周勇说。

1919年6月28日，川东学生救国团改名为川东学生联合会，会议决议与民族资本暂时联盟，以商学联合会名义调查日货和处理奸商等事项，为抵制日货运动确立行动目标。

日商被迫采取大幅度降价的手段倾销商品，以送雨伞、送金灵丹等方法招揽顾客，却收效甚微。日货在重庆市场因丧失销路而几乎绝迹。

“重庆民众的爱国斗争，有力地配合了全国的爱国斗争，为五四运动在全国取得最后胜利创造了条件，做出了贡献。”周勇称，五四运动的爆发，提高了广大青年学生的爱国热情和政治觉悟，也把新文化运动推进到一个崭新的阶段，新思想、新文化空前活跃。

五四运动后，重庆青年学生汇入时代大潮，参与了留法勤工俭学运动、四川自治运动等一系列社会实践，开始了以振兴中华为目的的伟大探索。

如今，在山城每一条街巷、每一步阶梯、每一所学校，在人们充满自信的脸上、在孩子们琅琅读书声中，爱国、进步、民主、科学为主要内容的伟大五四精神已散播在每一位青年的心中，为重庆这座城市的发展注入源源不断的动力。

（匡丽娜）

中共重庆地方执行委员会
推动革命星火在四川燎原

“川省现时是最好工作之地。”这是1926年9月，中共中央对中共重庆地委的工作评价。当时，在中共重庆地委的领导下，四川省的党员数量在两个月之内激增，发展势头迅猛。

1926年1月，重庆最早的两个党支部——中共重庆支部与中共綦江支部分别成立。1926年2月，中共重庆地委正式成立，实现了对全川革命运动的统一领导，确立起重庆作为四川革命运动的中心地位，推动革命运动在四川迅猛发展。

全川党的工作为何由中共重庆地委领导？重庆最早的党支部又是怎样在渝中和綦江成立的？近日，重庆日报记者对这段历史进行了探寻。

2021年2月25日下午，微雨，记者来到位于渝中区望龙门二府衙街19号（原70号）的中共重庆地方执行委员会（以下称“中共重庆地委”）旧址。

这座灰色外墙的小楼，也是中国共产主义运动先驱者、中共重庆地委首任书记杨闇公的旧居。目前，它因展陈升级，暂未对外开放。

95年前，中共重庆地委在此勇敢承担起历史赋予的光荣使命，实现了党对四川革命运动的统一领导，从而使重庆成为四川革命运动的中心。

重庆团地委整顿为党组织建立打下基础

欲指导民众，究竟从哪条路走的好？……刻已认定马氏（指马克思）为主。

1924年上半年，杨闇公在日记中写下了对未来的深刻思考。当时，反帝反封建的革命浪潮正在全国掀起，但在四川，中国共产党还没有建立组织，革命星火尚未燎原。

“一般情况下，先建立党组织，再建立团组织。但在重庆历史上，是先建团、后建党。”站在旧址一楼的展厅中，渝中区委党史研究室副主任向秋月介绍。1922年，中国社会主义青年团重庆地方团执行委员会（以下称“重庆团地委”）正式成立，周钦岳任首任书记。此后，成都、泸州、宜宾等地社会青年团组织纷纷建立。

革命之路并非一帆风顺。重庆团组织成立后，由于缺乏大规模开展革命运动的群众基础和实际运动经验，工作局面难以打开。

为有所突破，1924年9月1日，团中央委任萧楚女为驻川特派员，负责整顿四川团组织。

位于渝中区望龙门二府衙街19号（原70号）的中共重庆地方执行委员会旧址（杨闇公旧居）。张锦辉摄/视觉重庆

在萧楚女指导下，1925年1月，杨闇公当选为重庆团地委书记，童庸生当选为宣传干事，罗世文则主要负责学生工作。从此，重庆团组织迅速成为活

跃于革命斗争中的主导力量，为四川党组织的建立奠定了重要的组织基础。

历史把重庆推向四川革命前台

……处此域中，惟有奋斗。此身不死，必见光明。

1925年3月，杨闇公加入中国共产党。正如他在日记中写下的那样，继续为伟大信仰而奋斗。

此时，整顿后的重庆团地委正发挥出越来越大的政治作用。1925年上半年，重庆团地委发动了国民会议运动和声援上海五卅运动的群众斗争。随着革命形势日益高涨，建立重庆地方党组织已成为迫切需要。

记者在旧址展馆中看到，1925年7月15日，杨闇公、童庸生致信团中央，其中就提到“成立C.P.（即党的组织）”。史料记载，同年9月23日，他们再次致信团中央，要求建立党组织，但未获批准。

1926年1月，国民党第二次全国代表大会在广州召开，杨闇公、童庸生与会。会后，杨闇公、童庸生赶赴上海，专程向中共中央、团中央汇报在四川建立党组织的重要性和准备情况。这一次，中共中央批准成立中共重庆地方执行委员会。

1926年1月24日，中共綦江支部成立，邹进贤任支部书记。同月，中共重庆支部也在重庆中法学校成立，冉钧任支部书记。

2月底，中共重庆地委正式成立，杨闇公为中共重庆地委书记，冉钧负责组织，吴玉章负责宣传。杨闇公、冉钧、吴玉章当选为执行委员，程秉渊、李嘉仲为候补委员。

向秋月介绍，中共重庆地委的办公地，就设在杨闇公旧居。这里地处繁华闹市，建筑屋顶相连，方便党员们集会、转移。

“历史把重庆推向了四川革命的前台。”向秋月介绍，中共重庆地委成立后，受中共中央的委托，统一领导四川党的工作。

为什么历史会选择重庆？重庆市地方史研究会会长周勇认为，原因有三：

其一，重庆在四川开埠最早，随着资本主义经济的发展，这里建起最初的工厂，产生了第一批产业工人，为党的创建打下最初的阶级基础。

其二，中共重庆支部和中共綦江支部成立后，发展党员，积累了斗争经验。

其三，成都虽一度是四川革命运动的中心，但1924年后因政局变化，党团活动遭到破坏，杨闇公等革命中坚人物离开成都来到重庆。加上四川共产主义运动先驱王右木牺牲，成都党、团组织骤然失去优秀的领导人，作为全省革命中心的地位日渐丧失。同时，经团中央特派员萧楚女对重庆团地委的整顿，重庆成了领导全川革命斗争的核心力量。

“川省现时是最好工作之地”

地处川东的中共重庆地委，为何能领导全川革命工作干出新气象？

“要向民间去才有办法。换句话说，就是要以民众为后援，尤其是无产阶级，不然谈不上革命。”杨闇公的深刻见解，或许可以为我们提供答案。

“中共重庆地委成立后，干了许多大事。”向秋月说，第一件大事就是发展党员、壮大和巩固组织。

当时重庆地区有党员19人，由团员转为党员22人，整个四川地区党员约70人。仅半年后，1926年8月，全川党员人数增至120人。1926年9月，中共中央评价“川省现时是最好工作之地，四川工作同志其刻苦奋斗的精神，更有为别省所不及者”。至1927年3月，全川已有400多名党员。

1926年春至1927年冬，在中共重庆地委领导下，成都、内江、自流井、长寿等10个特支，荣昌、南川等18个支部及中共涪陵驻军支部相继建立。川渝地区革命斗争有了坚强的领导力量和组织基础。

随着党员们投身到群众中去，四川革命的面貌，焕然一新。

1926年4月1日，重庆各界妇女联合会成立。4月8日，重庆学生联合会成立，此后川渝地区有55个县成立县学联，成为各地大革命运动的核心力量。

1926年底，在中共重庆地委职工运动委员会领导下，重庆市和成都市总工会相继成立。重庆总工会喊出“以集中更大的战斗力量，为贫苦工人的护符”的口号，鲜明地表达工人阶级的真实意志。

1926年12月，中共重庆地委领导党掌握的川军部队，发动了泸顺起义。这是中国共产党力图掌握武装的一次勇敢尝试，是牵制敌人配合北伐的重大军事行动，同时也有力地推动了四川革命运动的发展，成为党在大革命时期争取改造旧军队的一个范例。

1927年春，川渝地区已有20多个县建立农民协会，会员达到3万多人。綦江、南川、涪陵等地农民抗捐减租斗争开展得轰轰烈烈，并建立了农民武装，成为当时四川农民运动最为发达的地区。

然而，正当革命如火如荼之时，1927年3月31日，四川军阀刘湘勾结蒋介石制造了三三一惨案，武装残酷镇压重庆各界人民群众在通远门打枪坝举行的反帝爱国集会，造成300多人死亡，重伤700至800人。4月1日，冉钧遭枪杀。4月6日，杨闇公在经历严刑拷打后，壮烈牺牲。自此，党在重庆的活动完全转入地下。

“革命先烈用鲜血浇灌了重庆这片红色的土地。中共重庆地委的功绩，将永留青史。”向秋月表示，中共重庆地委为重庆留下了可歌可泣的红色历史和无比宝贵的精神财富。

（申晓佳）

重庆最早的两个党支部为何建立在渝中和綦江

位于渝中区人和街117号的中法学校旧址，是一座浅黄色小楼。1926年1月，中共重庆支部在此成立。

为何在此成立支部？渝中区委党史研究室副主任向秋月介绍，这与培养了一大批革命骨干的中法学校有密切关系。

1925年8月，中共党员、国民党中央特派员吴玉章来到重庆，按照中共中央指示，会同杨闇公、冉钧、童庸生等人积极筹建中共地方党组织。

党组织建在哪里最合适？经反复商议，吴玉章等人决定先筹办学校，培养革命人才，并作为马列主义宣传和筹建中共地方党组织的重要阵地。

2021年3月10日，在位于渝中区人和街117号的中法学校旧址，"重庆中法学校——中共重庆支部史实陈列展览"正在布展。张锦辉摄/视觉重庆

吴玉章是经验丰富的教育家，曾在北京开办过留法预备学校。他和杨闇公等人在大溪沟选定校址后，为避免新办学校立案的麻烦，即将学校命名为"中法大学四川分校"。因为校舍不大，先开设初高中，所以被称为"中法学校"，吴玉章任校长。

开学后，中法学校接收了因参加学运而被开除的进步学生200余人。杨闇公亲自讲授政治、军事，著名经济学家漆南薰讲经济学，杨伯恺讲授《共产主义ABC》等课程。学校红色氛围浓厚，培养出杨尚昆、罗瑞卿、任白戈、范长江、赵一曼、游曦等一大批共产主义先驱和优秀的革命斗士。

1926年1月，中共重庆支部在中法学校成立，为中共重庆地委诞生做好了组织准备。

2021年1月27日，在綦江古南街道文昌社区中山路24号，中共綦江支部旧址正式开放。图为位于二楼的中共綦江支部会议室。张锦辉摄/视觉重庆

同月24日，中共綦江支部在现綦江古南街道中山路小学旁的邹进贤故居成立。

“中共綦江支部成立，是历史的必然选择。”綦江区委党史地方志研究室主任陈平表示，綦江地处川黔交通要道，是军阀争夺之地，进步思想也在此广为传播。人民深受战争之害，抗争意识强烈。这是重庆地区最早的两个党支部之一诞生在綦江的重要原因。

陈平介绍，中共綦江支部成立后，培养了一批优秀的党员干部，领导了“綦江米案”斗争，綦江逐步发展成为当时四川农民运动最活跃的县份之一。綦江地方党组织的发展壮大，也推动了南川、江津、巴县和贵州习水等周边地区发展党员、培养干部、开展斗争，为重庆及西南地区的解放发挥了重要作用。

（申晓佳）

红色火种从这里播撒到川渝黔边区

位于綦江古南街道文昌社区中山路24号的中共綦江支部书记邹进贤的故居，始建于清末。1926年1月24日，中共綦江支部正式成立，这是重庆地区建立最早的两个党支部之一。

为什么重庆地区建立最早的两个党支部之一在綦江？它对綦江乃至重庆的革命究竟有怎样的影响？走进中共綦江支部旧址，我们将找到答案。

重庆地区建立最早的两个党支部之一

中共綦江支部旧址为一楼一底的川南民居，紧挨着綦江区中山路小学。站在旧址院内，能听见校园的琅琅读书声。

民居的主人邹进贤是中共綦江支部书记，也曾是一名教师。记者在现场看到，底楼是邹家堂屋、邹进贤父母卧室和邹家书铺；二楼是邹进贤书房、邹进贤卧室和中共綦江支部活动室。

邹进贤生于1899年。1923年，邹进贤在成都四川高等蚕业学校学习期间加入社会主义青年团。1924年，邹进贤毕业回乡，担任綦江县第一高等小学的训育主任，兼授綦江青年会中学的国语、常识等课程。

“他精明干练，很会讲演，经常向学生讲革命道理，对人热情诚恳，只要有求于他，无不尽力相助。”原国家轻工业部办公厅负责人犹凤歧曾是邹进贤的学生。他回忆，邹进贤以身作则，积极进行革命宣传，资助学生到黄埔军校学习，深受学生的尊敬和爱戴。受邹进贤影响，1933年，犹凤歧在上海加入中国共产党。

遭遇连年的军阀混战、土匪劫掠和水旱灾害，老百姓生活苦不堪言，邹进贤强烈地希望改变现状。受五四新思想影响，邹进贤尝试与志同道合的青年们一起，探索实业救国、教育救国。他严以律己，每周都从谨言、秩序、廉直、诚实等8个方面对照检查自己的言行。

然而，1923年夏天，邹进贤返乡调查民团情况的结果令他心灰意冷。邹进贤曾在一封致綦江诸友人的信中沉痛地写道："而且连一个实业所也破产净尽，更说不上发展实业的话了。你们欲为一个教育家么？然而学校被兵絜扎了，学校器具损坏殆尽了，学款被提了……试问你当教育家怎样的去改造环境而保全自身呢？"

实业救国、教育救国已无望，摆在邹进贤及进步青年面前的只剩下一条路——革命。1925年春，邹进贤加入中国共产党。

"中国共产党是历史的必然选择，是人民的必然选择。"綦江区委党史地方志研究室主任陈平在接受记者采访时表示，綦江地处川黔交通要道，是军阀争夺之地，进步思想也在此广为传播。人民深受战争之害，抗争意识强

2021年1月27日，在綦江区古南街道中山路24号，邹进贤故居原址修复完毕，正式开放。1926年1月24日，中共綦江支部在此成立。张锦辉摄/视觉重庆

烈。因此，能够带领人民推翻压迫的中国共产党，成为綦江民心所向的对象。这是重庆地区最早的两个党支部之一诞生在綦江的重要原因。

播撒红色火种　推动革命斗争蓬勃发展

通过一道窄窄的木楼梯登上二楼，再穿过邹进贤的书房和卧室，最里间就是中共綦江支部会议室。

“为了掩护党的活动，这间会议室平时看起来就是书铺的修书室。”綦江区文旅委副主任周铃介绍，会议室内有木桌、木凳等，可供围坐。党员们开会时，会秘密悬挂起党旗。

窗外背靠山坡。周铃说，之所以邹进贤选择自家作为党支部的会议地点，是因为邹家书铺人来人往，可以掩护党的活动。如果遇到危险，邹进贤和支部成员可以从后门迅速撤离，借助地形隐蔽。

成立之初，中共綦江支部仅有邹进贤、陈翰屏、危直士（又名危石顽）等9名党员，包括两名女党员。红色火种就从这幢木造小楼开始传遍綦江，进而播撒向四川、贵州和重庆其他地方。

“中共綦江支部为党培养了一批优秀的党员干部。”陈平介绍，1926年5月，邹进贤受杨闇公委托，带杨尚昆一同赴苏联学习。杨尚昆称邹进贤为“革命启蒙老师”。此外，陈治钧1929年任四川红军第二路游击队特别委员会秘书长，1930年春在涪陵因武装起义失败被捕，壮烈牺牲。危直士1927年先后调任中共丰都县特支书记和邻水县委书记，新中国成立后，曾任江津地委党校副校长、江津政协常委。程志筠在中共重庆地委成立不久后，任妇女委员会书记，1931年调四川省委工作。

1928年，邹进贤被派往中共江苏省委工作。1930年5月，时任中共四川省委秘书长的邹进贤遭叛徒出卖，英勇牺牲。

抛头颅，洒热血，共产党人的革命情怀和奋斗精神从綦江远播各地。党史资料显示，从1926年1月中共綦江支部成立到1949年11月綦江解放时的綦南中心县委，下属58个支部，所属党员（包括綦江、南川和津巴边区）共计990多名。

陈平表示，綦江地方党组织发展壮大，不仅推动了本地革命斗争的蓬勃发展，而且推动了南川、江津、巴县和贵州习水等周边地区发展党员、培养干部、开展斗争，为重庆及西南地区的解放发挥了重要作用。

《支部手册》彰显共产党人先进理念

“共产党要打倒欺骗和屠杀工农的国民党”“共产党要使人人有饭吃有衣穿”“共产党要救济实业破产的工农”“共产党要拥护农民协会”“共产党要救济老弱残疾者”……7幅标语，字字千钧。它们就陈列在中共綦江支部旧址的展示区，历经近百年岁月，仍令人心情激荡。

陈平告诉我们，这是1929年中共綦江县委为发动农民开展土地革命和反对军阀战争而印制的标语。从中，可以感受到共产党人热爱人民、甘于奉献的高尚品质以及先进的革命理念。

中共綦江支部成立后，綦江地下革命斗争迅速开展起来，先后组织了“东溪米案”“武装抗捐”等有重大影响的地下革命斗争，活动范围包括綦江、南川、江津、巴县、合江，贵州桐梓、习水等地，推动了革命运动的蓬勃发展。

历次斗争中，綦江地下党组织也积累了宝贵的革命经验。1949年5月，中共綦江县委秘密编印的通俗易懂的党内教材《支部手册》就是革命智慧的结晶之一。

记者在綦江档案馆看到了《支部手册》的复制件。整本《支部手册》均为手写，字体工整。封面上清楚地写着“1949.5”，记录下了手册诞生的时间。

翻开《支部手册》，每一项都分为若干点，条理清晰。在“怎样做一个共产党员”的章节中，包括入党资格、党员的义务、党员的权利、一个好的党员应具备的条件等内容。在“一个好的党员应具备的条件”中，第一项就是：终身为共产主义的实现而奋斗。

作为中共綦江支部第一任书记，邹进贤未能看到这本《支部手册》。但正如他在给友人周绍溪写的信中所说，“中国在我们肩上”，此诺重如泰山。

肩负带领人民推翻压迫的历史使命，綦江地方党组织日渐蓬勃壮大，写下了光辉的历史。

1926年1月，中共綦江支部共有9名党员。

1927年春，发展到60多名党员。

1949年11月，綦江解放，党员达358人。

1985年底，党员达26795人。

2020年，綦江党员人数已达到43747人。綦江也成为“重庆南大门”，是西部陆海新通道上的重要节点。

2021年1月27日，綦江区古南街道文昌社区中山路24号，市民在中共綦江支部旧址参观。张锦辉摄/视觉重庆

“今后，中共綦江支部旧址将成为革命教育、爱国教育的重要载体，并将成为綦江红色旅游的重要资源。”陈平表示，綦江还有中国工农红军创建初期著名的军事指挥员王良烈士、中华全国总工会秘书长王奇岳烈士和黄埔“霍氏三杰”霍步青、霍锟镛、霍栗如烈士以及红岩英烈明昭等革命先烈，红色历史底蕴深厚。

重庆市地方史研究会会长周勇教授表示，中共綦江支部旧址开放，可以让今天的共产党人和近百年前的共产党人对话初心，牢记使命，重整行装再出发。

今后，会有更多人来到綦江，感受共产党人的信念之光。

（申晓佳）

《新蜀报》在我国近现代史上发出振聋发聩的声音

2021年2月1日，《新蜀报》创刊100周年研讨会在渝中区白象街举行，与会专家学者围绕《新蜀报》历史人文贡献、重庆报纸博物馆建设等内容进行了探讨。《新蜀报》曾是一份颇具影响力的大报，在我国近现代史上发出了振聋发聩的声音，成为重庆新文化运动和传播马克思主义的主要阵地之一。早期《新蜀报》通过“社评”或“时评”，向广大民众解释什么是共产主义，谁才是老百姓真正的敌人，这种深入骨髓的分析、不畏强权的大声疾呼，在当时的环境中实属难能可贵，也得到极高的民意支持。全面抗战爆发后，《新蜀报》拥护抗日民族统一战线主张，还积极投身到抗日救亡运动中。自正式出版到停刊，《新蜀报》在重庆发行出版近29年，共出10579号。

也许很多人都不知道，曾经在重庆有一份响当当的报纸——《新蜀报》，在我国近现代史上发出振聋发聩的声音，成为重庆新文化运动和传播马克思主义的主要阵地之一。更鲜为人知的是，位于渝中区下半城的白象街88号，就是《新蜀报》的创办地。

2021年2月1日，《新蜀报》创刊100周年研讨会在渝中区白象街举行。与会专家学者围绕《新蜀报》历史人文贡献、重庆报纸博物馆建设等内容进行了探讨。

当年的《新蜀报》。主办方供图

《新蜀报》发行量最高近两万份

1921年2月1日,《新蜀报》诞生,由少年中国学会发起人之一的陈愚生担任首任社长,以“输入新文化,交流新知识”为办报宗旨。

在发行人鲜英的支持下,陈愚生陆续邀请到陈毅、萧楚女、漆南薰等主要的“笔杆子”,撰文“涤除废旧,启迪新机”。

萧楚女任《新蜀报》主笔的两年,以激昂深刻的文字赢得了众多读者喜欢,也让《新蜀报》成为宣传革命思想的中心。1933年5月,在“新蜀报四千号”发行纪念册上,有人称萧楚女为《新蜀报》“第一大功臣”。

而据漆南薰的后人统计,漆南薰从1925年秋到1927年3月31日牺牲,短短不到两年时间,积极热情地宣传革命,几乎每天为报纸撰写一篇“社论”或“时评”,此外还写了大约300篇文章,近百万字。

“作为一名国民党左派人士,漆南薰通过《新蜀报》这个窗口,向广大民众解释什么是共产主义,谁才是老百姓真正的敌人,这种深入骨髓的分析,不畏强权的大声疾呼,在当时的环境中实属难能可贵。”对漆南薰进行了深入研究的重庆图书馆特藏文献中心主任袁佳红说。

一时间,《新蜀报》的民意支持率极高。重庆师范大学新闻系主任、教授张育仁表示，特别是《新蜀报》还开设了《社会黑幕》和《社会青年问答》等专栏，在社会各界尤其是知识青年和底层民众中影响很大，被当时的知识界称为“青年的百科全书，黑暗社会中的开路人”。

全面抗战爆发后，《新蜀报》拥护抗日民族统一战线主张，还积极投身到抗日救亡运动中。武汉沦陷后，《新华日报》迁至重庆，作为《新华日报》的友报，《新蜀报》积极配合，并为其在重庆出版发行提供了许多便利条件。

不过，抗战胜利前夕，《新蜀报》被国民党特务强行接管，从此改变了民间报纸主持社会正义的进步立场，直到重庆解放后由重庆军管会接管，最终于1950年1月7日停刊。

“自正式出版到停刊，《新蜀报》在重庆发行出版近29年，共出10579号，是重庆近代史上一份颇具影响力的大报。”回顾《新蜀报》的发展历程，重庆市文史研究会副会长王志昆表示，《新蜀报》发行量最高时有近2万份，以抗战时期重庆市区最高人口总量125万来算，这样的发行量已经很大。

选址白象街打造重庆报纸博物馆

2018年，鲜英后人、渝中区政协委员隆准提交了一份题为《关于打造重庆报纸博物馆的建议》的提案，得到渝中区历史文化街区建设管委会的回复和支持。

重庆日报记者从研讨会上了解到，为最大限度还原历史，突出报纸博物馆的纪念意义和思想内涵，管委会进行了实地调研，初步考虑将报纸博物馆选址在白象街151号民居，面积约630平方米。目前该栋文物建筑正在进行修复，预计2021年3月完工。

“未来，报纸博物馆将打造成为风格独特的地域标志性建筑。”隆准介绍，渝中区历史文化街区是“千年母城、重庆记忆”的重要展示窗口，是历史文化资源最富集的区域，正在全力推进“全域旅游”建设，实施“文商旅城”融合发展。

根据提案的复函，在报纸博物馆建成并对外开放后，管委会将进一步推动报纸博物馆与都市旅游联动，积极支持开展以博物馆为主题的青少年旅游和家庭旅游项目，探索将博物馆文化融入学校教育，与学校共同举办博物馆展览主题相关活动，实现博物馆教育与学校教育相结合，助推中小学素质教育发展。

发扬光大重庆报业人精神

“从《新蜀报》的发展史就可以看到，当年重庆的报业在全国都非常有特点，很多重大事件都通过报纸呈现出来。可以说，要研究中国报业史，迈不过重庆报业史，它是中国近代新闻事业发展的重要代表之一。”重庆日报报业集团总裁、重庆市报业协会会长向泽映表示。

重庆市新闻工作者协会专职副主席丁道谊表示，报纸博物馆是传承文化精神的良好载体，记协将积极支持报纸博物馆的建设，并通过“重庆新闻界”等平台，传播推广重庆报业发展的历史文化和精神，以及此次研讨会的成果。

对此，王志昆表示，目前他也正在着手重庆早期的报纸和重庆早期的期刊两个课题，希望通过史料收集、整理和研究，能够更好地展示重庆新闻事业发展的历程，进一步厚积重庆历史文化底蕴。

“我们不仅要对重庆的新闻史进行展览展示，还要传播，更要活化。通过新技术、新方式、新手段，让过去老一辈报业人的精神得以更好地传承。甚至还可以成渝地区双城经济圈建设为契机，推动川渝两地的文化融合，将巴蜀之地的报业人精神发扬光大。”向泽映说。

（张亦筑　程茵芷）

一个藤箱记录赵世炎“觉醒”之路

2021年5月17日，重庆日报记者从酉阳土家族苗族自治县火车站沿319国道驱车南行，约十分钟到达了赵世炎烈士纪念馆广场。

广场上，赵世炎烈士铜像伟岸矗立，目光炯炯地眺向远方。四周，纪念馆的建筑群掩映在一片葱绿之中。

每逢周末，总有许多人来到此处，瞻仰革命事迹，聆听党史故事。

特别是电视剧《觉醒年代》热播后，赵世炎的革命故事更是几乎家喻户晓。

前来瞻仰的人，会端详或品读纪念馆里赵世炎生前的活动照片、手迹、书稿等，却往往忽略纪念馆角落里一个不起眼的藤箱。

其实，这个看似普通的藤箱，是赵世炎烈士纪念馆可移动文物中唯一的一件国家三级文物，是赵世炎自就读于北师大附中到牺牲前，收藏和存放文牍所用，它记录着赵世炎的“觉醒”之路。

赵世炎雕像。冉川摄/视觉重庆

从小立志反帝反封建

透过展示柜的玻璃，人们可以近距离观察藤箱。

箱子长约80厘米，宽约50厘米，高约35厘米，土黄色，由藤条经纬交错编制而成。

“这个箱子，是赵世炎1915年考入北师大附中，至1927年牺牲时使用的，主要用于收藏和存放文牍。”赵世炎烈士纪念馆办公室主任王兆荣介绍，赵世炎于1901年4月13日出生于四川省酉阳县龙潭镇（今重庆市酉阳县龙潭镇），家境殷实，家中还有四个哥哥，两个姐姐，一个妹妹。

赵世炎四岁入读私塾，师从当地小有名气的进步学者陈德元和李玉昆。在他们的启蒙下，赵世炎不但学识渐长，思想也渐开放。

1912年秋，赵世炎入读龙潭高级小学堂，当时他的地理老师是同盟会会员王勃山。王勃山经常在课堂上宣传反帝反封建思想，受其影响，赵世炎越来越痛恨清王朝的腐朽无能和帝国主义的侵略。

有一天地理课上，王勃山讲述了香港被割让，九龙、澳门被租，中国领土被列强瓜分，大好河山支离破碎。赵世炎听后怒目切齿，默不作声，下课后反复高唱岳飞的《满江红》："壮志饥餐胡虏肉，笑谈渴饮匈奴血……"

革命生涯始于北师大附中

1915年8月，在三哥的资助下，14岁的赵世炎拖着藤箱和四哥一起来到北京，考进了"国立北京高等师范学校附属中学校"，也就是今天的北京师大附中。

赵世炎的革命生涯，自此开始。

当时，正是新文化运动兴起之时，受到陈独秀主办的《新青年》等进步杂志的影响，赵世炎也投入到新文化运动中，在此过程中结识了李大钊等中国共产党早期领导人。

李大钊对思想开阔、目光远大、头脑灵活的赵世炎很是欣赏。

为培养赵世炎，李大钊先生让其参与主编了《平民周刊》、《少年》半月刊和《工读》半月刊等诸多进步刊物，向群众宣传反帝反封建思想。

"当时，赵世炎的很多手稿，应该都曾存放于这个藤箱中。"王兆荣介绍，在与李大钊等进步人士的交流中，赵世炎的眼界日益开阔，对当时的中国局势也有了更加清晰的认识，还多次在报刊上公开抨击当时中国存在的弊病，主张中国应该实行社会主义，直言只有社会主义才是"最公道，最平等，无军阀、财阀，无种族界、国界，经济上固然好，道德上尤其好"的社会制度。

1919年5月4日，五四运动爆发，北师大附中爱国学生们推举赵世炎为师大附中学生代表。此后，赵世炎经常组织领导师大附中的同学走出校门，同其他学校的爱国师生一起走上街头为国呐喊。

1919年，经李大钊介绍，赵世炎加入了少年中国学会。

成长为早期中共领袖

为探求救国之道，1920年5月9日，赵世炎用藤箱装上几样简单的私人物品，搭乘法国阿芒贝尼克号轮船远赴法国勤工俭学。

其间，他每天都会坚持三小时的学习，阅读一些马克思主义的小册子。他还经常到出租房的楼顶，借着夕阳的余晖读书，并自喻“黄昏之贼”。

1921年春，赵世炎加入中国共产党，并与同样在法国留学的张申府、周恩来等共产党人在法国发起成立了旅欧中国少年共产党，赵世炎任书记，周恩来出任宣传部部长。

赵世炎烈士使用过的藤箱，现为国家三级文物。酉阳县文管所供图

1923年，赵世炎和陈延年、王若飞等一批青年前往莫斯科东方劳动者共产主义大学学习。

“无论是在法国还是莫斯科，赵世炎都随身携带着这个盛装着手稿、书籍等重要物品的藤箱。”王兆荣介绍，1924年7月，藤箱又跟随着赵世炎回到了国内，“一直到赵世炎牺牲，这个藤箱始终都陪伴在他身边。”

那么，赵世炎是如何牺牲的呢？

回国后，赵世炎先后参与中共北方区委、中共江浙区委的领导工作，于1925年5月调到上海，成为上海工人第三次武装起义的主要领导人之一。

1927年7月2日黄昏，赵世炎被捕，英勇就义于上海枫林桥畔，年仅26岁。

赵世炎牺牲后，革命老人吴玉章曾作《忆赵世炎烈士》一诗："龙华授首照丹心，浩气如虹烁古今；千树桃花凝碧血，工人万代仰施英。""施英"，是赵世炎在党和工会的刊物上写文章时用的笔名。

"此后，这个藤箱一直由其妹妹赵君陶保管。"王兆荣介绍，1991年5月6日，赵君陶之子李鹏将藤箱转赠酉阳县文物管理所，后陈列于赵世炎烈士纪念馆。

（陈维灯）

双江那棵橙子树
——杨闇公同志旧居“兄弟树”的故事

“双江那棵橙子树，尚昆亲手栽！叶为家乡绿，花为家乡开……”在潼南区，歌曲《双江那棵橙子树》可谓家喻户晓。歌词中的橙子树位于潼南区双江镇杨闇公同志旧居邮政局大院。

“这不是一棵普通的橙子树。”杨闇公同志旧居管理所副所长徐心勇称，这棵橙子树是原国家主席杨尚昆幼时，与四哥杨闇公亲手栽种，是一级保护树。“100多年了，每年依然花满枝头，硕果累累。”

2021年5月13日，徐心勇向重庆日报记者讲述起这棵橙子树的故事——

杨家兄弟庭院栽下“兄弟树”

杨闇公是中国共产主义运动先驱者、四川早期党组织的主要创建者和卓越领导人，是杨尚昆的四哥。兄弟二人都成长于邮政局大院，从小一起读私塾。

1912年，14岁的杨闇公萌生走出双江的想法，要“进新学、增知识、广见闻”。1913年，在父亲杨淮清的支持下，杨闇公外出求学。出发前，他带着五弟杨尚昆在庭院内一起种下了一棵橙子树，相约见树如见人，希望大家像橙子树一样茁壮成长，将来硕果累累。

此后不久，杨尚昆也离开双江前往重庆、成都等地求学，然后开始漫长的革命生涯。

直到1987年，杨尚昆才回到家乡潼南。在老家的庭院里，杨尚昆望着这株枝繁叶茂、树冠如盖、正绽放花蕾的橙子树，高兴地说：“这是当时从外地引进的优质品种，很好吃。”可惜这次回乡在春季，他未能品尝到他亲手栽种的橙子。

徐心勇(右)与蒋道富在察看橙子树。受访者供图

此后，杨尚昆每次回家，都要看看这棵橙子树。1993年10月，刚从国家主席职位上卸任的杨尚昆再次回到双江老家，终于尝到了这棵树上结出的香橙。

1997年，90岁高龄的杨尚昆再次回到双江，抚摸着这棵橙子树，无限感慨："这棵树的历史也不短了啊。"当时，这棵橙子树已种下84年。

后来，当地群众把这株凝聚杨家兄弟情谊的橙子树称作"兄弟树"。

与橙子树一起成长

就像这棵橙子树在风雨中成长一样，杨闇公也经历了革命的腥风血雨——杨闇公的大哥、二哥曾留学日本，参加同盟会。受家庭影响，杨闇公也于1913年至1920年，赴南京学习，之后又东渡日本。在日期间，他接触到马克思主义。

回国后，杨闇公开始从事革命工作，并和成都高等师范学校(四川大学前身之一)校长吴玉章相识，他曾言："我是旧社会的叛徒，是新社会的催生者。"1924年1月12日，吴玉章、杨闇公等在成都创办了中国青年共产党(简称"中国YC团")，中国YC团的历史使命是建立无产阶级专政。1925年，吴玉章、杨闇公加入中国共产党。杨闇公还给儿女取名为“赤化”和“共产”，希望“赤化全中国，共产主义一定要在全世界实现”。

1926年2月，经党中央批准，杨闇公牵头成立全川革命的领导核心——中共重庆地方执行委员会(以下简称“重庆地委”)，他当选为书记。同年5月，经杨闇公和吴玉章介绍，刘伯承加入中国共产党。党中央对杨闇公和战友们卓有成效的工作给予高度评价：“川省现时是最好工作之地，四川工作同志其刻苦奋斗的精神，更有为别省所不及者。”

1926年12月初，杨闇公、朱德、刘伯承、吴玉章等组织和领导了著名的泸顺起义，开创了中国共产党在四川地区独立领导武装斗争的先河。

1927年3月，英帝国主义制造了南京惨案，重庆地委在打枪坝组织抗议帝国主义暴行的群众大会。反动军阀刘湘与蒋介石勾结起来，向重庆人民大开杀戒，制造了骇人听闻的三三一惨案。杨闇公在惨案中脱险以后，于4月4日乘船前往武汉向党中央汇报。因叛徒告密，他不幸被捕。

“人生如马掌铁，磨灭方休。”这是杨闇公的座右铭，也是他一生的写照。1927年4月6日，杨闇公被反动军阀割舌、断手、剜目后，身中三弹，壮烈牺牲。牺牲前，他对敌人说：“我的头可断，志不可夺!”

杨闇公牺牲了，其四弟杨尚昆和同志们继续坚持革命斗争，最终迎来胜利。

“腥风血雨中，杨家兄弟始终坚定地开展革命斗争。就像他们当年亲手种下的这棵橙子树，无论风雨飘摇，始终顽强地成长着。”橙子树下，杨闇公同志旧居管理所副所长徐心勇告诉记者，现在，杨闇公同志旧居已是全国爱国主义教育示范基地，前往参观的社会各界人士经常在这棵橙子树下，缅怀先烈。

转业军人守护橙子树

在杨闇公同志旧居，记者看到这棵一个世纪前栽种的“兄弟树”，已有近10米高，树冠直径达10余米，枝繁叶茂，一颗颗橙子挂满了枝头。树上，还挂着一块2009年由重庆市人民政府颁发的牌子，上面写着“一级保护树，编号115号”。

徐心勇也是土生土长的双江镇人。2000年，他退伍转业主动申请到杨闇公同志旧居管理所上班，负责管护“兄弟树”。徐心勇坦言，当初管得比较粗放，但2004年一件事情改变了他对管护橙子树的认识。

当年，一位游客来杨闇公同志旧居参观，把橙子树上长的红蜘蛛图片发到网上。很快，各方信息反馈到了当地政府和杨闇公同志旧居管理所。这件事之后，大家认识到，“兄弟树”受到这么多人的关注，它不是一棵普通的橙子树，必须呵护好、管理好这一红色革命资源。

在果技专家蒋道富的指导下，徐心勇学习橙子树管护知识——红蜘蛛虫害发生的季节性规律、夏天叶片打卷了该采取什么措施。慢慢地，他摸出一些管护橙子树的门道来。

施肥方面，他一改过去肥料撒施的方式，采取穴施。每次施肥，他都要带领职工把树冠下的石板全部撬开，沿着树冠四周挖5个长2米、宽0.6米、深1米多的坑，倒进去发酵一个多月的农家肥和油饼，再用土覆盖，最后盖上石板。

徐心勇介绍，每年有两次施肥，一次是橙子花开时下鲜花肥，保证开花结果营养供给；第二次是摘果和修枝后下追肥，保证橙子树来年长势。“每隔5年，我们还要给橙子树换上腐殖土，防止泥土板结。”

因为精心管理，这些年，“兄弟树”养分充足，长势良好。尽管树龄已有上百年，但每年挂果都在600个以上，2016年达到876个，把枝条都压弯了。

如今，“兄弟树”上的橙子依然香甜甘醇，令人回味无穷。这21年来，徐心勇就像站岗的士兵，精心守护，让这棵橙子树一直生机勃勃。

（彭瑜）

重庆党组织早期的一次民主生活会

“从前因种种关系，使我不能公开的批评，报告中央就叫站在团体外说话吗？”

“信中有许多意气话、惊叹号，甚至说我拿一百元就跑了……是否属实，请同志们证明好了！”

1926年4月15日，山城重庆，一场民主生活会严肃地进行着。

会上，两位重庆党、团领导人开门见山，指出了对方的种种不是。

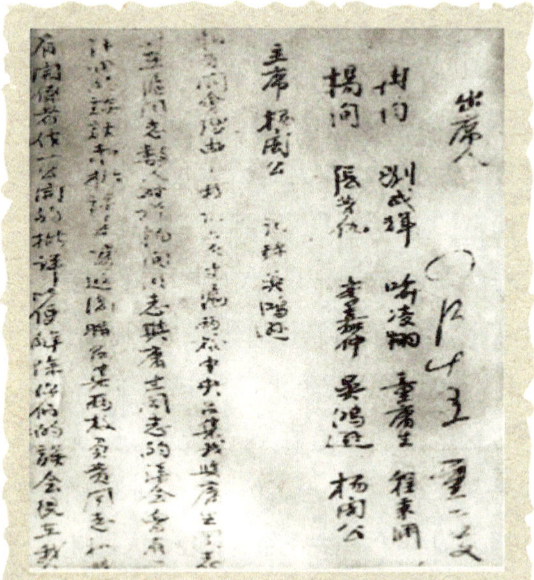

1926年4月，杨闇公组织重庆党、团有关负责人召开民主生活会的会议记录。周勇供图

为什么召开这次会议？他们两人之间究竟有什么隔阂？结果怎样？这些问题的答案都记录在一份档案里。

2021年3月10日，重庆日报记者在重庆市地方史研究会会长周勇的办公室里，看到了这份弥足珍贵的档案资料。

事出有因　一封写给党中央的信

这是重庆党组织历史上第一份原汁原味的民主生活会会议记录，全文一万多字，毛笔书写，字迹飘逸隽秀，详细记录了1926年4月中国共产党重庆地方执行委员会和中国共产主义青年团重庆地方执行委员会两个领导集体联合召开的民主生活会情况。

“它是我们党通过召开民主生活会，开展批评和自我批评，统一思想、凝聚力量，不断增强党组织的凝聚力、战斗力的生动写照。”周勇说。

为什么召开这次会议？这还得从一封信讲起。

1925年12月，在重庆的中共党员杨洵给在上海的党中央写了一封信，反映重庆党、团组织存在若干问题，包括“指导非人，同志无理论上的训练，团体个人化，行动浅薄而浮嚣”“乱闹学潮”等，甚至还指责了重庆的部分同志和工作。

当时杨洵33岁，是1922年在法国勤工俭学时就入党的“老党员”，曾出席过旅欧共青团在巴黎召开的第四次代表大会。1925年7月，杨洵按照党中央的安排返回重庆，在中法大学四川分校工作。

然而不到半年，他却感到种种不适：重庆团组织领导人童庸生个性较强，自己关心刊登中法大学招生广告的事情，童庸生居然有怀疑之意；童庸生还一再插手中法大学教职员事务，有“捣乱”之嫌；除童庸生外，团地委其他同志也常常不采纳自己的意见，又要求自己不能只关心中法大学事务……如此种种，让杨洵如鲠在喉，于是他给党中央写了这封信。

接到来信，党中央对杨洵所反映的情况十分重视。适逢杨闇公、童庸生结束了在广州的会议来到上海，党中央即与杨闇公、童庸生二人谈话，了解相关问题。

从党中央领导口中得知内部团结出了问题，受到了“重庆显然有两派的现象”的严肃批评，杨闇公、童庸生尴尬不已。

身处斗争险境，肩负革命重任，内部的分裂很可能导致党、团组织工作难以开展。此前的类似教训告诉他们，如果矛盾得不到解决，就可能带来不可挽回的损失。

那么,怎么解决这个问题呢?

中央决定,让杨闇公、童庸生回去后,召开一次会议,澄清事实,消除误会,团结一致向前进。

开门见山　杨、童两人分别陈述事由

回到重庆以后,在深入了解情况的基础上,1926年4月15日,杨闇公主持召开了这次民主生活会。

出席会议的有矛盾双方的童庸生、杨洵,还有冉钧、刘成辉、喻凌翔、程秉渊、张昔仇(张锡畴)、李嘉仲、吴鸿逊。会议由吴鸿逊记录。

“其实,杨闇公与童庸生、杨洵都有深厚的革命友谊。”周勇解释,童庸生是四川早期的党员之一,是成都团组织的创始人之一;杨洵留法归来,是老党员。正因如此,杨闇公认为更需要讲党性、讲原则、讲大局、讲纪律。

会议一开始,杨闇公便开宗明义地提出,开会是党、团中央的要求,要直截了当,严肃认真,“我们仅可赤裸裸地、把许多经过的事实说出来,请各位加以批评,以免因一点小事,妨碍团体工作的进行。”

之后,杨洵和童庸生分别陈述事由。

杨洵从与童庸生的隔阂说起,一共十条,历数童庸生的种种不是,称“今夜所有的话都挑出来了”。

他称,与童庸生隔阂的起点是团组织决定学校(指中法学校)要登广告,“而隔了一天多,还不见登出,故写信去问庸生,因他在负责办理此事。庸生回信极长,大意说:我不愿与之合作……叫我多读唯物史观,故我心内很不了然……”

此外,杨洵还谈到了“撤销贩卖部”等事情,同时对党中央批评自己“不工作,在团体外说话,以后要负一部分实际工作”,表示一时难以接受。

接下来,童庸生针对杨洵的十条意见,逐条陈述相关情况,仍然表现出对杨洵的不满和批评。

例如，童庸生指出，“当闇公和我要赴广东以前，地委曾决定书记由你代理，先对你说了三次你都不答应，后地委才决定净吾同志代理……请你任教育宣传委员，而你始终莫有出过一回席……”

四川共产主义运动先驱：吴玉章（左一）、杨闇公（右一）、童庸生（左二）。郑宇翻拍

互相批评　消除了二人的矛盾和心结

两人各执一端，怎么办？

“在这种情况下，杨闇公要求参加会议的同志就两人的陈述发表意见，尤其是对事实的认定，或者做事实的补充，然后对二人做诚恳的批评。”周勇说。

于是，知晓情况的张昔仇、喻凌翔做了系统的发言，冉钧补充了若干事实。

杨闇公提醒与会同志：“现在还有补充的莫有？如莫有了请批评。”

刘成辉首先发言。他没有纠缠具体的事实，而是从党员所需要具备的素质出发，批评了童庸生态度不好，杨洵“有高等党员的气概”“不信任团体”等错误，让两人心服口服，“童、杨对刘同志批评接受”。

继而程秉渊从组织原则的角度，批评童庸生“有左倾幼稚病”；批评杨洵把对同志个人的意见上升为对组织的意见,“以至于生出许多误会来,全是不明了团体和个人关系而发生的”。“童、杨接受”。

接着,李嘉仲、张昔仇、喻凌翔、冉钧相继对二人进行了严肃的批评。二人均表示接受批评。由于批评注重政治,没有纠缠事实,入情入理,杨洵表示,“如能像今夜这样开会说明则不致发生那些误会了”。

随后,杨闇公又要求两人互相批评。杨洵表示,“庸生同志平时态度不好,望改正”。童庸生表示,“(杨洵)小资产阶级心理太甚,个性太强”,“并有选择工作的毛病”,“以后希望注意改正”。

杨闇公主持会议时,始终不偏不倚,从未打断任何一人的发言。当所有人发言完毕,他客观总结了童、杨二人的缺点并进行批评,并严肃强调:“我们的团体是统一的,我们的同志时时刻刻都应维护团体的统一,不应因一点误会而离开团体去说话,表现分裂的毛病。这是我们同志应该注意的。团体不是私人能把持的,决不是个人化的,是要团体化的。”最后,他希望童、杨两人“以后共同努力奋斗,不再闹此资产阶级的意气”。

矛盾化解　四川地区一跃而成全国革命形势发展最好的地区之一

经历此次会议,童、杨二人化解了矛盾,放下了包袱。童庸生始终战斗在四川革命斗争的最前线,后于1930年牺牲;杨洵一直发挥理论功底深厚的特长,一边搞宣传,一边做统战工作,1949年12月7日牺牲在国民党的屠刀下。

“而经过这次批评会,四川党团组织更加团结、更富战斗力。四川地区一跃而成全国革命形势发展最好的地区之一。”周勇介绍,1926年9月,中共中央对中共重庆地方执行委员会的工作给予高度评价,表示“川省现时是最好工作之地,四川工作同志其刻苦奋斗的精神,更有为别省所不及者”。

以史为鉴　仍有振聋发聩、直抵心灵的能量

“1926年4月15日举行的民主生活会的会议地点没有明确记载。但依据当时的情况分析，可能就在杨闇公的家里。”周勇说。

2021年3月12日，记者从长江索道一旁的阶梯拾级而上，在一条小巷里找到了一幢古朴庄严的三层小楼。这里便是中国共产党重庆地方执行委员会旧址——杨闇公同志的旧居。因为正在闭馆修缮，记者未能进去参观。

周勇说：“这次会议堪称中共民主生活会的经典案例。”他解释，从这份民主生活会记录可以看出，党中央对解决重庆组织内部的矛盾有明确的指示；会前杨闇公对童、杨有谈话沟通；会中程序规范，发言充分，尊重事实，不纠缠枝节问题，而着重于党的原则和政治的高度，尤其是主持者公正严明，总结一针见血。

周勇告诉记者，“这份民主生活会会议记录是我们迄今所见到的时间最早、内容最为详细的、最原汁原味的党内民主生活会会议记录。”他是1991年在编纂杨闇公档案文献时第一次读到这份档案的。

“那时，我正在杨闇公的家乡潼南县委工作，那种‘赤裸裸’的批评给我当好县委副书记上了最为生动的一课，至今仍有振聋发聩、直抵心灵的能量。”周勇说，重读这份记录，对我们今天不忘初心、牢记使命，正确开展批评与自我批评，开好各级党组织的民主生活会，严肃党内政治生活大有裨益。

（匡丽娜）

万县九五惨案纪念馆:一本历史的教科书

“各位游客,现在由我带领大家参观。”2021年3月5日,万州区太白岩下兰池沟10号,一拨又一拨游客来到这里,参观万县九五惨案纪念馆。馆长刘书金说,“今年春节以来,人特别多。”

过去很长一段时间,九五惨案这段屈辱的历史只剩下野草丛中的一块纪念碑,以及教科书上几行文字。

1996年,万县九五惨案纪念馆落成开馆,成为“一本历史的教科书”,向人们讲述那段远去的历史。

纪念碑背后的屈辱历史

从1840年鸦片战争开始,英国依靠坚船利炮打开了中国的大门,在中国推行炮舰政策,长江流域是其在华利益区域。

1926年9月5日,英方借口川军扣押了其肇事商轮“万县”号和“万通”号,恼羞成怒,悍然动用三艘军舰炮轰万县城,制造了震惊中外的万县九五惨案。

三个小时,死伤千余人——万县古城沦为一片废墟,整座城市笼罩在腥风血雨中。

面对英国帝国主义残酷野蛮的暴行,中国人民义愤填膺。中共中央对此发表《中国共产党中央执行委员会为英国帝国主义屠杀万县同胞告民众书》(简称《告民众书》)指出:“是近百年来世界史上未有之惨案奇闻。”朱德、陈毅等在万县直接组织和领导反帝斗争,并迅速在全国掀起了声讨英帝国主义、追悼万县死难同胞的群众运动,谱写了大革命时期中国共产党领导人民进行反帝斗争的壮丽诗篇。

九五惨案也被载入了《中国近代史》《中国革命史》,编入了高中历史教材。刘书金是山东人,他告诉记者,在中学时期读到这段历史时,他就深感震惊,便"一直想到万州实地看一看"。

1982年,刘书金被安排到万州工作。初到万州,他就去了解万县九五惨案。

"当时,唯一的纪念碑已处于野草丛生中。"刘书金说,当时他就有了建纪念馆的想法。

太白岩下建纪念馆

1996年9月5日,在九五惨案70周年纪念日这天,万县九五惨案纪念馆

万县九五惨案纪念馆大门。彭瑜摄/视觉重庆

在太白岩下建成开馆。

纪念馆建成后，刘书金先后征集到九五惨案文献、资料、文物3000余件。为收集在英国商船上缴获的一架钢琴，他先后5次跑四川省博物馆。刘书金说："看着纪念馆展品越来越丰富，我觉得一切付出都值得！"

记者看到，纪念馆展品主要有中共中央关于九五惨案的重要文献《告民众书》、九五案扣押英舰铁锚、九五惨案纪念门、九五惨案纪念碑、九五惨案警报台、侵华日军轰炸万县出土未爆的炸弹等。

"纪念馆有极强的教育意义"

在纪念馆里，一件件万县九五惨案的英军罪证实物，一张张鲜血淋漓的照片，一组组数字，一个个不畏强暴参与反帝斗争的英雄事迹，就这样映入人们的眼帘，再现了当年万县九五惨案血与火的历史。

万州区还成立了九五惨案研究会，现在每年九五惨案纪念日，万州要鸣放警笛，让牢记九五惨案，勿忘国耻纪念活动。20多年来，除了征集大量文物、文献、史料，刘书金还编著了《震惊中外的万县九五惨案》一书。

"纪念馆让我深入了解了那段屈辱的历史。""我一定要铭记中国人民不畏强暴、英勇反帝的历史，珍惜今天的生活。"……在万县九五惨案纪念馆，游客参观后纷纷留言。

刘书金说，开馆25年来，纪念馆年均接待游客6万余人次。特别是开展党史学习教育以来，前来参观的党员干部和群众越来越多。他说，历史是一面镜子，可以让人获得感悟和启迪。

"纪念馆是一本历史教科书。"万州区委党史研究室相关专家称，纪念馆在全国各地征集、抢救了大量史料，举办了大型史实展览，对子孙后代具有极强的教育意义。

（彭瑜）

“人生如马掌铁，磨灭方休”
——揭秘三三一惨案背后的故事

1927年3月31日上午，重庆通远门打枪坝广场，重庆各界群众两万余人正在举行反对英美炮击南京市民大会。

“砰砰砰……”突然，人群中响起尖锐的枪声，混在人群中的大批军警、便衣特务用手枪、马刀、木棒、铁尺等凶器，射杀和追砍手无寸铁的群众。

会场秩序顿时大乱。一时，枪弹呼啸，刀棍交加，许多人躲避不及，倒在血泊之中，死者300余人，重伤者七八百人，轻伤者不计其数。

这便是四川军阀刘湘与蒋介石勾结，制造的残酷屠杀共产党人、国民党左派人士和爱国群众的大血案——三三一惨案。这一惨案的发生导致大革命运动在四川转入低潮，也是蒋介石发动四一二反革命政变的序幕。

三三一惨案发生地——打枪坝旧址。《重庆日报》资料图片

为什么会发生这样的惨案？三三一惨案背后有着怎样不为人知的故事？连日来，重庆日报记者走访了全国党史研究领军人物、重庆市地方史研究会会长周勇，踏勘了部分历史遗迹，揭开了一段峥嵘岁月的光辉记忆。

革命洪流澎湃和革命力量增长，引起反动军阀和反动势力恐慌

为什么会发生三三一惨案？

“主要有两个方面的原因。”周勇认为，一方面，1926年底1927年初，随着北伐的顺利推进，蒋介石集团在掌握军权及在国民党内政治实力进一步巩固基础上，反共反革命真面目日益暴露。

另一方面，四川革命运动的迅猛发展，左派力量的日益壮大，尤其是泸顺起义的爆发以及綦江、涪陵、南川等地农民革命武装力量的崛起，极大地削弱了四川军阀的势力。

1926年2月，中共重庆地方执行委员会成立，四川党组织有了第一个统一的领导机关。同时，在中国共产党的推动下，重庆成立了由共产党员和国民党左派控制的国民党四川临时省党部，实现了国共合作。

“革命洪流的澎湃和革命力量的增长，引起了以刘湘为首的反动军阀和各种反动势力的恐慌。”周勇说。

1927年3月24日，英美军舰炮击南京，打死打伤平民2000余人。消息传到重庆，民众愤慨，中共重庆地方执行委员会决定由“重庆工农兵学商反英大同盟”出面，于3月31日举行抗议英美暴行的市民大会。

但是，国民党右派却趁机散布“共产党要暴动”，市民要焚烧英、美领事馆和教堂等谣言。为此，英、美领事馆决定撤离侨民，并把锚于重庆港的军舰褪下炮衣、生火待发。

刘湘决定借此机会着手镇压这场革命活动，并指使所部第三师师长兼重庆卫戍司令王陵基、第七师师长蓝文彬策划具体镇压措施。

3月31日上午，通远门打枪坝广场，一场上千人死伤的惨案由此发生。

“怕什么！百年的老公鸡只死一回！”

三三一惨案烈士、国民党左派党员、著名经济学家漆南薰。《重庆日报》资料图片

“树棻，你听说没有，明天会场上他们会有大动作，你就莫要去了！”

“怕什么！百年的老公鸡只死一回！”中年男子摆摆手。

“明天你就不要出门了吧！”中年男子的妻子苦苦劝说。

“不用害怕，不打倒军阀，白活着也没有意思，何况不一定发生意外，你放心好了。”中年男子拍拍妻子的手，安慰说道。

中年男子没有接受朋友和妻子的劝说。1927年3月31日凌晨，他趁一直守候在身边的妻子疲倦得睡着的时候，悄悄起身，赤着脚，提着鞋，深情地看了看妻子和幼小的女儿，毅然决然地走向了会场。

这位男子便是国民党重庆市党部（左派）执行委员漆南薰，作为大会主席团成员之一，他要去通远门打枪坝广场，参加反对英美炮击南京市民大会。

然而，这一去，漆南薰却再也没有回来。在三三一惨案中，他被暴徒殴伤后，拖至两路口荒郊，用大刀剁成数段，弃于荆棘杂草之中。

“漆南薰是三三一惨案中牺牲的四川国民党左派革命家，也是一名著名经济学家。”周勇说。

周勇介绍，漆南薰，又名漆树棻，江津人。早在五卅运动期间，他编写出版的《帝国主义铁蹄下之中国》一书，就深刻揭示了帝国主义侵略本质以及中国落后之根源，不少知识青年读了此书后走上革命道路。

1927年，漆南薰回川任《新蜀报》主笔，并在共产党创办的中法大学任教。其间他与中共重庆地方执行委员会及刘伯承等保持着密切联系，热情宣传革命，积极参加反帝反封建军阀斗争。

“共产党人的故事不是艺术创造，而是信仰的真实写照”

三三一惨案烈士、中共重庆地方执行委员会书记杨闇公。《重庆日报》资料图片

“砰！砰！砰！……”1927年4月7日凌晨，渝中区二府衙街70号（现19号），一阵低沉而急促的敲门声响起。

大门应声而开，来者环顾四周，见四下无人，从兜里掏出一个小包裹交给开门人，一番耳语后匆匆离开。

包裹里有一枚戒指。见状，屋中的老者顿时老泪纵横，一旁的年轻女子当场晕倒在地。

送包裹者是一名狱卒，戒指的主人是杨闇公。就在一天前，1927年4月6日，三三一惨案后被捕的杨闇公在佛图关被残忍杀害。这名狱卒受其精神感召，冒死将杨闇公的遗物送交其家人。

“杨闇公牺牲的时候，只有29岁。他是中国共产主义运动的先驱，是我党早期军事工作的优秀领导人，是四川早期党组织的杰出领导人，是重庆人民优秀的儿子。”周勇说。

史料记载，面对敌人的利诱和严刑，杨闇公坚贞不屈，大义凛然，军阀残忍地割去了他的舌头，丧心病狂地挖去了他的双眼，还砍断了他的双手。最后他身中三弹，牺牲于佛图关。

“对于杨闇公牺牲的情景和细节，我曾经以为是艺术的创造。”周勇称，1991年，他到杨闇公家乡——当时的四川省潼南县任县委副书记。为深入研究那段历史，他曾发动群众，在全县收集到一批杨闇公的珍贵文物，还原了历史的真实场景：

杨闇公牺牲后，家人将其遗体暂厝于重庆江北相国寺内，请来照相馆师傅为他的遗体拍摄了两张照片。

一张是杨闇公就义后平躺在木板上的侧面照，白色衬衣，深色西裤，全是血迹和泥土。从照片上可以清晰地看到他脸上的伤痕，平放着的右臂以下没有手。

另一张是杨闇公家人将其遗体清洗洁净、穿上西式礼服后，让其斜靠在椅子上拍摄的正面照片。眼上、脸上、嘴上的伤痕清晰可见，左右手臂以下均无手。

如今，这两张资料照片均存放于杨闇公旧居陈列馆之中。

1987年，潼南人民将原来埋葬在双江镇黄家沟枣子湾的杨闇公，迁葬于城郊尖山子新建的杨闇公烈士陵园。当时现场照片清楚地显现，棺木打开时，杨闇公烈士遗骸没有手骨。

这便是军阀残忍、烈士壮烈的铁证！

“杨闇公牺牲的故事如此惨烈地、真实地展现在我的面前，令人震撼。这让我知道了，杨闇公被割舌、挖眼、斩手而牺牲，决不是艺术创造，而是历史的真实，更是信仰的真实写照！”周勇说，这些史料，真真切切地证实，在这个世界上，真有杨闇公这样大义凛然，视“人生如马掌铁，磨灭方休”的共产党人。

“‘念及大众同胞痛苦，不得不尔’，这就是共产党人的担当”

随着采访的深入，越来越多的先烈的故事鲜活地呈现在众人面前。其中，有一人名叫冉钧。

冉钧，江津人。1920年与邓小平等一起，由重庆赴法勤工俭学，在法国经李立三、聂荣臻介绍加入社会主义青年团，后来转为中共党员。1925年，他奉党中央之命回到重庆开展革命斗争。

1926年2月，四川党组织的领导机关中共重庆地方执行委员会建立，冉钧负责组织工作。

三三一惨案现场，冉钧在工人纠察队和革命群众的掩护下，跳城墙脱险，藏匿于江北。

深夜，他为了通知幸存的同志脱险，并销毁党的秘密文件，又渡江回城。行前有的同志要他隐蔽，他痛心地说："（陈）达三、（漆）树棻都当场牺牲了，我怎么可以一个人偷活着呢！"

1926年4月1日上午，他与任白戈一道去团地委书记刘成辉家，准备约刘去找重庆地委书记杨闇公研究惨案的善后工作，在途经七星岗时，被刘湘的便衣认出，当即遭到枪杀。

三三一惨案烈士、中共重庆地方执行委员会负责组织工作的冉钧。《重庆日报》资料图片

冉钧牺牲时，年仅28岁，还没有结婚。牺牲前，他曾给弟弟写信道："母老家贫，余不能顾及，有负期许。但一念及大众同胞痛苦，不得不尔……望弟好自为之。"

"'念及大众同胞痛苦，不得不尔'，这就是共产党人的担当。"周勇敬佩地说。

"我们应该像他们那样，全心全意地为党工作，为人民服务"

2021年3月19日，在周勇等专家的指引下，记者来到渝中区七星岗寻访三三一惨案遗址。

沿着七星岗通远门城墙一侧的小路往里走几百米，那里矗立着三三一惨案纪念碑。只见高高的红色花岗石平台上竖立着一只硕大拳头的雕塑，五根手指紧紧攥着，充满愤怒的力量，似乎在向世人控诉反动派的罪行。

纪念碑是1987年由四川美术学院设计，重庆造船厂制作，为纪念三三一惨案六十周年而竖立的。

众人在纪念碑下献上鲜花，肃立默哀，深深三鞠躬，向死难的烈士和同胞表达崇高的敬意和无限的哀思。

在城墙公园背后，记者找到了打枪坝。经历百年沧桑巨变，打枪坝原貌已难寻，渝中区把那一片地区作为历史街区的一部分进行打造。现在，打枪坝的一角被辟为打枪坝休闲广场，作为居民的一处休闲之地。

三三一惨案烈士、国民党四川左派省党部监察委员陈达三。《重庆日报》资料图片

广场进口的青砖门坊上有一副对联：“忆往昔，打枪坝内忙演练；看今朝，绿荫树下好悠闲。”

站在这里居高临下，凭栏远望，一栋栋高楼拔地而起，一座座桥梁横跨两江，一条条道路在眼底下伸延……当年先烈的遗愿早已化为现实，让人感慨万分。

“正是当年那一批批共产党人，心怀坚如磐石的信念，无私奉献，至死不移，不懈奋斗，才有今天民族复兴、人民幸福的美好现实。我们应该像他们那样，不忘初心、牢记使命，努力为实现重庆的新跨越，建设社会主义现代化国家贡献出自己的全部力量。”周勇说。

（匡丽娜）

杨闇公之父杨淮清撰写祭文首次公布

2021年3月18日，重庆市地方史研究会会长周勇披露了收藏于中央档案馆的杨闇公祭文。1927年4月11日，即杨闇公牺牲五天之后，父亲杨淮清率领家人在江北相国寺内祭奠杨闇公时，撰写并诵读了这篇祭文。原文如下：

尚述英灵：

初五惨况，家中均已尽悉。但托诸友营救，连日苦无善果，家人痛心，匪言可及。

惟尔生前富贵不能淫，临难威武不能屈。知尔为国宣劳，为党牺牲，日来含笑着大礼服印我脑筋。尔之精神不死，九泉故无遗恨矣！

我垂死老朽，尔无我念。尔当有灵，日常拥护尔颁白苦境之老娘，青年单向之少妇，岁半弱女，月半孤儿，安康平福。

目睹尔最后之光荣，释我愿耳！

今须与尔永别，不久我亦当与尔见面于地下也！

民国十六年阴历三月初十

淮清率家人痛书

“这是一篇白发人送黑发人的祭文，惨痛悲愤，情透纸背。这更是一篇革命者前赴后继的宣言，撼人心扉，具有穿越时空的永恒魅力。”周勇说，他第一次读到这篇祭文时，热泪难抑。

“‘尚述’是杨闇公的字。”周勇对祭文做了详细的解释：文中开头便称

“尚述英灵”，是父亲杨淮清对儿子最沉痛的悼念，也是最深情的呼唤。

“惟尔生前富贵不能淫，临难威武不能屈。”这是父亲杨淮清对儿子一生的评价和最高褒奖。意思是“我”早就知道“你”是一个为国为民不辞辛劳、不懈奋斗的共产党员。而今“你”为国捐躯，为党牺牲了。“你”身着大礼服而含笑九泉的形象，将永远地深深地印在“我”的脑海之中。有“你”的精神永垂不朽，因此即使命赴黄泉也没有遗憾。

“我”已经老了，“你”不必挂念。但是，“你”的在天之灵，一定要好好地经常地保护照料“你”那头发花白的母亲、年轻守寡之媳妇，尤其是“你”那岁半的女儿和月半之儿子，让他们能安康平福。“你”的牺牲是“你”和“我们”全家最大的荣光。

“最后一句尤为催人泪下。”周勇称，“我们今天与你永别，不久我亦将与你相会于地下，再续父子之情！”

祭文的原件于20世纪30年代由中共中央交共产国际代管，20世纪50年代，当时的苏联移交回中国，现收藏于中央档案馆。

（匡丽娜）

杨闇公以生命和热血践行人生格言

初春时节，杨闇公烈士陵园杨闇公同志之墓四周的琼花含苞待放。

杨闇公（1898—1927），名尚述、尚达，字闇公。他是中国共产主义运动的先驱者之一，中国共产党内早期的军事工作领导人，中国共产党四川早期组织的创建者和卓越领导人，第一次国共合作在四川的开拓者。

他的一生，短暂、辉煌、壮烈。牺牲前，他高吼的“我的头可断，志不可夺”至今振聋发聩，他践行的“人生如马掌铁，磨灭方休”人生格言鼓舞着一代代中华儿女。

可以告慰杨闇公烈士的是，他的家乡潼南区50个贫困村已全部摘帽，现行标准下4.86万农村贫困人口全部脱贫；生活在幸福新时代的中华儿女没有忘记先烈功绩和先辈功勋，仅2020年一年，杨闇公杨尚昆故里景区就接待了119万游客。

滔滔长江，巍巍丰碑。烈士不朽，人民不朽。杨闇公是如何以生命和热血实践人生格言的呢？

“四犟仔”毅然走上革命之路
“我是旧社会的叛徒，新社会的催生者”

2021年3月9日，记者从杨闇公烈士陵园驱车15分钟，来到位于双江古镇的杨闇公同志旧居。旧居坐落在古镇北街，是一座占地6000平方米的四合院。1898年3月10日，杨闇公出生于此。

杨闇公烈士生平事迹展览。杨闇公杨尚昆故里景区管理处供图

家境殷实的杨闇公，为何会走向革命之路呢？

杨闇公杨尚昆故里景区管理处导游解说部主任杨雪兰说，杨闇公父亲杨淮清开明进步，注重子女教育。杨闇公的大哥、二哥曾留学日本，参加同盟会。受家庭影响，杨闇公自小便有冲破封建牢笼的想法。

1912年，杨闇公意图走出双江“进新学、增知识、广见闻”，但受到了封建族长的阻挠，为此杨闇公在茶馆当众剪掉族长辫子。杨尚昆的儿女曾撰文写道：“（四伯伯杨闇公）被乡亲们称为‘四犟仔’。”

1913年至1920年，杨闇公远赴南京学习军事，之后又怀着救国理想东渡日本。在日期间，他接触到马克思主义。

1920年，杨闇公回国从事革命事业。1922年夏，杨闇公和成都高等师范学校（四川大学前身之一）校长吴玉章相识。吴玉章十分欣赏这位比他小20岁的挚友，称他“忠实可亲，精明能干”。

1924年1月12日，吴玉章、杨闇公等在成都创办了中国青年共产党（简称“中国YC团”）。中国YC团的历史使命是建立无产阶级专政。

在确知中共存在并与中共中央取得联系之后，1925年，吴玉章、杨闇公加入中国共产党。

重庆市地方史研究会会长周勇说，虽然出生在封建地主家庭，但杨闇公却勇于自我革命，他认为“我是旧社会的叛徒，新社会的催生者”。为表其志，杨闇公还给儿女取名为“赤化”和“共产”，希望“赤化全中国，共产主义一定要在全世界实现”。

杨闇公和战友的艰苦奋斗受党中央肯定“川省现时是最好工作之地”

杨闇公在革命历程中结交了不少亲密战友，刘伯承便是其中一位。

记者在《杨闇公烈士生平事迹展览》中看到了《杨闇公日记》复制件。日记纵19厘米、横13厘米，大约有500则，记述了杨闇公1924年1月1日至1926年1月21日期间的经历和感受。

“日记中不少和刘伯承有关。”杨闇公杨尚昆故里景区管理处导游解说部副主任米瑶说，从日记中可以感受到，杨闇公对刘伯承的人品、学识以及军事才能十分欣赏。

如，他在1924年1月2日写道：“伯承确是不可多得的人才，于军人中尤其罕见。”时隔两天，1月4日，他又写道：“伯承机警过人……兼有远大志向，得与之交，我心内是快活的。”1月8日，他高度评价：“与伯承论时局，他真是天才，颇有见解，使此人得志，何忧乎四川。”

在同杨闇公等人的接触中，通过实际考察和慎重比较，刘伯承认定中国共产党才是实现“拯民于水火”的希望所在。

1926年2月，经党中央批准，杨闇公领导成立全川革命的领导核心——中共重庆地方执行委员会（以下简称“中共重庆地委”），并当选为书记。“中共重庆地委的成立，实现了党对全川革命斗争的统一领导。此后，以重庆为中心，四川革命运动迅速汇入全国大革命洪流之中。”周勇表示。

1926年5月，经杨闇公和吴玉章介绍，刘伯承加入中国共产党。同年8月，中共重庆地委提出在四川“扶起朱德、刘伯承同志，造成一系列军队”的战略主张，决定在顺庆（今南充）、泸州一线发动武装起义，以配合北伐战争。党中央同意了这一计划，决定在中共重庆地委内增设军事委员会，由杨闇公任书记，朱德、刘伯承为委员。

“川省现时是最好工作之地，四川工作同志其刻苦奋斗的精神，更有为别省所不及者。”1926年9月，党中央对杨闇公和战友们卓有成效的工作给予高度评价。

就在那一年的12月初，泸顺起义打响。历时160余天的起义虽然失败，但是作为中国共产党力图单独掌握武装的勇敢尝试而载入史册。

传承弘扬英烈精神
让红色基因代代相传

“尔生前富贵不淫，临难威武不能屈。知尔为国宣劳，为党牺牲……”《杨闇公烈士生平事迹展览》中，杨闇公父亲杨淮清于1927年4月11日写下的祭文令人动容。

时间回到1927年3月。正当刘伯承率军激战于前线时，英帝国主义制造了南京血案，中共重庆地委在打枪坝组织抗议帝国主义暴行的群众大会。3月31日，反动军阀刘湘与蒋介石勾结起来，向重庆人民大开杀戒，制造了骇人听闻的三三一惨案。

杨闇公在惨案中脱险以后，于4月4日乘船前往武汉向党中央汇报工作。因叛徒告密，不幸被捕。

1927年4月6日，杨闇公被反动军阀割舌、断手、剜目后，身中三弹，壮烈牺牲于重庆佛图关。牺牲前，他宁死不屈：“我的头可断，志不可夺！”

英烈已逝，精神永驻。1987年3月31日，为纪念三三一惨案60周年，杨闇公烈士铜像在佛图关公园塑立，铜像右侧的崖壁上镌刻有邓小平题写的“杨闇公烈士永垂不朽”九个鎏金大字。

除了邓小平，新中国成立后，曾与杨闇公并肩战斗过的川籍开国元帅朱德、刘伯承都曾深切缅怀过他。1957年3月31日，中共四川省委在潼南县双江镇为杨闇公烈士建立墓碑，朱德为此题写了碑文。1959年，刘伯承在成都金牛宾馆发表了关于泸顺起义的专门谈话，他深情地说：“闇公同志牺牲时才29岁，他意志坚强，有毅力，有决心。重庆应该修一个纪念碑来纪念这些烈士们。”

1987年，杨闇公烈士陵园、重庆三三一惨案死难志士群葬墓地纪念碑分别在潼南县、江北区落成。此后，随着杨闇公档案资料出版、文献纪录片上映、全国性研讨会召开、生平业绩展开展、旧居修复开放等，杨闇公革命历史资源逐渐“活”起来，成为新时代人民汲取信仰的力量源泉。

如今，杨闇公旧居和陵园已被命名为全国爱国主义教育示范基地，社会各界人士经常来到这里，缅怀、祭奠先烈。在全党开展党史学习教育的当下，烈士家乡潼南区将深入推进杨闇公业绩和精神的研究，举办巡展巡讲、开展研学旅行、出版杨闇公烈士事迹书籍、培训小小讲解员等，让红色基因代代相传。

杨闇公同志旧居前的杨闇公雕像。杨闇公杨尚昆故里景区管理处供图

国有脊梁，才能屹立不倒；民有忠魂，才能屡创辉煌。周勇说，我们共产党员要学习党史砥砺初心，接续奋斗践行使命，让英烈不朽精神激励我们奋勇前进，创造新的更大奇迹。

（赵迎昭）

这座四合院是中共四川省委成立地

——穿越时空的讲解再现先辈舍生忘死之精神

“大家好！我是今天的讲解员蒋乐隽。周贡植故居位于重庆市九龙坡区铜罐驿镇英雄湾村（原陡石塔村），是一处坐北朝南的四合院落，由中、东、西三院组成，是中共四川省委成立地、中共四川省委领导机关早期革命活动的重要遗址。于2019年7月1日正式对外开放。”

这是蒋乐隽每天都要重复好几遍的开场白。

和众多讲解员一样，蒋乐隽每天的工作是在周贡植故居讲解中共四川省第一次代表大会成立的故事，迎接一拨又一拨参观的游客。和其他讲解员又不太一样的是，蒋乐隽的身份有点特殊。他是周贡植第五代玄孙，即蒋乐隽的外婆是周贡植的孙女。

“我很荣幸，也很骄傲，在几十年后的今天，能以讲解员的身份讲述我先辈的革命事迹，好像穿越时空，与他们产生了联系。”2021年3月11日，一个春光明媚的上午，在周贡植故居，蒋乐隽告诉重庆日报记者。在那个动荡的年代，周贡植等一大批革命先烈，在枪林弹雨中奋勇前行，为人民的幸福，舍生忘死，其精神，激励着一代又一代中国人奋斗。

现在，看着故居地面铺满的青石条，于无声处回望烽火岁月，仿佛耳边传来吟唱：时代击你以风雪，你报之以歌唱。命运置你于危崖，你匮人间以芬芳……

游人在位于九龙坡区铜罐驿镇的周贡植故居参观。齐岚森摄/视觉重庆

中共重庆地委遭破坏组建四川临委

循着蒋乐隽的讲解，时间倒回到1917年。

十月革命后，中国掀起留法勤工俭学的热潮。在无产阶级革命家、教育家吴玉章的倡导下，川渝成了当时留学法国人数最多的地区。据统计，在全国先后赴法的1600余名学生中，川渝青年就有378名，居全国之冠。邓小平、冉钧、周贡植等均是其中的代表。

1920年8月，邓小平、冉钧、周贡植等共计84名青年在重庆太平门码头登上了法商的客轮，顺江东下，来到上海，在上海乘法国"昂特莱蓬"号邮轮经过一个多月的海上航行，到达法国马赛。

留学生们到达法国后都会受到华法教育会的帮助，他们的主要工作就是翻译法文书籍，联络中法学者和学术团体，推动国内青年赴法留学，同时也介绍法国人游学中国。

正是有了"留法俭学"的珍贵指引，中国大量的有志青年集结法国，学习革命经验，研究马列主义。

1920年，里昂中法大学运动失败后，部分中国留学生被迫回国。回国后，他们将所学的马列主义运用到中国共产党早期组织的实践中。

1925年后，为深刻践行中共四大的重要指示，以周贡植为首的重庆籍进步青年纷纷回到重庆，积极开展马列思想的宣传，发动群众，发展党员。

1926年2月，在中共中央的直接领导下，建立了中央派出机构——中共重庆地方执行委员会，杨闇公任书记。

1927年3月31日，包括重庆党、团组织全体成员和国民党左派省党部的绝大多数成员在内的各界人士共两万余人，来到通远门附近的打枪坝召开大会，遭到重兵镇压，死者300余人，重伤七八百人，这就是骇人听闻的三三一惨案。

三三一惨案中，中共重庆地委书记杨闇公等牺牲，党组织也遭到严重破坏。1927年7月，中共中央派傅烈、刘荣简、周贡植等同志到四川开始重建组织，成立了四川临委。临委仅用了三个月就恢复了重庆和成都两个市委、5个县委、13个特支，清理和重新登记党员420人，为后续四川省第一次代表大会的顺利召开，打下坚实基础。

《中国共产党重庆历史》评价中共重庆地委的成立是重庆近代史上的大事件和转折点，实现了中国共产党对四川革命运动的统一领导，确立了重庆作为四川革命运动的中心地位。

四川省一大召开制定《春荒四川暴动行动大纲》

1928年2月10日，在巴县铜罐驿周家大院西边的厢房里，一群有志之士聚集在一起，商讨武装反抗国民党反动统治总方针。这就是中共四川省第一次代表大会。

开会的铜罐驿周家大院就是周贡植的家。

为什么把会议地点选在周贡植家？

原来，铜罐驿曾是远近闻名的水上商驿，旧时与城水驿、鱼洞驿、木洞驿并称“重庆四大水驿”，铜罐驿码头到周贡植的家直线距离只有500多米。来参会的代表可以坐船从主城到铜罐驿，既交通便利，又避免了在主城聚集被发现的可能。

根据史料记载，在为期6天的会议中，正式成立了中共四川省委，傅烈任省委书记兼军委书记，周贡植任组织局主任，选举刘愿庵为中共六大代表。会议通过了《政治任务决议案》《组织问题决议案》等文件，特别是制定了武装反抗国民党军阀统治的《春荒四川暴动行动大纲》。

中共四川省委的成立，促进了土地革命斗争在全川的发展。

然而，就在不到一个月后，发生了导致中共四川省委遭受重大破坏的"兴隆巷事件"。

1928年3月9日，中共巴县县委成立大会在省委机关兴隆巷8号举行。省委书记傅烈和省委组织局主任周贡植（兼巴县县委代理书记）到会指导，程明海、周玉书、黄中元、刘俊明、吴永初、徐君治、张冠常出席会议。

会议还没开始，突然，门口响起一阵急促的敲门声。原来，当天三个巡警上门来收"公巡捐"，在楼下没见到人，便上楼来催缴钱款。当他们看到一屋子的年轻人围坐在桌边时，便以为是在聚众赌博，马上堵住门口大喊"抓赌"，并吹起口笛呼唤其他警察前来。

开会者中有人想起身反抗，傅烈以为只要搜不出赌博证据就没有关系，示意大家不要鲁莽行事。没想到，几天前组织的文件全部转移到这间屋子里来了。于是警察当场搜出党组织名册、文件、传单、刊物等资料，在场9人全部被抓捕。随即警察戒严全城，继续搜捕，共逮捕10位同志。

"三哥病故，信款停寄。"事情发生后，成都党组织收到这样的电报。三哥就是四川省，川字笔画有三，代号三哥。被捕的同志被关押审讯，敌人软硬兼施，傅烈受的毒刑最多，几次晕死过去。尽管受尽酷刑，傅烈始终咬紧牙关没有透露党组织的任何信息。

4月3日，除1人被判处无期徒刑外，傅烈、周贡植等9名同志被判处极刑，押解途中，他们高呼"打倒帝国主义"的口号，最后英勇就义。

傅烈、周贡植牺牲时年仅29岁。

唯一拥有统一战线、武装斗争、党的建设“三大法宝”要素的纪念地

巴渝地区早期共产主义者在党的领导下不懈奋斗，在统一战线、武装斗争和党的建设三个方面，进行了可贵的探索，留下了宝贵的精神财富。

“川省现时是最好工作之地，四川工作同志其刻苦奋斗的精神，更有为别省所不及者。”这是当时，党中央对川渝共产党组织和全体党员的最高褒奖。而在这褒奖背后，是先辈们怀着初心、肩负使命，拼洒的热血和生命。

“周贡植故居是中共四川省委成立地，也是中共四川省委领导机关早期革命活动的重要遗址，是目前唯一拥有统一战线、武装斗争、党的建设‘三大法宝’要素的纪念地，具有重要的历史纪念价值和教育意义。”九龙坡区委统战部副部长蔡仁祥介绍，故居能充分反映出四川省委统战工作辉煌的革命历史；能反映老一辈革命先驱大无畏的革命情怀和各党派人士、无党派人士等统一战线成员团结奋斗的革命精神；能依托历史文物、典型事迹展览，教育和引导广大党员干部及统战系统广大成员；能以中国统一战线传统教育基地为载体，广泛深入地开展全国统一战线的传统教育活动，将周贡植烈士和他的战友们的革命精神宣传辐射至全市乃至全国。

据了解，为大力营造爱国主义互动文化氛围，九龙坡区已把中共四川省临委会扩大会议会址暨周贡植故居遗址建设成为集宣传、教育、培训、研究功能为一体的全国一流统一战线传统教育基地，并申报为中国统一战线传统教育基地。

传承发扬党史教育生动的地方教材

目前，修葺一新的周贡植故居内，正在举办《初心·使命·奋斗——巴渝地区早期共产主义运动文物史料展》。展览分为前言、觉醒巴渝寻求真理、播火西部为民立党、国共合作统战前驱、枪响泸顺起义壮举、前赴后继热血丰碑、浩气长存星耀巴渝等部分，展出文物、档案、史料数百件，其中不少是

首次展出。

自2019年7月，故居正式开放以来，全市甚至全国的许多单位前来参观，凭吊先烈。

九龙坡区委党校组织教师集体参观了中共四川省临委会扩大会议会址暨周贡植故居，一位教师坦言："通过参观学习，大家了解到巴渝地区中国共产党早期活动的历史和周贡植等革命先辈浴血奋斗、英勇悲壮的光辉革命事迹，先烈的故事激励大家要不忘初心、牢记使命，继承和发扬革命烈士为党牺牲奉献的优良传统和作风，把爱党爱国之情落实到实际工作中。"

"在故居开展党史教育，是一种传承和发扬。"九龙坡区委统战部相关负责人表示，重温这段用生命和理想铸就的"初心·使命·奋斗"史，就是要教育引导全体党员不忘初心、牢记使命，坚定不移为中国人民谋幸福、为中华民族谋复兴。

（高树川　戴娟　周尤）

中共四川省临委会扩大会议会址暨周贡植故居

——见证川渝早期共产党人初心

在重庆长江北岸九龙坡区地段，有一座千年古镇——铜罐驿。这里曾经是远近闻名的水上商驿，旧时与城水驿、鱼洞驿、木洞驿等并称“重庆四大水驿”。

铜罐驿镇的陡石塔村周家大湾生长着成片的柑橘树，茂密的柑橘树掩映着一座青瓦木结构院落。院落门口立有一块石碑，上书：中共四川省临委会扩大会议会址（周贡植故居）。

这个小院里发生过什么故事？重庆日报记者进行了采访。

位于九龙坡区铜罐驿镇的周贡植故居外景。齐岚森摄/视觉重庆

铜罐驿走出的无产阶级战士

“1899年5月5日，铜罐驿镇周家大院，周贡植出生于此。”2021年5月25

日，站在周家大院外，九龙坡区文化旅游委主任邓立介绍，当时的周家是铜罐驿一带的大户人家，周贡植自小就接受了良好的教育。

1919年夏，从巴县中学毕业的周贡植考入重庆留法勤工俭学预备学校。次年，周贡植赴法国勤工俭学。

“在法国期间，周贡植积极参加由赵世炎、周恩来等领导的革命斗争，于1922年加入旅欧中国社会主义青年团，并在不久之后成为中国共产党党员。”邓立说，1925年，周贡植奉调回国，进入中共重庆地方执行委员会，在书记杨闇公的直接领导下，主持国共合作的国民党四川省党部农民部工作，领导川渝农民运动。

“当时，为让重庆党组织得到进一步发展，周贡植经常回到铜罐驿，积极开展宣传工作。”邓立说，1926年3月，在周贡植的努力下，中共铜罐驿支部正式成立，周家大院则成为这个党支部召开会议的主要地点。

中共四川省委在这里成立

“事实上，周家大院除了是周贡植的家之外，它还是中共四川省委的诞生地。”邓立说。

1927年，国民党反动派在重庆制造了三三一惨案，杨闇公、冉钧等中共重庆地委负责人壮烈牺牲。当年8月12日，傅烈、周贡植等人在重庆建立中共四川临时省委，傅烈任书记，周贡植任省委秘书长兼组织部长，重新恢复了被破坏的四川党的领导机关，工农群众运动亦逐渐开展起来。

“1928年2月10日至15日，在铜罐驿周家大院，中共四川临时省委召开扩大会议，正式成立四川省委。”邓立说，会议通过了《政治任务决议案》《组织问题决议案》等文件，制定了武装反抗国民党军阀统治的《春荒四川暴动行动大纲》，提高了中国共产党在人民群众中的威信，全省地下党组织活动更加蓬勃开展起来。

那么，为何这场会议会在周家大院召开呢？“周贡植的父亲周信诚是一位开明绅士，当时任铜罐驿乡乡长，被称为‘团总’，是很有人缘和号召力的人物。周贡植争取到父亲、弟妹的支持和保护，周密布置了会场的警戒保卫工作，因此代表们可以放心地开会议事。”邓立表示。

可惜的是，这次会议后不久，就发生了“兴隆巷事件”，周贡植、傅烈等人不幸被捕，并于当年4月3日在重庆下半城朝天门码头河边的沙嘴刑场英勇就义。

珍贵文物史料彰显共产党人初心

“周贡植故居是中共四川省委成立地，也是中共四川省委领导机关早期革命活动的重要遗址，是目前唯一拥有统一战线、武装斗争、党的建设‘三大法宝’要素的纪念地，具有重要的历史纪念价值和教育意义。”邓立介绍。

2009年，周贡植故居被列为重庆市文物保护单位。2017年，九龙坡区委、区政府决定对故居进行整体修复保护。2019年7月1日，周贡植故居正式对外开放。“在开放的当天，《初心·使命·奋斗——巴渝地区早期共产主义运动文物史料展》也正式开展。”邓立说。

《初心·使命·奋斗——巴渝地区早期共产主义运动文物史料展》现场，一张张珍贵的图片和众多文献资料向人们展现了从重庆开埠，经辛亥革命、五四运动，特别是马克思主义传播到1926年中共重庆地方执行委员会至1928年中共四川省委成立的历史进程。

“利用周贡植故居举办这次展览，就是要让更多的人了解巴渝早期共产主义运动的历史，了解巴渝共产党人的初心，传承红色基因。”邓立说。

（黄琪奥）

红军在这里播下革命火种

渝陕鄂交界处，鸡心岭，海拔1890米。

国务院于2008年设立的界碑格外醒目，界碑的三个棱面所对应的区域分属湖北省竹溪县、陕西省镇坪县和重庆市巫溪县。站在界碑处远眺，入眼皆是高山深谷，悬崖千仞。

“攀上鸡心岭，一脚踏三省；去时不知归，归来身失魂……”这首记载于《巫溪县志》中的民谣，描述的是清顺治元年（1644年），挑夫从巫溪大宁盐场经鸡心岭古盐道运盐至湖北、陕西的艰辛。鸡心岭的险要跃然纸上。

但鲜为人知的是，1932年12月15日，贺龙带领的红三军主力部队正是经鸡心岭，从巫盐古道进入四川省巫溪县（今重庆市巫溪县）境内。红军在巫溪历时5天，经过7个乡镇，行军700余里。他们打倒土豪劣绅，分配粮食给穷人，向老百姓宣传革命主张，在巫溪大地播下了革命的火种。

红军从鸡心岭进入巫溪

鸡心岭上的界碑右侧有一条羊肠小道，因为长期鲜有人走，现已消失在半人高的灌木丛中。“这是过去川人运盐入陕鄂的古盐道。”同行的巫溪县委党史研究室工作人员向利华指着山坡告诉重庆日报记者，当年贺龙率领的红三军右路军便是沿着这条羊肠小道，从湖北竹溪经鸡心岭进入巫溪境内。

1932年6月，蒋介石调集重兵向各革命根据地发动第四次反革命“围剿”。同年10月，贺龙率湘鄂西红三军，从洪湖出发，历经湖北随州、豫西南、陕南等地，翻越大巴山，沿川鄂边南下，于1933年1月13日进驻湖南桑植县城，结束了3500多公里的战略大转移。

1932年12月中旬，红三军在湖北省竹溪县兵分两路。右路军由红三军军长贺龙率领，经鸡心岭进入巫溪徐家；左路军由红三军政委关向应率领，中共中央湘鄂西分局书记夏曦随队，沿巫溪阴条岭（神农架余脉）进入巫溪双阳和兰英大峡谷。

七蟒峡一役，吓得国民党县长弃城逃跑

野猪峡，又名“一线天”，坐落在巫溪县徐家镇的一条小河沟上。一里长的峡谷，两岸壁立千仞，谷宽仅二丈左右。

因其地势险要，这里自古以来便是出入川陕鄂的咽喉要道。当年，国民党黄涛部队在一线天峡谷旁的山坡上设碉堡，居高临下，大有“一夫当关，万夫莫开”之势。

巫溪县徐家镇一线天山顶处碉堡。游客顺着徐家镇修建的登山步道拾级而上，仍可看到当年的国民党碉堡遗迹。谢智强摄/视觉重庆

向利华告诉记者，1932年12月15日清晨，红三军右路军先头部队从鸡心岭下山后，从山间小路快速穿插，奇袭一线天山顶碉堡。黄涛部队失守一线天后，纠集了保安队300余人退守七蟒峡。红军兵分三路，一路正面突击，一路从河对岸山头攻击，一路翻到后面山顶居高临下包抄，七蟒峡炮声隆隆、枪声大作，腹背受敌的敌军仓皇向县城逃窜。当时的巫溪县县长蒋登第获悉红军连克一线天、七蟒峡后，吓得弃城逃跑。

12月15日晚，红三军右路军八九千人夜宿徐家坝，并在徐家坝花屋场处决恶霸，把土豪的粮食衣服分给穷人。当地老人至今还记得，红军的部队当晚就睡在老百姓的屋檐下，对群众秋毫无犯。

“红三军留下的红色遗迹，极大地丰富了徐家镇红色文化的内涵。”徐家镇党委书记冉发军介绍，目前，徐家镇着力挖掘红色资源，打造“讲红军故事、学红军精神、唱红军歌谣、吃红军饭菜、走红军道路”的红色主题旅游路线，每年吸引游客超20万人次。

红军与老百姓结下鱼水情

1932年12月16日清晨，红三军右路军从徐家坝出发，经白鹿、双阳，从阴条岭边到兰英大峡谷顶，向巫溪通城夏布坪进发。关向应、夏曦带领的红三军左路军则从湖北竹溪的梨子坪、神农架松柏一带，沿巫溪阴条岭余脉，经兰英大峡谷谷底向夏布坪挺进。

身着单衣薄裤的红军冒着严寒，攀山谷、过冰湖，经历了难以想象的困难，于12月18日在夏布坪顺利会师。部队攀越兰英大峡谷一处被当地人称为“死亡山谷”的峭壁时，有红军战士和骡马不慎摔下深谷。当地人为了纪念红军，将这里叫作“摔马岩”。

巫溪县委党史研究室主任邵碧清告诉记者，红三军进入巫溪前，国民党造谣诬蔑红军是“红匪”，要“杀人放火”“拖猪宰羊”，当地老百姓被吓得躲到了山里。但红军一路军纪严明、公平买卖、不拿群众一针一线，把老百姓当作自己亲人，用实际行动赢得了老百姓的支持和拥护。

在徐家镇、通城镇，至今还流传着红军把土豪的粮食分给穷人，一个铜板买一个橘子，留下棉袄、乌木筷子等物品抵饭钱等故事。红军在翻越阴条岭、兰英大峡谷时，也多亏当地老百姓的帮助，才得以在冰天雪地里走出了这段“死亡山谷”。

在通城镇，不少老人还记得当年红军“挥泪斩同胞”的故事。邵碧清介绍，红军在通城扎营时，因天气寒冷，一名红军战士烤火取暖引燃了农民彭丰相家的草房；另有红军战士为了给部队“打牙祭”，误把村民范永红家喂的肥猪当作地主家的猪拖走了。为了严肃军纪，红三军司令部作出决定，将违纪战士严肃处理。

在通城，红军战士还抓住了正准备逃跑的当地土豪陈德茂，他随身携带的皮箱里装满了穷人写下的高利贷票据和地契。红军将票据和地契全数烧毁，并处决了陈德茂。对此，当地老百姓无不拍手称庆。

一幅红军标语保存至今

邵碧清介绍，红军进入巫溪后，到处书写“红军打富济贫”“打倒土豪劣绅”“打土豪分田地救穷人”等标语，向群众宣传革命主张。

2021年3月10日，记者在通城镇长红村张家大院红三军司令部旧址一间厢房的土墙上，看到了一幅落款为“红三军政治部”的标语。

张家大院是国民党还乡团团总张传松的旧宅，守护标语的老人张同如今年（2021年）已80岁高龄，是张传松的曾孙，他向记者讲述了这幅标语的故事。

1932年12月18日早晨，两路红军在夏布坪会师后，贺龙将司令部设在张家大院，商讨攻打巫山大昌镇的作战计划。张家大院一楼一底，后有退堂正屋，左右两边是厢房，红军便在左右两间厢房的泥墙上书写了标语。“分配土豪的粮食和衣服给穷人”和“红军为穷人得到土地粮食和平而战”，并落款“红三军政治部，一九三二年冬，红军路过此地初次宣传”。

张同如说，红军离开后，两幅标语便一直留了下来。后来，右边厢房因几近垮塌，被居住在这里村民拆除后重建，当年的标语便只剩下了一张照片；左边厢房则一直保存下来，墙上的标语也得以保存至今。

通城镇党委书记王兵告诉记者，红三军进入通城后，整个通城坝子都住满了红军，山路上首尾相接全是红军，这条路也因此被当地老百姓称为“红路”。后来通城乡大兴村改名“红路村”，现在叫“长红村”；当地的新华小学也改名“红路小学”，校名沿用至今。王兵介绍，通城镇为纪念红军，建成红三军纪念广场、红三军司令部旧址陈列室，打造红色旅游线路，每年吸引数十万游客前来重温红军历史，感受红色文化。

1932年12月19日，红三军自通城出发，向巫山挺进。在巫溪短短5天时间里，红军把群众当成自己的亲人，他们打击土豪，纪律严明，与当地百姓结下了鱼水深情。红军离开后，当地群众自发创作了《十字红军歌》《红路》等歌曲，一直传唱至今。

记者离开通城时，偶遇几名红路小学学生放学回家。一路上，他们唱着校歌《红路》：“我们走在红色路上，红军足迹在脚下闪光；拼搏中铸造理想信念，我们播种春天的希望……”

（龙丹梅）

红三军过秀山　在倒马坎“倒马牵羊”

2021年3月8日，秀山土家族苗族自治县隘口镇坝芒村。

离国道326线不远处的小山顶上，有一座掩映在翠柏中的高大纪念碑，上有全国人大常委会原副委员长廖汉生的题词——“中国工农红军第三军倒马坎战斗纪念碑”。

倒马坎战斗纪念碑。秀山县党史研究室供图

这天，秀山县部分单位的近百名党员在此过组织生活。大家举起右拳，在碑前鲜红的党旗下重温入党誓词。

“倒马坎战斗是当年红三军在黔东革命根据地进行的著名战斗之一。这场战斗敌强我弱，但凭着勇气和智慧，红军以很小的代价就取得了胜利，为发展川黔边区打下了基础。”秀山县委党史研究室主任白胜文说。

倒马坎战斗：红军“倒马”又“牵羊”

隘口镇位于大山之中，原名“峻岭乡”。境内，一座山连着一座山。

从秀山通往贵州甘龙镇的小路，在狭窄的山谷中向下蜿蜒，当年最窄处仅30厘米宽，易守难攻。秀山县政协特聘文史委员刘济平告诉记者，“倒马坎”一带地形险峻，传说有古代官员骑马路过时，不幸马倒人亡，地名由此得来。

沿着已经硬化了的小路前行，路旁有一处巨大的天然拱形岩洞，名为“硝洞”。这里钟乳石悬挂，藤萝蔓延。在藤萝中，有一段用石头砌成的约1米多高的掩体墙。坝芒村村委会副主任文朝举扒开藤萝说，这里曾是当年地方反动武装的军事设施。由此扼守峡谷，颇有“一夫当关，万夫莫开”之势。

1933年12月，红三军根据贺龙的建议，决定创建湘鄂川黔边新苏区，并相继攻下我市黔江、彭水，以及贵州沿河等县城，于1934年6月4日进驻离秀山隘口不远的酉阳南腰界。

红三军的节节胜利，震动了周边区县的国民党军政要员。当时秀山的国民党县长赵竹君匆忙从全县民团中抽调人马组成“剿共精选队”，由秀山西路团防头子杨卓之任总指挥，阻止红军从南腰界经贵州甘龙口（今贵州甘龙镇）这条小路攻入秀山。

杨卓之在倒马坎构筑了碉堡工事，派300余人设防。从倒马坎到峡谷下方的革蛇，总长约20公里的险峭山道上，他又安排了十余个中队、近千人的兵力。为确保万无一失，他还在倒马坎前0.5公里的坝芒街上设前哨指挥所，在倒马坎后1公里的气坑坡设营指挥所，均派心腹镇守；自己则在距倒马坎15公里的清溪场，通过电话指挥前线。

杨卓之自认为这道绵长的防线部署得万无一失，将其吹嘘为“固若金汤的万里长城”。

贺龙在南腰界与红七师师长卢冬生研究进攻秀山的战斗方案时，幽默地说：这一仗一定要打好，不仅要倒他的“马”，还要牵那只“羊”！（“羊”谐音杨，意指杨卓之）

1934年8月30日凌晨，战斗打响。从甘龙进军隘口的红七师分两路包抄倒马坎。这天恰逢坝芒赶场。红军化装成百姓进入坝芒，冲进指挥所。这时守敌正在喝酒划拳，还未回过神就被俘虏，整个过程未开一枪。

下午4时，在七桑坡埋伏的战士对空鸣枪，示意赶场群众疏散。右侧的红军重机枪从老鹰嘴直射老鹰窝，一部分红军攻下雷打岩；另一部分冲过坝芒街，占领山神庙，直逼倒马坎。

被击溃的守敌向倒马坎的守敌报信：“红军占领雷打岩，马上要包围过来了。不撤退，一个也跑不了！”气坑坡守敌向杨卓之求救，杨卓之下令撤退，倒马坎守敌立刻溃逃。

红军轻松冲过倒马坎，包围气坑坡守军，打死打伤守敌多人。

与此同时，左翼攻打亚世沟和老营盘的红军，以及右翼攻打硝田的红军均取得胜利。

第二天，红军主力直捣杨卓之的老巢平所以及周边的新院、白沙等地，抄了杨卓之等7户土豪的家。红军将土豪的谷子和猪留下一部分做部队给养，余下分给了当地贫苦百姓。

倒马坎战斗中，红三军不幸牺牲了两名战士，俘敌40多人，缴枪30余支。

二道龙门：贺龙处决土匪恶霸

离坝芒不远的百岁村，碧绿的竹山下，有一个叫作“二道龙门”的土家族传统院落，木瓦结构，已有上百年历史。1934年10月上旬，红三军司令部曾驻扎在这里，贺龙也在此住过几天。1987年，二道龙门作为红三军司令部旧址被列入县级重点文物保护单位。

2021年春节前，白胜文访问过曾见证这段历史的93岁老人杨再畿。

老人回忆说，红三军在周边4个寨子都有驻扎。“当时我们给红军辣椒、蔬菜，红军要给钱才肯收我们的东西，和国民党的兵完全不一样。”二道龙门附近打草鞋卖的杨姓村民不敢收红军的米，说怕红军走了，被抢米的人会来找他要。红军和和气气地说：“米是我们自己包包里掏的。”他才安心收下。

驻扎的红军穿的是草鞋，衣服破了也是自己补，官兵穿得一样朴素。等部队走了，大家才知道，住在二道龙门堂屋里的，是大名鼎鼎的贺龙。

虽然在这里只是作短暂休整，但贺龙并没有闲下来。他与警卫连的同志一起，到群众家中了解生产生活情况，向大家宣传闹革命的道理。与此同时，他还派出红三军的宣传干事在周边村寨张贴革命标语。

“贺龙在这里住的时间很短，却干了件大事，除掉了当地群众的心头大患！”刘济平说。在短暂休整期间，贺龙听当地群众反映二道龙门背后山中有一刘姓土匪，杀人放火无恶不作，多年来谁都拿他没办法。贺龙派红三军战士潜入山中，将其捉拿处决，大家拍手称快。

白胜文介绍，红三军在秀山转战频繁，足迹遍及当时秀山西部、西南、东南的24个乡镇，播下了革命的火种：打了54个土豪，处决了5个罪大恶极的土豪劣绅，让当地贫苦群众知道红军是自己的军队；红军尊重少数民族风俗习惯，争取和团结各界人士，壮大了革命力量；帮助坝芒（现属隘口镇）、枷档河（现属隘口镇）、巴盘（现属清溪镇）建起3支红军游击队，以及坝芒、枷档河、巴盘3个苏维埃政权。

隘口镇：红色文化助推乡村振兴

吃菜要吃白菜心，
当兵就要当红军。
跟着贺龙打天下，
天也明来地也新。

在青山绿水中，倒马坎战斗纪念碑前响起了传承多年的民歌，让前来祭奠先烈的人们热血沸腾。

隘口镇内有大量红三军过境时留下的红色遗迹，该镇拟充分挖掘当地的红色资源。2020年底，位于二道龙门的红三军司令部旧址作为红色教育基地，已完成建筑物的修缮工作，将对外开放。据了解，目前旧址内部关于红三军过秀山的展厅正在规划筹备中，秀山县相关部门准备将从群众中收集到的相关展品、故事在这里集中展示，用红色文化激励人、鼓舞人。此外，倒马坎战斗纪念碑也将经专家评估后，着手进行修缮。

“隘口是秀山比较偏僻、经济发展较落后的乡镇之一。”隘口镇宣传委员王烈湖表示，目前镇内准备将红色文化与乡村振兴结合起来，推动当地经济、社会发展。隘口是县内金银花的重要产地，大力发展金银花的坝芒村是全国“一村一品”示范村。在经济发展方面，未来，该镇将把红色文化与金银花产业发展相结合，提升品牌附加值；结合镇内的红色遗迹和大量的绿色生态资源，发展乡村旅游，如开展重走红军路、听红军故事、体验红军生活等。在丰富群众文化方面，隘口将把红色文化融入本地居民的精神文化生活中，如传唱与红军相关的歌曲、将红军过隘口的故事做成节目展演，激励群众不忘过去，在小康路上奋发有为。

（罗芸）

当地群众世代守护南腰界
56处革命遗址保存完整

1934年6月，贺龙率领红三军来到武陵山腹地的酉阳南腰界，建立革命政权，创建革命根据地，开展土地革命。红军在这里生活、战斗长达半年之久，播下了革命的火种。红军离开后，留下了数十处革命遗址。这些遗址的现状如何，记者前去进行了探访。

酉阳土家族苗族自治县南腰界镇，中国工农红军二、六军团会师纪念塔巍然屹立。谢智强摄/视觉重庆

2021年3月15日，重庆市酉阳土家族苗族自治县南腰界镇土门村土门河上，5座高大的钢筋混凝土桥墩矗立着。虽春雨淅沥，但小河两岸均有挖掘机在抓紧施工。

“这条通向南腰界革命根据地的红色旅游公路，全长16.16公里，从沿（河）印（江）松（桃）高速公路晓景互通连过来，有望在6月底全部完工。”南腰界镇副镇长甘红光介绍，南腰界地处重庆酉阳、秀山，贵州沿河、松桃、印江5县交界处，距酉阳县城105公里，地处偏远，交通不便。“连上晓景互通后，不仅能让南腰界多一条与外界连通的通道，也有助于南腰界红色旅游经典景区创建4A级景区。”

沿着未完工的红色旅游公路行至南腰界场镇，首先映入眼帘的是立于场镇三岔路口中央的贺龙铜像，还有“贺龙大道”“红军中街一路”“红军中街二路”等路牌。它们提醒记者：这里是当年红军战斗过的地方。

红三军以南腰界为大本营，建立黔东特区

1934年6月，贺龙、夏曦、关向应率红三军在这里驻扎，建立了南腰界大本营，创建了包括酉阳、秀山在内的黔东特区。1934年8月，任弼时、萧克、王震率红六军团西征，为中央红军先遣探路，与红三军会师后，于10月27日在这里举行会师庆祝大会；然后又从这里出发，发动湘西攻势，开启策应中央机关和红一方面军（又称中央红军）战略转移新征程。

那么，贺龙为什么选择南腰界作为红三军的大本营呢？

“贺龙早年赶马运盐行走湘鄂川黔边境的时候，曾到过南腰界，对这一带的地理环境、风土人情、物产等比较了解。”甘红光介绍，“红三军选择南腰界作为大本营有三个原因：一是地处两省交界处，交通闭塞，国民党统治力量薄弱；二是层峦叠嶂，西有乌江天险，南有梵净山屏障，在军事上有广阔的回旋余地；三是土地肥沃，物产丰富，容易筹措物资。”

贺龙率红三军进入南腰界后，把司令部设立在南腰场上的余家桶子大院，并在南腰界建立了4个乡苏维埃政权，组建了4支游击大队和19支游击

分队；8月1日，又成立南腰界区苏维埃政权，随后开辟了以南腰界为中心的黔东特区革命根据地。

酉阳土家族苗族自治县南腰界镇，中国工农红军第三军司令部旧址。谢智强摄/视觉重庆

1934年10月27日，红三军和红六军团共8000多名指战员在南腰界猫洞大田举行会师大会，大会由任弼时主持。任弼时宣读了中共中央为两军会师发来的贺电，并就当前的形势和任务作了报告。大会发布了策应中央红军转移及两军团会师后的行动方案：一是以任弼时、贺龙、关向应为核心的领导集体统一指挥红二、六军团；二是将红三军恢复为红二军团番号，同时对部队进行了整编；三是立即开展湘西攻势，主动进攻国民党军队，以策应中央红军转移；四是重组黔东独立师留在川黔边根据地坚持斗争，掩护红二、六军团主力挺进湘西。最后，贺龙宣读了部队整编、干部任命以及两军行动的命令。

他们坚信：红军总有一天会回来的

今天，南腰界依然保存有红三军司令部旧址等革命遗址景点56处，是渝东南革命遗迹遗址保存最多、最完整的地方之一。

红三军司令部旧址陈列室里，有一份写于1934年9月15日的《湘鄂西中央分局给中央的报告》手迹。这份1万多字的《报告》，是关于湘鄂西中央分局的系统而详尽的珍贵文献。

陈列室里，还陈列着贺龙挑灯夜战的油灯，以及当年红军用过的毛毯残片和破烂不堪的军衣。

行走在南腰界场镇红军街上，当年红军战士书写的“共产党十大政纲”“红军不拉夫不筹饷”等宣传标语仍清晰可见，红军大学、红三军宣传队、司号排、没收委员会、油印办公室、传令兵住址等依然保存完好。

在当年红军住过的杨家寨，保存有红军医院和南腰界乡苏维埃政府旧址。

在“红二、六军团贺龙同志办公处”，甘红光掀开办公室里的一块石板，下面是一条黑黝黝的地下暗道。“它是革命前辈当年与敌人斗智斗勇的见证。”甘红光说。

“南腰界的革命遗址之所以能够保存得如此完整，是因为南腰界人民群众的世代守护。”甘红光介绍，红军主力撤离后，国民党军队和地方反动武装对游击队员、苏维埃干部、掉队的红军、红军家属及苏区积极分子进行大肆搜捕和血腥屠杀。“在白色恐怖中，川黔边革命群众在黔东特委的领导下，转入了长期隐蔽斗争。他们坚信红军总有一天会回来的。”

为了把红军书写的标语和革命纪念物品保存下来，南腰界人民想了许多办法。他们用加了盐的石灰水填写标语，再用黄泥覆盖，或用木炭、锅烟涂抹，使得“共产党十大政纲”等红军标语完好保存至今。

酉阳土家族苗族自治县南腰界场镇“红军街”，当年红军战士书写的“共产党十大政纲”“红军不拉夫不筹饷”等宣传标语仍清晰可见。谢智强摄/视觉重庆

大多数红军机构遗迹集中在今天被称为“红军街”的一条石板街上，不少人家都选择在老宅背后另起新房，让石板街得以保留原貌。“每年清明、七一、八一等日子，镇上的干部群众都会自发为红军烈士墓敬献花圈。”甘红光说。

发展红色旅游，推进革命老区持续发展和乡村振兴

沿杨家寨的石板路拾级而下，甘红光带着记者来到了杨家寨红色文化广场。

他介绍，杨家寨红色文化广场于2018年初开工建设，占地3000余平方米，总投资300万元。广场上设置了9块浮雕，分别讲述了中国工农红军第三军在南腰界开辟川黔边革命根据地、建立游击队、开展土地革命等故事。

2011年，酉阳县党员干部和群众还自发集资，修建了中国工农红军红二、红六军团会师纪念塔。

早在1986年，酉阳县政府就拨款修复了中国工农红军第三军司令部遗址和红二、六军团会师纪念亭。时任全国人大常委会副委员长，曾跟随贺龙一起创建南腰界革命根据地的廖汉生将军为南腰界纪念馆题写了“中国工农红军第三军司令部旧址”的馆名，萧克将军也为会师纪念亭题字。

红军战斗、工作、生活过的众多遗迹遗址，为南腰界发展红色旅游创造了条件。甘红光介绍，下一步，南腰界将充分利用长征国家文化公园建设的新机遇，积极探索和促进红色旅游产业与其他产业的纵横向联合，拓展红色旅游产品类型；加强红色旅游资源与周边自然山水、田园风光、历史文化、民俗风情的整合，实现从封闭的旅游自循环向开放的“旅游+”新业态新模式新动能新发展转变；以红色旅游资源为引领，充分利用生态资源、特色民俗文化和特色产业，将乡村旅游、休闲农业、山区综合开发、红色美丽村庄建设和历史文化名镇名村保护、文化遗产传承发展相结合，推进南腰界持续发展和乡村振兴，打造全国革命老区持续发展和乡村振兴示范地。

（陈维灯）

红色星火在城口燎原

曾任中华人民共和国国家主席的李先念，生前在回忆录中写道："川陕革命根据地东起城口，西至嘉陵江……"

位于重庆东北角的城口，是一片光荣的革命热土——

她是万源固军坝起义后城万红军活动的主要区域；

她是重庆地区第一个迎来中国工农红军主力部队的县，老一辈无产阶级革命家李先念、徐向前、许世友等曾在这里留下光辉足迹；

她是重庆地区唯一成建制建立县、区、乡、村苏维埃政权的县，属全国一类革命老区，至今这里仍传颂着大量军民鱼水情深、共同捍卫红色苏维埃政权的故事。

如今，城口在摆脱延续千年的绝对贫困基础上，正发扬光荣革命传统，继承革命先烈遗志，充分挖掘红色文化，书写新时代乡村振兴的篇章。

仲春时节，山如翠屏，簇拥着大巴山腹地的城口县城。

县城南门的碉堡梁，矗立着一座高大的汉白玉石碑，上书"川陕革命根据地城口苏维埃政权纪念碑"。

"城口是一片英雄的土地，这里的河山浸透了革命先烈的鲜血。"2021年3月18日，曾任城口县委党史研究室主任的张合轩动情地告诉重庆日报记者，在土地革命战争时期，红军在城口用生命和鲜血传播革命火种；城口人民也用生命和鲜血捍卫红色苏维埃政权，让革命之火在大巴山熊熊燃烧。

城口苏维埃政权纪念碑。黄祖满摄

星火撒进巴山

在城口县双河乡柳河村庞家院子，有一棵高大的皂角树。阳光穿过黄绿色的新芽，星星点点地洒在树下的"城万红军指挥部"纪念碑上。

"这是一棵'有来头'的树。"双河乡人大主席唐绍强介绍，当年万源固军坝起义前后，起义领导人李家俊曾在庞家院子开会，第一次将革命的火种带进大巴山腹地。

第一次国内革命战争失败后，中国共产党把革命的重心转移到农村。在中共四川省委领导下，李家俊、王维舟等策划在川东组织农民武装起义。

当时，李家俊派人扮成"春倌儿"，在城口、万源、宣汉交界的大山中，走村串户连卖带送"春牛图"。图上写着反抗封建剥削的歌谣："要想不出款，就要拿枪杆；要想肚子填得满，就要团结起来干；要想衣服穿得暖，大家齐把豪绅铲！"

彼时，城口、万源等地的老百姓备受地主豪绅和军阀的欺压，每年缴纳的税款多达30多种，甚至连挑粪也要缴税。

1929年初，一群青壮年农民在庞玉必的发动下，在庞家院子自发成立了“青龙会”，开展抗捐抗粮斗争。

当时国民党军队身穿灰色制服，当地老百姓称其为“灰兵”。1929年春，固军坝起义前夕，李家俊来到双河发动群众参军参战。在庞家院子作宣传时，为防“灰兵”的扰袭，“青龙会”设了远近三处警戒哨点。最近的一处哨点，就在这棵皂角树的大杈丫上。

1929年4月27日，固军坝起义爆发。起义领导小组宣布城口和万源的农民自卫军、农民抗捐军统一编为川东游击军第一路，开展武装斗争。同年6月，这支队伍改编为城万红军。

城万红军以固军坝为中心，广泛发动万源、城口等地群众建立游击根据地，提出要“废除租田制度、取消苛捐重税、打倒土豪劣绅，实行土地革命，建立农工政权”。1930年春，川东游击根据地发展到3000多平方公里，人口6万以上，队伍发展到3个支队、2000余人。

“李家俊一边练兵，一边组织地方成立农民协会（以下简称“农会”），而农会则是地方苏维埃的前身。”唐绍强说，他的大伯唐兴才、二伯唐兴茂受革命思想影响，加入了李家俊的队伍，常跟着农会双河场分会主席白希仁，在场镇召开群众会议，深入村寨宣传革命道理。

与此同时，余坪、周溪、明通等地纷纷成立了农会。在农会的发动下，加入城万红军的贫苦农民越来越多。1930年3月20日，城万红军3000余人攻入城口县城，成为当时川渝地区被地方红军占领的首个县城，震惊全川。

1930年7月，在军阀与地方反动武装的疯狂“围剿”下，固军坝起义失败。庞家院子的百年老树也被反动武装视为庇佑红军的“神树”，纵火要将其烧毁。皂角树被大火烧焦了一半，依然坚强地存活下来。

火种逐渐燎原

庙坝镇位于城口南部与西部交通要道交汇点。离镇政府不远处的青山下，有一座中西合璧的砖木小楼：歇山式屋顶、青色条石和青砖砌墙、拱券造型的门窗，二楼临街有一条长廊。

“这是解放前当地唯一的一座洋房，由大地主王丕基所建。”庙坝镇干部冯乔明说，小楼记录着一段光辉的历史：1934年2月和同年7月，李先念的红三十军与王维舟的红三十三军先后在此驻扎。如今，这里已成为市级文物保护单位。

1932年12月，红四方面军入川，建立起川陕革命根据地。1933年10月，红四方面军在宣达战役取得胜利后，乘胜挥戈城口，解放了城口西南部地区。中共川陕省委决定成立中共城口县委和城口县苏维埃政府。

就在这年冬天，国民党川军接连向川陕革命根据地发动了“六路围攻”，城口是东线的重要战场。

1934年2月，红三十军负责东线突围。时任红三十军政委的李先念，率领部队翻越海拔2000多米的八台山进入城口。

张合轩告诉重庆日报记者，李先念在城口战斗的时间不长，但城口给他留下了深刻印象。20世纪50年代，李先念任国务院副总理兼财政部部长时，听说财政部的曾国坚是城口人。他热情地握着曾国坚的手笑叹道：“城口的山好大啊！我在八台山上打过仗，那时正下大雨，山陡路滑，打了一天把敌人赶跑了，晚上就在山上的庙里宿了一夜。”

在城口时，红军不仅行军作战特别艰苦，生活也十分困难。部队将领跟普通战士和百姓一样，只能靠玉米糊、野菜填肚。

即便条件艰苦，红军依然保持旺盛的战斗力。1934年6月15日，王维舟率领红三十三军攻破城口县城，城口县城再度被红军解放。随后，红军摆出“打下夔巫”的架势。正在对以通江为中心的川陕革命根据地进行“围剿”的四川军阀刘湘又惊又惧，从“围剿”的部队中抽调出超过红军4倍的兵力进攻城口、万源，以防红军威胁下川东地区（现万州至巫山一带）、与在彭水活动的贺龙部会合。

这一兵力调动打乱了刘湘原定的“围剿”部署，也正中红四方面军调敌于预定战场歼灭的计划。在城口，红四方面军的第四军、第九军、第三十

军、第三十一军各一部和第三十三军5支队伍，与川军和地方土匪武装进行了大小百余次战斗，歼敌2000余人。

“城口所在的东线战场的胜利，为红四方面军最后粉碎川军‘六路围攻’、巩固川陕革命根据地创造了有利条件。”张合轩说，而川陕革命根据地的巩固，不仅策应了湘鄂川黔革命根据地的斗争，也为红一方面军长征北上大幅减轻了压力，成为中国革命史上具有浓墨重彩的一笔。

与此同时，红军在城口一边歼敌剿匪，一边开展根据地建设，发展党组织、建立苏维埃政权、训练地方武装。这期间，全县建立了5个区委、9个乡党支部和6个区苏维埃政府、24个乡苏维埃政府、80多个村苏维埃组织，形成了完整的县、区、乡、村苏维埃政权组织体系。在红军战斗版图不断扩张、战争不断取得胜利的同时，川陕革命根据地也成为全国第二大革命根据地。

“我家族有七八个人参加了红军，包括我的祖父冯贤忠。”冯乔明自豪地说，当时仅庙坝参加红军的青壮年就超过300人。

据统计，当时城口全县仅有5.7万人，其中就有近4000人参加革命，600多人参加红军。红军传播的革命火种，在城口已呈燎原之势。

一位爷爷带着孙子在城口县的川陕苏区城口纪念馆参观。齐岚森摄

革命热情燃烧

在川陕苏区城口纪念馆内，陈列着一件国家三级文物：象牙杆铜戥子。

这件文物以纯手工磨制的象牙为秤杆，以黄铜为秤盘。经过岁月的磨砺，白色的秤杆露出浅红，黄铜色的秤盘慢慢变黑。

“这是当年坪坝‘红军药房’草药医生周俊侯用来抓药称重的工具。它见证的是一段军民鱼水深情。”川陕苏区城口纪念馆馆长孙才兴说。

1934年4月，王维舟率红三十三军进入城口，常在庙坝、坪坝、县城一带活动。在指挥战斗之余，他常深入农户家中了解情况，发现坪坝场镇及周边有3家药铺，老百姓却常因“鸡窝寒”等疫病失去性命。原来，这些药铺均为大地主蔡益所开，收费昂贵，穷苦人看不起病。

1934年6月，王维舟召开坪坝区乡苏维埃干部会，并以苏维埃政府名义当众没收了这几家药铺；又在坪坝关庙巷子内开设药房，亲自为药房题写“坪坝工农红军药房”的店名，聘请周俊侯为百姓治病，贫困人家看病免费。

就诊的人多了，“鸡窝寒”对百姓生命的威胁也小了，红军被称为“救命活菩萨”。

“通过一件件事，老百姓感受到红军是真心为穷人谋福利的，都真心拥护红军、拥护苏维埃。”今年（2021年）76岁的坪坝镇议学村村民周英珍说。周英珍曾听婆母龚玉珍说起当年的事：红军驻扎时，老人在井边洗衣服，红军会帮忙提水；龚玉珍和周边的妇女，用苎麻做成相对舒适耐穿的“麻窝子”鞋送给红军。

在武装斗争方面，城口苏区人民和地方赤卫队，积极地配合红军的多次军事行动。左岚乡的陈良魁是当地游击大队长和村苏维埃主席。1934年红军在城口战斗期间，他发现地主袁华中帮敌人打探红军行迹，立即报告上级。红军将计就计，通过伏击全歼敌军一个连。当时，全县成立的7支赤卫军、16支游击大队、30多支游击小队、6个童子团，为维护社会治安、巩固红色政权和根据地发挥了重要作用。

在保证红军后勤供应方面，城口人民更是倾尽所有。红军在城口战斗期间，正好遇上旱灾、虫灾，粮食歉收。《城口县苏维埃创建史》一书记录了对曾任红三十三军二九五团司号班班长刘武彩的采访。刘武彩泪流满面地说："在城口战斗期间，是城口人民养活了我们。只要是能吃的东西，他们就送给我们吃，有的人家把看家狗都杀了送给红军吃。"

据不完全统计，红四方面军在城口战斗期间，城口通过各级苏维埃政权捐粮10多万公斤，打草鞋5000余双、编斗笠2000多顶，并捐献了大量的蔬菜和肉类。

军爱民、民拥军。军民以苏维埃政权为纽带紧紧地联系在一起，城口人民革命的热情熊熊燃烧。

弘扬红色文化

高燕镇红军村的村道，如银白的飘带，缠绕在青山中。它曾是运输锰矿矿石的道路，现在经改造连接起了大山深处的红色历史陈列室、红军哨台、红军医务所旧址、村苏维埃旧址等红色景点。

"红军村有相当长一段时期吃的是'资源饭'，污染大。还有不少群众在锰矿开采中得了矽肺病，因病致贫。"高燕镇党委书记高军说。

近年来，红军村作为全市唯一以"红军"命名的行政村，通过挖掘和发展红军文化走出一条"红绿结合"的路子：重新标注红军历史遗址遗迹11处，收集红军故事形成5万字的资料，建设红军村纪念广场、红军步道等红军纪念设施，开展"走一段红军路、种一棵红军树、吃一顿红军饭"等"八个一"活动；在扶贫帮扶集团的支持下，种植辣椒、萝卜等高山反季蔬菜，发展起150亩的绿色优质稻、70亩的荷塘，并大力开展乡村旅游。

"红军村是我们设计的县内红色旅游线路中重要的体验点，预计2021年七一前后就可推出这条红色旅游线路。"城口县文旅委有关负责人表示，线路以苏维埃政权纪念公园为中心，辐射双河、庙坝、坪坝等乡镇。其中双河将重点介绍李家俊领导的城万红军历史，庙坝着重介绍李先念所在的红三十军足迹，坪坝侧重介绍王维舟率领的红三十三军战斗史。目前，这些遗址已基本完成修缮和部分布展陈列工作，正在结合挖掘到的红色故事开展主题教育设计，便于引导游客追忆光辉的苏区历史、感受城口独特的红色文化，让红色基因代代相传。

（罗芸）

纪律严明　爱民亲民　秋毫无犯
——中央红军长征时转战綦江石壕

2021年3月17日，綦江区石壕镇猫儿山麓的红军烈士墓，两旁的松柏高大挺立，林间不时传出清脆的鸟鸣。

站在山脚仰望，一座红军烈士纪念碑高高耸立。重庆日报记者拾级而上，来到了18.6米高的纪念碑前。纪念碑上，镌刻着聂荣臻元帅等老一辈无产阶级革命家的题词："继承先烈遗志，发扬长征精神""碧血酬马列，丹心映长征""苍山永翠，浩气长存"……

红军烈士纪念碑的正前方是红军烈士墓，墓的上方矗立着5位红军战士的铜像，碑左侧的松柏林间，是一片碑林，立着七八十块红军宣传标语碑

位于綦江区石壕镇的石壕红军烈士纪念碑。齐岚森摄/视觉重庆

刻；碑林前方，是中央红军长征转战綦江历史陈列室。

“綦江是中央红军在渝唯一过境地。当年红一军团过綦江时，牺牲了5名战士。新中国成立后，为缅怀革命先烈，綦江县委、县政府先后在白果村和石壕场附近修建了红军烈士墓。今天我们看到的红军烈士墓，就是政府将5位红军烈士的忠骨迁葬在这里后而修建的。”綦江区委党史地方志研究室主任陈平介绍。

当年红一军团过境綦江石壕时，究竟发生了哪些故事？红军二万五千里长征中，转战綦江又有着怎样的意义？近日，重庆日报记者走进石壕，追寻红军当年那段峥嵘岁月。

扼占咽喉：保障遵义会议顺利召开

从重庆主城出发，经G75兰海高速在綦江安稳互通下道后，再行驶40多分钟便到达红军桥遗址。

位于綦江区石壕镇的红军桥。齐岚森摄/视觉重庆

红军桥全长19米，是一座由石基加木质材料以及小青瓦搭建的风雨廊桥，横跨在洋渡河与高山河两河交汇处。

“这座桥可不是一座普通的桥，当年红军先头部队、红一军团直属队和第一、第二师8000多人都走过这座桥。”陈平说，这座桥始建于清同治年间，原名两河口桥；由于红军走过这座桥，后来当地的老百姓便叫它红军桥。

据《红色綦江》一书记载，1935年1月，中央红军攻克黔北重镇遵义城后，中共中央决定于1月15日—17日，在贵州遵义召开政治局扩大会议，也就是中共党史上具有伟大转折意义的遵义会议。

但当时，扼守在川南地区一带的川军正虎视眈眈。为保障遵义会议顺利召开，1月10日，红一军团第一师在政委刘亚楼指挥下，攻克娄山关，攻占贵州桐梓县城。随即，先头部队继续向贵州新站、松坎方向挺进，进逼川黔边境地綦江，以防止国民党大部队从川南进入而威胁遵义。

綦江，素有重庆南大门之称，自古就有“天下无事则已，有事黔蜀必变，黔蜀变则綦江必先被兵”之说。为扼占咽喉，1935年1月15日，红一军团第一师第二团在团长龙振文率领下经过两河口桥，迅速进驻綦江羊角，扼守瑶龙山下川黔交界处的酒店垭关隘，监视驻扎在川黔边境九盘子一带的川军和贵州盐防军。经过多番激战，红军将敌军击溃，抢占了安稳、羊角一线的有利战略位置，成功扼住了川军可能进攻贵州遵义的重要咽喉。

“中央红军在綦江牵制国民党军队，保障了遵义会议的顺利召开，具有重要的军事战略意义。”陈平说，红军进入石壕一带，对遵义、桐梓形成了保护屏障，确保了遵义会议的顺利召开，同时也为部队休整提供了时间。

到达石壕：打土豪分粮食 深受百姓爱戴

遵义会议结束后，国民党军队对红军进行了疯狂的围追堵截。

据史料记载，为冲出敌人的包围，1月20日中央军委制订了《关于渡江的作战计划》，决定在宜宾与泸州之间北渡长江，与川陕革命根据地的红四方面军会合。此时，红一军团大部队从1月17日—20日，在贵州松坎休整了4天。

为响应这一计划，1月21日，红一军团8000多人到达了綦江石壕。“红军到达石壕造成了佯攻重庆的假象，牵制了川军兵力，为迅速转道赤水赢得了宝贵的战机。”陈平说，红军在石壕期间，打土豪劣绅，把粮食分给贫苦农民，深受农民爱戴。

“红军部队来到石壕头天早上，当时的反动军阀和劣绅做了反动宣传，爸爸和奶奶心里害怕得很，两个人跑得远远的，悄悄地躲到山洞里头。”石壕镇，50多岁的居民王宁说，红军到石壕那年，他的爸爸只有6岁，当时全家住的是木板搭建的板壁房，爸爸和奶奶躲起来后，只剩下年迈的祖母一个人在家守着。

“祖母曾给爸爸讲过，红军来时，正是寒冬腊月，晚上没有进屋，而是住在街边屋檐下，由于下着雨雪，红军就用油纸铺在地上，有一部分人住在奶奶家后的猪圈旁，离开时还打扫得干干净净。”王宁说。

陈平介绍，当地的一些老人曾给他讲述过，当时红军在安稳、石壕一带休整期间，没收了几家地主的100多石谷子及腊肉、衣物等，分给缺吃少穿的贫苦农民。红军还自带炊具、盐、米，在村民家借灶煮饭时，都亲自挑水、劈柴，不给主人添麻烦，让老百姓了解到了红军是穷人的队伍，是共产党领导的队伍，纪律严明，亲民爱民。反动派污蔑红军的谣言也不攻自破。

后来，石壕民间流传着一首歌谣：“石壕哪年不过兵，过兵百姓不安宁。唯独当年红军过，一来一去很清静。不拿东西不拿钱，走时地下扫干净。”

舍生取义：红军司务长壮烈牺牲

“綦江是保障遵义会议顺利召开的最前哨，中央红军过綦江则是四渡赤水的前奏曲，虽然只有短暂的7天多时间，但战略意义非常重要。”陈平说，虽然历史已经过去，但红军的坚贞革命信仰以及和人民的鱼水之情，一直指引着石壕村民奋勇前行。

登上石壕红军烈士墓的186级梯坎后，58岁的綦江区石壕镇综合文化站干部赵福乾脸不红、气不喘。“从2010年开始，我就在石壕红军烈士墓做义务讲解了。”赵福乾说，他每年都要在这里义务讲解上百场，讲得最多的是一位红军司务长的故事。

中央红军转战綦江时，牺牲了5名红军战士，其中一名便是严格执行红军纪律的司务长。他叫什么名字、多少岁、来自哪里，没有人知道。“我是听着司务长故事长大的，他虽然没留下姓名，但留下了信仰。”赵福乾回忆，他小时候便经常听父亲讲述这位司务长的事迹，久而久之，他便熟稔于心了。

《红色綦江》记载：1935年1月中旬，贵州松坎盐防军被红一军团先头部队击溃，队长姜金全残部逃到川黔交界的瑶龙山寨驻扎，妄图阻止红军前进。1月20日，红军又将其残部打散。次日中午，红军某部在箭头垭场吃完午饭后继续前进，留下司务长和两名战士善后，检查清点和归还借用群众的东西。

姜金全见红军只剩少数后勤人员，便命令长枪班将箭头垭场包围，短枪班进场袭击。三名红军战士寡不敌众，一人牺牲，一人负伤后突围，司务长则负伤被捕。

盐防军立即将司务长的随身物品搜去，并对他施以“烧烙铁”“灌石灰水”等酷刑。当晚，司务长被吊在农民赵兴五家坝子边的桑树上。赵兴五见其伤势严重，又饥又寒，便偷偷送了一碗饭菜给司务长。司务长怕殃及赵兴五，坚持不吃。第二天，司务长被残忍杀害。“司务长始终坚贞不屈，未吐露关于红军的任何信息。”赵福乾说。

20世纪60年代，原綦江县石壕区羊叉乡政府在司务长牺牲地修建了红军烈士墓。1981年，其遗骸被迁葬于石壕红军烈士墓。

“父亲被这位司务长的事迹所激励，选择参军，曾参加过抗美援朝。”赵福乾告诉记者，“司务长和父亲都是我的榜样，我要一直把司务长的故事讲下去。”

代代相传：利用红色资源发展乡村旅游

青山埋忠骨，史册载功勋。中央红军过境綦江期间，牺牲了5名红军战士，为缅怀革命先烈，1964年至1983年间，綦江县委、县政府先后在白果村和石壕场附近修建了红军烈士墓，并逐步将5位红军烈士的忠骨迁葬在一起。1991年，当地又对石壕红军烈士墓进行了整修和扩建。

据了解，红军烈士墓由长征诗碑、烈士墓地、烈士塑像、烈士纪念塔、题词碑林、陈列室、红军宣传标语碑林等7个部分组成。如今，石壕红军烈士墓已是重庆市文物保护单位、重庆市爱国主义教育基地、重庆市国防教育基地。

为隆重庆祝中国共产党建党100周年，2020年下半年，綦江对红军桥进行了修缮加固，并将红军桥旁边闲置的土墙房改造成陈列室，供游客参观。

不仅如此，为让后人更好地瞻仰革命烈士，传承弘扬红军精神，目前，石壕镇正对红军烈士墓进行系统性修缮，预计2021年7月1日将正式对外开放。

为让红色基因代代相传，当地决定利用红色资源，大力发展乡村旅游。石壕镇宣传统战委员令狐克军表示，石壕镇正在进行“长征国家文化公园重庆段綦江主体建设区红魂小镇”的打造，推出石壕红一军团指挥部、红军桥、红军洞等红色遗迹旅游线路。同时，该镇还计划打造重庆红军长征纪念馆，集中展示红军在渝时的图文资料和藏品。

“在深入挖掘红军史料、修缮红军相关遗址的基础上，发展乡村旅游，推动石壕乡村的全面振兴。”令狐克军说。

（赵伟平）

一位百岁老人的珍藏

——揭秘重庆籍红军高级将领李棠萼鲜为人知的故事

2021年4月27日午后，暮春的阳光里有着初夏的温热。

九龙坡区老年公寓5楼，百岁老人李肇庄缓缓将被褥挪至一旁，小心翼翼地从一个文件袋里拿出珍藏多年的几样物品，平整地铺开在床板上——

一封1953年1月7日中共中央组织部的回信、一份1953年2月24日由中央人民政府人民革命军事委员会颁发的“革命军人牺牲证明书”（列字第10033号）、一份中央人民政府以毛泽东主席名义颁发的“革命牺牲军人家属光荣纪念证”、一张已经发黄的人物照片！

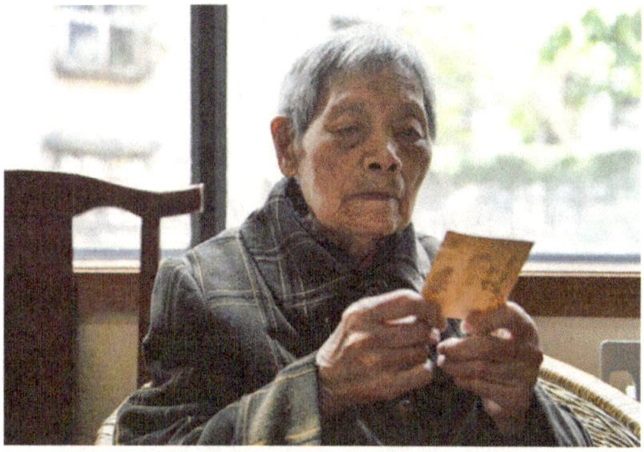

2021年4月27日，九龙坡区老年公寓，李肇庄老人看着二哥李棠萼的老照片。齐岚森摄/视觉重庆

“如果不是有这个照片，我都不知道二哥长什么样……”轻抚照片，泪湿眼眶。老人断断续续的讲述，揭秘了红军第一军团第二师参谋长、红军烈士李棠萼鲜为人知的故事。

不辞而别　家人后来与他失去联系

1907年，李棠萼出生于九龙坡玉清寺一个叫“马厂”的地方。家有兄弟姐妹6人，李棠萼排行老二，取名李肇棣，字“庚棠”，后改字为“棠萼”。其父李克全经营皮毛生意，还有几十亩田产，家境殷实。

良好的家境条件让李棠萼进入当时名噪一方的广益中学求学，有机会接触到许多进步思想。

让所有人没有想到的是，1924年的一天，李棠萼"失踪"了。

原来，在广益中学的两年时间里，李棠萼深受党的早期革命家萧楚女、恽代英影响，成为一名进步青年，并时常往家里带进步书籍，还去参加学生游行。

"当时那是要掉脑袋的事情哦！"从记事起，李肇庄就时常听家人说起二哥李棠萼的事情，"老汉担心他出事，不让他读书了，喊他回老家管那几十亩田。"

李肇庄老人珍藏的其二哥李棠萼的照片。齐岚森摄/视觉重庆

几天后，满腔热血的李棠萼不辞而别。

直到1926年，家人才收到李棠萼寄自广州的一封信，说自己已经到黄埔军校就读，成为第六期学员。

后来，家里还陆续收到过李棠萼的一些来信。

"听老汉说，他在信中仍然意气风发，思想激进。"当时，李肇庄年纪尚小，时至今日，更无从知晓这些书信的下落。

1927年12月11日，中国共产党在广州领导广州起义，李棠萼也参加了起义军，后来跟着队伍上了井冈山。

从此，家人便与李棠萼失去联系。

牺牲18年后　家人才得知消息

那么，李肇庄至今珍藏的几样物品，又从何而来呢？

"知道二哥上了井冈山，我们当时不敢说，更不敢去找。"李肇庄说，二哥20余年杳无音讯，许多人都以为他已经在战乱中死去。

1952年，父亲临终前依然挂念着李棠萼，"肇棣生死未卜，我不甘心啊！"

办完父亲丧事，排行老四的李肇材(字纵横)为了完成父亲的临终遗愿，怀着最后一丝希望，提笔给中共中央组织部写了一封信，希望能帮忙查找李棠萼的下落。

1953年1月7日，中共中央组织部回信——李纵横先生：来信悉，据我处烈士英名录载，李棠萼系红军一方面军一军团烈士。李棠萼，黄埔六期学生，职别是二师参谋长，四川重庆人，大革命时期入党，广州暴动时入伍。1935年于毛儿盖附近阵亡。

随后，家人又收到了中央人民政府人民革命军事委员会颁发的“革命军人牺牲证明书”和中华人民共和国中央人民政府颁发的“革命牺牲军人家属光荣纪念证”。

直到此时，家人才知道，29年前离家出走的李棠萼竟是红军高级将领。

“虽然牺牲了，但总算晓得了二哥的下落，知道他曾经是一名优秀的红军战士，老汉在九泉之下也能合眼了。”然而，对于李棠萼井冈山之后的经历，李肇庄和家人依然近乎一无所知。

被匪徒所杀　牺牲时已是红军高级将领

那么，李棠萼生前的经历到底是怎样的？他又是如何牺牲的？

其实还有一个人也在寻找他的消息，这个人就是何承玖。何承玖1991年到九龙城区工作，历任九龙坡区委研究室主任、九龙坡区司法局局长等职务，在工作之余，他致力于研究九龙坡的历史文化。

“我在翻阅史料过程中，就发现《井冈山人物志》中记载有李肇棣（字棠萼）的资料，注明他是四川重庆人。”何承玖介绍，通过查阅史料，李棠萼的人生经历逐渐清晰：

李棠萼生于九龙坡，1924年离家出走后，进入黄埔军校成为第六期学员，北伐战争时期加入中国共产党；1927年参加广州起义，起义失败后转移到韶关加入朱德、陈毅的部队；1928年参加湘南起义，后随部队上井冈山，参加了井冈山和赣南、闽西地区游击战争；1933年后，历任红一军团司令部作战科科长、第二师五团参谋长、第二师参谋长，参加了中央苏区历次反

“围剿”斗争和中央红军长征；1935年8月在四川松潘毛儿盖被反动分子杀害。

济南军区原司令员曾思玉在回忆录《我的前一百年》中，对李棠萼牺牲当天的情形进行了详细记述：

“我们翻越了大雪山之后，继续北上，在即将接近松潘大草地、与毛儿盖还距离一天行程时，我们党、我们红军一名优秀的指挥员牺牲在长征路上，永远地离开了我们。他就是革命英烈红二师参谋长李棠萼同志。”

1935年8月的一天，早饭后，部队集合准备出发。李棠萼吃过早饭后带着警卫员到村外部队准备集合的场地上。突然，有几个匪徒挥着大刀向李棠萼砍来，李棠萼当即被砍倒在地，鲜血四溅。

李棠萼牺牲后，部队用担架抬着他的遗体到达毛儿盖，举行了追悼会，就地安葬。

珍藏几十年　从未向国家提任何要求

然而，何承玖在九龙坡当地多方寻找，都没有找到能与《井冈山人物志》记载相对应的人物或故事。

一次偶遇，揭开了谜底。

2014年的一天，何承玖遇见了相识多年的老朋友，曾任职九龙镇杨坪村村支书的程国庆。

闲聊中，程国庆提及自己的老邻居李肇庄家中藏有“革命牺牲军人家属光荣纪念证”等物件，自己也曾多次听李肇庄谈及二哥李棠萼的故事。

原来，今年（2021年）71岁的程国庆打小与李肇庄就是楼上楼下的邻居，“从小就听李孃孃讲她二哥的故事，都晓得李家屋头有个红军烈士。”

“李孃孃和他爱人周朝仪无子女，十年前他们居住的房屋被鉴定为危房，我就把自己的一处房屋提供给他们居住。”程国庆介绍，正是在此次搬家过程中，程国庆第一次亲眼看到了李肇庄小心翼翼珍藏多年的几样物品，“李孃孃藏这些东西藏了几十年，不管日子过得如何，也从来没向国家提出过任何要求。”

“姑父生前就职于綦江打通煤矿矿务局，退休后享有退休工资；姑母退休前在街道工作，也享有退休工资。”李肇庄侄儿李显浩介绍，2011年，街道干部对李肇庄保存的“革命军人牺牲证明书”等文件进行了登记，并每年为李肇庄发放烈士家属补贴至今。

（陈维灯）

遗骸上的脚镣
见证王光泽烈士不屈的革命精神

重庆酉阳土家族苗族自治县文管所里，保存着一副锈迹斑斑的铁镣。

这副铁镣，不仅是国家三级文物，更是革命烈士不屈的革命精神最好的见证，也是国民党反动派血腥残杀革命烈士的罪证。

铁镣，于39年前在酉阳龙潭被发掘出土。出土时，铁镣被几枚粗铆钉铆死在一具遗骸的踝骨上。

这具遗骸是谁？又为何会被铁镣锁住脚踝？

故事，要从1934年说起。

当年10月，红二、六军团会师后，为掩护两军团主力挺进湘西，重新组建了中共黔东特委和黔东独立师。独立师共800余人、400余支枪，师长为王光泽。

王光泽是湖南衡山人，1930年加入中国共产党，先后担任工会主席，赤卫队、警卫营长，红六军团组建时调任五十三团团长。

红二、六军团进军湘西、发动湘西攻势时，王光泽率领黔东独立师与人数十倍于己的军阀进行了艰苦的游击战争，牵制了大量敌军，有力策应了湘西攻势。

1934年11月，黔敌李成章部2000余兵力，分三路包围黔东独立师所在的梵净山地区。面对敌众我寡的严峻形势，黔东独立师顽强抗敌，打退多次进攻，粉碎了敌人妄想攻占梵净山的企图。

为了保存革命火种，黔东独立师决定退出梵净山地区，去湘西寻找红军主力。

在分散突围过程中，王光泽于11月29日在秀山不幸被俘，被押送到酉阳龙潭。敌人知道捉住的是红军师长王光泽后，诱降逼供，百般折磨，但王光泽义正词严，坚贞不屈。

恼羞成怒的敌人下令对王光泽施以酷刑，在王光泽的脚上套上沉重的脚铐，并用烧红的粗铆钉将脚镣铆死。

1934年12月21日黎明，敌人将王光泽捆绑在一张木椅上，秘密抬到了龙潭邬家坡泡桐树(现龙潭镇鹅塘村甘家土)杀害。

这一幕，被躲在远处的村民杨先富看见，等敌军走后，他才探听到被杀的是红军师长王光泽。

1982年4月，酉阳文管所工作人员走访了解到这件事情后，组织人力在王光泽牺牲区域进行发掘搜寻，找到了戴着脚镣的王光泽烈士的遗骸。这副见证革命烈士英勇不屈的脚镣，也作为国家三级文物被保存了下来。

（陈维灯）

《新华日报》：茫茫黑夜中的一座灯塔

从重庆市渝中区解放碑沿民生路步行10多分钟，便可见一栋深灰色的三层楼房，这里就是《新华日报》营业部旧址。

2021年4月5日，重庆日报记者来到营业部旧址时，发现这里虽然因为修缮暂未对外开放，但依然吸引了不少游客在旧址前合影留念。“小时候就听父亲说过《新华日报》的故事，这次来重庆旅游，就想来旧址前看看。”来自南京的游客王芸告诉记者。

“作为抗日战争时期和解放战争初期中国共产党在国统区公开出版的唯一党报，《新华日报》为宣传党的主张，鼓舞人民的斗志，维护、巩固和发展抗日民族统一战线，作出了极大贡献。当时在重庆出版的《新华日报》被人们誉为‘茫茫黑夜中的一座灯塔’。”站在《新华日报》营业部旧址前，重庆红岩革命历史博物馆副研究馆员叶维维说。

那么，《新华日报》当初为何创办？在重庆的这段时间里，《新华日报》经历了哪些过往？站在《新华日报》营业部旧址门前，叶维维给记者讲述了《新华日报》背后的事迹。

提前谋划：《新华日报》在汉渝实现无缝对接

“看报了，看报了，来看今天的《新华日报》，看这份报纸如何报道抗战……”1938年10月25日，报童们穿梭于重庆的大街小巷，向市民叫卖最新出版的《新华日报》。

“就在10月24日，《新华日报》都还在武汉出版。随着10月25日武汉沦陷，位于重庆的《新华日报》分馆就成为总馆。”叶维维说，不过《新华日报》能实现武汉、重庆的无缝对接，离不开中共中央南方局领导人董必武等人的提前谋划。

原来,作为中国共产党在国统区发行的唯一党报,《新华日报》于1938年1月11日在武汉创刊。"《新华日报》创刊之时,正值日军大举进攻之际,故从创刊之初,《新华日报》就在广州设立分馆。后来,为扩大报纸发行范围和影响力,《新华日报》又在重庆设立分馆。"叶维维介绍。

史料记载,1938年10月,随着日军进逼武汉,党中央决定将《新华日报》迁往国民党政府所在地重庆。"就在党中央作出决定之前,中共中央南方局主要领导人之一的董必武对形势作出了精准的预判,并在当年7月派时任《新华日报》总经理熊瑾玎等人来到重庆,寻找合适的办报地点。"叶维维说,熊瑾玎等人来到重庆后,恰巧当时经营虎标万金油的永安堂旗下《星渝日报》要停办,熊瑾玎当机立断,马上租下位于苍坪街(今邹容路)69号的星渝日报报社房屋和设备,为武汉《新华日报》迁来重庆提供了保障。

"寻找到合适的办报地点后,熊瑾玎等人就投入到《新华日报》在重庆出版的筹备工作。"叶维维说,当时,董必武曾反复对《新华日报》的工作人员

渝中区化龙桥虎头岩村,《新华日报》总馆旧址。齐岚森摄/视觉重庆

强调，武汉一天不失守，《新华日报》便会在武汉出版，倘若武汉沦陷，它（《新华日报》）也许要搬来重庆了。

根据董必武的指示，熊瑾玎带领部分工作人员先赴重庆，用最短时间完成了筹备工作。《新华日报》于1938年10月24日在武汉出完最后一期后，重庆的《新华日报》接着就在10月25日出版，实现了无缝衔接，继续把中国共产党的声音传播给了民众。

临危不惧：《新华日报》曾在防空洞里印刷

记者结束了对《新华日报》营业部旧址的采访后，又驱车来到渝中区化龙桥虎头岩村。“这是《新华日报》总馆的旧址。”在5栋依山而建的竹木、土木结构的楼房前，叶维维介绍，从1939年8月13日到1947年2月28日，《新华日报》在这里编辑、印刷和发行。

为何《新华日报》总馆会从城区迁到当时还是郊外的化龙桥呢？

渝中区化龙桥虎头岩村，《新华日报》总馆旧址。图为防空洞及印刷车间旧址。齐岚森摄/视觉重庆

原来，1939年5月，由于日机的轰炸，本来设在城内西三街和苍坪街的《新华日报》馆房屋被毁。之后不久，迫于国民党当局的压力，《新华日报》不得不与重庆其他报纸一起联合办报。

为了保证《新华日报》能尽快恢复独立出版，熊瑾玎在周恩来的指示下，想方设法地租下这块地皮。“经过3个月的努力，熊瑾玎在这块地上修建了一排简陋的竹编泥糊楼房，作为《新华日报》总馆和职工宿舍。同年8月13日，《新华日报》在这里出版发行了复刊后的第一张报纸。”叶维维介绍。

重庆日报记者了解到，总馆共有5栋竹木、土木结构楼房，包括记者工作室、排字房、宿舍、食堂、托儿所等。翻新后的总馆旧址，基本参照了当年的格局。和宿舍楼不同，出版部的办公室房门是两两相连，社长室靠着记者办公室，夜排字房和夜编部挨在一起。“这样的布局是为了方便大家交流而专门设计的，当年新华报人之间的关系就像这些紧挨着的房门一样，亲密无间。”叶维维说。

穿过几栋楼房后，一个防空洞映入记者的眼帘。“《新华日报》刚迁来时，为了躲避日机空袭，同志们自己动手挖了这个防空洞。”叶维维介绍，鬼子的空袭很疯狂，为了保证每天能按时出报，后来他们把印刷机也搬进了防空洞。“抗战后期，《新华日报》在防空洞里印好后，就用脚踏车从后面的小路运进城。1941年1月18日，刊载有周恩来‘千古奇冤，江南一叶，同室操戈，相煎何急’题词的《新华日报》，就是在这个防空洞里印出来的。”叶维维说。

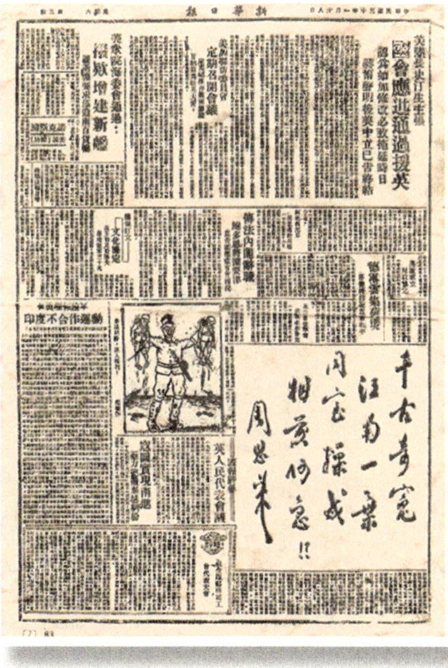
新華日報
印度不合作運動
英人民代表會議
千古奇冤
江南一叶
同室操戈
相煎何急!!
周恩来

1941年1月18日的《新华日报》版面。魏中元翻拍

“在这些《新华日报》人的不懈努力下，一份份以宣传党的主张，鼓舞人民的斗志，维护、巩固和发展抗日民族统一战线为主要内容的《新华日报》从化龙桥出发，被运往重庆各地，在中国革命斗争中发挥了重要的积极作用，受到了广大读者的热情赞誉和中共中央的充分肯定。”叶维维说，毛泽东在重庆谈判期间，曾高度评价《新华日报》：“同八路军、新四军在敌后作战一样，抵得上党的一个方面军。”

好故事：修缮后的旧址将重新开放

“作为《新华日报》历史的重要见证，来总馆旧址参观的市民和游客总是络绎不绝。”叶维维表示，为更好让市民了解《新华日报》背后的故事，红岩联线管理中心在去年（2020年）7月启动了对《新华日报》总馆旧址和营业部旧址的修缮工作，旨在通过科技手段和智慧博物馆建设，更加生动地讲好文物故事。据介绍，修缮工作预计于6月完工，2021年7月，《新华日报》总馆旧址和营业部旧址将重新面向市民和游客开放。

2021年2月13日，重庆红岩革命历史博物馆讲解员古越（右）在为观众讲解该馆镇馆之宝——《新华日报》印刷机。卢越摄/视觉重庆

“根据计划，重新开放后的《新华日报》总馆旧址和营业部旧址会以专题

形式大量展示报纸内容，反映《新华日报》《群众》周刊在动员民众抗战、发展人民抗战力量、加强自身建设、争取人民民主等方面发挥的重要作用；还将根据当年报馆工作人员回忆和相关影像资料，充分展现《新华日报》总馆工作人员在‘红色三岩’之一的虎头岩下战斗、学习和生活场景。”叶维维介绍说。

（黄琪奥）

抗战时期国统区的秘密指挥部

四张藤椅、两张木桌、一个竹编书柜……中共中央南方局暨八路军驻重庆办事处旧址里，周恩来当年的办公室，一如80多年前，简单、朴实、整洁，静静地诉说着那段波澜壮阔的历史。

八年时间，中共中央南方局创造性地执行中央的路线、方针和政策，为巩固抗日民族统一战线、发展人民民主统一战线、争取民族独立和人民解放、成立新中国作出了重大历史性贡献，谱写了中国革命史和中国共产党历史上光彩夺目的篇章！

在当时险恶的政治环境中，作为抗战时期国统区的秘密指挥部，中共中央南方局（以下简称南方局）是如何开展工作的？作出了哪些卓越贡献？

中共中央南方局暨八路军驻重庆办事处旧址。齐岚森 摄/视觉重庆

逆境之中开局　缝合国共合作的裂痕

走进红岩革命纪念馆二楼展厅，“千秋红岩”四个金色大字闪闪发光，一张张珍贵的老照片、一件件饱经沧桑的历史文物，将参观者的思绪瞬间拉回那个战火纷飞的年代。

1938年10月，武汉沦陷，中国抗日战争进入相持阶段。日本对侵华政策作出重大调整，对国民党政府从以军事进攻为主、政治诱降为辅，转变为以政治诱降为主、军事打击为辅，国民党内的投降、分裂、倒退倾向日益显现。

1938年12月，以汪精卫为首的亲日派公开投降日本。紧接着，国民党在1939年1月召开的五届五中全会上，明确提出了“溶共”“防共”“限共”方针，并颁发了《防制异党活动办法》等文件，国共合作的抗战局面面临着逆转的危险。

在这样的背景下，1939年1月5日，中共中央书记处批准了以周恩来为书记的中共中央西南局成员名单；13日，中共中央根据周恩来等人的建议，改中共中央西南局为中共中央南方局，并决定以周恩来为书记，以周恩来、博古、凯丰、吴克坚、叶剑英、董必武为常委；16日，南方局向中央书记处报告领导成员分工情况并得到批准。至此，南方局在重庆正式成立，开始领导四川、云南、贵州、湖北、湖南、广东、广西、江苏、江西、福建、香港、澳门等地的中共党组织。

“南方局的成立，标志着在中共六届六中全会精神指导下，中国共产党以国民党统治区政治中心重庆为依托，更加积极、主动地开展工作，把抗日民族统一战线推向一个崭新的阶段。”重庆红岩革命历史博物馆副研究馆员叶维维称，贯彻执行中共中央路线方针政策，维护国共合作抗战大局，巩固发展统一战线，坚持团结抗战到底，是南方局的首要任务。

1939年7月，根据周恩来的提议，中共中央在《为抗战两周年纪念对时局宣言》中正式提出了“坚持抗战，反对投降；坚持团结，反对分裂；坚持进步，反对倒退”的政治口号，旗帜鲜明地表达了中国共产党的政治立场。这也成为南方局坚守国民党统治区，坚持团结抗战的行动指南。

1939年冬至1940年春，国民党掀起了第一次反共高潮，对陕甘宁边区等进行大规模武装袭击；1940年10月19日，国民政府军委会又以参谋总长何应钦与副参谋总长白崇禧名义签署“皓电”，通牒江南新四军“全部开到”黄河以北指定地区，掀起第二次反共高潮的序幕，并随后制造了震惊中外的“皖南事变”。

面对危局，南方局毅然站在了斗争的最前沿，在中共中央的领导下对国民党顽固派发动了猛烈的政治攻势。首先，向国民党当局严正抗议，周恩来在电话中怒斥何应钦为“中华民族的千古罪人”；其次，南方局通过各种途径向国内外广泛揭露“皖南事变”真相，产生了很大的影响；再次，借助反法西斯国家对顽固派施压，通过各种渠道将“皖南事变”真相和中国共产党有关应对事态的方针政策主张，传送给多国外交人员、国际友人、新闻记者以及国际组织；最后，团结一切可以争取的力量，孤立顽固势力等。

在南方局的政治攻势下，中国共产党的正义立场得到国内外广泛支持，国民党当局陷入空前孤立，迫使蒋介石于1941年3月6日在二届参政会会议上作出“以后决无剿共之军事”的承诺。

团结中间力量　开创统一战线新格局

在位于渝中区上清寺的中国民主党派历史陈列馆（特园）里，馆方综合运用声、光、电、多媒体等多种技术，将3000多幅历史图片、1000多份文物史料、1200多件珍贵实物，真实生动地呈现在观众面前。

“它是全国第一个以中国民主党派历史为主题的陈列馆，也是南方局在重庆贯彻党的抗日民族统一战线政策的历史见证。”市委党史研究室南方局研究室副主任黎余称。

展厅里，《参政员毛泽东在渝市之动态》、冯玉祥题写的“民主之家”匾额、《范朴斋日记》手稿等“镇馆之宝”，再现了当年的历史。

“争取中间势力，是发展抗日民族统一战线中一项十分重要的工作。南方局坚持创造性地贯彻中共中央关于‘发展进步势力，争取中间势力，孤立顽固势力’的方针，以各种方式同各民主党派、民族资产阶级、地方实力派、开明绅士和社会贤达等广泛接触，作出了重大贡献。”黎余说。

1941年5月，在南方局直接领导下，经王炳南、王昆仑等人筹划，在重庆领事巷秘密成立了中国民族大众同盟，一年后改称中国民主革命同盟（以下简称“小民革”）。

“小民革”的建立及其活动，对于坚持抗战、发展壮大进步力量、团结争取中间力量、孤立顽固派发挥了重要作用。周恩来多次在王昆仑等人的家里参加“小民革”核心成员会议。

1941年3月，在南方局的支持下，黄炎培、张澜等13人在上清寺特园秘密开会，正式成立中国民主政团同盟。1944年9月，中国民主政团同盟在特园召开全国代表会议。会议决定，将中国民主政团同盟改为中国民主同盟（以下简称“民盟”），并选举了中央领导机构，推选张澜为主席。

民盟成立后，周恩来、董必武等南方局领导人经常去特园，与民盟领导人共商国是，协助其促进内部团结，制定政纲。

1943年初，周恩来、董必武等人分别会见了谭平山、王昆仑等，帮助他们发起组织民主同志座谈会，并最终促成三民主义同志联合会（以下简称“民联”）于1945年10月在特园正式成立。

1945年12月，在南方局的帮助支持下，黄炎培、胡厥文等人在重庆正式成立民族工商界自己的党派——民主建国会。

1944年冬，在周恩来等南方局领导的支持下，许德珩、劳君展等科技界人士发起成立了民主科学座谈会。1945年抗战胜利后，为纪念9月3日这个胜利的日子，改名为“九三座谈会”。毛泽东在重庆谈判期间，建议把座谈会建成一个永久性的政治组织。因此，“九三座谈会”改名为“九三学社”，1946年5月4日在重庆正式召开了成立大会。

南方局以民族和人民利益高于一切的宽阔胸怀，把一切可以团结的力量汇聚在党的周围，不仅推动了抗日民族统一战线的巩固和发展，也为新中国成立后中国共产党领导的多党合作和政治协商制度的形成奠定了重要的政治基础。

加强党的建设　建成摧不垮的战斗堡垒

“事实上，南方局的贡献远不止这些，还包括协助中央军委领导华南敌后游击战斗、配合毛泽东赴重庆谈判、推动大后方民主运动高涨、掀起群众运动新高潮、推动政治协商会议召开、积极开展国际交往形成特定条件下的‘准外交’、培养和锻炼了一大批治国理政的骨干和人才等。”黎余称。

胡乔木曾在《党史是党和人民群众共同奋斗的历史》一文中评价：没有南方局的大量工作，就没有抗日战争时期那么一种局面；没有南方局的大量工作，就没有后来解放战争时期那样大规模的群众运动……因此，可以说，南方局的统战工作从一个方面的意义上讲，为新中国奠定了重要的政治基础。

游人正在红岩村参观中共中央南方局的相关展览。齐岚森摄/视觉重庆

在黎余看来，这些成就的取得，其根本还在于南方局十分注意加强党的建设，把国民党统治区的各级党组织建设成为摧不垮的战斗堡垒。

在当时的国民党统治区，南方局面临着各种困难、诱惑、挑战，创造性地贯彻了党中央“荫蔽精干，长期埋伏，积蓄力量，以待时机”十六字方针，思想上重视党员理想、信念和气节教育;组织上坚持“质重于量,巩固重于发展”原则;工作上执行“三勤”(勤学、勤业、勤交友)“三化”(职业化、社会化、合法化)。

周恩来等南方局领导人更是率先垂范,坚持自律、清贫、乐观、团结、友爱的工作和生活作风,使国民党统治区各级党组织不断巩固发展,经受住了各种考验。

如1939年4月起,南方局先后举办多期党员干部训练班,对各省、特委领导干部进行马列主义基本理论、党的建设理论,以及党的路线、方针、政策的学习和革命气节教育。

1943年4月,周恩来在南方局会议上作《怎样做一个好的领导者》报告,全面阐述一个好的领导者必须具备的政治条件、工作作风和领导能力等。

还有一则“董必武为六毛钱作检讨”的红岩故事,更是感人肺腑。1985年10月,邓颖超重返重庆,在与当年红岩同事杨继干一起回忆红岩村的艰苦生活时,杨继干给她说,那时伙食费一个月三块法币,毛主席来重庆,看大家成天吃空心菜、胡豆,说伙食比延安还差,后来组织批准伙食费增加到五元六角。

“当时红岩村每个月的开支账目都由董老核查。有一次,有六毛钱算来算去始终平不了账。董老就在南方局大会上作了检查,后来还给延安党中央写了书面检讨。解放后我去北京看董老时,还向董老提起过这件事,他连说‘记得,记得,有这回事’。”杨继干当时说。

杨继干的话也唤起了邓颖超的回忆,她说:“这件事我也记得。”

“两位老人的共同回忆,不仅为我们展现了董必武严格自律、廉洁奉公的风范,也为我们勾画出了一个当年战斗在红岩村的共产党人艰苦朴素、严于律己、勇于自我批评的场景,更为新时代共产党人强化自我修炼、自我约束、自我塑造提供了历史镜鉴。”黎余说。

（韩毅）

重庆：中国民主党派重要诞生地

2021年4月9日，重庆日报记者走进位于上清寺的中国民主党派历史陈列馆，首先被映入眼帘的大型群雕所吸引。这座名为“1945·毛泽东在重庆”的纪念雕塑，形象化、艺术性地再现了毛泽东、周恩来与各民主党派领导人、知名人士聚会重庆，畅所欲言、共商国是的情景。

重庆是一座具有光荣革命传统的城市，为巩固和壮大统一战线、夺取新民主主义革命胜利作出过重大贡献，在中国革命史上和中国统一战线及多党合作史上，具有十分重要的地位。

“要谈中国共产党与中间党派的交往，就离不开中共中央南方局这段历史。”市委统战部二级巡视员、中国民主党派历史陈列馆原馆长林勇介绍，在重庆战斗的八年时间里，中共中央南方局以开展统一战线工作为历史使

中国民主党派历史陈列馆里，名为“1945·毛泽东在重庆”的群雕。齐岚森摄/视觉重庆

命,采取多种形式,通过各种途径,对各民主党派和政治团体做了大量卓有成效的工作。在中国现有的八大民主党派中,中国民主同盟、中国民主建国会、九三学社以及中国国民党革命委员会前身之一的三民主义同志联合会都在重庆发祥,重庆也因此成为中国民主党派重要诞生地。

一张白绸巾的故事>>>
党派名片 中国国民党革命委员会

中国国民党革命委员会(简称“民革”),是由原中国国民党民主派和其他爱国人士所创建,具有政治联盟性质,致力于建设中国特色社会主义和祖国统一事业的政党。民革由三民主义同志联合会、中国国民党民主促进会和其他爱国民主人士于1948年1月1日在香港成立。

在民主革命中孕育与诞生的民革,和重庆有不解之缘。

抗战相持阶段,不少国民党上层人士对蒋介石的反共、投降政策已有深刻认识,他们支持中共倡导的抗战、团结、进步的方针,虽时有表现,却没有团结成为力量,影响有限。

1943年2月,在中共中央南方局的支持下,谭平山、王昆仑、陈铭枢等打破禁忌,组织了民主同志座谈会。

到1943年8月,民主同志座谈会着手筹备组织工作,组织的名称最初为中国国民党民主同志联合会,后来定名为三民主义同志联合会(简称民联)。从1944年上半年起,即开始以三民主义同志联合会的名义吸收成员和开展活动。

1945年10月28日,三民主义同志联合会在重庆特园举行第一次全体大会,宣告成立。

在民联组织建立的同时,另一部分国民党爱国民主人士也在酝酿成立一个组织。在中共中央南方局的帮助下,李济深、何香凝派人同冯玉祥以及滇桂川等地方实力派取得联系,争取在反对蒋介石独裁中一致行动。1946年4月14日,中国国民党民主促进会(简称民促)在广州成立,公开宣布促进中国之民主运动，反对法西斯独裁专制。

民联、民促都和中国共产党保持着密切的联系，接受中国共产党政治上的帮助，成为之后中国国民党革命委员会的重要组成部分。

中国民主党派历史陈列馆里有一件很特别的文物——一张白绸巾。

白绸巾上面既没有人，也没有景，仅有6行毛笔字。涉及的（谭）平山、（柳）亚子、（郭）春涛、真如（陈铭枢）、蕴兄（朱蕴山）、（何）香凝、（李）济深等人，都是中国国民党的资深党员，民革的创始人和领导人。这其实是一封特殊的信，诞生于70多年前，由李济深1947年在香港所写。

抗战胜利后，以蒋介石为首的统治集团不顾国内外反对，摩拳擦掌准备内战，对反对内战的民主人士也采取极端措施加以镇压。在此情况下，许多民主人士不得不前往环境相对宽松的香港继续开展民主活动。但随着形势的发展，民联、民促及其他国民党民主派人士意识到，分散的国民党民主派组织已经不能适应反蒋斗争的需要，必须联合起来，建立相应的组织，才能更好地适应新的形势和任务。

为了联系到民联的同志“迅即来港，共同筹策一切”，李济深、何香凝联名写了这封特殊的信。为躲避国民党军警的严密检查，大家仔细斟酌每一个字词，由李济深在这块白绸巾上写了简明扼要、含义深刻的56个字，将它缝在衣服里面，由朱蕴山带到上海，信尾上就有“详情由蕴兄面报”这句话。

这封颇具传奇色彩的信，成为当年国民党民主派人士为推翻国民党反动派统治，甘冒生命危险，和中国共产党领导的广大人民一起，毅然投身革命洪流的历史见证。

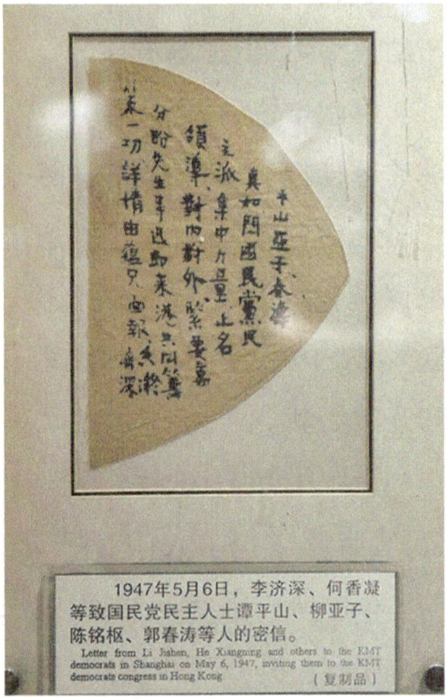

渝中区上清寺，中国民主党派历史陈列馆内展出的文物——“白绸巾密信”。齐岚森摄/视觉重庆

1948年1月1日,中国国民党革命委员会在香港正式成立,推宋庆龄为名誉主席,李济深为主席,何香凝、冯玉祥等被选为主要领导人。

1949年11月,民革、民联、民促及其他国民党爱国民主人士举行了第二次国民党民主派代表会议,统一成为一个组织,仍称为中国国民党革命委员会。

毛泽东三访特园>>>
党派名片 中国民主同盟

中国民主同盟(简称“民盟”)主要由从事文化教育以及科学技术工作的高、中级知识分子组成,于1941年3月19日在上清寺特园秘密成立,名称是中国民主政团同盟,1944年9月改组并更名为中国民主同盟。

上清寺嘉陵江畔有一处宅所——特园。特园是著名爱国民主人士鲜英的公馆,因为鲜英字“特生”,故又称其公馆为特园。走进特园,可以看到园内布局典雅,居室宽敞错落有致,俯瞰嘉陵江,波光岚影奔来眼底。

就在这个园子里,毛泽东曾三次拜访中国民主同盟主席张澜,留下了一段共产党领导人与民主党派、爱国民主人士风雨同舟、共商国是的佳话。

时间回到1938年。那时,抗战进入相持阶段,国民党开始消极抗日,积极反共反人民。各民主党派在抗战初期经过斗争得来的一些民主权利也被取消,独裁专制再次笼罩国统区上空。

1939年11月23日,沈钧儒、梁漱溟、黄炎培、章伯钧、章乃器、左舜生等在重庆发起成立统一建国同志会,其宗旨为“集合各方热心国事之上层人士,共就事实,探讨国事政策,以求意见之一致,促成行动之团结”。

1941年1月皖南事变发生后,国共关系十分紧张,内战一触即发。1941年3月19日,黄炎培、梁漱溟、左舜生、张君劢等一些中间党派负责人,决定在统一建国同志会的基础上,联合“三党三派”及其他社会贤达成立中国民主政团同盟,公推黄炎培为中央委员会主席。

1944年,由于国内外形势变化,国统区掀起了第二次民主宪政运动,中国民主政团同盟在这次活动中空前活跃，大批无党派民主人士纷纷要求入盟。

1944年9月，中国民主政团同盟在特园召开全国代表大会，对中国民主政团同盟进行改组，名称改为中国民主同盟。同年10月，民盟发表《对抗战最后阶段的政治主张》，响应中国共产党提出的建立民主联合政府的号召。

抗日战争胜利后，由于国共关系日益恶化，民盟又发表了《在抗战胜利声中的紧急呼吁》，明确提出了“民主统一，和平建国”的口号。在国内外社会舆论的压力下，蒋介石被迫电邀毛泽东到重庆谈判。为了尽一切可能争取和平，1945年8月28日，毛泽东在周恩来、王若飞等人的陪同下乘飞机抵达重庆。

“说起重庆谈判，张澜与毛泽东还有一段趣事。”林勇介绍，1945年8月28日下午3时半，毛泽东、周恩来、王若飞抵达重庆九龙坡机场，开启为期43天的重庆谈判。当乔冠华依次介绍各党派迎候代表时，毛泽东在人群中发现了一位老人，不待介绍，毛泽东便迈步过去同他握手，说：“你是张表老（张澜，字表方）？你好！”

“润之先生好！你奔走国事，欢迎你光临重庆！”民盟创始人张澜紧紧握住毛泽东的手。

“在重庆谈判期间，毛泽东虽事务繁忙，却三访特园拜访张澜，讨论时局，共商大计。”林勇向重庆日报记者回忆起这段历史。

第一次是8月30日，毛泽东抵渝的第三天就赴特园，同张澜、鲜英长谈。

第二次是9月2日，张澜以中国民主同盟的名义在特园宴请毛泽东、周恩来和王若飞。宴后，毛泽东应鲜英之请，挥毫写下“民主在望”四个大字，众人深受鼓舞。

第三次是9月15日，毛泽东去特园为张澜介绍国共谈判情况，张澜向毛泽东提出若干建议，被毛泽东采纳。

1945年10月，民盟在特园召开临时全国代表大会。会议产生第一届中央委员会，推选张澜为中央委员会主席。会议明确提出了“和平、统一、团结、民主”的政治主张。

1949年9月,民盟代表出席中国人民政治协商会议第一届全体会议,参加了中华人民共和国的筹建工作。

白象街的"星五聚餐会">>>
党派名片 中国民主建国会

中国民主建国会(简称"民建")成立于1945年12月16日,主要由经济界人士组成,是具有政治联盟特点、致力于建设中国特色社会主义事业的政党。新中国成立后,民建为恢复和发展经济,特别是积极配合国家对资本主义工商业的社会主义改造,发挥了重要作用。

怎样才能推动爱国民族工商业投入抗日救亡运动,引导爱国民族工商业走上中国共产党领导的新民主主义革命道路?民建先贤及其他爱国民族工商业者发起组织了一个特别的活动——"星五聚餐会"。

日前,重庆日报记者来到位于渝中区白象街历史文化街区的中国民主建国会成立旧址陈列馆,寻找这段历史背后的故事。

抗战爆发后,为保存民族工商业,支援抗战军需用品,一部分民族资本家克服重重困难将工厂内迁,大批工商实业界人士纷纷汇集重庆。

然而,这一爱国行动却没有得到国民政府在政治和经济上的支持,国民政府还凭借政治军事的特权,加大经济垄断,吞并和排挤大批私营工厂,使工商界人士陷入重重困境。

为此,他们多次向国民政府请愿,要求解决内迁工厂的困难,但国民政府根本不予理睬,这更加促使工商实业界对国民政府产生强烈不满。他们深刻意识到,唯有建立自己的组织,才能使自己的要求和利益得到尊重和满足。

于是,工商实业界人士每个星期五都聚集在白象街西南实业大厦,一起交流对国内局势和国民经济体制的看法。这种集会在当时被称为"星五聚餐会"。

1945年10月,在黄炎培的邀请下,中共中央南方局领导人周恩来出席了“星五聚餐会”，并发表了与中国民族资产阶级命运息息相关的演讲——《当前经济大势》。周恩来的这次讲话，极大地增强了工商实业界对中共的信心。自此，民族工商业者在中国共产党的影响、帮助和推动下，开始酝酿建立新的组织。

1945年12月16日，为反对蒋介石的独裁统治、维护民族工商业的利益，以黄炎培为首的中华职教社，胡厥文、章乃器为代表的迁川工厂联合会，卢作孚、刘航琛为主的西南实业协会等，在白象街西南实业大厦发起成立中国民主建国会。大会选举黄炎培、胡厥文、章乃器、施复亮等人组成领导机构。从此，一个新的政党步入了中国的政治舞台。

民建成立后，积极投身争取和平民主、反对内战独裁的爱国民主运动中。在“较场口事件”“沧白堂事件”“下关事件”等中，揭露国民党统治集团扼杀民主运动、坚持独裁内战的阴谋，以促进民众觉醒。在全国解放前夕，民建又通过多种渠道，以各种方式向广大群众特别是工商界介绍解放战争形势，介绍解放区情况，宣传中共经济政策，安定人心，为迎接解放和成立新中国作出了重要贡献。

青年大厦的科学民主旗帜>>>
党派名片　九三学社

九三学社是以科学技术界高、中级知识分子为主的具有政治联盟特点的政党，前身为抗战后期一批进步学者发扬五四运动反帝反封建的爱国精神、以民主和科学为宗旨、在重庆组织的民主科学座谈会，后改建为九三学社。

从渝中区人民公园入口下行数米，有一块红色花岗岩纪念碑，碑身正面刻有“九三学社成立旧址纪念碑”几个大字，背面镌刻有《九三学社成立宣言》。这块纪念碑距当年召开九三学社成立大会的重庆青年大厦旧址约40米。

“九三学社成立旧址纪念碑是一座历史的丰碑。它向世人揭示了九三学社与中国共产党亲密合作、风雨同舟，贡献于新民主主义革命、社会主义革命和建设、中国特色社会主义事业建设的光辉历程。”林勇说。

九三学社的源头要从自然科学座谈会说起。

自然科学座谈会始于1939年春天。当时的中国,国难日亟,南京沦陷,武汉失守,如何才能守我国土,外御其侮?抱着科学救国理想的知识分子走到了一起。在中共中央南方局领导人周恩来等的帮助下,以中央大学梁希、金善宝、潘菽等人以及重庆大学谢立惠为核心,成立了自然科学座谈会,并于1940年5月4日开始参加编辑《新华日报》“自然科学”副刊,介绍科普知识、工业建设等。

皖南事变后,国统区充斥着白色恐怖,自然科学座谈会慢慢停止了活动。1944年,重庆科技界、文化界、教育界的一些知识分子对时局极感焦虑,常到许德珩家座谈、交换意见。他们一致认为,要民主、要团结、要抗战到底,并把座谈会取名为民主科学座谈会。后经周恩来等授意,自然科学座谈会的部分成员由潘菽介绍,先后以个人身份参加民主科学座谈会,构成了该会的主体。

1945年9月2日,日本签署无条件投降书,世界反法西斯战争和中国人民抗日战争取得历史性的伟大胜利,民主科学座谈会于9月3日集会庆祝。为纪念抗战胜利,为了彼此的共同信念和政治上的相互帮助并保持联系,许德珩、褚辅成、梁希、潘菽等建议把民主科学座谈会改成一个学术团体,以便回到各地继续活动。于是就以当天9月3日为名,称作九三座谈会。

9月12日,毛泽东邀约许德珩和夫人劳君展赴宴。席间,许德珩向毛泽东介绍了九三座谈会的活动和今后的打算。毛泽东说,你们这个高级知识分子的组织,人数虽少,但都是知名人士,有相当能量,在时局动荡发生重大变故时,可以发表意见,提出建议,对社会是有影响和作用的。他建议九三座谈会应成为永久性的政治组织。

在毛泽东的鼓励和启发下,许德珩等人于1946年2月成立了九三学社筹备委员会,积极进行工作。5月4日,九三学社在重庆正式成立。

（高树川　周尤）

“为党的任务奋斗到最后一口气”
——周恩来为皖南事变题词后坚守重庆展开反击

位于重庆市渝中区红岩村52号的三层小楼，是中共中央南方局暨八路军驻重庆办事处旧址，前来学习参观的党员干部、市民游客络绎不绝。这里是光耀千秋的红岩精神诞生地，也见证了我党主张建立的抗日民族统一战线的曲折发展历程。

80年前，国民党顽固派制造了皖南事变。在红岩村，周恩来悲愤地写下“为江南死国难者志哀！”和“千古奇冤，江南一叶，同室操戈，相煎何急！？”题词在《新华日报》上发表，将真相大白于天下，揭露和抗议国民党顽固派暴行，并展开了猛烈政治反击。

“我们向你们保证无论在任何恶劣的情况下，我们仍以不屈不挠的精神坚守我们的岗位，为党的任务奋斗到最后一口气。”面对国民党顽固派消极抗战、积极反共，掀起的第二次反共高潮，周恩来领导八路军重庆办事处全体工作人员，以集体名义回复党中央表示，留在重庆坚持斗争。

历史苍茫已远，但老一辈无产阶级革命家、共产党人于逆境中锲而不舍的英雄气概，以诚相待、团结多数维护抗战大局的宽广胸怀和政治智慧仍光芒闪耀，激励着一代代共产党人。

皖南事变是第二次反共高潮顶点

“皖南事变震惊中外，是国民党第二次反共高潮的顶点。”在红岩革命纪念馆，讲解员古越带领重庆日报记者穿越时空，回到那个风雨飘摇、中华民族存亡一线的时期。

1938年，抗战进入相持阶段。为适应新形势，1939年初，以周恩来为书记的中共中央南方局在重庆成立，从此担负起维护国共合作，巩固和扩大抗日民族统一战线，为实现党在抗战时期的政治路线而不断凝聚革命力量的历史使命。

1939年1月，国民党召开五届五中全会，虽仍言“坚持抗战到底”，但其政策主导方面已从积极抗日转为消极抗日、积极反共。此后，国民党坚持“溶共、防共、限共”的反共政策，不断制造摩擦，一次次掀起反共高潮。

1940年10月19日，蒋介石指使何应钦、白崇禧以国民政府军事委员会名义致电八路军朱德、彭德怀和新四军叶挺、项英，强令将黄河以南的八路军、新四军于一个月内开赴黄河以北。11月9日，朱、彭、叶、项复电，据理驳斥国民党无理要求，但为顾全大局，仍答应将皖南新四军部队开赴长江以北。

此时，身在重庆国民党统治中心的周恩来，也在为新四军北移积极斡旋。借蒋介石邀其共进“圣诞晚餐”大谈国内和平与团结的时机，他一针见血指出了国民党的假和平：“内战迫在眉睫，要谈和平与团结，请解新四军之围。”蒋介石却回答：“新四军如果不按命令调动，冲突难以避免，我敢断言你们必然失败。”晚宴交锋，让周恩来感到江南新四军危在旦夕。

当晚，周恩来在给中共中央的急电中认为：（蒋介石）“剿共”仍在加紧布置中。

果然，10天后，皖南事变发生了。1941年1月4日，奉命北移的新四军军部及所属皖南部队9000余人由云岭出发往长江以北。1月6日，当部队至安徽泾县茂林地区时，遭国民党8万人合围伏击。新四军英勇激战7昼夜，终因众寡悬殊、弹尽粮绝，除2000余人突围外，一部被打散，大部被俘或牺牲，军长叶挺被俘，副军长项英遇难。

回电党中央表示：坚守重庆并反击

在红岩革命纪念馆珍贵文物储藏室里，一张报纸被层层保护着。“为江南死国难者志哀”“千古奇冤，江南一叶，同室操戈，相煎何急！？”两幅周恩来著名题词赫然其上。这是1941年1月18日的《新华日报》原件，纸张虽已泛黄，但却被历史永远铭记。

“为皖南事变题词揭露真相，冒着空前危险坚守重庆，展现了周恩来等老一辈无产阶级革命家的政治智慧和大无畏气概。”重庆红岩革命历史博物馆研究馆员徐康介绍，皖南事变发生后，党中央基于安全考虑，曾来电让周恩来、叶剑英、董必武、邓颖超等南方局领导干部紧急撤回延安。周恩来深刻认识到皖南事变形势的严重性和他在国民党统治中心所能发挥的作用，坚毅地说：“我要坚持到最后！”1月27日，中央同意叶返延，周、董、邓留渝及干部逐步撤退的建议。

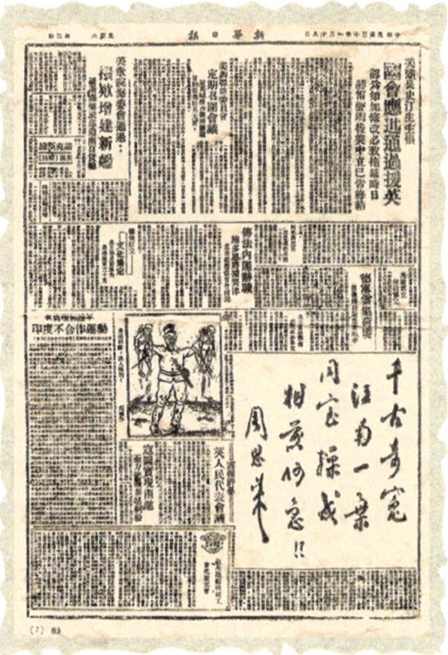
千古奇冤 江南一叶 同室操戈 相煎何急!! 周恩来

1941年1月18日的《新华日报》版面。魏中元翻拍

面对严峻形势，中国共产党仍然以抗日的大局为重，在军事上严守自卫，在政治上坚决反击。南方局在中央的领导下，对国民党反共行径进行了有力回击。一连数天，周恩来、叶剑英向蒋介石等人进行紧急交涉。1月17日，国民政府军事委员会发布了一项倒行逆施的通令，诬蔑新四军为“叛军”，宣布取消新四军番号，并将叶挺交付军事法庭审判。周恩来当即与何应钦打电话，怒斥其为“中华民族的千古罪人”。

当天，国民党新闻机关下令强迫重庆各报于1月18日刊载所谓的“一·一七”通告和“发言人谈话”。周恩来指示《新华日报》拒绝刊载，并组织撰写揭露皖南事变真相的消息和驳斥社论，却全都被扣压。紧张气氛下，周恩来于当晚在办公室满含悲愤地写下了题词和挽诗，要求《新华日报》用手迹制版，将其登在被抠去稿件的空白处。《新华日报》巧妙地通过了国民党重重新闻检查，并为提前发行做了周密准备。1月18日一早，得知消息的国民党特务匆匆赶来时，《新华日报》早已传遍大街小巷。

1月19日，南方局军事组起草并经周恩来、叶剑英审定的《新四军皖南部队惨被围歼真相》一文，在加急赶印出后，由南方局、办事处及报馆同志秘密散发，广泛传播皖南事变真相；1月25日，周恩来将中央军委关于解决皖南事变的12条办法，交给张冲转蒋介石，严正声明：蒋如不实行这12条，就不恢复两党谈判。2月14日，周恩来会晤美国总统罗斯福的代表居里，提供国民党制造摩擦的材料，严正说明蒋介石如不改变反共政策，必致中国内战，使抗战熄火日本南进。因中共的正义立场得到国内外广泛支持，国民党当局陷入空前的孤立。

在南方局的政治攻势下，蒋介石不得不重新考虑自己的政策。3月6日，他在第二届国民参政会上被迫表示，“保证”决不再有“剿共”的军事行动；约请周恩来面谈，答应解决国共之间的若干问题。至此，国民党顽固派第二次反共高潮被击退。

以斗争求团结　开创统一战线新格局

“当国民党掀起反共高潮、破坏团结抗战局面时，南方局毅然站在国共斗争的最前沿，以斗争求团结，为维护抗日民族统一战线，维系国共合作的局面作出了巨大努力。”徐康说，抗战风雨飘摇之时，正是中国共产党人站了出来，引领社会各界争取团结抗战。

毛泽东同志曾深刻指出抗日民族统一战线对于夺取抗战胜利的极端重要性：“中国能否由如此深重的民族危机和社会危机解放出来，将决定于对这个统一战线的发展状况。”

西南政法大学新闻学院教授蔡斐长期致力于研究抗战大后方新闻舆论和统一战线问题。他认为，抗日民族统一战线得以继续下去，主要是我党对国内国际两个力量的争取。首先是争取苏、美、英等对国共合作抗战的继续支持，作为国际反法西斯战场的重要一环，中国战场国共合作抗战局面的破裂，其严重后果是国际不可接受的；其次，尽最大努力争取团结国内中间势力，包括国民党民主派、各民主党派或政治团体、地方实力派、民族工商界、宗教界、少数民族、港澳同胞和海外华侨，他们是有相当影响的政治力量。

在红岩革命纪念馆，有一张2009年从国外收集到的照片。照片中，周恩来的领带有皱，还可看到少许胡茬。徐康介绍，这是周恩来接受美国《生活》周刊记者卡尔·麦当斯采访时所拍。当时，外国记者对国民党信任度不断下降，比较相信共产党对皖南事变的报道，这与周恩来领导下的南方局外事组所做的大量工作密不可分。

展厅里还有一件港澳同胞送给新四军的"百幅"，取其"百福百寿"寓意，表达他们对新四军真诚的支持。这件珍贵文物，是当时港澳同胞精心缝制，通过重庆八路军办事处转交给新四军的，也是当时我党争取社会各界广泛支持，维护抗日民族统一战线大局的生动写照。

抗战时期，中间党派均主张抗日救国，反对蒋介石集团的独裁统治。针对他们的政治倾向，周恩来指出，抗日民族统一战线的内容是"以国共合作为基础的抗日各党派的共同合作"，建议将各抗日党派和无党派爱国人士包容在内。在南方局和周恩来大力支持和援助下，民主党派冲破国民党的阻挠和压制，于1941年3月成立了中国民主政团同盟，后又改组为中国民主同盟，其政治影响日益增大。

对国统区民族资产阶级的争取，也是一个重要方面。周恩来、董必武、邓颖超、王若飞等南方局领导人同民族资产阶级各方面的代表人物经常接触，鼓励他们积极为争取抗战胜利多做贡献，引导他们放眼未来。南方局还通过《新华日报》《群众》周刊和周恩来等的讲演，向民族资产阶级宣传党的政治主张、财经政策和解放区的新民主主义经济，表彰民族工商业者的爱国精神，鼓励他们为争取抗战胜利做出更大的贡献。

南方局的统一战线还包括团结广大爱国进步知识分子，在国统区开展轰轰烈烈的进步文化运动，巩固和发展了文化统一战线。为打破皖南事变后的政治高压，在周恩来和南方局的领导下，重庆发起了规模空前的进步话剧创作演出活动——“雾季公演”，使大后方以话剧为主要形式的抗战戏剧达到鼎盛时期。

同时，南方局更是把文化工作放在极其重要的战略地位，以国民政府军事委员会政治部第三厅暨其后的文化工作委员会为平台，团结进步人士，占领文化阵地，发展抗战进步文化，开创了国统区进步文化的新局面。

（王亚同）

“雾季公演” 永不褪色的抗战文化记忆

重庆每年10月至次年5月为雾季，这期间经常大雾弥漫，日机空袭大为减少，重庆文化界的进步人士连续几年利用这段时间举行大规模的演出，史称“雾季公演”。

1941年至1945年的连续4个雾季里，100多部宣传抗日救国为主要内容的大型话剧在重庆上演，开创了中国戏剧史上的黄金时代。

“鼓动吧，风！咆哮吧，雷！闪耀吧，电！”1942年4月3日，重庆国泰大戏院舞台上，一位身穿长袍的男演员挥举着双手，激动地朗诵着。他充满激情的表演，赢得了一次次热烈的掌声。

“这位男主演就是曾在2005年被评为中国电影百位优秀演员之一的金山。”2021年4月9日，在位于渝中区中山一路抗建堂剧场的重庆抗战戏剧博物馆内，重庆红岩联线文化发展管理中心研究馆员刘英指着墙上的一张《屈原》剧照说，当时金山演出的这幕话剧，就是由著名作家郭沫若创作的话剧《屈原》。

话剧《屈原》剧照。重庆市话剧院供图

1942年,话剧《屈原》在国泰大戏院举行首演后,轰动山城,重庆各报竞相报道公演盛况。在它的助推下,由中共中央南方局组织文艺界进步人士发起的“雾季公演”被推向了高潮。

那么,南方局为何要开展“雾季公演”?话剧《屈原》是怎样诞生的?“雾季公演”又是如何开创中国戏剧的“黄金时代”的?连日来,重庆日报记者先后走访了国民政府军事委员会政治部第三厅暨文化工作委员会旧址、重庆抗战戏剧博物馆等地,并采访相关专家,力图还原“雾季公演”以及话剧《屈原》背后的故事。

为打破国民党的政治高压 “雾季公演”应运而生

时间回溯到1941年。

中共中央南方局领导人周恩来在一次会议上说:重庆近来像一座“死城”,把人民压得喘不过气来,对国民党的严禁和封锁必须想个办法予以冲破,以打破国民党的政治高压。

全面抗战爆发后不久,国民政府迁都重庆,国内一些著名戏剧团体和文艺、演艺界知名人士也先后汇聚重庆。一时间,重庆演艺界名流荟萃,文艺演出空前繁荣。特别是1938年和1940年,在全国戏剧界抗敌协会的领导下,当时在重庆的各大演出队和话剧团纷纷走上街头,表演以宣传抗日救国为主要内容的剧目,重庆的抗战文化氛围日渐浓厚。

但是,1941年国民党顽固派发动“皖南事变”,直接破坏了抗日民族统一战线,让国共合作濒临破裂。之后,国民党又实施政治高压,让大后方的重庆充斥着白色恐怖。

在这样的背景下,当周恩来提出要打破国民党的政治高压时,立刻得到了与会者的一致赞同。“会后,周恩来和阳翰笙、陈白尘等文化界进步人士进行反复研究后,决定利用日机轰炸较少的雾季,从话剧着手,通过演剧和剧评发动文化人士进行斗争,打破沉闷的政治空气,这就是‘雾季公演’最初的由来。”刘英说。

“雾季公演”选在每年10月到次年5月之间举行。“这主要是由当时重庆的天气决定的。”在重庆抗战戏剧博物馆，重庆市话剧院院长张剑表示。

1941年10月11日，中华剧艺社的《大地回春》拉开“雾季公演”的帷幕。紧接着曹禺的《北京人》、沈浮的《重庆二十四小时》、陈白尘的《结婚进行曲》也陆续亮相。这些剧目的上演，不仅丰富了当时重庆人民的精神生活，更重要的是给予了在战争恐怖和国民党高压统治下的人们以精神上的极大抚慰和鼓舞，坚定了他们的生存意志和不屈抗战的决心。

10天创作出《屈原》剧本　连演15天引起轰动

结束了在重庆抗战戏剧博物馆的采访，重庆日报记者驱车来到七星岗。顺着伏牛巷缓坡一路朝上，一栋中西合璧的白色三层小楼出现在记者眼前。

“这栋小楼就是全国重点文物保护单位，国民政府军事委员会政治部第三厅暨文化工作委员会旧址。”刘英说，在1938年到1946年的这8年时间里，当时担任国民政府军事委员会政治部第三厅厅长的郭沫若就在此居住和办公，著名话剧《屈原》便诞生于此。

原来，随着“雾季公演”渐入佳境，周恩来等人意识到除了常规的话剧演出外，创作一部借古讽今的历史剧，无疑能更好宣传抗日，巩固统一战线。

“在这样的情形下，1942年1月2日至11日，郭沫若废寝忘食，日夜疾书，仅用10天时间，就创作完成了五幕历史剧《屈原》。话剧《屈原》讲述的是战国时期的三闾大夫屈原在楚国的遭遇，实际上是借古人之酒杯，浇今人之块垒——借饱受强秦凌辱的楚国，来暗喻正遭遇日寇侵略的中国之现状。”刘英说。

中国社会科学出版社出版的《郭沫若年谱长编(1892—1978年)》第二卷中，详细记录了郭沫若创作《屈原》的心路历程。其中，在1942年1月11日，郭沫若兴奋地写道：“夜，《屈原》完稿。‘全体颇为满意，全出意象之外’。”

事实也证明，《屈原》的推出让当时的重庆为之轰动。《屈原》剧本脱稿后，郭沫若把它交给时任《中央日报》副刊编辑的孙伏园发表。1942年1月

24日至2月27日，该报连载了《屈原》剧本。国民党中央宣传部副部长潘公展读后，看出了作品背后的暗喻，大发雷霆，并立即下令撤销了孙伏园的编辑职务。

随着剧本的刊登，话剧《屈原》的上演也被提上议事日程。为了让《屈原》演出成功，幕后负责人阳翰笙决定为其配备强大的演出阵容，哪怕是一个配角，也由名演员来演。剧组最后确定：金山饰屈原，张瑞芳饰婵娟，顾而已饰楚怀王，白杨饰南后，施超饰靳尚，孙坚白饰宋玉，导演则由陈鲤庭担任。

在大家的共同努力下。1942年4月3日，话剧《屈原》在国泰大戏院举行首演，之后又连演15天，卖出3.2万张票。关于演出盛况，著名表演艺术家张瑞芳在回忆录中有这样描述：“1942年4月3日，《屈原》在国泰大戏院隆重上演……在以后的15天里，很多人抱着被子睡到剧场门口，等待第二天售票，更有人专程从成都、贵阳赶来看戏。”

剧中的《雷电颂》传诵一时。当时的重庆大街小巷，到处可以听到有人朗诵台词：“爆炸啊，你从云头滚下来吧！”就连人力车夫与警察发生冲突时，也会喊出这句话。

“话剧《屈原》的成功上演，无疑把首届‘雾季公演’推向了高潮。”刘英说，据统计，在4届“雾季公演”中，中华剧艺社、中电剧团、中央青年剧社等演出团体为当时的重庆市民带来了《祖国在呼唤》《法西斯细菌》《北京人》《家》《雾重庆》等100多部大型话剧，成为中国话剧史上的黄金时代。

“重庆‘雾季公演’不仅业绩辉煌，而且影响深远，它很快就体现在抗战胜利后拍摄的《八千里路云和月》《一江春水向东流》《万家灯火》等影片的成就上，参加这几部影片拍摄的成员，大多来自重庆的抗战剧坛，它更为解放后的中国戏剧、电影艺术的发展，储备了大批干部和人才。”对于“雾季公演”，已故著名话剧史家石曼曾如此评价。

启动经典抗战话剧排演工程　传承弘扬抗战戏剧文化

了解了《屈原》背后的故事，记者又回到位于抗建堂的重庆抗战戏剧博物馆。此时，虽然已是下午3点，但抗战戏剧博物馆内依然有不少游客。游客们通过一幅幅珍贵的照片，了解抗战戏剧的历史风貌、历史贡献和艺术成就。

“国泰大戏院和抗建堂是‘雾季公演’的重要场所。”刘英说，“雾季公演”期间，除了中国万岁剧团、中华剧艺社等著名话剧团体及舒绣文、张瑞芳、秦怡曾在抗建堂演出外，郭沫若的《棠棣之花》《虎符》《屈原》，曹禺的《北京人》《雷雨》，吴祖光的《牛郎织女》等经典话剧也曾在此上演，让抗建堂成为中国话剧的“圣殿”。

“抗战话剧，是中国话剧史上的一个传奇。它既是重庆市文化艺术的宝贵财富，也是中国话剧艺术不可或缺的一部分。”张剑说，重庆一直相当注重抗战戏剧史的展示与研究。2019年底，位于抗建堂内的重庆抗战戏剧博物馆落成，不仅为全国话剧界提供了可以瞻仰、怀念抗战话剧时代的场所，也为广大市民和游客了解“雾季公演”，了解中国话剧历史提供了一个很好的载体。

前不久，重庆启动了经典抗战话剧排演工程。“我们准备从今年（2021年）5月1日起，在抗建堂剧院举行经典抗战话剧的驻场演出。”张剑说，根据计划，重庆市话剧院将在未来几年时间里，对《雾重庆》《屈原》等“雾季公演”中的经典剧目进行复排。“在复排过程中，我们不仅将保留这些经典话剧的精髓，还将通过现代的舞美、灯光技术，对这些话剧进行提档升级，传承弘扬抗战戏剧文化，用经典照耀现实，推动重庆文旅融合高质量发展。”

（黄琪奥）

为民心赴重庆　以诚意促和平

——毛泽东率中共代表团赴重庆谈判

4月的渝中区中山四路，春芽吐新绿，鲜花竞芬芳。坐落在这条街上的桂园，肃穆、宁静。

“时间的长河会冲淡许多东西，唯独有一样不会，那就是历史的印记。它在一辈又一辈人之间传承、凝聚和升华。”在参观完桂园后，一位外地游客在微信朋友圈里感慨地写道。

重庆桂园，国共谈判的重要见证地。

1945年8月29日至10月10日，国共两党就中国前途和命运的历史性谈判在这里举行。10日下午6时，国共两党在桂园签署了著名的《双十协定》。

1945年8月28日，毛泽东（左二）、周恩来（左四）、王若飞（右三）等赴重庆谈判前在延安机场合影。市政协办公厅供图

以大勇赴重庆

1945年8月15日，日本宣布无条件投降。中国人民经过艰苦卓绝的十四年浴血奋战，付出了巨大的民族牺牲，终于迎来了抗日战争的最后胜利。

在抗日战争期间，中国共产党始终高举抗日民族统一战线旗帜，坚持抗战、团结和放手发动群众的方针，使人民力量不断壮大，敌后人民抗日武装和根据地迅速发展，在国民党统治区和国际社会的影响日益扩大。

抗日战争胜利后，中国人民迫切需要一个安定的环境，休养生息，重建家园。在这一历史转折关头，中国共产党顺应人民要求，坚定地贯彻中共七大制定的政治路线，主张废止国民党一党统治，实行民主改革，团结一切爱国力量，建立包括各党派在内的民主联合政府，把中国建设成为独立、自由、民主、富强的新国家。同时，中国共产党也准备在不放松武装自卫的条件下，与国民党进行谈判，力争实现和平建国。

随着抗战胜利，以蒋介石为代表的国民党统治集团，把注意力放在了准备内战上，企图借受降之机，迅速削弱中国共产党领导的人民武装力量。

国民党在积极调遣军队准备内战的同时，又假意表现出愿与中共就解决抗战后中国政治前途问题进行和平谈判的姿态，借以争取政治上的主动。1945年8月14日、20日、23日，蒋介石接连发出三封电报，邀请毛泽东到重庆进行和平谈判。

收到蒋介石第一封电报后，8月16日，周恩来在为中共中央起草致南方局工委负责人徐冰、张明(刘少文)的电文中判断："国共谈判，蒋之三月一日演说已拒绝于先，六参政员携回方案又被拒绝于后，而且又骂我们为'人民公敌'，故请毛往渝全系欺骗。"此后几天里，毛泽东和中央书记处多次与周恩来、王若飞交换意见，了解重庆各方面情况。收到蒋介石第二封电报后，中央决定由周恩来先到重庆同蒋介石等谈判，待机决定毛泽东的行动。

8月25日，中共中央发表《对目前时局的宣言》，明确提出"和平、民主、团结"三大口号，阐明中国共产党关于"在和平民主团结的基础上，实现全国的统一，建立独立自由与富强的新中国"的主张。当晚，中共中央政治局决定，由毛泽东、周恩来、王若飞到重庆谈判。

国民党方面普遍预计毛泽东不会亲赴重庆。然而，1945年8月28日，毛泽东率领中国共产党代表团从延安飞抵重庆，大大出乎他们的意料。这一消息也立即震撼了重庆全城。

《新华日报》发表了读者胡其瑞等4人的来信："毛泽东先生应蒋主席的

邀请，毅然来渝，使我们过去所听到的对中国共产党的一切诬词和误解，完全粉碎了。毛先生来渝，证明了中共为和平、团结与民主而奋斗的诚意和决心，这的确是反映和代表了我们老百姓的要求。”诗人柳亚子赋诗，称颂毛泽东的这一行动是“弥天大勇”。

以诚意促和平

重庆谈判从1945年8月29日开始，到10月10日结束，历时43天。在此期间，毛泽东和蒋介石就国共两党关系的重大问题多次直接商谈。

中共对谈判表现出极大诚意。9月3日，中共代表将关于两党商谈的主要问题“十一项提要”交国民党政府代表，内容主要包括确定和平建国方针，承认各党各派的合法平等地位，承认解放区政权及抗日部队，结束国民党的党治等，并表示拥护蒋介石在全国的领导地位。9月8日，国民党政府代表根据蒋介石亲拟的《对中共谈判要点》，对中共“十一项提要”做出书面答复，表示接受中共代表提出的和平建国、承认党派合法平等、结束党治等主张，对于召开政治协商会议问题也基本同意，但对解放区政权作为合法地方政府却坚决不同意，对于军队整编问题也有种种限制。这些问题成为谈判中争论的中心问题。

为使谈判获得进展，中共代表就解放区政权问题和军队问题做过多次让步。但是，由于国民党方面坚持不肯松动，反以“政令军令统一”为借口，一再要求中共“放弃其地盘，交出其军队”，对此，周恩来、王若飞据理驳斥，谈判陷入僵局。

在重庆期间，为推动谈判顺利进行，毛泽东努力与各方交流看法，多次在桂园会见各方人士，还登门拜访了政界、军界、经济界、妇女界、文化界中具有各种倾向的代表人物，与他们促膝交谈，交换对国家大事的看法；应邀会见了民主同盟、青年党、九三学社等在渝中委和几十位国民参政员。

毛泽东的这些活动，以及中共代表在谈判中多次做出让步，使中国共产党的立场得到各民主党派和各界民主人士的普遍同情和支持。这种同情和支持，是促进这次国共谈判取得某些积极成果的一个重要因素。

1945年10月2日，周恩来在双方谈判接近结束之际提出建议："拟将一个月来的谈判记录整理出来，择其可能发表者发表之，以慰国人之渴望。"此举得到国民党代表的赞同。

10月5日，周恩来将亲手草拟的会谈纪要递交国民党代表，后经双方代表斟酌修改形成定稿。10月10日，国共双方代表在桂园共同签署《政府与中共代表会谈纪要》(简称《会谈纪要》，又称《双十协定》)。

《会谈纪要》的主要成果有：使国民党承认了中共提出的和平建国的基本方针；同意召开各党派代表及无党派人士参加的政治协商会议共商和平建国大计；同意结束国民党的"训政"；承认人民的某些民主权利；党派平等合法；取消特务机关；释放政治犯；等等。谈判中未能达成协议的，主要是解放区政权问题和国民大会问题。军队整编问题实际上也没有解决。对于这些悬而未决的问题，《会谈纪要》载明，双方将"继续协商"或提交政治协商会议解决。

对于重庆谈判的意义，毛泽东曾这样指出："谈判的结果，国民党承认了和平团结的方针。这样很好。国民党再发动内战，他们就在全国和全世界面前输了理，我们就更有理由采取自卫战争，粉碎他们的进攻。"

以协商促民主

渝中区中山三路151号，坐落着一幢十分醒目的黄墙建筑。抗战时期为中国银行大楼，曾是中共代表团在渝驻地，如今它是国家级重点文物保护单位。

进门处是一扇青砖砌成的拱门，门额上挂着写有"中共代表团驻地旧址"的牌匾。过了拱门，顺着台阶往上，便来到旧址的主楼。该建筑是一幢中西式砖木结构建筑，坐西向东，通高13米，加上附属建筑，共占地627平方米。

这幢建筑见证了周恩来、董必武、吴玉章、王若飞、叶剑英等老一辈革命家当年率领中共代表团在重庆的斗争历程，见证了中国共产党真诚谋求和平，真正为人民谋幸福的不懈追求。

根据《双十协定》，国民政府召开政治协商会议，邀请各党代表和社会贤达共商国是。1945年底，周恩来率出席全国政治协商会议（旧政协）的中共代表团来渝，该楼即由国民政府拨给中共代表团作为办公室兼住房。

在这幢楼里，以周恩来为首的中国共产党代表团日夜为民为国奔走忙碌，在当时政治时局异常紧张的情况下，如行走于刀锋之上。

1946年1月10日至31日，政治协商会议在重庆国民政府礼堂召开，出席会议的代表共38人，包括国民党代表8人，共产党代表7人，民主同盟代表9人，青年党代表5人，无党派人士郭沫若、莫德惠等9人。

会上，左、中、右三种政治势力展开了尖锐复杂的斗争，其焦点是关于政治民主化和军队国家化的问题。会议期间，中共代表团团结多数中间党派和社会政治团体，与国民党的错误主张进行有理、有利、有节的斗争，促成会议通过了《关于政府组织问题的协议》《和平建国纲领》《关于国民大会的协议》《关于宪章问题的协议》《关于军事问题的协议》等5项协议。

“这是当时全国和全世界人民瞩目的一次会议，就像在祖国大地上升起的一线和平民主的曙光。遗憾的是，这一线曙光并未演变成万道霞光，而只是昙花一现。”市委党史研究室南方局研究室副主任黎余说，由于这些协议在不同程度上有利于人民而不利于国民党统治，因而最终被国民党统治集团撕毁。

“从重庆谈判到旧政协会议，中国共产党从广大人民的根本利益出发，为争取实现国内和平民主做出了种种努力。”黎余认为，这使中国共产党关于和平建设新中国的政治主张被全国人民所了解，从而有力推动了全国和平民主运动的发展。但国民党统治集团撕毁了这些协议，背离了人民的根本利益，也就把自己置于人民的对立面，使人民逐步认清了国民党统治集团坚持独裁统治和内战政策的真实面目。这样的事实深刻教育了人民，为后来中国共产党以革命战争推翻国民党反动政权，在政治上和思想上做了重要的准备。

（戴娟　罗静雯　周尤）

1945年,《沁园春·雪》在重庆首次公开发表

“北国风光,千里冰封,万里雪飘。望长城内外,惟余莽莽;大河上下,顿失滔滔……”红岩革命纪念馆“千秋红岩——中共中央南方局历史陈列”展览内,一块显示屏循环播放着《沁园春·雪》短片。

在显示屏下方的展柜中心位置,陈列着毛泽东在“第十八集团军重庆办事处”信笺上题写的《沁园春·雪》手稿复制件。大气磅礴、豪放酣畅的书法艺术,将观众的思绪带回到20世纪40年代。

“1945年,毛泽东同志为诗人柳亚子题写过两幅《沁园春·雪》。是年11月14日,《沁园春·雪》在重庆《新民报·晚刊》首次公开发表。”4月12日,红岩联线文化发展管理中心科研处处长王庆华在接受重庆日报记者采访时说。

毛泽东为何会为柳亚子题写两幅《沁园春·雪》?这首壮丽诗篇是如何公开发表的?发表之后产生了怎样的影响?

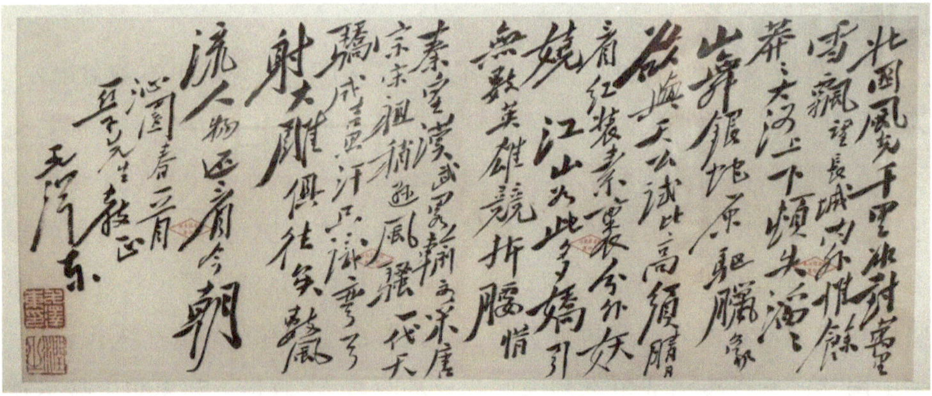

重庆市档案馆“民族脊梁 巴渝丰碑——中国共产党重庆革命史(1921—1949)”展览展出的毛泽东《沁园春·雪》手稿复制件。赵迎昭摄

毛泽东为柳亚子写过两首《沁园春·雪》

2021年4月12日清晨,红岩村景区鸟语花香,春意盎然。景区内《沁园春·雪》广场中央石壁上,镌刻着《沁园春·雪》手稿。细细观察,人们会发现石壁上镌刻的《沁园春·雪》和"第十八集团军重庆办事处"信笺上题写的《沁园春·雪》稍有不同——前者比后者多了"亚子先生教正"和"毛泽东"几个字,以及毛泽东的印章。

"这两首《沁园春·雪》都是毛泽东题写后赠送给柳亚子的,原作均收藏在中央档案馆。"王庆华说,这首著名的咏雪词诞生于1936年。

1936年2月,毛泽东率领部队东渡黄河,奔赴抗日前线时,在途中目之所及,群山环抱、沟壑纵横、千里冰封,不禁豪情满怀,在一农户家中挥笔写下了这一千古名篇。

"这首词写在中华民族生死存亡之际,它以'数风流人物,还看今朝'的豪迈语言,明确指出,只要在中国共产党的领导下,中国人民团结起来,筑成民族统一战线,就一定能取得抗日战争的最后胜利。"王庆华说。

毛泽东为柳亚子题写《沁园春·雪》和重庆谈判这一历史性会谈有关。1945年8月,毛泽东从延安飞抵重庆,参加重庆谈判,在此期间与柳亚子重逢。故友见面,分外激动,柳亚子多次向毛泽东呈诗,并索句留念。

1945年10月7日,毛泽东给柳亚子回信:"……初到陕北看见大雪时,填过一首词,似与先生诗格略近,录呈审正。"毛泽东还用"第十八集团军重庆办事处"信笺题写了《沁园春·雪》,与信一同寄给了柳亚子。

柳亚子收到信和诗词后,高兴之余发现信笺上的题词没有题上、下款,也没有毛泽东的署名。柳亚子不想留有遗憾。他抓住毛泽东离开重庆前的时间,准备好纪念册,请他再题写一遍。

这次题写在柳亚子纪念册上的《沁园春·雪》加上了"亚子先生教正"的上款和"毛泽东"的落款。随后,柳亚子又提请毛泽东盖章,奈何毛泽东没带印章。于是,柳亚子请篆刻家曹立庵连夜刻了两方印——白文为"毛泽东印",朱文为"润之",盖于毛泽东落款之后。

不仅如此,柳亚子还请郭沫若手书"北国风光"列于毛泽东墨迹之前,将自己的和词及后记抄录在毛泽东墨迹之后。

在渝公开发表后传遍全国各地

“从风格上的涵浑奔放来看，颇近苏、辛词派，但是遍找苏、辛词亦找不出任何一首这样大气磅礴的词作；真可谓睥睨六合，气雄万古，一空倚傍，自铸伟词。当听说这首词出自毛主席的手笔之时，我只有一个想法，就是：‘只有这一个人才能写出这一首词。’”1978年，戏剧家吴祖光在《话说〈沁园春·雪〉》一文中写道。

王庆华称，1945年11月14日，吴祖光在其编辑的《新民报·晚刊》副刊《西方夜谭》上以《毛词·沁园春》为标题第一次公开发表《沁园春·雪》。

吴祖光是如何注意到《沁园春·雪》的呢？

1945年10月25日至28日，柳亚子与画家尹瘦石在重庆中苏文化协会举办“柳诗尹画联展”。柳亚子把毛泽东书赠他的《沁园春·雪》手稿和自己书写的《沁园春》和词公开展出。从此，毛泽东创作的《沁园春·雪》开始在社会上相互传抄。

展览会后，柳亚子将毛泽东的《沁园春·雪》和自己的和词一并送到《新华日报》。《新华日报》考虑到发表毛泽东的作品要经过他本人同意，没有马上答应。1945年11月11日，柳亚子的和词在《新华日报》第四版上和读者见面。

“外边看报的人，知道有我的和作，必定有毛主席的原作，希望看原作的人太多了。”柳亚子在《关于毛主席咏雪词的考证》一文中写道。

正当柳亚子为发表毛泽东咏雪词一筹莫展时，在《新民报·晚刊》副刊《西方夜谭》任编辑的吴祖光偶然读到了《沁园春·雪》。他在上述文章中回忆：“在毛主席离开重庆不久，我得到一首抄得不全的《沁园春·雪》词，抄稿中遗漏了两三个短句，但大致还能理解它的意思。”

吴祖光激动不已，多渠道对咏雪词内容进行了核对，分别得到了三份手抄稿，竟然互不相同，他只好将三份抄件进行整合。1945年11月14日，《西方夜谭》副刊率先发表了《沁园春·雪》。

“这首洋溢着革命乐观主义和英雄主义精神的诗词迅速轰动山城，传遍全国各地,使世人知道毛泽东不仅是伟大的政治家、思想家、军事家,而且是伟大的诗人。"王庆华表示。

国民党策划针对咏雪词的反革命"围剿"

《沁园春·雪》公开发表后,可谓"惊涛拍岸,卷起千堆雪"。

王庆华介绍,当时,国民党中宣部一手策划了针对《沁园春·雪》的反革命"围剿",国民党机关报《中央日报》率先发难,随后一批反动报刊相继抛出一批文章,恣意曲解"数风流人物,还看今朝"是封建帝王思想,诬蔑人民武装是"草莽英雄",解放区是"封建割据"。

在这样的背景下,民主人士纷纷在报刊上发表见解,对反动文人对《沁园春·雪》的诋毁曲解进行了反驳。这首词引发的笔战,不但轰动重庆,轰动全国,还轰动了海外华人世界。菲律宾《华侨导报》在转载毛泽东这首词时,称赞道:"无论置诸任何古今中外的伟大诗作之中,也都是第一流的杰作中之杰作也!"

"对于国民党反动派发起的这一反革命'围剿',中国共产党以大局为重,没有理睬。"王庆华介绍,1946年5月23日,《新华日报》发表了一段"编者按",指出:"毛泽东同志咏雪一词刊出后,一时唱和甚多,然而也不乏好事之徒,任意曲解丑诋,强作解人,不惜颠倒黑白,诬为封建帝王思想。虽'蚍蜉撼大树,可笑不自量'。"这段按语字数不长,却击中要害,从此这一场反革命"围剿"才偃旗息鼓了。

"铁的事实证明了毛主席'数风流人物,还看今朝'的科学论断,而蒋介石一帮不过是昙花一现的小丑而已。"吴祖光在上述文章中写道。

"从《沁园春·雪》中,我们能深切感受到中国共产党人的自信和气魄。"王庆华说,这首气壮山河的诗词更体现出强烈的人民意识。中国共产党从诞生起就始终为了人民、依靠人民、根植人民,一代代中国共产党人的为民情怀一脉相承,把中华民族复兴伟业不断推向前进。

(赵迎昭)

勇立潮头　不畏艰险
——80多年前范长江在重庆走上探索真理之路

作为中国新闻史上具有重要地位的先行者，范长江的整个新闻生涯可以说是同国家和民族的命运、党领导的进步事业紧紧联系在一起的，而重庆是他成长、进步的起点。

2021年6月7日，“范长江与重庆”展览馆在重庆工商大学图书馆北楼一楼开馆。展览展出内容包括范长江简介、范长江与重庆等5部分，生动展现了范长江对真理不懈追求、对待新闻执着认真、对党的事业无限忠诚的优秀品格。

重庆这座城市对范长江有何影响？连日来，重庆日报记者进行了采访。

2021年6月7日，“范长江与重庆”展览馆在重庆工商大学开馆，图为观众在展览馆内参观。齐岚森摄/视觉重庆

重庆求学>>>
跨出夔门，迈出追寻真理的第一步

走进“范长江与重庆”展览馆，一座栩栩如生的范长江铜像出现在记者眼前。“范长江的一生与重庆紧密相连。”2021年6月7日，“范长江与重庆”展览馆筹建负责人、重庆市新闻工作者协会副秘书长朱东说，正是从重庆出发，青年范长江踏上了追寻真理的征途。

范长江本名范希天，1909年出生于四川省内江市田家乡赵家坝。中学时，范长江就组织了进步青年谈话会，传阅进步书报、制作宣传标语，支持北伐战争……但范长江的活动受到了家庭长辈的干涉。保守落后的环境，让年轻的范长江有了离开家乡、寻找真理的想法。

“范长江读高中时，听闻吴玉章在重庆创办中法学校训练革命青年，于是他慕名来到重庆，迈出了寻求真理的第一步。”朱东说，在加入中法学校后，范长江被编入短期训练班学习，在校期间他受到共产党员吴玉章、杨闇公等人的影响，积极参加反帝反封建革命斗争。1927年，三三一惨案发生后，范长江成为四川军阀通缉对象，被迫前往武汉。

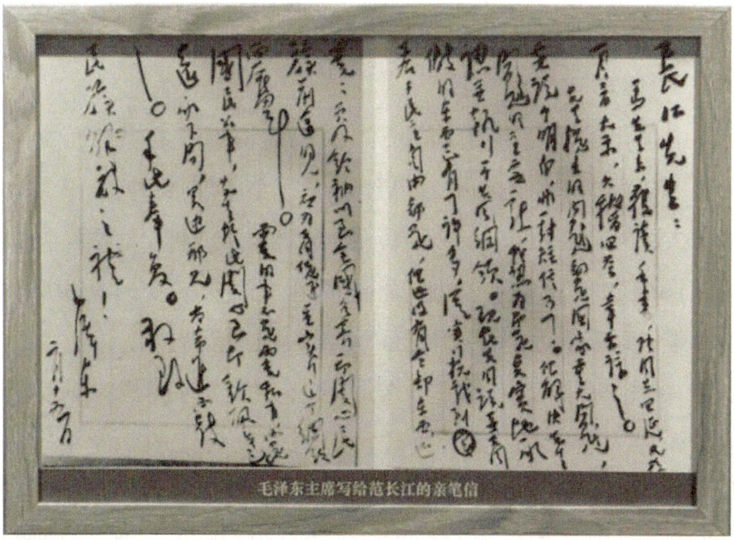

2021年6月7日，“范长江与重庆”展览馆馆内展出的毛泽东写给范长江的亲笔信。齐岚森摄/视觉重庆

从重庆出发，青年的范长江走出夔门，踏上了一条追寻真理的征途，从此他的一生与重庆这座城市紧密相连。

重庆入党>>>
一颗红色的火种慢慢萌芽

1939年5月，在被国民党特务机关严密监视的曾家岩50号周公馆里，由周恩来作为介绍人，范长江秘密地加入了中国共产党。这是范长江离渝若干年后，再次回到重庆。这次重返重庆，改变了他的人生轨迹。

时间回溯到1934年。这一年，他开始系统地研究苏区的土地问题，阅读苏区的小册子……1935年7月，范长江作为《大公报》特约通讯员赴西北采访，历时10个月，行程4000里，采访报道了中国工农红军情况和西北社会现状，引起全国轰动。

西安事变发生后，范长江独闯西安，成为第一位真实报道西安事变真相的记者。1937年2月4日，范长江在西安认识周恩来。随后，他前往延安采访，2月9日，同毛泽东作"竟夜之谈"。

对于这场对话，范长江在《我的自述》里这样写道：这10个小时的教导，把我10年来东摸西找而找不到出路的几个大问题全部解决了，我那天晚上之高兴，真是无法形容的。

在找寻中国出路的过程中，范长江深刻认识到只有共产党才能真正改变中国命运。从那时起，他心中就已经种下了红色的火种。

1937年2月15日，由范长江所写的《动荡中之西北大局》，同时刊发在《大公报》上海版和天津版上，他向全国报道了西安事变的真相和中国共产党的抗日主张，顿时轰动上海，引起了读者的强烈反响。

1938年10月，范长江提出了入党的愿望，但当时周恩来认为非党身份便于团结新闻界人士参加抗战，暂时没有同意范长江的入党请求。1939年5月，范长江再次提出入党。一周后，周恩来通知他延安回电批准了他的入党请求。不过，因为工作需要，他并未公开身份，而是以救国会爱国人士的身份活动，由周恩来（在重庆）、李克农（在桂林）单线联系。

自此，范长江从一个民主主义的爱国主义者，进入了无产阶级先锋战士的行列。

重庆生活>>>
成为社会活动家和新闻战线的领导者

“范长江与重庆”展览馆用大量历史文物资料，讲述了范长江与重庆结下的不解之缘。

“这是1940年范长江与中共国际新闻社（以下简称国新社）重庆办事处及中国青年新闻记者协会（以下简称青记）的同事在重庆猫儿石的合影。”顺着西南政法大学新闻传播学院教授蔡斐手指的方向，一张老照片格外醒目，照片中的范长江英俊帅气，意气风发，目光如炬。

“那时的他已经从一名记者，成长为一名进步的社会活动家和新闻战线的领导者。”蔡斐称。

1939年4月至1940年底，范长江主要在重庆工作。他领导青记致力于团结全国青年新闻记者，主持国新社重庆办事处工作，并以救国会成员身份在重庆文化界发挥着党的一个社会活动家的作用。

在直接领导青记工作中，范长江一方面努力巩固国统区已成立的分支机构，一方面大力发展青记新的分会。他积极推动成立战时“记者之家”，创办《新闻通讯》，举办战时新闻工作讲习班，团结文化战线上的同志揭露国民党政府摧残进步新闻事业的真相，声讨汪伪投敌叛国行为。

朱东认为，范长江积极推动成立的“记者之家”一方面收留了很多流亡到大后方的新闻工作者和大批进步人士，另一方面培训了很多进步记者，这在当时非常具有进步意义。

“1940年12月10日，在如今重庆市大礼堂背后的马鞍山‘良庄’，举行了一场轰动山城的婚礼。包括周恩来、李公朴、邹韬奋、茅盾、王炳南等200多位政要和社会名流都前往观礼。”蔡斐在展厅中向记者介绍。而婚礼的主角正是范长江与民主人士沈钧儒的女儿沈谱。

“早在1939年5月，还在金陵大学读书时，沈谱就加入了中国共产党，她的党内联系人是周恩来的夫人邓颖超。”蔡斐说，出于保密的要求，范长江和沈谱两人均没有告诉对方自己中共地下党员的身份。而在婚礼现场，知道范长江的党员身份的仅周恩来1人。

蔡斐认为，在中国现代新闻史上，范长江之所以能成为无产阶级新闻事业的出色领导者，就是在于他不断地追求进步，将自己的大众情怀、家国立场转化到工作和生活中。“他将新闻视为事业，把新闻和国家、民族结合到了一起。而他实现从民主主义的爱国主义者到无产阶级新闻战士转变的地方，就是重庆。”

范长江与重庆>>>
让先进的思想得以传承

“虽然范长江在重庆待的时间并不算长，但重庆却见证了范长江人生中的诸多重大转折点。”朱东认为，无论是早期到中法学校求学，还是1939年开始在重庆领导青记和主持国新社重庆办事处工作，以及在重庆入党、结婚……这些经历都对范长江的人生产生了重要影响。

“为中华民族而呼号、为坚定信仰而追求、为新闻事业而奔走、为人民群众而服务，这代表了范长江的一生始终同民族命运、党的信仰、新闻事业和人民群众紧密结合在一起，也是他光辉一生的重要写照。”蔡斐认为，回顾范长江的记者生涯，他勇立潮头，始终坚持把自己的事业与国家前途命运联系在一起；他追求真理，始终以对历史负责的态度报道新闻；他不畏艰险，始终坚守忠诚于党的新闻事业，为人民群众鼓与呼，是党和人民信赖的新闻工作者。

“回顾范长江与重庆的历史，范长江对待新闻的执着和对真理的不懈追求，在抗战中能坚持不断地深入一线，这些精神在新时代显得尤为重要。”重庆市新闻工作者协会专职副主席丁道谊认为，范长江近20年记者生涯的经历及其展现出的精神到现在仍然有积极的现实意义，他是践行“四力”的典范，永远值得现在的新闻工作者学习。

（刘一叶）

《群众》周刊“始终和群众在一起而在群众之中生长起来”

它，1937年12月11日创刊于武汉，1938年10月25日从武汉撤退到重庆继续出版，在重庆战斗近8年。

它，是抗日战争时期和解放战争时期，中国共产党在国民党统治区和香港地区唯一公开出版的政治理论刊物。

它，立足于广大群众，“始终和群众在一起而在群众之中生长起来”。

它，就是《群众》周刊。它是如何诞生的？做出了哪些贡献？重庆日报记者就此进行了采访。

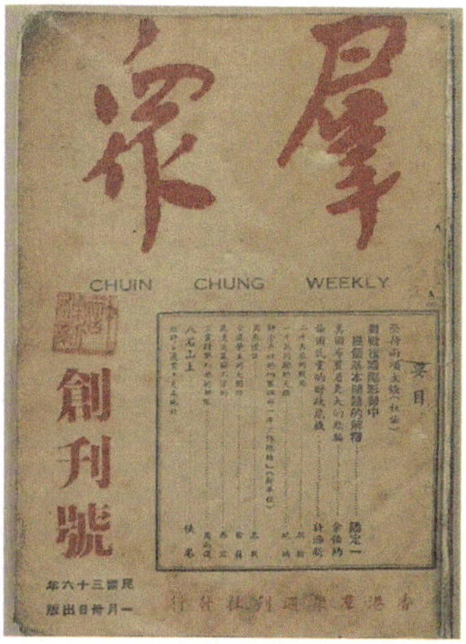

红岩革命纪念馆展出的《群众》周刊。赵迎昭摄

《群众》周刊比《新华日报》早一个月诞生

2021年5月30日，重庆日报记者走进红岩革命纪念馆，看到馆内展出的国家一级文物——《新华日报》印刷机，一旁的文字说明这样写道：“在《新华日报》发行九年一个月又十八天、3231期的漫长岁月里，它一直担负着《新华日报》和《群众》周刊繁重的印刷任务。”

“《群众》周刊与《新华日报》一刊一报，作为抗日战争时期中国共产党在国统区公开的两大舆论阵地，分工合作、密切配合。”重庆市地方史研究会研究员罗辑介绍，“《群众》周刊比《新华日报》早一个月诞生。”

担负着《新华日报》和《群众》周刊印刷任务的印刷机。赵迎昭摄

史料记载，1937年9月，党中央派董必武到武汉筹备建立八路军武汉办事处。南京沦陷后，国民党的重要机关均迁往武汉办公，武汉成为全国抗战的中心。

为了巩固和发展抗日民族统一战线，坚持持久战的方针，在周恩来同志的直接领导下，原本准备在南京创刊的《新华日报》筹备人员潘梓年等同志从南京撤退到武汉，筹备出版《新华日报》。由于国民党表面上口头允诺支持，但实际横加阻挠，致使《新华日报》处于难产境况。同志们一方面不放弃出版党报的计划，另一方面了解到办刊物比办报容易，决定先出版一个刊物，定名为《群众》。

就这样，1937年12月11日，《群众》周刊在武汉创刊，由周恩来直接领导。一个月后的1938年1月11日，《新华日报》在武汉创刊。大部分时候，《新华日报》和《群众》周刊是一套编辑班子。

通过多种形式传播中共抗战主张

《群众》周刊的特色是什么呢？

1938年1月9日，周恩来为《新华日报》创刊题词："坚持长期抗战，争取最后胜利。"中央文献出版社出版的《周恩来传》记载，其后不久，周恩来约见《群众》周刊副主编许涤新等人，指出：“《群众》的编辑方针，同《新华日报》毫无二致，差别是在于《群众》是党刊，是理论性的刊物，它要更多地从马克思列宁主义出发，要更多地从理论的角度出发，帮助广大读者理解抗日战争的正义性，理解抗日战争胜利的必然性……”

罗辑介绍，《群众》周刊刊载了一系列传播马克思主义的文章，该刊不仅扩大了马克思主义在中国传播的范围，推进了马克思主义中国化，而且有效地传播了中国共产党的抗战主张，塑造了中国共产党领导群体的形象。

如，1937年12月，《群众》周刊刊发了一篇名为《毛泽东会见记》的文章。文中，毛泽东在答青年记者马骏提问时指出：“四个月来的抗战，东线和华北战场的失利，主要的原因是由于现时还只是政府与军队的抗战，还不是群众性的战争，群众还没有发动起来，组织起来，政府还没有与人民结合，成为民族统一战线……”

罗辑说，周恩来非常关心并亲自指导《新华日报》和《群众》周刊出版发行等工作。据统计，1938年10月至1946年3月，周恩来在《群众》上发表了13篇文章。

关于抗战，1940年，《群众》周刊还在《本刊三周年致读者》中明确指出：“抗战是需要群众，依靠群众的，所以《群众》就在抗战中诞生与长大。《群众》是代表群众而为群众所有；它始终和群众在一起而在群众之中生长起来。”

研究《群众》周刊多年的学者张红春指出，在抗战初期，《群众》周刊的政治动员形式多样，除理论文章外，还有木刻版画、诗歌、广告等，“这些行之有效的动员，发挥了十分重要的作用”。

如，1939年，《群众》刊发了一篇名为《敌人狂炸了的重庆》的文章，随文章一同刊发的是一幅名为《人们想哭，但已没有眼泪，只有咬着牙诅咒着残暴的敌人！》的木刻版画。这幅版画通过愤怒的神情、弥漫的战火表现了重庆遭遇大轰炸的惨状和人民的愤怒，旨在唤起民众支援抗战。

“从头读到尾，舍不得漏掉一个字”

《群众》周刊作为理论刊物，侧重于理论的宣传与交锋，创刊后有读者批评它“太高深”。

为此，《群众》周刊从第1卷第2期起，密切关注同读者的联系，开辟《读者问答》《群众信箱》《读者与编者》等栏目，并就读者关心的问题组织笔谈。如第3卷第21期的《群众信箱》栏目，《群众》周刊用一个版面的篇幅，对读者何梅提出的问题进行了解答。

“可见，《群众》周刊并非高高在上，而是坚持群众路线。”罗辑说。许涤新也曾在《忆敬爱的周恩来同志对〈群众〉的培育》一文中写道：“敬爱的周恩来同志……不止一次地告诉我们，党报和党刊的任务，就是要提高读者的政治认识。要做好这一工作，首先你就必须了解广大读者或一部分读者的心理状态，了解他们在思想上存在的问题，然后，你才能抓住他们的思想疙瘩，‘有的放矢’地写出文章来。”

这份刊物，如同漫漫长夜里的一盏明灯，影响了不少有志青年的成长。一位名叫黎旭的读者在《群众周刊回忆录》一书中撰文《如获至宝　爱不释手》回忆：“一张报纸，一本刊物，都从头读到尾，舍不得漏掉一个字。正是在它们的影响下，自己从彷徨苦闷中逐渐成长起来，成为一名坚强的革命战士。”

抗日战争胜利后，1946年6月3日，《群众》周刊由重庆迁到上海继续出版，1947年3月被国民党政府查封。此前，即1947年1月30日，《群众》周刊已刊行香港版，直至1949年10月20日停刊。

中华人民共和国成立后，在周恩来的关心下，中共江苏省委机关刊物沿用了《群众》刊名，在南京创办。这份具有光荣传统的刊物，至今仍在依靠群众、服务群众。

（赵迎昭）

《南鸿》周刊：吹响重庆传播新文化的号角

“我们的意志只有一天一天的销[消]沉下去，我们的头脑只有一天一天的昏乱下去，我们的情感也只有一天一[天]的冷淡下去，到末了我们都将一个一个变成麻木不仁的行尸走肉……”1925年3月，一间民房内，一名年轻的男子在纸上写下了这样的文字。写完这些字后，他放下笔，走到窗前，望着窗外暮色重重的城市，陷入了沉思。

“这名年轻的男子就是无产阶级革命家、政治家、中国共产党的重要领导人之一张闻天。”2021年6月3日，西南政法大学教授蔡斐告诉重庆日报记者，张闻天当时写下的这段文字就是他在重庆创办的《南鸿》周刊的发刊词。作为张闻天参与创办的第一本政治刊物，《南鸿》周刊虽然只存在了两个多月，但却凭借犀利的文风，犹如闪电般划破了当时重庆沉闷的天空，为当时重庆乃至全国的知识青年带来了光明和希望。

张闻天为什么会创办这本周刊？这本杂志对当时的重庆产生了哪些影响？

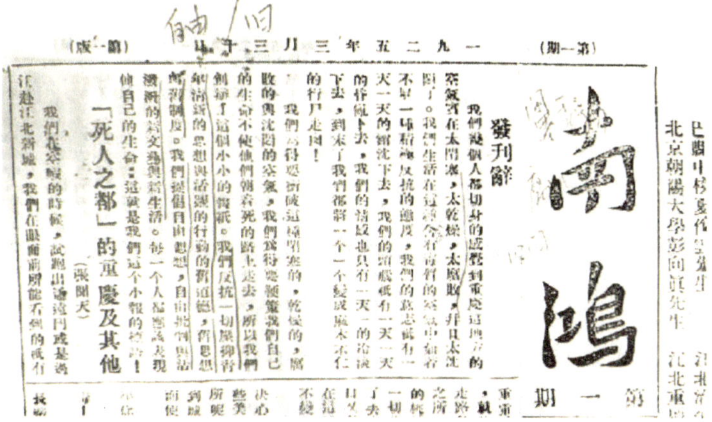
(第一期) 一九二五年三月

南鴻

第一期

發刊辭

我們幾個人都切身的感覺到重慶這地方的空氣實在太閉塞，太乾燥，太腐敗，並且太沉悶了。我們生活在這樣含有毒質的空氣中，如若不早一步取精神反抗的態度，我們的意志祇有一天一天的銷沉下去，我們的頭腦祇有一天一天的昏亂下去，我們的情感也祇有一天一的冷淡下去，到末了我們都將一个一个變成麻木不仁的行尸走肉！

我們不得不衝破這樣閉塞的，乾燥的，腐敗的與沉悶的空氣，我們覺得要拯救我們自己的生命不使他們朝着死的路上走去，所以我們創辦了這個小小的報紙。我們反抗一切壓抑青年新的思想與活潑的行動的舊道德，舊思想，舊制度。我們提倡自由思想，自由批評與活潑潑的新文藝與新生活。每一个人都應該表現他自己的生命：這就是我們這个小報的標語！

「死人之都」的重慶及其他

(張聞天)

我們在寒假的時候，試想出遊這門或是過江赴江北新城，我們在眼前所能看到的祇有

图为《南鸿》周刊 受访者供图

一次偶然　张闻天在渝创办《南鸿》周刊

“事实上，当时张闻天来到重庆，并创办《南鸿》周刊，是出于偶然。”蔡斐说。

史料记载，张闻天于1900年出生于江苏南汇县张家宅（今上海浦东新区机场镇）一个农民家庭，1920年至1923年，张闻天曾先后前往日本和美国勤工俭学。

1924年1月，张闻天从美国返回上海，在中华书局任编辑。当年10月，张闻天因故离开上海，来到重庆。

“当初，张闻天本来只准备在重庆做短暂停留，再前往成都。”蔡斐说，谁知他的一位旧友在得知张闻天来渝的消息后，便力邀他到四川省立女子第二师范学校任教。经过再三考量，张闻天决定接受好友的邀请，担任了四川省立女子第二师范学校的一名英文教员。

“1925年前后的重庆，社会风气沉闷，封建思想的禁锢比较严重。”蔡斐说，这让张闻天无法忍受。“恰好，在张闻天来渝之前，另一名共产党员萧楚女也奉命来到了重庆。”蔡斐说，张闻天与萧楚女一见如故，在之后的一段时间里，张闻天除了以新文化运动战士的身份，利用学校讲坛，传播五四精神外，还以“罗蔓”为笔名，在报刊上发表文章，对封建礼教进行激烈批判，有力推动了重庆思想启蒙运动的开展。

随着这些文章的发表，张闻天也成为当时保守势力和军阀的“眼中钉”。由于他们的恶意中伤，张闻天被迫于1925年初离开了二女师，并在当年3月，来到川东联合县立师范学校（以下简称“川东师范”），成为一名国文教员。

“反动军阀的恶意中伤，让张闻天意识到掌控舆论阵地的重要性。”蔡斐说，刚好在当时的川东师范内，有几名学生联合起来成立了南鸿社，并创办了一本名为《南鸿》的油印刊物。在得知这一消息后，张闻天意识到这是一个很好的契机，于是他先通过联络川东师范、巴县中学、二女师等校进步青年，扩大了南鸿社的规模，然后又把《南鸿》改为定期出版的铅印周刊，并亲自担任主编和撰稿人。1925年3月30日，首期《南鸿》周刊在重庆戴家巷的一栋民房内诞生。

一本杂志　成为重庆传播新文化新思想的阵地

“这本杂志为什么会出现？我需要你们给我一个解释。”1925年4月中旬，时任重庆卫戍司令的王陵基拿着一本《南鸿》周刊，气急败坏地说。

为何《南鸿》周刊会让王陵基如此失态？这主要还是与《南鸿》当时所产生的巨大影响力有关。“自《南鸿》创立之初，张闻天就决定让这本周刊成为进步人士与旧思想、旧制度、旧道德展开论战的重要阵地。”蔡斐说，在该杂志的“创刊词”中，张闻天旗帜鲜明地指出：“我们反抗一切压抑青年清新的思想与活跃的行动的旧道德、旧思想与旧制度，我们提倡自由思想，自由批判与活泼的新文艺，新生活。”这篇发刊词犹如在一潭死水中扔进一块巨石，引发强烈反响。

“从之后出版的《南鸿》周刊来看，张闻天很好地践行了这一目标。”蔡斐说，据统计，在8期《南鸿》周刊中，张闻天先后以“张闻天”“罗蔓”“飘蓬”“长虹”“大风”等名发表了《追悼孙中山先生》等16篇文章。在这些文章中，张闻天除了用辛辣的笔触，对封建制度、封建思想和封建伦理道德进行深刻抨击外，还热情宣扬以“人”的觉醒为中心的个性解放，在当时的重庆产生了巨大影响，《南鸿》也因此成为重庆传播新文化、新思想的阵地。

值得一提的是，在《南鸿》周刊中，张闻天还通过撰写散文诗、小说等方式，对当时的青年学生进行文学启迪。“例如在《南鸿》第3期中，张闻天就通过撰写散文诗《生命的急流》，号召青年学生与旧思想、旧势力作斗争。”蔡斐说，《生命的急流》一文发表之后，在重庆的青年学生中产生了巨大影响，不少青年在该文章的影响下，逐渐与旧势力划清界限，走上革命的道路。

一个封禁　促使张闻天加入中国共产党

随着影响力的不断扩大，《南鸿》周刊引起了重庆军阀的恐慌。1925年5月中旬，王陵基以“败坏风俗，煽惑青年”的罪名，勒令巴县知事会同警察厅对《南鸿》进行封禁，并勒令萧楚女、张闻天等人“两周离渝”。

1925年5月24日，张闻天被迫离开重庆返回上海，《南鸿》周刊也被迫停办。“后来，虽然在重庆的南鸿社员把《南鸿》更名为《夜鹰》，并刊登了张闻天所撰写的《嘉陵江上的晚照》和《别重庆的朋友》等文章。可惜的是，该杂志也仅存在了4期，就被查封。”蔡斐说。

“《南鸿》的停刊，对张闻天本人产生了巨大影响，其中最大的影响就是让他有了加入中国共产党的动机。”蔡斐说，在《南鸿》周刊创刊时，张闻天还没有加入中国共产党，但《南鸿》周刊的失败，让张闻天认识到要对抗一个旧的社会，单靠个人和一个刊物是不行的，必须要加入一个以反抗社会旧势力为志向的组织。“正是有了这样的想法，为他后来加入中国共产党奠定了基础。”蔡斐说。

事实上，在1943年12月，张闻天就曾撰文回忆了当时自己的心路历程。在这篇文章里，张闻天写道：“在重庆时期，我同共产党人萧楚女、杨闇公等熟悉，他们到处动员青年团员支持我的斗争，同我结成了反对反动当局的统一战线……我深深觉得要战胜这个社会，必须有联合的力量，单靠个人的文艺活动，是做不到的，而共产党是反抗这个社会的真正可靠的力量。此时，我有了加入共产党的动机。”

在这样的想法驱使之下，1925年6月初，张闻天在上海加入了中国共产党，走上了为共产主义事业奋斗终生的革命道路。

（黄琪奥）

《挺进报》旧址陈列馆见证陈然的革命岁月

“向陈然同志学习，陈然烈士精神永垂不朽。”2021年6月5日，位于南岸区野猫溪正街31号的《挺进报》旧址陈列馆内，来自沙坪坝区的居民刘雯在了解了陈然烈士的事迹和《挺进报》的历史后，激动地在该馆的留言簿上写道。

恰逢周末，该陈列馆内聚集了不少前来参观学习的市民。他们游览于陈列馆内，通过一张张珍贵的图片，了解陈然与《挺进报》的故事。

这栋两层小楼如何成为《挺进报》的秘密印刷地？当初在这栋两层小楼里发生了哪些故事？重庆日报记者进行了采访。

2021年2月25日，南岸区《挺进报》原址文化馆，市民正在参观。万难摄

“这栋小楼始建于20世纪30年代，占地面积212平方米。20世纪40年代，这里是中粮公司机器厂的一个修配车间。”南岸区文管所所长叶璐莎介绍，1946年，从河北辗转来到重庆的陈然在家人的安排下，来到中粮公司机器厂工作，这栋小楼就成了陈然的家。“当时陈然就住在楼上，楼下车间有七八个工人。”叶璐莎说。

“1946年，陈然来到重庆后，先是与蒋一苇、刘熔铸等进步青年创办了一份名为《彷徨》的杂志。这份杂志就是《挺进报》的前身。”重庆红岩联线文化发展管理中心文博副研究馆员王浩说，1947年3月5日，中共四川省委和《新华日报》的全体人员撤回延安后，陈然等人便和党组织失去了联系。

怎么办？陈然等人选择了原地待命。当年4月，正在中粮公司机器厂工作的陈然收到了一个包裹。“打开包裹之后，陈然发现里面是《群众》周刊香港版和《新华社电讯稿》。这个包裹的到来让陈然等人意识到党组织并没有忘记他们。”王浩表示。

在之后的一段时间里，陈然等人每隔几天就会收到党组织从香港寄来的《新华社电讯稿》，上面报道的中国人民解放军在各个战场取得胜利的消息，不仅让陈然等人备受鼓舞，也让他们意识到应该把这些鼓舞人民的消息散发出去。“当年5月，陈然等人就把《新华社电讯稿》摘编刻印成油印小报，在熟悉可靠的同志中传阅，而这份没有名字的油印小报就是日后的《挺进报》。”叶璐莎说。

这份油印小报一经推出，就受到同志们的欢迎。不久，当时的中共重庆市委派彭咏梧与陈然等人联系，决定把这份报纸作为重庆地下党市委的机关报，陈然等人还购买了收音机直接收听延安电台。

“虽然陈然等人与党组织取得了联系，但考虑到当时的革命形势，报纸的印刷还是在秘密进行。”叶璐莎表示，根据陈然的身份，组织上决定让他负责油印，成善谋负责抄收消息。1947年6月，电台特别支部和《挺进报》特别支部同时成立，《挺进报》就在南岸区野猫溪的这栋小楼中悄然诞生了。

自1947年6月开始，这栋两层小楼就成了《挺进报》的秘密印刷地。彼时，每当夜幕降临，陈然就化身为印刷工人，在一楼秘密印刷《挺进报》。“据统计，从 1947 年 6 月到 1948 年 4 月，22 期、数千份《挺进报》经陈然之手，从这栋两层小楼内传递到重庆乃至川东多个地区，甚至一度出现在国民党重庆行辕主任朱绍良的办公桌上，让国民党反动派惶惶不可终日。”王浩说。

2021 年 2 月 25 日，南岸区《挺进报》原址文化馆，市民正在参观。万难摄

遗憾的是，1948 年 4 月 22 日，由于叛徒出卖，在家中赶印《挺进报》的陈然不幸被捕。1949 年 10 月 28 日，陈然被敌人押到刑场，英勇就义。

“虽然陈然烈士不幸牺牲，但他所居住过的这栋小楼依然静静地屹立在山腰上，告诉来往的游客，这里曾经发生的故事。”叶璐莎说，2010 年，南岸区政府完成了《挺进报》旧址内的居民搬迁和复原维修工程，2018 年，《挺进报》旧址陈列馆布展完毕，并对外开放。“今年春节以来，来陈列馆参观的市民络绎不绝。”叶璐莎说，特别是随着党史学习教育的持续深入开展，以及《挺进报》的历史将被拍摄成电影的消息传出后，来此“打卡”的市民更多了。

“下一步，我们将联合有关部门，将《挺进报》旧址打造为市级爱国主义教育基地，并通过完善相关服务，发挥旧址的教育功能，让这里成为党员干部的学习基地，以及青少年的历史课堂。”叶璐莎介绍，他们还将结合旧址临长江，具有可远眺巴渝山水景观的区位优势，将红色革命遗迹与巴渝观景平台相结合，吸引更多游客来此感受红岩精神。

（黄琪奥）

彭咏梧：在下川东播下武装斗争的火种

2021年4月15日午后，巫溪县下堡镇宁桥村，向发军跨过流水潺潺的西溪河，又一次来到奉大巫武装起义纪念碑前。他像往常一样，拾掇起地上的落叶，修剪了花台周边的杂草。

向发军70多岁，之前是宁桥村党支部书记，卸任后自愿当起纪念碑守护人。

1948年1月，由中共川东临时工作委员会（以下简称"川东临委"）领导组建的川东游击纵队，在川东临委委员彭咏梧等人领导下，发动奉大巫（奉节、大宁、巫山）武装起义，在西宁桥打响了第一枪，拉开了解放战争下川东地区大规模武装斗争的序幕。

"现在每天来村里参观学习的人很多，偶尔我还会客串一下讲解员，讲述西宁桥的红色故事。"向发军有些自豪地对重庆日报记者说。

向发军向记者介绍下川东游击纵队队员攀爬过的绝壁。左黎韵摄

西宁桥打响“第一枪”

下堡镇地处巫溪县北部，西溪河蜿蜒而过，最终流入大宁河。奉大巫武装起义纪念碑便掩映在这里的青山绿水中。

向发军从小就听着游击队的故事长大。他指着岸上的悬崖峭壁告诉记者：“当年游击队员就是从这里一路攀爬，直捣西宁乡公所，占领西宁桥，打响了奉大巫武装起义第一枪。”

1947年，为配合解放军正面战场作战，川东临委决定在下川东开展武装斗争，牵制敌人的兵力。

为何包括巫溪、云阳、奉节、巫山在内的奉大巫一带，会成为武装起义的首发地区？巫溪县委党史研究室主任邵碧清告诉记者，一是因为奉大巫地区与鄂西、陕南接界，地势险要，是开展武装斗争的理想之地；二是这里的人民苦难深重，有反抗剥削压迫的强烈愿望；三是党的地下组织在这里群众基础较好，为武装斗争创造了有利条件。

史料记载，1947年11月，彭咏梧来到云阳县农坝鹿塘坪，与奉大巫地区党组织负责人赵唯等商量组建川东游击纵队，举行武装起义。会上，彭咏梧说：“农村就像一堆干柴，一点就着！我们要放手发动群众，开展武装斗争，抗丁抗粮、分田废债，把武装斗争的烈火燃遍整个下川东，积极配合解放军前线的大反攻，早日解放大西南。”

1947年12月，川东游击纵队奉大巫支队成立，下设4个中队，分布于不同地区。陈太侯任支队司令，彭咏梧兼任政治委员，蒋仁风任参谋长。游击纵队原本计划兵分两路，同时袭击云阳云安盐场和巫溪大宁盐场。不料，计划走漏了风声，只得临时决定改变袭击地点，巫溪一路由袭击大宁盐厂改为袭击敌人防守薄弱的西宁桥，云阳一路则改为袭击南溪乡。

1948年1月6日晚，游击纵队在西宁桥峡门口集结。7日拂晓，队员们越过卡门，一路由后街直取碉堡，占领要塞；另一路直捣西宁乡公所，扯断乡公所电话线，封锁西溪河上唯一一座木桥——西宁桥，断绝敌人与外界的联系。“砰！”游击纵队以枪声为号，里应外合，共夺取敌人步枪27支、手枪1

支，没收财主银圆60余块、土布300余匹及杂货、粮食等，除银圆留作游击队费用外，粮食和其他物资全部分发给群众。

巫溪西宁桥武装起义初战告捷，极大地振奋了游击队员的士气。在不到一周时间里，游击队相继取得巫溪西宁桥、云阳南溪和奉节铜钱垭战斗的胜利，这使得国民党反动派惊恐万状，派出正规军进行“围剿”。

返身救战友，彭咏梧中弹牺牲

在奉节县平安乡，咏梧村是以烈士彭咏梧的名字命名的小村庄。这里位于大巴山脉，彭咏梧牺牲前曾经过这里。

村里，不少老人还能讲起彭咏梧率游击队与敌人顽强战斗的故事。“当年，我爷爷带着游击队走到了巫溪境内的黑沟垴，在暗洞包一户农家稍作休息，他们煮的苞谷粥还没吃完，就听见‘砰砰’几声枪响，外面全是敌人……”记者见到谭家华时，他正把爷爷辈流传下来的故事讲给小孙子听。“那时候，我爷爷也不过二十几岁，游击队员请他带路，他二话没说就答应了，因为他觉得游击队员亲切、温和，和国民党的军队不一样。”谭家华笑着对小孙子说。

党史记载，1948年，国民党派出重兵“围剿”奉大巫支队，彭咏梧决定将游击纵队编为两个大队和一个后勤支队，两个大队在后勤支队的掩护下，分别从西、北方向突破敌人的包围圈。1月15日中午，彭咏梧带领一大队47人从奉节青莲乡出发，计划前往巫溪红池坝、汤家坝。游击队员们经过一夜的急行军来到一个小村庄，在当地村民的指引下越过奉巫边界，于1月16日黎明时分进入巫溪境内的文峰镇鞍子山。

在鞍子山当年彭咏梧牺牲的地方，如今已竖起一座纪念碑，记者在一旁的鞍子山突围战陈列室内找到不少史料，与谭家华的讲述一一吻合。

“这个陈列室就是当年游击队落脚的农房，主人叫杨代金，队员们在杨家借锅煮了些苞谷粥，准备吃饱后继续向红池坝方向行进。”陈列室管理员许登明告诉记者。此时，一路追踪至平安乡的国民党军队将游击队落脚的杨家团团围住，把房门、道路全都封锁了。

千钧一发之际，彭咏梧决定率领游击队突围，打算冲进沟南边的一片密林，避开敌人火力，从密林中撤到安全地方。然而，当彭咏梧与密林只有一步之遥时，跟在后面的战友刘景太不幸中弹，爬不上坎。彭咏梧见状，返身跳下岩坎救人。敌人的机枪再一次疯狂扫射，彭咏梧胸部中弹。牺牲前，他将一张写有党的机密的纸条吞进肚里。

鞍子山突围战中，奉大巫支队损失惨重，彭咏梧及5名队员当场牺牲，彭咏梧牺牲时年仅33岁。后来村民们冒着被杀头的危险，将他和游击队员掩埋。

1948年1月19日，从鞍子山突围出来的部分游击队员抄小路与二大队会合。二大队负责人卢光特、吴子见得知情况后，决定先赶去龙坝，将事情经过告诉彭咏梧的妻子、川东游击纵队联络员江竹筠。

听闻丈夫牺牲的噩耗，江竹筠强忍悲痛，召集大家分析研究形势和对策。会上，江竹筠认为奉大巫已不能再去了，暴露的同志要立即转移。会议最终决定，吴子见前往南岸游击区，卢光特则和江竹筠一道回重庆，向川东临委汇报请示下一步工作。

"奉大巫武装起义失利后，川东游击纵队在敌众我寡的情况下，被迫以小分队形式转入隐蔽斗争。但是，奉大巫地区的革命烈火并没有被扑灭，它在这片土地上继续燃烧。"奉节县委党史研究室主任张中明告诉记者。

红色精神代代相传

"就是在我们镇的川山村，双枪女英雄陈昌秀烈士身中8弹，危急中她向回头营救自己的游击队员喊道，'我不行了，不要连累大家，你们快冲出去吧！'说完，她手持双枪，扣动扳机，将子弹射向敌人……"不久前，巫溪尖山镇中心小学校长粟有群在每周一次的主题班会上，向孩子们讲述了川东游击纵队队员陈昌秀英勇就义的故事。她崇高的革命理想和大无畏精神让孩子们深受感动。

1947年,陈昌秀加入川东游击纵队奉大巫支队,因善用双枪,被称作“双枪女战士”。1948年3月,在尖山乡(现尖山镇)安坪庚子场山梁,陈昌秀在掩护队友们撤退的战斗中牺牲。

有关记载显示,下川东武装斗争中,包括彭咏梧、陈昌秀在内的30余名川东游击纵队队员在战场上英勇牺牲,蒋仁风、江竹筠等众多革命志士被捕入狱,面对敌人的严刑拷打,他们毫不畏惧,坚守党的秘密。

解放后,川东游击纵队武装斗争和英勇战斗的故事被写进了小说《红岩》中,英勇不屈的江竹筠、彭咏梧、陈昌秀等烈士成了《红岩》小说人物的历史原型。

“人是需要一点精神的。”当年游击队员们歃血盟誓,“为救穷人大翻身,我们刀山敢上,火海敢闯,打垮国民党”,如今这份初心与使命也同样被继承、发扬。下川东,早已是另一番景象。

在巫溪下堡镇,打响了奉大巫起义第一枪的西宁桥在解放后被整修加固,变成了一座石拱桥。

“小时候,老师经常带我们到西宁桥参观,聆听游击队的故事,先烈们矢志不渝、英勇无畏的革命精神深深鼓舞了我。”25岁的彭蓉告诉记者,建设家乡是她从小的志愿,大学毕业后,她毅然放弃留在城里的机会,回到老家桔林村,投身脱贫攻坚。如今,桔林村脱了贫,在新一届村支两委换届选举中,彭蓉被推选为村党支部副书记。“一代人有一代人的使命,生在和平时代,同样需要百折不挠、一往无前的韧劲。”凭着这股子韧劲儿,村委会班子带领村民发展起脆李产业,不到三年时间,便实现人均年纯收入翻两番。

奉节县平安乡,彭咏梧经过的村子(今咏梧村)将被打造为下川东游击队红色旅游小镇。山坳中,一座高约20余米的泥墙建筑格外引人注目。相传,彭咏梧路过平安乡时曾在这里短暂停留。“旧时,这种建筑被称为‘箭楼’,主要用于防御匪盗,如今作为小镇的‘网红景点’,吸引了不少游客前来‘打卡’。”奉节县平安乡文化站站长李贤平告诉记者。

谭家华的家离箭楼不远,借助旅游发展,他也尝到了甜头。2020年,在乡政府的帮助下，他将自家农房改造为农家乐，仅餐饮接待就挣了2万余元。2021年，老谭又有了新打算：他想腾出几个房间来搞住宿，让在外打工的儿子回来帮忙，扩大农家乐规模。“这几年，回村发展的年轻人越来越多，农村变化一天一个样，这都得感谢党的好政策。”谭家华高兴地说。

70多年过去了，川东游击纵队的红色精神代代相传，激励着这里的人们续写出一个又一个美好的故事。

（左黎韵）

奉节县平安乡将箭楼打造为红色旅游点。资料图片

奋起反击放声歌唱　他们坦然面对死亡
——渣滓洞、白公馆200多位革命烈士倒在黎明前

“新中国万岁！”“中国共产党万岁！”“打倒国民党反动派！”

1949年11月27日，枪声、口号声久久回荡在歌乐山山林间。当天，国民党反动派在歌乐山制造了骇人听闻的大惨案，200多位革命志士恨饮枪弹，倒在了黎明之前。

他们如何面对死亡？他们有着怎样的家国情怀？近日，重庆日报记者来到歌乐山，一寻究竟。

“你们死的时候，敢像我们这样潇洒吗？我们为人民、为祖国而死，是无上的光荣！”

雨后的歌乐山，空气清新，入目皆是绿意，不知名的小花点缀其间，一派岁月静好的景象。

2021年3月23日，在渣滓洞监狱旧址，众多游客前来缅怀革命先烈，了解红岩故事。罗斌 摄/视觉重庆

“71年前，这里却是灭绝人性的屠杀现场。”站在松林坡上，重庆红岩联线文化发展管理中心文博副研究馆员王浩说，为了人民，为了理想，为了真理，200多位革命志士在此献出了宝贵的生命。

1949年11月27日，歌乐山上依稀能听见人民解放军逼近重庆的枪炮声。在国民党西南长官公署二处处长徐远举办公室里，徐远举向特务雷天元、龙学渊、熊祥下达了屠杀渣滓洞、白公馆“政治犯”的计划。

当天下午4时，屠杀开始。特务们分批从白公馆、渣滓洞押出了黄显声、李英毅、许晓轩、刘国鋕、吕英、陈俊卿……

“你们死的时候，敢像我们这样潇洒吗？我们为人民、为祖国而死，是无上的光荣，你们今后的死，将不齿于人类，将是一堆臭狗屎！”在白公馆通向松林坡刑场的路上，共产党员谭沈明将背挺得笔直，一脸从容。

1940年4月，因受人牵连，谭沈明的中共党员身份暴露并遭特务逮捕。被捕后，敌人对谭沈明严刑拷打，要他说出其他同志的下落，但他咬紧牙关，宁死不屈。敌人见硬的不行，就让谭沈明写篇“悔过书”，发表一个脱离中国共产党的声明，就可以放他出去。

“我是一名中共党员，我干的是堂堂正正的革命工作，是为国家和民族而奋斗，没有什么可以悔过的。发表声明更不可能，我是党教育培养出来的，决不会叛党。”谭沈明严词拒绝了。

见谭沈明软硬不吃，敌人便将他关在积水的防空洞里长达半年之久。防空洞十分潮湿，顶上又不断滴水，半年中他几乎没穿过一天干衣服。

就在屠杀前几天，他还向难友们说：“大家思想上要做好牺牲的准备。”

“伟大的中华人民共和国万岁，祖国，母亲，永别了！”几声枪响，谭沈明倒在血泊中，年仅34岁。

“每个人的生命仅有一次，革命志士们并非不珍惜自己的生命。”王浩感慨地说，他们对人生的意义和价值有透彻的认识，他们是以奉献为最大的人生情怀，去战胜为自我的求生。

“希望组织上能够切实研究，经常注意党内的教育、审查工作，决不能容许任何非党的思想在党内潜伏”

1949年11月27日这天，特务从白公馆、渣滓洞一批又一批地往外提人，中共党员许晓轩也在其中。

许晓轩曾任中共川东特委青委委员、青委机关报《青年生活》主编，1940年因叛徒出卖而遭逮捕。

许晓轩看着瘦弱，在狱中威信却很高，这是为何？

在重庆红岩革命历史博物馆，来往的游客总会驻足在一张薄纸前，“宁关不屈”四个字传递着力透纸背的力量。这正是出自许晓轩之手。

当得知亲人正在设法营救他，许晓轩便用铅笔在一张包香烟的薄纸上写上这四个字，托人捎出，向党和亲人表达自己坚贞不屈的革命意志和斗争到底的决心。

一次，狱友宣灏在阅读传递纸条时，被看守长杨进兴当场抓住并严刑拷打，追问纸条上的消息是从哪里来，是谁写的？

紧急关头，许晓轩挺身而出，承认纸条是他写的。敌人问他消息来源，许晓轩拒不回答。

敌人见硬的不行，便改用软的花招，许诺让许晓轩当会计，并诱以相当高额的津贴，他却回答说：“我对倒马桶、洗茅房很有兴趣。”

又有一次，白公馆所长丁敏之说：“我们打算释放你，并介绍你去教书。”许晓轩答：“先无条件放出去，再谈工作吧！”

白公馆大屠杀前，许晓轩告诉罗广斌，他们被捕前已发现消极隐蔽下，个别同志的思想、生活有脱党腐化的倾向，并已着手整风，“没有想到，后来这种腐化甚至破坏了整个组织，真是太沉痛、太难过了。这种损失，是对不起人民的！希望组织上能够切实研究，深入地发现问题的根源，而且经常注意党内的教育、审查工作，决不能容许任何非党的思想在党内潜伏”。

面对敌人的密集子弹，他像钉子一样死死守住牢门："你们这些强盗也活不了多久了！"

白公馆的分批屠杀一直持续到晚上。这时，白公馆还剩下十几个人，而渣滓洞还有近200人。

深夜，渣滓洞看守所牢房里的每一个人都十分警惕，他们密切地注视着牢房门外的一切动向。当他们被以"马上转移，要办移交"为借口，集中关押在楼下八间牢房的时候，他们知道这是最后的时刻了。

死亡渐渐逼近，他们没有恐惧和惊慌，《国际歌》渐渐在狱中响起。

牢门外，特务们端着机枪、卡宾枪，疯狂地对着牢房内扫射，子弹密集地射向牢中那些手无寸铁的人们。

胡作霖挺起了胸膛，扑向牢门，试图用单薄的身体挡住敌人的机枪扫射；

何雪松高喊："你们这些强盗也活不了多久了！"像钉子一样死死地守住牢门；

张学云从牢房的死角猛地跃起，用双手抓住敌人的枪筒朝里拖，意图夺枪还击……

一阵疯狂的扫射后，特务们又进入牢房补枪射击：一颗子弹从黄绍辉的左眼打进去；"监狱之花"卓娅在尸堆里哭喊着妈妈；陈作仪身中数弹时，仍在高呼口号……

1949年11月28日凌晨，特务们补枪完毕，将木柴堆积在楼下，泼上汽油后纵火焚烧。霎时间，烈焰腾空，浓烟滚滚，整个渣滓洞都在燃烧。最终，仅15人逃生。

"在敌人枪口前，看着纷纷倒下的难友，何雪松等中共党员却主动迎向枪口，拥抱死亡，将生的希望留给别人，真正体现了共产党员的初心和情怀。"王浩说。

策反　花钱“买人”　武装劫狱
众多营救计划为何没能实现

从来壮烈不贪生。身陷囹圄的革命志士们早已将生死置之度外，但他们也绝不是坐以待毙，活着出去建设新中国是他们最大的心愿。

狱外的党组织一直千方百计为解救狱中同志而多方努力，可营救计划为何没能实现？重庆红岩联线文化发展管理中心文博副研究馆员王浩向重庆日报记者讲述了缘由。

1949年7月，中共川东特委在原市中区临江路45号召开了一次会议，会议传达了上级党组织对川东地下党的指示：保存力量、保护城市、迎接解放、配合接管。其中，专门提到要千方百计把被捕的党员和进步群众营救出来。

会议就加快营救狱中同志问题进行了专门研究，决定“在不放弃通过个别上层人物和个别社会关系……营救个别被关押战友的同时，还应积极作好准备，采取里应外合的办法进行劫狱”。

2021年4月18日，记者来到临江路45号，此处已是高楼林立，难寻当年的印记。

王浩说，按照会议精神，1949年9月，中共川东特委正式决定派人打入敌人内部，具体由中共党员林向北负责。

林向北接受任务后，找到中共党员张平和，利用他哥哥张平江的关系，潜入渣滓洞附近的二十四兵工厂，并设法打入警卫队。可工作刚起步，警卫队要与其他蒋军合并攻打游击队，林向北只好撤出来。

为摸清楚集中营内情况，地下党同志还设法打入交警一旅，他们利用各种机会，在集中营内侦察。

王浩分析说，在重庆军统集中营大屠杀前，狱外的川东地下党试图通过策反、花钱“买人”、武装劫狱等方法进行营救，但当时军统集中营是国民党重点布防的地方，有重兵把守，加上川东地下党对集中营里的情况不熟悉、营救时间紧等其他因素，营救行动都失败了。

1949年10月28日，敌人在大坪公开枪杀陈然、王朴等10人。1949年11月14日，又在电台岚垭秘密杀害江竹筠等30人。狱中停止了每天一次的放风，岗楼上又加派了双哨，日夜巡逻，集中营里的气氛越来越险恶而紧张了。

胡其芬以“吉祥”为化名，综合狱中党员骨干研究的营救意见，给地下党组织写了一份报告，由争取过来的看守黄茂才带出交给负责与狱中联络的地下党员况淑华。况接信后当即转交给了中共沙磁区工作组负责人刘康。

刘康接信后，深知狱中同志已危在旦夕，决定单独组织武装劫狱。刘康与有关同志不断碰头，日夜奔走，在短短的几天里，为武装劫狱做好了人员、武器方面的准备，并筹集了50两黄金作为劫狱经费。孰料大屠杀开始，劫狱计划最终流产。

“狱中的革命志士虽然都在想办法自救，但策反的对象都是底层的看守、狱医，不能提供更有力的支持。”王浩认为，狱外党组织的营救和狱内革命者的自救行动，都是中共党员在强大敌人面前敢于斗争、善于斗争的生动体现。

（李珩）

以青春之我，创建青春之国
——重庆地下党学运小组书记廖伯康讲述重庆学运往事

廖伯康，1924年11月生于重庆，1945年加入中国新民主主义青年社，1947年加入中国共产党。他曾在重庆、上海等地从事党的秘密革命工作，任重庆地下党学运小组书记。新中国成立后，他先后任青年团重庆市委副书记、书记，中共重庆市委办公厅副主任。粉碎“四人帮”后任中国科学院成都分院副院长。1983年调回重庆，任中共重庆市委副书记、书记，1988年调四川省政协工作，担任第六届省政协主席。

廖伯康。郑宇摄/视觉重庆

“以青春之我，创建青春之家庭，青春之国家，青春之民族，青春之人类，青春之地球，青春之宇宙。”一百年前，革命先驱李大钊在《青春》中的豪迈语句，激励着成千上万热血青年为救亡图存、振兴中华而奔走呼号。

重庆解放，镌刻着无数革命青年的青春印记。1950年1月23日到29日，在宣告重庆转入正常管理阶段的全市第一届各界人民代表会议上，55名青年团代表、青年代表、学生代表是400名与会人员中的重要组成部分。廖伯康作为青年团代表之一参加了会议。

1924年11月生于重庆的廖伯康，1945年加入中国新民主主义青年社，1947年加入中国共产党。他曾在重庆、上海等地从事党的秘密革命工作，解放前曾任重庆地下党学运小组书记。

2021年6月15日，重庆日报记者赶赴成都，见到了已97岁高龄的廖老。

廖老精神矍铄，思路清晰，记忆力惊人。面对家乡来客，老人一开口便高兴地说："我是重庆人，今年97岁，重庆住了56年，南京、上海、北京、莫斯科各一年，成都住了37年。解放的时候，我在重庆。"

循着久远的记忆，在廖老两个多小时缓缓地讲述中，我们看到重庆解放前那段至暗岁月里，革命青年们的坚守和激情；看到解放后青年共产党员们的朝气蓬勃、至善至上。

历史虽已远去，但从未被遗忘。

至暗时刻的坚守

故事从1948年5月说起，那是重庆地下党组织的至暗时刻。彼时，24岁的廖伯康在上海从事党的地下工作，按上级安排，准备前往台湾。

"1948年5月，重庆地下党组织被破坏，特务带上叛徒，企图抓捕上海局的同志，上海地下党组织处于戒备状态。"廖老回忆说，当时上级组织规定，对重庆来的人，要特别提高警惕。

就在这个时候，廖伯康的初中同学周正平到上海找他。周正平是重庆地下党的一员，是廖伯康的初中同学，也是他另一位中学同学胡甫臣的入党介绍人。

廖伯康初中就读于巴县中学，高中上的重庆联中，即现在的重庆七中。彼时的重庆联中是一所进步学校。

"我参加党的进步活动，是从重庆联中开始的。"廖老回忆，受胡甫臣的影响，自己和包括胡在内的班上三位地下党员、两位积极分子一道，组成了地下秘密学习小组，一起学习进步刊物。

周正平正是到南京找了胡甫臣之后，胡让其到上海找廖伯康的。

"我告诉他，我没有组织关系，介于同学关系，先帮他找个地方住下来，然后我马上把这个情况报告了我的上级。"廖老对这一段记忆犹新，"上海地下党的一位领导得知情况后,认为可从周正平那里了解更多重庆地下党情况,于是让我代表党组织和周正平谈话,让他把所知道的关于重庆地下党组织被破坏的情况无一遗漏地向组织报告。”

重庆地下党组织被破坏前,周正平是重庆地下市委机关特支书记。当时市委书记刘国定的妻子正在医院生小孩,委托周正平照顾。“周告诉我,当时刘国定好些天没有来看他妻子和孩子,这时身边不断有人被捕,病房外出现形迹可疑的人,周判断有人叛变,赶紧离开重庆到南京找上级组织。”

廖老回忆,这次谈话非常郑重,每一句话都力求准确,符合实际。谈话持续了三个半小时,之后廖又将周的情况向附近等候的上级领导朱立人汇报。“经过分析,我们认为周正平没有叛变,是跑出来的。第一,那位叛变的书记如果把周暴露了,谁照顾他妻子和小孩。第二,重庆地下市委的经费由周保管,如被暴露肯定会被特务拿走。而且周在南京待了十几天,南京同志平安无事。所以我们认为周正平是可靠的。”

之后,廖伯康为周在华山医院的药房找了份工作安置下来,要他断绝与外面的一切联系,以免被特务、叛徒跟踪。

不久,党组织决定派人去重庆支援。“因为我与重庆地下党没有组织关系,并且知道重庆地下党被破坏的经过,在重庆有一定的群众基础和工作条件,是合适的人选,组织决定改变派我去台湾的安排。”彼时的廖伯康已做好准备,虽然重庆到处都是特务,极为危险,但“不入虎穴,焉得虎子”。

危机四伏的逆行

1948年9月,临危受命的廖伯康带上他所联系的上海、江苏、浙江的10位青年同志回到重庆,开展地下工作。

廖老说,当时派他回重庆,除了他对重庆很熟悉外,还和重庆一个进步社团青民社有关。这个社团由当时民主人士胡子昂的儿子胡克林创建,一起回重庆的10位同志,就是借助这个社团及其社会关系作掩护。

离开上海前,上级组织给廖伯康交待:重庆情况很复杂很危险,务必谨慎从事，独立开展工作。继续由上海党组织领导，不能同重庆地下党建立联系。和他一起回重庆的地下党员，不能发展党员，以免产生组织错乱。

在此情况下，廖伯康是如何在重庆开展工作的呢？从廖老的回忆中，我们得知一段“巧遇”。

通过胡克林的关系，廖伯康一开始就在青民社的“友恒商行”工作，对外身份是副经理。1948年10月下旬，地下党员、“民建中学”副校长潘其江找到廖伯康，问其“通过什么关系从上海回来的？”，廖含糊其词未予回答。

一周后，潘其江再次找到廖伯康，非常明确地告诉他：“如果你是党员，就和我们建立组织关系；如果你不是党员，我们就发展你入党；如果你两者都不同意，我们建议你到其他地方去开展工作，以免产生不必要的误会。”

潘其江第三次找到廖伯康时，廖的态度变了。因为在此之前，廖伯康收到来自上海地下党组织寄来的信。按照约定，上海方面每个月给廖一封信，这是第二封。

“信的内容我到现在都记得很清楚。”廖老一字一句背出信的内容，“此间南货生意发生亏损，渝地业务以就地经营为宜。”廖伯康说，这封信说得很明确，上海出事了，重庆活动以和当地联系为宜。“所以我决定和重庆建立关系，同意与其领导见面，潘约好接头暗号，地点就在我住的地方。”

当时与廖伯康同屋住的另一位副经理叫刘兆丰。在约好和重庆地下党组织的人接头那天，廖伯康暗示刘兆丰行个方便，暂时离开。但到中午11点多，刘兆丰还没有走的意思。

“见面时间快到了，我有点急了，直接说‘兆丰，我有位老朋友多年没有见面，有很多话要说，你在不方便，是不是请你今天让一下位’，没想到刘兆丰直接说，‘你这个老朋友是不是叫这个名字’。我一听，正是约的暗号，便回了暗号。原来刘兆丰就是和我对接的地下党领导。”廖老说，随后，党组织指派他担任沙磁区、南岸区的特支书记，并筹建市中区特支。

白色恐怖下的斗争

1948年春夏，重庆地下党组织遭到严重破坏，但仍有一些完整地保存了下来。在白色恐怖中，在没有上级党组织领导的情况下，这些组织仍然继续进行斗争，独立应对变局。此后，在上级党组织指示下，重庆地下党对各校党组织进行清理、整顿、调整，到1948年底逐步恢复联系。上海局同时从北平、成都、上海调集力量，通过党的外围组织“民青”“民协”“新青”，重新把进步青年和学生团结组织在党的周围。

“这说明我们共产党人是有强大生命力的，是抓不完也杀不绝的。重庆的学生在党的领导下，又威武雄壮地走上反美反蒋斗争的舞台。”廖老说。

1949年轰轰烈烈的四二一反内战、反独裁、争温饱、争生存、要民主、要自由等一系列学生运动，就是川东和川康两个系统的党组织直接领导的。

南京四一惨案发生后，重庆广大学生义愤填膺。4月15日，全市有42所学校的进步学生成立“重庆市学生争生存联合会”，号召学生总罢课，并决定在4月21日举行全市学生示威请愿大游行。当时报名参加游行的学校有57所，占全市大中学校总数的三分之二以上。游行准备期间，各校广泛开展各种校内和校际活动，全市学校一片沸腾，反动当局惊恐万分，准备实行大逮捕。

重庆地下党组织得知这一情报后，为避免无谓牺牲，4月19日晚上决定，把集中的全市大游行改为分区或校内游行集会。党的决定迅速传达到学联总部和各区、校联络点，最终说服学生们改变游行方式。

4月21日这天，各校学生在敌人重重包围封锁下，在各区或校内举行游行集会。沙磁区游行队伍包括前一天从北碚、青木关来的学生，达7000人，南岸海棠溪地区的游行队伍也有3000多人。江北盘溪地区民建、蜀都中学等校，也集中了几百人沿着嘉陵江岸游行，与重大等校的游行队伍隔江相望，互喊啦啦词，互相鼓励声援。其他学校大都在校内集会游行，发表演说、演出话剧等。全市性大游行虽被迫取消，但在敌人重重围困中举行的游行集会，气氛更为悲壮。由于及时改变斗争策略，既避免了不必要的牺牲，又保护了群众的积极性，使运动获得全胜。

“那时我们的啦啦词有‘国民党，王歘歘，看到看到就要垮’之类，朗朗上口，在同学中广为流传。”廖老回忆。

四二一运动是解放战争时期重庆学生最后一次大规模运动，从校内发展到社会，从经济斗争发展到政治斗争，是一次很成功的学生运动，通过运动的斗争实践教育团结了广大学生，为迎接解放做好了思想准备。

廖老清楚地记得，各校复课后，地下党和地下社通过各种形式，在各校内进一步开展社团活动，培养积极分子，深入扎实地做了许多团结教育学生的工作。10月以后，又发动“应变护校”斗争，保护学校校舍校产的完整，避免破坏损失。1949年11月30日凌晨，社会大学的学生在“抗战胜利纪功碑”（即现在的解放碑）上升起了第一面迎接解放的红旗，留下了解放前重庆学生运动最后一幅生动壮丽的画面。

百废待兴中的奋斗

1949年11月30日，重庆解放。12月3日，中国人民解放军重庆军事管制委员会正式成立。

按照各大城市解放时的惯例，地下党领导的学运系统划归青年团领导。为此，廖伯康于1949年12月9日到重庆市青年团报到。同时，重庆地下党领导的学运系统成员绝大部分都参加了青年团工作。

百废待兴之时，团市工委主要抓了十件大事：召开学生代表座谈会，成立市学联筹委会，组织地下党外围组织会师，参与组织庆祝重庆解放大游行，组织万人禁用银圆宣传和游行，协助公安部门在学校内清理敌特，参与组织杨虎城将军暨渣滓洞白公馆“中美合作所”死难烈士追悼会，选举参加市各代会的学生代表，举办寒假青年干部训练班，在《新华日报》上开辟《青年干部》专栏。

“那时，团市工委除少数干部留在机关工作外，绝大部分都背着背包走路下基层，回来开会既没有宿舍、招待所可住，也没有会议室可坐，只能打地铺。”廖老印象特别深刻的是，当时团市工委专门制作了几十根很厚实的木板凳，每条两尺宽，一丈多长，放在小礼堂内，既可坐着开会，晚上也可作临时床铺睡觉。

令廖老难以忘怀的，还有同事们亲密无间的关系。大家来自五湖四海，风华正茂，朝气蓬勃，形成了一个团结友爱的集体，领导与被领导的关系十分融洽。大家都不称官衔，除康乃尔年岁较大，大家尊称康公或康同志外，其他都直呼止舟同志、德林同志，或亲切地喊老李、老曾，没有称李书记、曾书记的。

生活上大家更是打成一片。回忆往昔，廖老仍感到格外温馨。他说：“那时青年团西南工委重点抓团重庆市工委，特别是重庆的学生工作。我常到青年团西南工委副书记康乃尔处汇报工作，有时夜太深了，就挤在他办公室的小床上和他抵足而眠。”

廖老回忆，市第一届各代会第一次会议的主要议题是建设人民的新重庆。西南军政委员会主席、中国人民解放军第二野战军司令员刘伯承，中共中央西南局第一书记、中国人民解放军第二野战军政治委员邓小平出席了开幕式。刘伯承作了《为建设人民的生产的重庆而斗争》的报告，时任重庆市市长陈锡联向大会作了《关于重庆接管工作》的报告。大会闭幕的前一天，邓小平向大会作了《团结起来，战胜困难》的重要讲话。

“这次会议传出的指令明了、政策清晰，会后大家都很高兴，参会代表相互致意。”回忆起70多年前的那段历史，廖老尤为怀念当年并肩战斗的同志们，他们表现出来的旺盛斗志，听从指挥、遵守纪律、勤奋好学的优良品德和工作作风，至今令人动容。

后记>>>
不忘初心 永远前行

采访接近尾声，当记者问廖老对建党100周年最大的感触是什么时，廖老脱口而出：“100年了，我们要不忘初心，永远前行！”

廖老至今记得74年前入党时的场景。那是1947年7月，他的上级黄可把他约到黄在南京学生公寓的宿舍，并为他举行入党宣誓仪式。“由于没有党旗，我们就临时画了一张党旗贴在墙上，然后他带领我举起右手对着党旗庄严宣誓。”

“对共产党员来说，为国为民是没有止境的。”廖老语气和缓，却十分坚定，“入党宣誓就是承诺，因此我的初心一直不变，永远不变，永远前行。我们的前辈这样，我这样，我希望后辈也一如既往。”廖老特别寄语当代青年党员，一定要有真本事，把本职工作做好。

虽年事已高，廖老仍坚持学习，关注时事，尤其关注成渝地区双城经济圈建设。他说，成都和重庆在成渝地区双城经济圈建设中发挥各自优势，实现1+1＞2的效果，这是唱好“双城记”的关键，也是两地青年党员应该为之努力的目标。

（戴娟　颜若雯）

忠诚与背叛

——说到每个党员心里的“狱中八条”

“为什么有些领导干部后来会出现问题？”

重庆红岩革命纪念馆前馆长厉华说：“其实在‘狱中八条’里早有警示：放松学习、不做实际的工作，逐渐在思想上脱党；官架子大，脱离群众；经济、恋爱等私生活混乱……”

72年前，诞生在黑牢里的“狱中八条”，是关押在重庆白公馆、渣滓洞的共产党人“最后的嘱托”。

72年来，它时刻警示后人。以习近平同志为核心的党中央从作风建设入手，打虎拍蝇惩治腐败，扎紧从严治党的制度笼子，党的建设更加制度化、规范化。

建党百年之际，重温“狱中八条”，以警示之言，继遗志，启新程。

鲜血写下的嘱托

重庆红岩联线文化发展管理中心党委书记朱军说：“多年前我第一次读到‘狱中八条’时，就被其巨大的力量所震撼，字里行间包含的那种革命先辈对党的热爱，那种直言无忌、开门见山的坦白，那种勇于自我反省、自我革命的精神令人动容，让我坚信我们的党将永葆生机！”

在重庆红岩村的办公室里，朱军向记者展示了“狱中八条”全文，讲述了这份报告的由来。

从1948年起，被关押在白公馆、渣滓洞里的共产党人有感于重庆地下党组织被敌人破坏，三次武装斗争的失败以及叛徒与革命者鲜明的对比，开始总结失败的经验教训。

1949年11月27日,200多名革命志士被先后杀害。逃过大屠杀的共产党员罗广斌在重庆解放后凭借记忆整理出同志们在狱中提出的意见。

1949年12月25日,他写成了《重庆党组织破坏经过和狱中情形的报告》,上报给中共重庆市委。

红岩联线文化发展管理中心讲解员刘帅介绍,报告总字数约3万字,现存2万多字,"狱中八条"由报告的第七部分《狱中意见》提炼而成,共八条3000余字。

1989年,重庆市委党史研究室原副主任胡康民在重庆市档案馆找到了这份报告,并加以整理和挖掘,这就是现在为人熟知的"狱中八条"。

第一条:防止领导成员腐化;

第二条:加强党内教育和实际斗争的锻炼;

第五条:切勿轻视敌人;

第六条:重视党员特别是领导干部的经济、恋爱和生活作风问题;

第七条:严格进行整党整风;

……

重庆红岩联线文化发展管理中心主任马奇柯说:"身处黑牢,直到生命最后,革命者都还在为党的未来谋划,生怕发生在自己身上的经验教训不能被组织吸取,这份忠诚,让人泪目。"

警示忠言发人深省

多年来,由重庆红岩联线文化发展管理中心排演的《红岩魂》形象报告展演不断在各地演出。厉华说,巡演的最后一幕,台上演员们齐声朗诵"狱中八条",每念一句,全场观众就鼓掌一次,掌声经久不息。

"'狱中八条'有这么大的吸引力,关键在于它有强烈的现实针对性!"重庆市委党校教授张新华说。

党建、党史专家们认为,"狱中八条"主要聚焦党内三方面问题:防止党员领导干部作风问题和腐化问题,严防理想信念动摇,严格进行整党整风。

张新华说，“狱中八条”头一条就提出“防止领导成员腐化”，第六条又特意强调要“重视党员特别是领导干部的经济、恋爱和生活作风问题”，这与当前从严治党、强力反腐的要点不谋而合。

“我们从中可以体会到习近平总书记强调在今天要抓住‘关键少数’的重要性，也能够更好体会强调严私德、高压反腐的重要意义。”党史专家、重庆市地方史研究会会长周勇说。

新时代，凝聚新力量

“仿佛是对红岩烈士嘱托的回应。”马奇柯说，党的十八大以来，中央全面从严治党的生动实践，进一步强化了党的领导核心作用，使之成为各项事业的根本保障。

“打虎”无禁区：2020年，中央纪委国家监委网站公布了18名中管干部接受审查调查的消息：福建省委常委、省政府副省长张志南，公安部党委委员、副部长孙力军，文化和旅游部党组副书记、副部长李金早等相继落马。

“拍蝇”不手软：2020年1月至11月，全国共查处民生领域腐败和作风问题10.46万起，批评教育帮助和处理14.95万人，其中党纪政务处分9.2万人。

教育不放松：2021年2月，中共中央决定，在全党开展党史学习教育，激励全党不忘初心、牢记使命，在新时代不断加强党的建设。2020年1月至9月，全国纪检监察机关运用“四种形态”批评教育帮助和处理共133万人次。

新时代，“狱中八条”成为开展党史学习、党性教育的重要内容，为开启新征程凝聚新力量。

2020年以来，红岩精神特色思政课“红岩革命故事展演”已在重庆、武汉等地100余所高校和机关企事业单位演出，现场观众超10万人次，网络点击量达300多万人次；

在重庆红岩干部党性教育基地，“狱中八条”成为必修课，在白公馆、渣滓洞现场教学，开设1583个班次，全国各地6万多人次党员干部接受了精神洗礼；

近年来，每年来白公馆、渣滓洞参观旅游的游客超过1000万人次。越来越多年轻人显示出对学习“狱中八条”的浓厚兴趣。清明前夕，由西南大学“学行”大学生党史宣讲团的数十位青年大学生拍摄的《狱中八条》微党课走红校园……

朱军说，今年，伟大的中国共产党迎来百年华诞，今天的共产党人一刻也不能忘记烈士的嘱托。

（李勇　陈国洲）

“狱中八条”就是八条“血的教训”
——党史研究专家周勇解读历史背后的真相

1948年3月初，国民党在重庆的最高长官、重庆行辕主任朱绍良在办公室里大发脾气，命令军统重庆特务头目徐远举“务必迅速破案”！

原来，地下党重庆市委的《挺进报》和对国民党军政人员的警告信“居然”寄到了他的办公桌上。

由于叛徒的出卖，特务们很快以《挺进报》为突破口，抓捕了中共地下党员100余人，导致中共重庆地下组织几乎全被破坏，让整个四川党组织遭受很大损失。

“痛定思痛。被捕的共产党人总结了失败的教训，对所犯错误进行深刻反省，并将这些教训归纳为我们现在所看到的‘狱中八条’。其实，‘狱中八条’就是先烈们当年总结的八条‘血的教训’。因为‘狱中八条’有着强烈的现实针对性，我们有必要对当时发生的事情进行更多的总结，以示警醒。”2021年4月26日，重庆市地方史研究会会长周勇教授向重庆日报记者道出了一段令人动容的历史。

“狱中八条”由《报告》第七部分《狱中意见》提炼而成

《挺进报》事件发生后，1948年9月，共产党员罗广斌被捕。同室战友考虑到罗广斌的哥哥是国民党高官，最有可能活着出去，便叮嘱他注意搜集意见，总结经验教训，有朝一日向组织报告。

1949年2月，罗广斌被转押到白公馆。他与同室难友刘国鋕、王朴、陈然等经过多次深入讨论，对重庆党组织所遭受的重大破坏进行了深刻反省。

1949年“一一二七”大屠杀之夜，罗广斌和10多位难友成功脱险。当年

12月25日，他将撰写的《重庆党组织破坏经过和狱中情形的报告》(以下简称《报告》)上报中共重庆市委。

《报告》共七个部分，第五、六部分已经遗失，现存第一、二、三、七部分和第四部分的大部分，有2万多字，内容分别是：案情发展(《挺进报》被破坏的经过)、叛徒群像、狱中情形、脱险人物、狱中意见等。

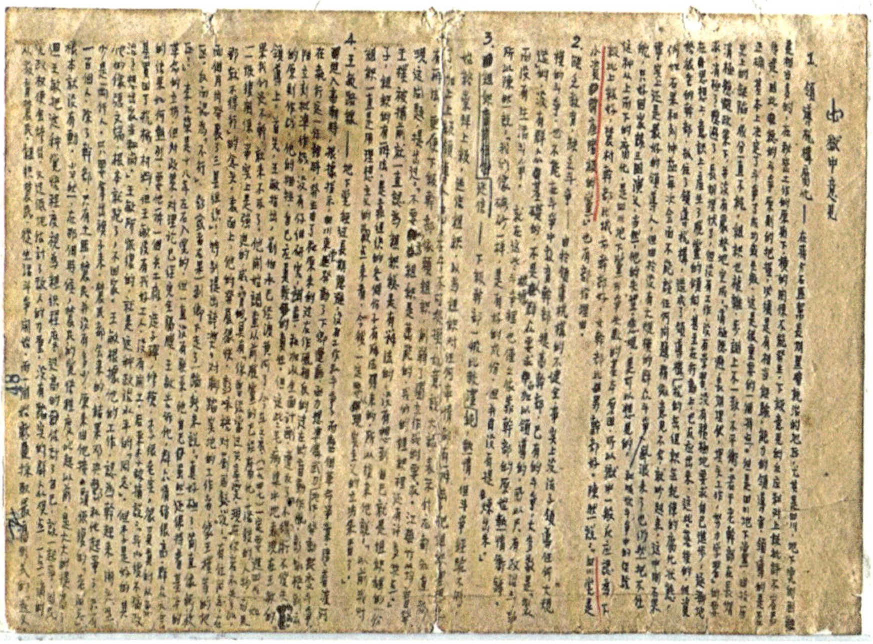
狱中意见

《狱中意见》原文的复印件。周勇供图

其中，第七部分《狱中意见》共八条，分别是：领导机构腐化，缺乏教育、缺乏斗争，迷信组织，王敏路线，轻视敌人，经济、恋爱、私生活，整风、整党，惩办特务。

1989年，根据川东地下党老同志萧泽宽等提供的线索，市委党史研究室原副主任、研究员胡康民找到了这份《报告》并加以整理，将《狱中意见》中的八条内容概括为"狱中八条"：一、防止领导成员腐化；二、加强党内教育和实际斗争的锻炼；三、不要理想主义，对上级也不要迷信；四、注意路线问题，不要从右跳到"左"；五、切勿轻视敌人；六、重视党员特别是领导干部的经济、恋爱和生活作风问题；七、严格进行整党整风；八、惩办叛徒、特务。

“消极了、隐蔽了、长期埋伏了，但没有工作，没有学习，没有积极地要求自己进步”

“用《狱中意见》来解读‘狱中八条’，最能表达先烈们的真实意愿和对当下的警示意义。”周勇对《狱中意见》进行了一一解读。

《狱中意见》的第一条是“领导机构腐化”。

1948年4月，重庆发生了《挺进报》事件，重庆市委、川东临委和川康特委的几位领导干部被捕并叛变，特务们抓捕了中共地下党员100余人，其中大部分被杀害，导致中共重庆地下组织几乎全被破坏，祸及全川。

因此先烈们首先提出了“领导机构腐化”问题。《狱中意见》严肃指出：“这种从上而下的腐化，是四川地下党斗争失败的基本原因。”

周勇称，这里所说的“腐化”，主要指部分领导干部在思想上和工作中的“消极隐蔽”，生活中的“腐化堕落”。他们“消极了、隐蔽了、长期埋伏了，但没有工作，没有学习，没有积极地要求自己进步，逐渐在思想上、意识上产生了脱党的倾向。甚至在行动上，也反映了出来”。

中共中央上海局曾经几次托人带信和打招呼，要求领导成员“加强学习，认真研究形势”。但是，时任中共重庆市委书记刘国定等不以为然，公开说：“该学的我都学了，否则我坐不到今天这个位子上。”为此《狱中意见》总结了第二条教训“缺乏教育、缺乏斗争”。

《狱中意见》的第三条是“迷信组织”。

这是最让人费解的一条，为什么称“迷信组织”？周勇解释，当时党的组织是单线联系，即一个干部联系一个党员，消息一级一级传下去。由于基层党员无法知晓上级领导机构已经腐化，因而“迷信”上级组织，以至于发生重大损失。

革命烈士江竹筠就曾提出：“不要以为组织是万能的，我们的组织里还有许多缺点。”

“发生了与原来过右作风相反的过左的盲动作风”

《狱中意见》第四条为“王敏路线”，第五条是“轻视敌人”。

什么是“王敏路线”？周勇解释，王敏是中共上川东第一、第五工委委员，他积极准备武装起义，由于错误判断革命形势导致武装起义失败。先烈们之所以用“王敏路线”来代表“左”的错误，是因为王敏是代表人物，“犯这种错误的不止他一人，但正因如此，更应该提出”。

当时，党中央对白区工作的方针是“荫蔽精干、长期埋伏、蓄积力量、等待时机，反对急性和暴露”。周恩来专门提出用“三勤”（勤学、勤业、勤交友）“三化”（职业化、社会化、合法化）来贯彻落实。

当时川东党组织的领导认为这样的白区工作方针“右”了。因此，当革命高潮即将到来的时候，便偏离了这些方针，既过高估计了自己的力量，又过低估计了敌人的力量，从而“发生了与原来过右作风相反的过左的盲动作风”。主要表现是：盲目发展组织，让一些不够党员资格的人进入党内，造成组织不纯；在下川东盲目发动了三次武装起义，全部失败，损失惨重；在城里把《挺进报》从内部搞到公开，暴露了组织，造成组织和队伍的极大破坏。

“经济问题、恋爱问题、私生活，这三个个人问题处理的好、坏，必然地决定了他的工作态度”

《狱中意见》第六条提出了领导干部中存在“经济、恋爱、私生活”问题。先烈们发现，几个叛徒在经济、恋爱、私生活上都不干净，有的问题还很严重。川东党组织也知道这些问题，但并没有给予严格批评和教育，酿成大祸。

《狱中意见》提出：“从所有叛徒、烈士中加以比较，经济问题、恋爱问题、私生活，这三个个人问题处理的好、坏，必然地决定了他的工作态度，和对革命的是否忠贞……在工作上，因为经常检讨、报告，犯了毛病，容易发现，也有较多改正机会。而私生活，一般是不大注意的，但是在这些问题的处理上，却清楚的反映了干部的优劣。”

罗广斌在《报告》的第七部分《狱中意见》讲：“严格的进行整风、整党，把一切非党的意识、作风，洗刷干净，不能允许任何细菌残留在我们组织里面！”这是因为许晓轩烈士在狱中曾口述他对组织唯一的意见，先烈们已发现，在“消极隐蔽”之下，个别同志的思想、生活有脱党腐化的倾向，因此《狱中意见》第七条称之为“整风、整党”，就特指没有将整风、整党坚持下去，走了过场，损失惨重。

叛徒只占5%，但影响极坏，破坏性极大

《狱中意见》第八条为“惩办特务”，共列举了14个特务和5个叛徒（刘国定、冉益智、李忠良、李文祥、骆安靖）。

罗广斌在《报告》中描绘了叛徒群像：

叛徒刘国定掌管地下党的一个药店，曾经假公济私，要把钱拿去投资，名曰：增加收入，实则去谋个人利益；

叛徒冉益智平时经常教育同志们被捕后要不怕牺牲，要坚强不屈；但他被捕当天就叛变了。后来，他和刘国定两个人为了邀功还展开了“叛变竞争”。

党史记载，冉益智当了少校，但是很不服气，为了争功，便交出了他知道的党组织在万县的关系。后来，冉益智升为中校。刘国定眼红，就更彻底地交代了广安等地的组织。后来，刘国定升为上校。

李文祥起初扛住了刑罚的折磨，后来为了保妻子出狱而叛变。

“当时在被捕的人员中，叛徒只占5%，但其破坏性是毁灭性的。”周勇说。

血的教训发人深省，有着强烈的现实针对性

周勇说，对于党史工作者，《狱中意见》所反映出来的问题，是一个很沉重的话题，也是一个我们很长时间不愿触碰的问题。但习近平总书记要求我们要“用党的历史教训警示人”。这不是要追究个人的责任，而是要记住“血的教训”。

在建党一百周年之际，我们应该以足够强大的自信力来面对这一历史难题。周勇说，“狱中八条”经受住了历史的检验。

其一，始终保持政治上的坚定性。任何党组织和共产党员，必须坚定不移地贯彻党中央的路线，在任何时候、任何情况下都要在思想上、政治上、行动上与党中央保持一致。不能搞选择，更不能变形走样。否则，造成的损失将是极为惨重、难以弥补的。

其二，必须加强党的自身建设。狱中同志提出在党的自身建设中最重要的是领导班子的建设；在领导班子的建设中要特别注意防止领导成员腐化。这是最根本、最重要的“血的教训”。

其三，不断强化理想信念教育。理想信念就是共产党人精神上的“钙”，理想信念不坚定，就会得精神“软骨病”。

周勇称，当年，考验共产党员的是生死关、毒刑拷打关、敌人收买关，还有经济和私生活关，叛徒们就是过不了这几关，出卖的是党的组织和党员的人头。如今，考验共产党员的是权力关、金钱关、名利关、美色关，腐败分子过不了这几关，出卖的是党和人民的事业，是党的执政基础。这些不好好抓，“血的教训”还有可能再现。所以，八条“血的教训”值得我们每一位共产党员深入思考，永远记取。

（高树川　匡丽娜）

“进攻重庆是解放大西南至关重要的一着棋”
——重庆日报记者专访刘伯承元帅之子刘蒙

1949年10月1日，作为开国元勋的刘伯承，和毛泽东、朱德等国家领导人一同登上天安门城楼，出席开国大典。此时他虽身在北京，但仍心系在国民党黑暗统治之中的大西南。

两个月之后，11月30日，刘邓大军顺利解放重庆，让这座西南重镇翻开了崭新的一页，而指挥这场战役的正是刘伯承和邓小平。

近日，重庆日报记者采访了刘伯承元帅之子、少将刘蒙。他表示，“进攻重庆是解放大西南至关重要的一着棋”。

新中国成立之初，西南地区还处于国民党的统治之中。“蜀地易守难攻，且手里还有100多万残余部队的‘老本’，此时的蒋介石并不甘心失败，还做着坐镇重庆、割据西南的迷梦。”刘蒙说，根据党中央大迂回、大包围、大歼灭的战略方针，他的父亲和邓小平、贺龙等老一辈无产阶级革命家、军事家率领中国人民解放军挥师南下，以摧枯拉朽之势，顺利完成了解放大西南这场解放战争进程中的最后决战。

刘蒙说，在大革命时期，父亲是国民党中央党部驻四川特派员，又是国民革命军川军各路总指挥，和很多川军大佬打过交道，他们的政治选择事关整个大西南大局。1949年11月21日，刘伯承、邓小平不失时机地联名向四川、云南、贵州、西康四省国民党军政人员公开提出“四项忠告”，促使他们接受解放军的“约法八章”，这极大地震撼了国民党原已不稳固的阵营。

因此，重庆解放仅仅10天内，川军、滇军等陆续发生大规模起义，西南局势彻底翻盘，宣告了蒋家王朝在大陆统治的彻底崩溃。

“我父亲是重庆开州人，也是从重庆走出去参加革命的，他对重庆感情很深。”刘蒙讲述了两段刘伯承元帅与重庆渊源颇深的故事。

作为重庆人的精神家园，解放碑原名抗战胜利纪功碑，于1947年竣工。重庆解放后，人民群众纷纷要求更改旧有名称。1950年9月，经西南军政委员会核准，“纪功碑”改名为“人民解放纪念碑”。不久，西南军政委员会主席刘伯承亲笔题写碑名，作为对全中国人民解放最好的纪念。

重庆图书馆里有4083册珍贵的藏书，是一位“刘老太太”捐赠的，这个“刘老太太”不是别人，正是刘伯承。

刘蒙告诉记者，父亲收藏了几千册图书，是他从青年时代就攒下来的，随他转战南北。新中国成立后的重庆图书馆需要图书，为了让更多的人看到、读到这些书，父亲委托三弟刘叔禹（刘蒙的三叔）将涉及文史、印谱、书法等多个种类的4000多册图书捐赠给重庆图书馆，这些书中批注的笔迹均出自刘伯承。为了避免引起太多关注，刘叔禹在登记姓名时，写上了“刘老太太”的名字。

（张莎）

解放重庆
血洒山河换新天　山城破晓见黎明

渝中区解放碑，重庆主城重要地标，高楼林立、游客络绎；秀山洪安古镇，渝、贵、湘三省市交界地，有“渝东南门户”之称，沈从文笔下《边城》的原型地。

72年前，在中国共产党的领导下，以刘伯承、邓小平率领的二野大军为主力的中国人民解放军解放重庆的第一枪从秀山洪安打响，一路攻坚克难、浴血奋战，历时近一个月，最终到达如今解放碑所在地，实现了重庆乃至整个大西南的解放。

重庆这片英雄的土地见证了中国人民解放军的这段英雄壮举和光辉历程，也因此获得了蓬勃的动力，在72年跌宕起伏中始终坚韧、务实、向上，不断追逐自己的梦想。

旭日东升>>>
确定大迂回、大包围作战方针，组成西南服务团，人民解放军发动西南战役

1949年10月1日新中国成立，然而，西南地区还处于国民党的统治之中，为解救水深火热中的重庆人民，解放重庆势在必行。

面对军事上的总崩溃，国民党提出“确保大西南”的方针，力图以重庆为据点，以四川、西康、云南、贵州为根据地，固守西南，以待重整旗鼓。

渡江战役胜利结束，党中央对解放西南作出总体部署，明确指示以中国人民解放军第二野战军（简称“二野”）为主，彻底消灭国民党在大陆的残余势力，粉碎蒋介石割据西南的阴谋，解放重庆，解放西南，实现大陆的全部解放。

中央军委曾强调指出：进军华南、西南均应采取大迂回、大包围动作，插至敌后，断其退路，先完成包围，然后再回打之方针。“采取大迂回、大包围的作战方针，便于将节节后撤的西南国民党军分割包围，各个歼灭，特别是便于将胡宗南集团歼灭在四川境内，不使其逃往国外，为患未来。”重庆市委党史研究室相关工作人员介绍。

为解决西南解放后干部缺乏问题，二野在上海和江浙地区招收进步学生和青年，组成西南服务团，随军西进。今年已93岁高龄的钱中豪就是西南服务团的一员。

2021年3月30日，南岸区某小区内，已93岁高龄的钱中豪老人讲述当年进军大西南的故事。崔力摄/视觉重庆

“你们可幸福了，我在20多岁年纪时，到处兵荒马乱。”在位于南岸区的家中，钱中豪激动地说。

已是鲐背之年的钱中豪耳虽不再聪颖，但他的思维和表达依然清晰。采访前，老人特意拿出珍藏在箱底的“庆祝中华人民共和国成立70周年”纪念章。

胸前别上纪念章，钱中豪的思绪又回到那战火纷飞的时代。

他记得，新中国刚成立后，“进军大西南，解放全中国”的号角吹响。

“我是上海人，部队当初接到进军大西南的命令时，我正在南京二野军大学习。”老人说，10月9日部队开拔的当天晚上，学校组织大家看话剧《白毛女》，偌大的礼堂被挤了个水泄不通。当看到恶霸地主黄世仁抢走喜儿时，台下群情激奋，此起彼伏的口号声响彻耳际。

钱中豪和其他几名同学一起，不约而同地找到了指导员，要求马上出发，去解救那些还在受苦受难的父老乡亲。

随着紧急集合号声响起，所有人都往操场会集。待全团集合完毕，团长一声令下："出发！"

钱中豪被编入第二野战军直属三团一连，开启了他们向大西南进军的征程。

老人告诉记者，行军途中，在经过贵州的一个苗族村落时，米袋早已见底，每天只发两个红薯充饥。然而，当见到男女老少衣不蔽体、光着脚丫欢迎解放军的到来时，作为连部新民主主义青年团支部书记的钱中豪心都碎了。

"连长号召我们把多余的衣物都捐献出来。"钱中豪回忆，他身上除了棉军装，就只剩下一件衬衣和一件棉背心了，自己都冷得打哆嗦。军装是不能捐的，他带头脱下自己的棉背心，"当连长将带着体温的背心交到村长手中时，他感动得差点双膝跪了下来"。

"尽管身上冷一点，可我们心里却得到了莫大的安慰。"国家有难，百姓遭殃，正是这次经历，"让大家吃饱穿暖"的信念在钱中豪内心深深扎下根来。

1949 年 11 月 1 日，人民解放军正式发动西南战役，以迅雷不及掩耳之势，在北起湖北巴东，南至贵州天柱的千里战线上，向国民党的西南防线发起强大攻势，揭开了解放重庆的序幕。

挺进重庆>>>
沿途老乡倾力相助，解放军一路乘胜追击，为向重庆市区推进扫清障碍

1949 年 11 月 7 日，人民解放军攻占渝东南门户秀山县。

"蜀道有近时，春风几处分；吹来黔地雨，卷入楚天云"。清代章恺曾赋

诗描绘这里“一脚踏三省”的地利之优。一条清水江悠悠划过，江对岸是湖南花垣茶峒，江这边是重庆秀山洪安。

今年（2021年）79岁的吴堂海从小生长在洪安古镇，解放军进驻洪安时，他只有七八岁，清楚记得解放军排着整齐的队伍，一路唱着歌：“解放区的天是晴朗的天……”

“这支部队和我之前见过的军队有些不一样，他们敲开老百姓家门，很有礼貌，站在屋外，未经允许绝不进屋。”吴堂海说，解放军军纪严明，不仅不扰民，还帮老乡打扫院子，担水挑柴。有一次，一位战士借用老乡家的水瓢煮饭，后来水瓢不知道放哪儿，暂时找不见了。排长得知后，对战士说：“不管弄没弄丢，都要赔偿。”

当时，他还看到两个首长模样的人，站在街上向大家宣布：洪安解放了，群众再也不会过受压迫和剥削的日子了！“听了这话，洪安居民像过节一样高兴，后来，我听大人们说，这两个人就是刘伯承和邓小平。”

吴堂海清晰记得，在洪安渡口边，每到一批解放军，居民们就放一阵鞭炮。后来解放军的人马越来越多，仅靠渡船和橡皮艇已不敷使用。架设浮桥时，很多群众自发将家里的木板和门板，扛到岸边，为解放军扎木筏，搭建浮桥。几个小时内就在洪茶渡口上，搭起一座可供四路行军的大浮桥，承载着解放大军奋勇向前。

秀山解放使国民党军宋希濂部大为震惊，决定将其主力撤到乌江以西地区，脱离解放军的包围，企图重新在龚滩、黔江、彭水地域布防，凭借乌江天险，拼死抵抗。

但是人民解放军以迅雷之势，于11月中旬一举解放了酉阳、黔江、彭水县城。

国民党军沿乌江200余里布置的防线不堪一击。解放军乘胜追击，以每天行军近200里的速度，突破乌江天险，翻越白马山，19日解放石柱，21日解放武隆县城。

绵延千里的武陵山区，高山峻岭，人烟稀少，道路难行，解放军部队行动及供应遇到很大困难。有时，有的部队仅日食一餐，忍饥挨饿，仍拼尽全力追击敌人。记者在采访中见到一幅解放军进军西南途中的宣传鼓动标语：咱们的大腿不简单，十天追了一千三。

11月下旬，在摧毁了罗广文、宋希濂的白马山防线以后，解放军二野三兵团主力及四野四十七军协同作战，在南川冷水、涪陵龙潭和巴县栋青场、天子店等地聚歼宋希濂和罗广文部队三万余人后，分三路继续前进，解放了南川、綦江、江津、涪陵等地，对重庆形成三面包围之势。

重庆门户洞开，为人民解放军继续向重庆市区推进扫清了障碍。阵阵枪炮声，驱赶着山城黎明前的黑暗。

历时56小时>>>
建文峰上硝烟弥漫，百余名指战员英勇牺牲，南泉战斗重创国民党军队构筑的重庆“江南防线”

重庆是温泉之都，南温泉是主城的“南大门”。然而，这景幽汤美之地，也曾经历过血与火的战斗。

“大家现在站的地方，就是当年解放军战士为解放重庆抛头颅洒热血的地方，这也是为什么解放重庆历史陈列馆建在这里的重要原因。72年前，解放军与国民党军激战三天三夜，胜利的曙光，照亮了整个山城。”在巴南区南泉街道建文峰上，一拨又一拨游客来到解放重庆历史陈列馆，聆听解说员对解放重庆主战场遗址的介绍。

南温泉是当时有名的风景区，也是国民党军政要员的别墅区。群山交错、峰峦重叠，百多里回环的山山岭岭构成了重庆江南的一道天然屏障。东南面的建文峰是群山之巅，更是军事上的制高点。

因此，国民党视南泉为据守重庆“江南防线”的战略要地，调集了罗广文部四十四军、杨森部二十军等重兵把守，并匆忙空运胡宗南部“王牌”师赶赴重庆，妄图守住重庆南大门。

巴南区南泉街道，市民在解放重庆历史陈列馆参观学习。龙帆摄/视觉重庆

1949年11月26日，解放军二野三兵团十二军先头部队神速地由南川抄山路进攻南温泉，与防守在这里的国民党守军遭遇，打响了解放重庆外围的战斗。双方在虎啸口、建文峰等处展开了一场你死我活的阵地争夺战。

一时间，建文峰上战火纷飞，硝烟弥漫、弹坑遍布、树断草燃，战斗异常激烈。解放军战士始终顽强坚守建文峰，打退了敌人一次又一次的进攻，牢牢将建文峰制高点控制在手中。

11月28日晚11点半，参加南泉战斗的解放军奉命有序撤出战斗，迅即由江口渡江，汇入主力部队；而南泉守敌闻其退路将被截断时，连夜仓皇溃逃。

"南泉战斗自26日下午3时许打响，至28日晚11时半许我军撤出战斗，历时56小时，是解放重庆城区发生的一次持续时间最长、最激烈的战斗。"巴南区委党史研究室主任吴铭介绍，南泉战斗重创了国民党军队构筑的重庆"江南防线"及南泉守敌，为解放军主力部队大迂回、大包围解放重庆赢得了宝贵时间。

战斗中，解放军一营副营长徐泉水、二营副教导员梁松斗、二连连长徐根、三连连长曹辉等百余名指战员英勇牺牲。

在离解放重庆主战场遗址不远处的南泉公园后山陈家湾，是重庆市爱国主义教育基地——南泉革命烈士陵园。每年清明、七一、国庆等节日，都会有许多群众自发前来瞻仰、扫墓。

烈士陵园讲解员刘方雯介绍，重庆完全解放后，十二军留守部队迅速派出人员，到南泉动员组织地方群众全面清理烈士遗体，就近掩埋于群山之下，并插木碑为记。牺牲的战士由于很多没有胸章，只有少部分留下姓名。

1953年，重庆市人民政府将南温泉境内的全部烈士坟墓用木箱重新收殓合葬于南泉公园后山陈家湾，并立碑石为："南泉革命烈士公墓"。

解放军入城>>>
重庆人民告别苦难翻身解放，山城破晓，历史翻开了新的一页

大西南防线的崩溃，彻底粉碎了蒋介石最后的迷梦，人民解放军主力顺利向重庆市区推进。

1949年11月30日，巴渝大地的时空坐标铭刻上了这辉煌而永恒的日子，这一天，人民解放军入城了！

巴南区南泉街道，南泉烈士陵园革命烈士纪念碑。龙帆摄/视觉重庆

11月30日下午，川东党组织的代表和重庆工商界代表乘轮渡过江到海棠溪，欢迎解放军入城。傍晚，解放军先头部队分几路在朝天门、储奇门等处进入市区，受到重庆人民的热烈欢迎。

至此，重庆市区宣告解放，山城破晓，历史翻开了新的一页——从这一天起，重庆人民在中国共产党的领导下，经过艰苦卓绝的流血牺牲，推翻了国民党的反动统治，告别苦难翻身，从此走上了建设社会主义新中国和新重庆的道路。

重庆市委党史研究室工作人员表示，重庆的解放，是中国人民解放军解放全中国战略的重要一环，为解放西南全境进而和平解放西藏奠定了坚实的基础，在中国人民解放战争史上占有十分重要的地位。

钱中豪清楚记得，人民解放军进入市区，各类店铺照常营业，人心安定，不时有群众高呼“解放军万岁！”。

铭记历史，才能开创未来。如今，钱中豪作为解放重庆的亲历者和见证者，常受邀为南岸区各级党政部门作党史学习教育宣讲。

解放重庆后，钱中豪就留了下来，一待就是70余年，也见证了这座城市的巨变，“上世纪50年代，宏伟壮观的重庆大礼堂诞生；60年代，有了重庆宾馆；70年代，重庆长江大桥动工兴建；特别是改革开放后，高楼大厦如雨后春笋般冒出来……”

“远的不说，现在街边一个卖红薯的小贩，都能拿出手机二维码收款。不敢想象，如果中国没有解放，还能有现在的幸福生活吗？”老人说。

（张莎）

重庆升起的第一面五星红旗

1949年11月30日凌晨，眼看大势已去的蒋介石匆忙乘坐飞机逃离重庆。当天傍晚，解放军先头部队分几路从朝天门、储奇门等地进入市区，重庆宣告解放。

1949年12月1日，当涌上街头的群众来到抗战胜利记功碑（现解放碑）时，看到其顶上高高飘扬着一面五星红旗，一时群情激奋，大家激动得热泪盈眶。

如今，这面“重庆升起的第一面五星红旗”作为国家一级文物，被珍藏在重庆中国三峡博物馆，见证着那段令人难忘的历史。

这面红旗是怎么来的？用什么制成？又是谁插上去的？连日来，重庆日报记者采访了多位专家学者，为你揭开其背后鲜为人知的故事。

迎接解放　育才师生用被面缝制红旗

走进重庆中国三峡博物馆，这一全国爱国主义教育示范基地、国家一级博物馆用大量珍贵文物，清晰地勾勒着这座城市的记忆。

“这就是重庆升起的第一面五星红旗，它用红绸被面和黄纸制成。”在讲解员高洁的指引下，重庆日报记者看到一面红旗叠放整齐，静静地躺在玻璃展柜中，已有些褪色，针脚也略显粗糙。

高洁称，这面红旗是由育才学校师生用红绸被面缝制的。1980年，重庆市博物馆得知该红旗的线索后，便派征集部工作人员持介绍信，从育才学校梁承栋老师处征回，一直馆藏至今。

“时光荏苒，如今虽70多年过去，育才学子每每在博物馆看见这面红旗，心中都会涌起一股别样的自豪感和责任感。”重庆育才中学校党委书记郭华称。

据育才老校友骆忍石在《山城的红旗》一文中回忆："在解放军还未到来之前的十一月，育才学校师生就商量制作国旗。赵义熙老师和苏永静老师用同事梁承栋老师提供的一幅宽大的红色绸被面，认真按照当时《群众》杂志上刊登的国旗尺寸标准制作。由于旗子很大，他俩干脆把绸子铺在自家的地板上，苏永静老师趴在地上一针一针地缝。我和一些老师、同学站在那里围看，我透过泪花模糊了的双眼，激动地感受着这伟大而令人难忘的时刻。"

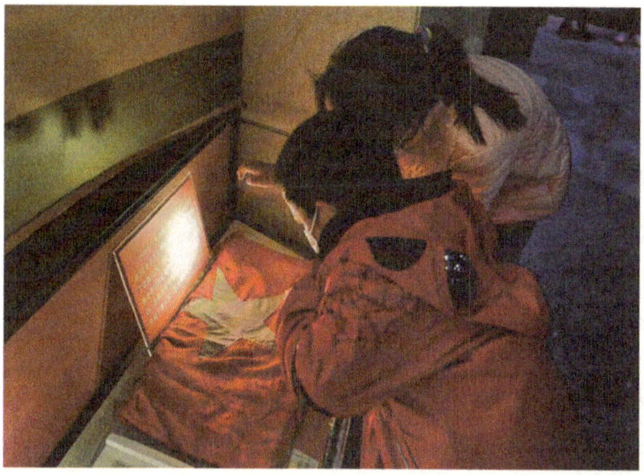

2021年5月8日，观众在重庆中国三峡博物馆参观国家一级文物"重庆升起的第一面五星红旗"。齐岚森摄/视觉重庆

1949年12月1日，为迎接解放军进城，育才学校、社会大学、红岩小学三校师生，怀着无比兴奋和喜悦的心情，高举着自制的五星红旗，敲锣打鼓，扭起秧歌，走在游行庆祝群众队伍的前头。大家从红岩村出发，一直游行到小什字，最后把这面五星红旗插到了抗战胜利纪功碑上，使山城升起了第一面五星红旗。

红色学校　见证了先辈用生命铸就丰碑

为什么是育才学校的师生自发地制作出山城升起的第一面五星红旗？"这并非偶然，育才学校从创办开始就有红色基因。抗战时期，学校一直受到周恩来和中共中央南方局的关怀与支持，被称为‘国统区的小解放区’、大后方的‘小延安’。”郭华称，育才学校成立之初就有两个平行的中共地下党支部，一个党支部由中共中央南方局文委领导，主要成员为学校的专家学者；另一个由中共四川省委下属的北碚中心县委领导，主要成员为青年教师和年龄大的学生，江竹筠就曾经直接领导过这个党支部。两个平行的党支部的共同任务是支持、协助陶行知办好育才学校。

然而，育才学校的办学历程并不顺利，当时国民党政府非但不给经费支持，还常常阻挠、刁难，甚至是直接封杀。

陶行知曾撰文称:“最近几个月，我们是过着别有滋味的日子，终日与米赛跑，老是跑在米的后面……这时所有的存款都已垫到伙食上去了。向本地借来的四十石谷子也吃完了，向银行借来的三万元也花光了……”

1940年9月，周恩来得知情况后，与邓颖超等同志一起前往古圣寺看望育才师生，鼓励学生努力学习，并在他们的笔记本上写下了“一代胜似一代”的题词，还捐款400银圆资助学校购买体育器材。

1943年，周恩来还特地托人送给陶行知一件毛衣和一套南泥湾垦荒生产自救运动时拍摄的照片。陶行知受到启发，便带领师生开荒种地，生产自救，在一定程度上缓解了大家吃饭的难题。

育才学校老校长李能寿曾回忆说，他于1948年到学校工作，在学校感受到如同解放区一样的阳光和温暖，那时学校的学生大多是中共地下党员和进步人士介绍来的，大家思想活跃，向往解放区。虽然学校外面还有特务的严密监视，但老师和学生们仍关起门来，搞起各种各样的活动，包括唱解放区的歌曲、排演进步话剧等，滋养了无数追求进步的青年人。

“陶行知是一位坚定的教育救国论者，他认为要改造落后的中国，应先改革中国的教育，并创造性地提出了‘生活教育’思想，主要包括‘生活即教育’‘社会即学校’‘教学做合一’，注重教育与生活的结合、学校与社会的联系，教与学、理论与实践的合一。正是在这一理念的影响下，育才学校共有300多名师生走上革命的道路。”育才中学校长张和松介绍说。

如今，重庆育才中学仍秉持陶行知老校长的赤诚之心、家国之情，坚持“行知育才，教育为公”办学理念，发扬“大爱、奉献、求真、创造”精神，积极传播行知文化，传承红色基因，续写着属于新时代的红色育人故事，为国家培养高素质、复合型人才。

狱中红旗　又一面值得永远铭记的旗帜

相比育才师生成功升起来的五星红旗，在白公馆看守所旧址还陈列着一面“狱中红旗”。

“它虽然并未真正升空飘扬起来，但却承载着狱中革命者毕生为之奋斗的梦想，是一面真正用鲜血染红的旗帜。”重庆红岩联线文化发展管理中心文博副研究馆员王浩称。

“狱中红旗”用绣花被面制成，与真正的五星红旗不同，其最大的一颗五角星位于旗帜的中央，其余的四颗小五角星则位于旗子的四个角。

为何如此布局？故事需从红岩革命先辈说起。

1949年10月7日，被关押在白公馆平二室的罗广斌放风时，被同狱的原东北军爱国将领黄显声叫住。

黄显声小声地告诉他，中华人民共和国已于7天前在北京成立，国旗是五星红旗，国歌是《义勇军进行曲》。

放风结束后，罗广斌回到牢房，把这个消息转告给了同室难友，大家激动得热泪盈眶，甚至互拥着倒在地上打滚。

夜深后，革命者们仍激动得难以入睡。他们围坐在一起，议论着国徽、国旗的形状和式样。见此情景，罗广斌动情地说：“同志们，同志们！我们也应该做一面五星红旗，我们要争取打着这面红旗冲出牢门去！”

罗广斌的提议得到大家一致赞同。后据成功脱险的毛晓初撰文回忆道：“老罗（罗广斌）扯下他的红花被面（他被捕时带进监狱的）……我们没有剪刀，也无针线，完全靠一把铁片磨成的小雕刀，小心翼翼地划破被面……”

之后，大伙用黄色的草纸做成五角星，可在贴五颗星时，大家都不知道怎么贴，有人觉得五颗星一字排开，有人认为五颗星相互挨着组成一个圆圈。

讨论很久后，他们最后决定把大的五角星贴在中间，四个小五角星贴摆在四个角，象征着全国四万万同胞围绕在中国共产党周围。

毛晓初在回忆文章中写道："经过通宵奋战，我们终于制成一面五星红旗了。把红旗平整整地放在囚房中间，大家围着红旗，又是低声欢呼，轻轻哼着国歌，又是跳，又是互相拥抱……"

再后，大伙把牢房墙角边的地板撬起一小块，将红旗叠起来，小心翼翼地藏进地板下，准备等到重庆解放那天，高举着红旗冲出去。

然而，就在重庆解放前夕，国民党特务开始分批处决关押在白公馆、渣滓洞看守所内的革命者，参加制作红旗的陈然、刘国鋕、王朴、丁地平在大屠杀中牺牲，只有罗广斌和毛晓初等侥幸脱险。

重庆解放后，罗广斌再次回到白公馆平二室牢房，找到了藏在地板下的红旗。之后，罗广斌与杨益言在创作小说《红岩》时，把狱中制作红旗的情节进行了再现，在电影《烈火中永生》、新版川剧《江姐》等文艺作品中也艺术化呈现了革命志士狱中绣红旗的场景，让大量观众印象深刻。

王浩称，这面红旗之所以受到广泛关注，是因其体现了以陈然、罗广斌等为代表的中共党员坚定的理想信念，见证了他们不懈斗争、百折不挠的革命精神，并寄托了他们对新中国的美好憧憬。

（韩毅）

中共中央西南局缙云山办公地旧址：再现解放西南建设西南波澜壮阔的历史

挺进西南，解放军不足一个月挺进两千多里，一路秋风扫落叶，连战皆捷；建立政权、恢复经济、和平解放西藏……中共中央西南局立下了不朽功勋。

2021年5月25日，重庆日报记者走进位于北碚缙云山的中共中央西南局缙云山办公地旧址，室内的历史展陈再现了那段波澜壮阔的历史。

“我们就是要当好‘翻译者’，挖掘好、传承好、讲述好重庆红色故事，把红色历史更立体、有重点地呈现给观众。”北碚区博物馆馆长莫骄称。

中共中央西南局缙云山办公地旧址。张锦辉摄/视觉重庆

1949年11月23日，为实现祖国的全面解放，中共中央西南局在湖南常德（白云中学）成立，统筹进军西南和管理建设西南的党政军工作。1949年12月8日，中共中央西南局入驻重庆，后在北碚缙云山杉木园中修建了这三栋办公楼，邓小平、刘伯承、贺龙等领导人都曾在此办公。其中，邓小平旧居前有一棵由他亲手栽植的马尾松，如今已长成参天大树，枝繁叶茂、刚劲挺拔，被称为“小平松”。

“2019年6月，我们结合缙云山综合整治工作，依托三栋旧居，启动了中共中央西南局历史陈列展、刘伯承在重庆历史陈列、贺龙在重庆历史陈列项目。2020年11月23日，中共中央西南局历史陈列展（一期）正式开展。”莫骄称。

北碚区，中共中央西南局缙云山办公地旧址，市民参观中共中央西南局历史陈列展。万难摄/视觉重庆

走进展厅，400余件实物、1000多张历史照片……以邓小平、刘伯承、贺龙在中共中央西南局的相关历史为主线，通过实物展示、微缩场景、多媒体等形式，生动展现了中共中央西南局在重庆的历史。其中，邓小平旧居主要展示以邓小平同志主政西南、推动经济建设和政权建立；刘伯承旧居主要展示刘伯承同志在渝期间的革命斗争；贺龙旧居主要展示贺龙同志发展体育、生态保护的主要功绩。

展览中，一张泛黄的照片，吸引了观展市民驻足观看。“这是进军西南第一阶段战斗经过要图。”莫骄说,三大战役后,国民党军队主力被消灭殆尽,人民解放军为解放西南制定了大迂回大包围的作战方针。1949年11月初,解放军从南路于湘西芷江地区进入贵州,11月15日解放贵阳;西路自宜昌、常德入川,11月30日解放军进入重庆主城,宣告重庆解放。

据重庆解放后首任市长陈锡联在《关于重庆市接管工作的报告》中记载:从宜昌、常德到重庆有两千多里,道路多山,桥梁多被破坏,沿途村庄稀少,运输补给相当困难……这是由于毛主席、朱总司令的英明指挥,刘、邓、贺诸首长的正确指挥……我们才能在短短的不足一个月的时间内进军两千多里,迅速解放了重庆。

重庆日报记者现场看见,该展览除了全方位展现解放西南的重要历程外,还系统地阐述了中共中央西南局在城市接管、秩序重构、经济建设、文化教育等方面的突出成就。如,修建成渝铁路、建成人民大礼堂、建狮子滩发电站等。

“解放大西南、稳定大西南、建设大西南,是新中国成立初期中共中央赋予西南局、西南军政委员会的历史重托。老一辈无产阶级革命家,以大无畏的革命精神,仅用了不足5年时间,带领西南各族人民,历尽千难万险,在西南大地上谱写了波澜壮阔的历史篇章,他们的功绩值得铭记。”莫骄说,接下来,他们还将继续深化研究挖掘,拓展展品征集,优化展陈布局,提升展陈内容,使之成为“四史”学习教育的重要阵地。

(韩毅)

国际主义战士吕玉久：跨越国界的生死守护

“雄赳赳，气昂昂，跨过鸭绿江……”71年前，中国人民志愿军毅然踏上抗美援朝战场，用生命谱写了一曲捍卫国家安全、民族尊严的战歌。

“荣获‘特等功臣’‘二级爱民模范’称号的国际主义战士吕玉久就是其中优秀代表之一，他用年轻生命救出8位朝鲜妇女，体现了崇高的爱国主义、国际主义和革命英雄主义精神。”荣昌区荣隆镇宣传委员袁成武称。

走进位于荣隆镇玉久村的吕玉久纪念馆，这里以序篇、历史篇、英雄篇、纪念篇、发扬篇五个篇章，用“文字+图片+实物+视频”等多种形式，展示了英雄光辉的一生。

1931年9月，吕玉久出生在荣昌油菜乡凉风村（今荣昌区荣隆镇玉久村）的一个农民家庭，兄弟姐妹3人。他排行老大，十几岁就开始捡煤渣、种田地，为父母分担家庭重担。

吕玉久纪念馆。受访者供图

重庆解放后，成渝铁路开建，吕玉久参加铁路建设，成了一名铁路工人。1950年6月，朝鲜内战爆发。同年10月，美军无视中国政府一再警告，悍然越过三八线，把战火烧到中国边境，直接威胁到新中国的国家安全。紧急关头，应朝鲜请求，中共中央和毛泽东以非凡气魄和胆略，作出抗美援朝、保家卫国的历史性决策。

此时，吕玉久的儿子才1岁多，但他毅然参加了中国人民志愿军，入朝作战。

战场上，吕玉久常常不顾个人安危，奋力抢救受伤的战友。一有空，他就跟战友张明禄（二人是搭档）一起刻苦训练，提升救援技能，每遇紧急任务总是第一个报名参加。

1953年4月21日上午10时左右，美国飞机向朝鲜黄海道平泉郡金刚山投下大量燃烧弹，顿时山上山下一片火海，50多位当地老百姓和400多名志愿军战士赶至救火。吕玉久和张明禄所在班因前夜执行了任务，一夜未眠，但听闻起火，他们仍拿起救火工具冲向火海。

因火势太大，这里扑灭，那里又燃烧起来，他们的脸被熏黑、头发被烤焦，依然奋不顾身从火海中先后背出吉时子、李贞淑、郑景南、申善花4名朝鲜妇女。

当日下午两时许，一个好不容易被扑灭火的小山沟又冒起黑烟。吕玉久率先发现情况，立即飞奔过去，张明禄紧随其后。山沟里的野草和树木被引燃，大风一吹，火势更加凶猛。先前在这里救火的朝鲜妇女李浩世、崔春凤、金善玉和郑玉男正迎着火势、忍着呛鼻的浓烟在地上割草，以免火势蔓延到志愿军堆放物资的防空洞。

岂料，一阵大风吹来，火焰将4人围住，情况万分危急。吕玉久、张明禄丝毫没有犹豫，一前一后冲进火海，一人背一个再拉一个，并用朝鲜话喊："火太大，快跑啊！"最终，他俩成功将4人救出，安置到防空洞里。

"火里还有人吗？"突然，吕玉久看见浓烟烈火中似乎还有一个黑影（其实是一块石头），以为是一个人，又一次冲进火里，张明禄也跟了进去。

这一次，吕玉久和张明禄再也没有出来。最终，大火被扑灭，被张明禄、吕玉久救出来的8个妇女跑进尚在冒烟的火场，发现吕玉久扑在石头上，身体已被烧焦，张明禄则倒在距他不到3米的地上。

“我们能活着，是你们牺牲了生命，救出了我们。”8位被救的朝鲜妇女泪流满面，守在吕玉久、张明禄身旁。

同年8月22日，中国人民志愿军某部和朝鲜黄海道平泉郡人民政府为张明禄、吕玉久举行了隆重的追悼大会，并在金刚山树碑纪念，碑上用朝、中两国文字刻着两人的事迹。后中国人民志愿军政治部授予吕玉久“特等功臣”“二级爱民模范”荣誉称号，并追认他为中国共产党党员。为纪念吕玉久，他的出生地凉风村也改为“玉久村”。

“2019年10月25日，我们正式建成并开放了吕玉久纪念馆，纪念这位伟大的国际主义战士。目前，这里已是荣昌重要的爱国主义教育、国防教育和中共党员党性教育的基地。”袁成武称。

（韩毅）

铜鼓山英烈园：
英雄连长刘骥的精神代代传

2021年5月30日，重庆日报记者登上寓意“来之不易”的99级台阶，来到铜鼓山英烈园广场中央的“铜鼓山剿匪作战战略模拟图”旁。“根据这幅模拟图，你可以想象，当年解放军战士扛着各型武器连续奋战，是多么不易！”荣昌区铜鼓镇四级调研员唐佑水称。

1949年12月7日，荣昌解放，但潜伏下来的国民党特务活动猖獗。他们勾结地方反动势力和国民党溃军、惯匪，组成匪部上千人聚集在铜鼓山寨，凭借铜鼓山山高寨险、固若金汤的有利地形，囤足枪支弹药和粮食，烧杀抢掠、无恶不作，以图发动暴乱，颠覆新建立的人民政权。

铜鼓山英烈园。受访者供图

当时，中国人民解放军第二野战军第十二军三十五师师长李德生获悉这一匪情后，决定组织一次聚歼盘踞铜鼓山地区土匪的剿匪战斗，以第二野战军第十二军三十五师一〇三团为作战主要力量，由荣昌、大足两县地方武装配合作战。

1950年2月11日深夜，解放军侦察兵几十人乔装成土匪，趁混乱之时打入土匪内部，牢牢控制住铜鼓山寨北门口，以便里应外合。

次日凌晨，总攻战役打响，枪炮齐鸣，响彻云霄。一〇三团二营、三营合围铜鼓山，解放军则从北面以刺刀插入寨墙缝隙，从“刀梯”攀登爬上险要寨墙。先期乔装成土匪进寨的解放军转向匪部猛烈射击，当天便牢牢控制住铜鼓山南门、西门、北门，迅速攻占了狮子坡碉楼和铜鼓大王庙土匪的指挥部。

此次战斗中，人民解放军南门佯攻、北门奇袭，击溃、击毙匪徒数百人，俘获土匪290余人、缴获枪支200多支，是西南剿匪战役中一次著名的战斗，基本肃清了当时荣昌县北的匪患，捍卫了人民政权和广大群众的生命财产安全。

“遗憾的是，连长刘骥在清理战场时，狡猾的土匪趁他不备，顺手从衣袖里掏出手枪击中其后脑勺，刘骥连长壮烈牺牲。在此次战斗中，曹长有、刘拴兔排长以及数名战士也英勇献身。”唐佑水说，后来烈士们的遗体被安葬在铜鼓山寨南门旁。

1998年4月5日，为纪念烈士们的丰功伟绩，荣昌建成并开园铜鼓山英烈园。远远望去，12米高的革命烈士纪念碑，威严耸立于由台阶围墙与平台组成的“八一”军徽标志之上；碑身上，曾任中共中央副主席、中央军委副主席、原二野三十五师师长李德生亲笔题词的“铜鼓山剿匪牺牲烈士永垂不朽”13个大字格外醒目；碑下，是刘骥、曹长友、刘拴兔烈士的群雕，并镌刻着英烈们在铜鼓山剿匪的事迹说明。1998年11月27日，中共重庆市委、重庆市人民政府命名铜鼓山英烈园为重庆市青少年教育基地。

值得一提的是，刘骥连长曾身经百战，参加过渡江战役等战斗，并荣立过军功。

接下来，铜鼓镇将接续保护和利用好红色文化资源，让更多人在教育基地中学习革命历史文化、接受红色文化洗礼。同时，铜鼓镇还将邀请健在的剿匪战斗经历者，在“小院讲堂”、村村通等红色文化平台中宣讲，让广大党员干部在革命文物、剿匪细节和故事中感知革命先辈的精神，滋养情操，传承红色基因。

（韩毅）

重庆解放后　如何巩固人民政权

1949年11月30日，重庆解放。但摆在新生的红色政权面前的仍是一个内忧外患的复杂局面，人民政权是否能够站稳脚跟，面临着严峻复杂的考验。

镇压反革命、支援抗美援朝、全面启动土地改革等一系列巩固政权的举措，在重庆解放后轰轰烈烈开展。

镇压反革命：重庆解放后巩固政权第一战

“从颤颤巍巍的破烂木屋到坚固的高楼大厦，重庆的历史就像建这些房子一样，都是一点点从屋基开始建立。”89岁的夏元芬遥望着解放碑的繁华，湿润的眼眶中有着别样的神采。

渝中区七星岗街道退休干部夏元芬经历了重庆解放前后的历史，至今在她所住的小区“红军苑荣誉墙”上，还挂有她和老伴樊清云的历史老照片。

出生于1933年的夏元芬，亲眼见证了重庆解放后的新生，也坚定了彼时“就想跟着解放军走”的信念，成了重庆解放后地方工作的积极分子。

但摆在新生人民政权面前的并非一片坦途。

1949年11月30日，重庆解放。但解放第二天，原国民党军队排长刘大申等人打着解放军的旗号，成立300余人非法武装，并编造建立所谓的“解放军人民政府”。

此外，各种特务活动的破坏、暗杀、爆炸等层出不穷，重庆附近的铜梁、永川、大足等县城相继遭土匪围攻。

1950年10月10日，党中央发出《关于纠正镇压反革命活动的右倾偏向的指示》,为了保障土改和经济建设,“必须镇压一切反革命活动”。

1950年11月7日,重庆市宣布成立市镇反委员会。12月7日,重庆市以集中逮捕潜藏在厂矿企业的反革命分子为开端,开始了重庆市镇压反革命运动。

重庆当年的镇反运动历经了3个阶段:第一阶段以1951年“3·13大逮捕”为标志,一大批罪恶严重的反革命分子被抓捕;第二阶段从1951年12月开始,全面肃清残敌、消灭死角,开展了民主改革、清理“中间层”、管制反革命分子、打击帝国主义特务间谍分子等工作;第三阶段从1953年1月开始,农村取缔反动会道门,水上、建筑业镇反以及对镇反工作进行判定。

历时3年的镇反运动,集中打击了特务、恶霸、反动党团骨干和反动会道门头子等,基本扫除了在重庆的国民党残余敌对势力,为巩固人民政权,安定社会秩序,恢复国民经济创造了必要的条件。

“反革命横行的时候很多群众不敢出门,但镇反运动后大家都能高高兴兴出门。”夏元芬回忆。

重庆市五区双龙乡农民为支援抗美援朝踊跃捐赠。资料图片

支援抗美援朝:重庆儿女的忘我奉献

“镇反运动正在进行时,抗美援朝战争又打响了。”夏元芬说到此,下意识攥紧了手。

1950年,重庆成立抗美援朝分会,随后进行了广泛的宣传发动,全力支援前方战场需要。

据重庆抗美援朝分会和重庆市民政局的统计,重庆先后有2696名青年参加志愿军赴朝作战,共有207人壮烈牺牲。

革命烈士、一级战斗英雄邱少云就是这些烈士的代表。

邱少云是重庆铜梁人,1949年12月参加中国人民解放军,为第十五军第二十九师第八十七团第九连战士。

1951年3月,邱少云参加中国人民志愿军赴朝作战,1952年10月12日因美军燃烧弹落在邱少云潜伏点附近,火势蔓延全身,为避免暴露,邱少云放弃自救,壮烈牺牲,年仅26岁。

抗美援朝的几乎所有战役中,都有重庆籍战士英勇牺牲、立功受奖。整个抗美援朝战争中,重庆籍指战员共有426人481次立功受奖。

重庆不仅为前线输送了大量战斗力量,还在后方有力支援了前线战斗。

截至1952年2月,重庆人民捐款已足够购买战斗机54架,远远超过当初计划的39架。

现代战争在相当程度上打的是后勤供给能力,重庆1951年的钢轨产量比解放初增加了10倍,其他主要工业产品产量也比1950年分别提高了1至4倍。

全面土地改革:真正实现“耕者有其田”

随着镇反运动的顺利推进以及抗美援朝战场上的节节胜利,另一项事关国计民生的大事——土地改革运动,也在巴渝大地全面铺开。

“我和老伴当年就是全面参与了渝中区的土改工作。”夏元芬说。

土改之前，重庆的土地兼并集中情况非常严重。当时的统计显示，一般地区地主占据了全部土地的70%~80%，更有少数农村的土地全部被地主兼并。

经过前期的减租退押运动，重庆的农会组织迅速发展壮大，市郊各区和巴县参加农会的农民，分别达农民总数的32.2%和25.2%，多数地区农民已在政治上占据了优势。

土地改革运动启动后，进展极为迅速有效，1951年重庆的春季土改于1月中旬启动，3月底结束，短短两个半月时间，除菜园坝和大坪地区外，共计35个乡镇、240个村、40589户、236939人实现土改。

夏季土改从6月上旬启动，到9月结束，历时3个月，巴县的56个乡及另外2乡完成土改任务，最后两个乡也于当年12月完成扫尾工作。

最终，全市共70多万农民，共分得土地440余万市石、房屋40余万间、粮食76万余斤、耕牛2074头、农具19万多件、家具232万件，真正意义上实现了“耕者有其田，居者有其屋”。

（陈波）

成渝铁路:新中国建设史上第一个奇迹

2021年6月2日,初夏的重庆天气有一些湿热。

大渡口区重庆工业博物馆,被喻为“镇馆之宝”的8000匹马力蒸汽机静静地躺在馆内醒目的位置。一位80岁的老人正在向一群大学生讲解它的光辉历史:“别小瞧这台机器,它可是成功轧出新中国第一根重轨——中华式38公斤重轨,我国第一条自主建设的铁路成渝铁路就是由它铺就而成!”

在新中国工业史上,8000匹马力蒸汽机书写了浓墨重彩的一笔,也见证了成渝铁路从无到有的过程。

从清末到民国时期,西南人民盼这条铁路,盼了近半个世纪,也没见着一寸铁轨。新中国成立后,共产党带领劳动人民只用两年就完成了铁路通车。成渝铁路,全程505公里,它的建设为新中国铁路建设积累了宝贵经验,同时也拉开了新中国恢复经济建设的序幕,被称为新中国建设史上第一个奇迹。

2021年6月2日,大渡口区重庆工业博物馆,市民正参观8000匹马力蒸汽机。何赛格摄

迎难而上 要圆川渝人民的出山梦

西南地区地形复杂,在铁路建成之前,仅有长江水系和崇山峻岭中的羊肠小道与外界联通。修铁路、通火车,是川渝人民的梦想。

成渝铁路的修建计划由来已久。1903年,四川总督锡良上书奏请自办川汉铁路,成渝铁路为其西段。川蜀民众踊跃认股。1911年,清政府宣布"铁路国有",转而卖给英、法等国。轰轰烈烈的保路运动由此爆发,成为辛亥革命导火索。

后来,国民政府重启成渝铁路,但直到新中国成立,成渝线依旧只是地图上的一条虚线,川渝人民的出山梦依旧遥远。

中国共产党没有让人民继续等待。新中国成立后,中共中央西南局进驻重庆。邓小平在西南局扩大会议上,正式作出了"兴建成渝铁路,造船修建码头"的重要决策。

"当时,修筑成渝铁路的计划受到不少人的质疑。"重庆市档案馆副馆长唐润明告诉记者,有人说,西南刚刚解放,地方秩序还很乱,国家经济相当困难,哪有什么力量修铁路。

邓小平指出:"我们还面临着很大困难,不可能百废俱兴,我们只好集中力量办一两件事。现在中央批准我们修成渝铁路了,这对西南人民来说,都是一件大事,政治上和经济上具有重大战略意义。成渝铁路一开工,不但可以带动四川的经济建设,而且可以争取人心,稳定人心,给人民带来希望。四川人民渴望40多年的愿望,就要实现了!"

自力更生 一步步筑起传奇之路

1950年3月,西南铁路工程局在重庆嘉陵新村成立。4月,第一批工程人员分赴工地沿线,按铁道部的部颁标准重新对成渝铁路进行勘测。6月,成渝铁路开始动工。

今年(2021年)89岁高龄的成渝铁路建设者孙贻荪对开工当天的情景

记忆犹新，他说，当他坐在开工仪式现场时才知道自己是被派来修铁路的。这一修，就是两年时间。

“我担任见习团参谋，上午半天参加劳动，下午半天协调各项工作。”孙贻荪回忆，那个时候修建铁路，没有大型机械，修路全靠钢钎、二锤和自制的炸药。修建铁路前期，每顿饭几乎都只能吃南瓜，后来领导批准补贴，每人每天补贴1角8分钱，这才能隔三岔五吃到一顿肉。

但是，这些都不是最难的。最令部队烦恼的是，不时有土匪来骚扰。

“我们军队是一手拿枪一手拿镐，一边剿匪一边筑路。”孙贻荪记得，一次他们在重庆泥壁沱修路，正干得汗流浃背，民工跑来报告有上百号土匪前来，他们立即调集火力打退土匪。

当时，铺路需要100多万根枕木，全川人民发起捐献枕木的热潮，铁路沿线人民将香樟、楠木等名贵木材都捐献出来。一些老人甚至将自己的寿材也锯成枕木送到工地，有的农民将木材抬到工地后，不留姓名、不等收款就走了。

修建铁路，钢轨又从哪里来？当时唯一具有钢轨生产能力的第二十九兵工厂（后改名一〇一厂，即后来的重庆钢铁股份有限公司）组织技术人员和广大工人，攻坚克难、艰苦创业，让一台从英国购入辗转来到重庆的8000匹马力蒸汽机带动轧钢机、轧辊车床等设备，经过几个月反复试验、摸索，成功轧制出新中国第一根长12.5米的重轨，同时也确保了成渝铁路从钢轨到螺栓，全部是“中国造”。

依靠人民　军民一心两年时间完工通车

1952年7月1日，成渝铁路宣布正式开通。“8万多人，从成都火车北站广场排到了人民北路，火车汽笛响起的时候，大家高声鼓掌欢呼。”那一天，孙贻荪拿着相机，在通车仪式主席台上见证了这一幕。

成渝铁路能在当时物资极度匮乏、设施设备简陋的条件下，在短短的两年时间内修建完成，广大军民功不可没。

“整个修建过程，先后有3万军工、10万民工参与筑路。”已经100岁高龄的成渝铁路参与建设者罗志云说，正是军民团结一心，日夜奋战，才换来了成渝铁路的建设成果。

“成渝铁路还是一条尊重知识尊重人才的科学之路。”市委党史研究室原副巡视员艾新全说，在成渝铁路修建的过程中，邓小平明确指示：“要学会掌握修路技术，尊重技术人员的指导。对专家大胆使用，让专家有职有权，并在工资待遇上尽量给予从优照顾。”西南铁路工程局留用了旧铁路工程机构中的全部工程技术人员，一些专家和技术人员担任了各级领导职务。

兵工专家陈修和在邓小平的邀请下，亲自写了成渝铁路修建建议书，并推荐了70多名留德、留日、留美科技人员，组成了修建成渝铁路的主要技术力量。邓小平亲自点将把在原国民政府交通部任职的萨福均聘为总工程师。铁路选线专家蓝田得知了消息，已年过花甲的他亲自勘探线路，使得线路建设缩短23.8公里。“这充分体现了中国共产党一贯倡导的尊重知识、尊重科学的观点。”艾新全说。

高效通勤　拉开新中国恢复经济建设序幕

从成渝铁路通车的那一天起，成都到重庆的距离缩短了，西南人民的经济生活和文化生活，也开始发生巨大的变化。

“这条铁路带给西南人民的幸福是不可能用数字计算的。”唐润明说，永川的大米用火车运到重庆，运价只有从前的四分之一。永川的煤用火车运到成都，每吨煤价由过去的80万元（旧币）降到25万元左右。内江糖到重庆，运价也减少了三分之二。

成渝铁路的建成，极大地繁荣了沿线经济，方便了沿线广大人民的生产生活，它在政治、经济、交通等方面改变西南特别是成渝两地格局的同时，也拉开了新中国恢复经济建设的序幕。

成渝铁路的修建更是为新时代西部大开发、成渝地区双城经济圈建设打下基础。如今,随着成渝动车、成渝高铁的开通,重庆和成都之间的时空距离已缩短至1个小时,两地的联系更加广泛紧密。

回望历史,成渝铁路在历经数十年的沧桑巨变后依然熠熠生辉,不断密织的路网更是为成渝地区双城经济圈建设注入新动能、激发新活力。

（郭晓静　杨铌紫）

“碑”字少一撇　钟表曾停摆　楼高不过碑
——解放碑那些鲜为人知的故事

在渝中区邹容路、民族路和民权路交会处，有一座八面柱体建筑，它是重庆的标志性建筑——解放碑。

“解放碑是纪念全中国人民解放的纪念碑。”重庆市地方史研究会会长周勇称，解放碑是中国人民在中国共产党领导下，经过长期奋斗，流血牺牲，实现翻身解放的胜利象征。

解放碑老照片。《重庆日报》资料图片

这座通高27.5米的建筑，不仅是重庆城的形象标识，也是重庆市民的集体记忆，可谓重庆的“精神丰碑”。而在它的背后，也有很多鲜为人知的故事。

刘伯承题字时故意“少一撇”

如果仔细观察“解放碑”，你会发现“碑”字“少一撇”。这要从“解放碑”的名字说起。

解放碑最初的名字叫“抗战胜利纪功碑”，于1947年10月10日竣工落成，为纪念抗战胜利而建。解放后，在重庆召开的第一次各界人民代表会议上，人民代表纷纷要求，更改一些旧中国的街道、建筑名，并最终形成了提案，上报市政府。

1950年9月18日，时任重庆市市长陈锡联、副市长曹荻秋向西南军政委员会请示：“‘抗战胜利纪功碑’文字应改为‘西南解放纪念碑’或‘重庆解放纪念碑’。”后经西南军政委员会核准，改名为“人民解放纪念碑”，正式更名时间定在当年的10月1日，解放后的第一个国庆节。

这一名字和时间的寓意很明显：它不仅是纪念重庆和西南的解放，更是纪念全中国人民的解放。

2020年7月31日晚，在渝中区解放碑十字金街，震撼十足的3D全息投影开场秀拉开了2020不夜重庆生活节的序幕。张锦辉摄

改名题字的重任，落到了时任西南军政委员会主席刘伯承的身上。在1950年10月前的一个晚上，刘伯承在自家书桌上，用楷书在纸上写下几个刚劲有力的大字："人民解放纪念碑，一九五零年首届国庆节日。"

刘伯承文化水平可不低，为何写下的"碑"字会"少一撇"？

原来，刘伯承从小接受私塾教育，写得一手好字。而在中国书法中，"碑"字是可以用"少一撇"的写法的，颜真卿的《多宝塔碑》《颜勤理碑》、柳公权的《玄秘塔碑》，西安碑林的"碑"字都是如此。所以，解放碑"少一撇"，其实是刘伯承故意为之。

如今，"人民解放纪念碑"几个大字在碑身上熠熠生辉，这座建筑已被国务院公布为全国重点文物保护单位，解放碑步行街也名扬全国。

经历5代，解放碑的钟更准时

重庆有句歇后语：解放碑的钟——不摆了。它讲的，便是解放碑顶端的钟不准、停摆的事。

解放碑前身，抗战胜利纪功碑修建之时，其顶设有警钟、探照灯、风向器和方位仪等，唯独缺计时功能的大钟。为此，时任市长张笃伦找到天主教重庆教区，希望教区捐赠4个大钟挂碑顶。

当时，真元堂（现中英联络处）已被炸毁，但时钟被保留下来。经过协调，真元堂将时钟捐出，安放在解放碑顶。

钟有了，动力却很难保证。

因为是机械钟，每天都要上发条，所以每天早上都得有人进碑，手动给钟上动力。

胡明富是解放碑的首位调钟人，接到"调钟"任务时，他仅有21岁。他回忆说，当时碑里每个钟都挂有一根鸡蛋粗的麻绳，麻绳另一端是100公斤重的铁砣。每天，他都要进到碑里，抓紧这根麻绳，把它拉上位于塔顶的大钟背后机械位置。拉每根绳子的时间约半小时，4个大钟就需要2个多小时。

动力有了，时间校准也成问题。为此，当时路灯管理所专门给胡明富配了一只金色表带的自动进口表，表的时间多少，解放碑上的钟就显示多少。

虽然有“调钟人”的辛苦工作，但靠人力拉，难免会出现四个钟步调不一的情况。

20世纪80年代，解放碑换上了石英钟，不用发条，准确多了。解放碑的钟进入第二代。

2000年，一台电脑控制，以电源作为动力的钟成为解放碑的第三代钟。它由烟台塔钟厂生产，嘉陵集团出资，因此钟面还有“嘉陵集团”的字样。

2007年，瑞士劳力士捐赠了一套钟，这也是在重庆市公共场合首次使用进口钟表。这套钟使曾在夜间照耀钟面、藏在玻璃钟框内的日光灯退出历史舞台，改由电子管发光投射钟面。它成了解放碑的第四代钟。

2018年，劳力士的合同到期。当年2月5日，换成了由烟台持久钟表公司生产的瑞士天珺钟表。这套钟使用至今，也就是解放碑的第五代钟。如今，解放碑的钟不仅不会“不摆了”，更是准时的象征。

几十年的风雨，五代的变迁，解放碑的钟体现的不仅是自身的变化，更是时代前进、改革开放、技术进步的标志。

重百前身打破“楼高不过碑”规则

作为重庆的“精神丰碑”，解放碑非常神圣。当时，重庆有一条不成文的规则——解放碑周边的建筑物高度，都不能超过它。

谁打破了这个先例？答案是三八商店，也就是如今耸立在解放碑旁边的重百大楼的前身。

时间回到1972年。当时，主管部门向上级请示，强调三八商店是1940年大轰炸后建成的临时用房，经营三十多年后已成危楼，必须拆除重建。

三八商店的地基红线约2000平方米，扩建想要扩大营业面积唯一的办法只能向上要空间，改造方案超过了解放碑碑高。但因为“规则”在，此前解放碑附近的群林市场、市美术公司、市工艺美术公司、长江文具店等改造，都不敢超过"碑高"。

相应批复迟迟没下来，三八商店负责人很焦急。为了早点解决问题，负责人在1973年8月，找到了时任重庆市委副书记钱敏。

那天，钱敏审看完改建图纸后，笑着轻轻地问："是不是超高了呀？"

"也就超了那么一点点，商店毕竟要发展呀。"三八商店的负责人硬着头皮接了一句话。他知道那条不成文的规则，但仍想试一试。

屋内沉静了一会儿，钱敏掏出笔，签了字。

拿到批复后，三八商店随即开始改造工作。当年8月，商店整体拆除；1974年12月新大楼主体完工，高5层，超过解放碑10余米，建筑面积达7800平方米，总投资144万元，是当时西南地区最大的百货商场；1975年，三八商店更名为"重庆百货商店"。

解放碑街区的历史从这一刻翻开了新的篇章。"规则"破除后，一栋栋高楼陆续诞生。现在眺望渝中半岛，这里已成为摩天大楼的集聚处，成为重庆最繁华、最热闹的区域之一。至于当年打破"规则"的重庆百货，几十年来也经历数次改造，却依旧"陪"在解放碑旁边。

如今的解放碑，在一栋栋高楼包围之下，不再显得"高大"，但其精神依然伟岸。同时，在多年的发展下，解放碑步行街也成为全国步行街的优秀典范。

据统计，解放碑步行街集聚世界500强企业及分支机构近80家、国际知名品牌170余个，年均人流量达1.6亿人次，社会消费品零售总额突破800亿元。2020年，商务部正式将解放碑步行街评选为全国首批5个示范步行街之一。

（杨骏）

原二野十八军进藏先遣团老战士谷洪荣：“我们把五星红旗插上喜马拉雅山”

2021年5月27日，91岁的谷洪荣在为小学生讲述进藏和驻守雪域边关的故事。朱杨摄

“晓不晓得，70年前是我们第一个把五星红旗插上喜马拉雅山的哦。”2021年5月27日，潼南区市场监督管理局宿舍里，91岁高龄的谷洪荣讲述着当年进藏和驻守雪域边关的峥嵘岁月，身边两位学生听得津津有味。

谷洪荣是重庆市场监管系统离休干部。他17岁参加革命工作，战淮海，渡长江，随中国人民解放军第二野战军转战东西南北。在和平解放西藏的光辉历程中，他作为先遣部队成员之一进藏，并驻守西藏南端的中印边境亚东县。

宣誓出征：要把五星红旗插上喜马拉雅山

“那是1950年3月4日，中国人民解放军第十八军庆功暨进军西藏誓师大会在四川乐山召开。”虽年事已高，但老人的回忆很清晰，“按照十八军党委的安排，我所在的五十二师一五四团为进藏北路先遣部队。”

1950年3月27日，一五四团举行先遣部队誓师大会，全团宣誓：“坚决把五星红旗插在喜马拉雅山上。”

誓师大会后，时年20岁的谷洪荣在乐山当地照相馆拍了一张戎装照寄回安徽老家。随后，一五四团作为先遣团开拔了。

"翻二郎山，过泸定桥，整个4月都是在走路。"谷洪荣说，从四川到西藏，沿途海拔3000米以上的雪山就有40多座，雪崩、塌方、高原反应等一系列困难考验着战士们，"睡着了就怕醒不来。"

谷洪荣这样描述部队翻越雪山的情景："上山是一步三歇往上挪，下山是顺着惯性朝下滚。"在雪地行军过程中，谷洪荣不慎患上了雪盲症，搭着战友的肩膀走了两天，走出雪山后才得以痊愈。

千里迂回：成功解放昌都进驻拉萨

为了解放昌都这个西藏的东大门，时任一五四团警卫连二排副排长的谷洪荣随部队参加了以打促和的昌都战役。

按照上级安排，解放军兵发四路对昌都进行合围，而合围的重点在于以一五四团为主力的右路部队是否在规定时间内经四川邓柯、青海玉树抢占甲藏卡，直扑类乌齐、恩达，从后方包抄昌都守军。

他们渡过金沙江，日夜兼程，在高原上以每天60至80公里的强行军速度，实施千里大迂回，断敌向西和西北方的退路。谷洪荣回忆，当地军队打仗没什么章法，但是枪法还不错，加之解放军长途跋涉、高原缺氧，战斗还是很艰苦，"几仗下来，虽然打赢了，但牺牲了一些战友"。

昌都战役打开了和平解放西藏的大门，促成了和平解放西藏《十七条协议》的签订。

从昌都到拉萨，原西藏地方政府在沿途共设立24个驿站，藏族群众编顺口溜说："穷八站、富八站，不穷不富又八站。"

进驻拉萨途中，谷洪荣所在先遣部队经常缺粮少食，"战士们都说宁愿自己饿死，也不能打扰藏族同胞"。

特别是通过"穷八站"前后这一段路程，行军途中大家又干又渴，干粮也快没了。"一个管后勤的小战士饿狠了，从骡子背上摔了下来，说话都断断续续。"谷洪荣记得，即使是这样，小战士想的还是其他人，"他说，你们走吧，我不行了，我粮袋里还有一坨糌粑。"

听了小战士的话，好多人都湿了眼眶。所幸的是，后来大家想方设法找来食物，把这位小战士从死亡线上拉了回来。

驻守亚东：开荒种菜守护国境线

进驻拉萨后，一五四团奉命留下一个营驻扎拉萨，团主力继续前进，分别进驻日喀则、江孜、亚东等地。

“我就随部队一直前进，直到边境线上的亚东县城，接管了边防。”在前往亚东这个地处喜马拉雅山脉中段南麓、西藏南端的县城之前，1951年12月，一五四团在西藏江孜宗山下召开庆功大会，谷洪荣荣立个人三等功。

“当时，邻国在边境上设有兵站，一路延伸到亚东，一五四团也跟着一路布防。我们是真正做到了‘把五星红旗插在喜马拉雅山上’啰。”在亚东驻防后，谷洪荣调任一五四团炮二连当副连长。

雪山深处、边境线上，为防止敌对势力在边境上搞鬼，谷洪荣所在的炮二连把炮架到山麓的高地上，以便更好地守护祖国的国境线。

在亚东驻守一年多，谷洪荣胃病已经非常严重，吃咽困难，身体很差，部队决定安排他转业。

转业至地方后，谷洪荣一直从事基层工作，直至1987年离职休养。“不管是在部队，还是在地方，我都为自己是一名共产党员、一名战士而骄傲，为我们能把五星红旗插上喜马拉雅山而自豪。”谷洪荣说。

（陈维灯）

一座电厂点亮一座城市

"一五"计划，是指我国从1953年到1957年发展国民经济的计划。"一五"计划所确定的基本任务，包括集中主要力量进行以苏联帮助我国设计的156个建设项目为中心、由694个大中型建设项目组成的工业建设，建立我国的社会主义工业化的初步基础等。

重庆发电厂是全国"一五"计划重点工程建设项目，也是苏联援建的

九龙坡区黄桷坪的重庆发电厂老厂区内，两根240米高的烟囱屹立于此。张锦辉摄/视觉重庆

156项重点工程之一，见证了全国“一五”计划和重庆“一五”计划给重庆带来的巨变。

2021年6月4日，位于九龙坡区黄桷坪的重庆发电厂老厂区。蓝天白云下，两根240米高的烟囱静静屹立，挺拔的身姿记录着过去的辉煌。

同日，在九龙半岛规划馆，83岁的重庆发电厂老职工王秀看着重庆美术公园的未来规划，无比感慨——她熟悉的重庆发电厂，今后将打造为艺术区，展现工业遗存与艺术空间的融合。

67年前，作为全国“一五”计划重点工程建设项目，重庆发电厂（当时名为重庆五〇七电力厂）建成投用，为重庆经济发展提供了巨大动力。

今后，作为重庆美术公园的核心区域，重庆发电厂老厂区还将打造新的艺术地标，继续为重庆增光添彩。

彻底改变“油灯反比电灯明”的困境
建成之初就提供了重庆市60%的电力

“以前，重庆发电厂是黄桷坪地区的中心。”2021年6月4日，王秀告诉记者，过去，重庆发电厂在黄桷坪地区建有职工宿舍、职工子弟校、职工医院、职工俱乐部等。发电所需的煤炭通过一条专门修建的铁路，从重庆港直达厂区。

事实上，当时，重庆发电厂绝不仅仅是黄桷坪地区的中心，更是重庆这座城市的能源心脏。1954年建成之初，重庆发电厂就提供了重庆市60%的电力，当年共发电7653万千瓦时。

如今，重庆的年发电量要以亿千瓦时来计算。光看数字，重庆发电厂最初的发电量并不高。但在当时，重庆发电厂开始发电，彻底扭转了新中国成立之初重庆“油灯反比电灯明”的局面，点亮了重庆的经济。

《重庆发电厂厂史》记载，重庆解放时，仅有3座公用发电厂，即第一发电所（大溪沟发电厂）、第二发电所（弹子石发电所）、第三发电所（鹅公岩发电厂)。加上11家自备发电容量的工厂,全市的总装机容量仅有26850瓦。并且第三发电所还在解放前夕被炸毁。

重庆解放后,第三发电所修复发电,但全市电力仍然极度紧缺,日最高负荷仅为21800千瓦时。社会上一度有“电摇机器不如手,油灯反比电灯明”的说法。

“一五”计划明确提出,要建立我国的社会主义工业化的初步基础。电不够用,如何建设工业?在此背景下,重庆发电厂应运而生,成为西南地区首座自动化的火力发电厂。

这是一座肩负使命而诞生的发电厂。

1955年,通过学业务和严抓生产规范,重庆发电厂的发电量跃升至1.9729亿千瓦时。1985年,经过30年不断建设,重庆发电厂总装机容量达到696兆瓦,成为西南地区当时最大的火力发电厂。

在九龙坡区黄桷坪的重庆发电厂老厂区,早已关停的发电机组等保留于此。张锦辉摄/视觉重庆

记者从九龙坡区委宣传部获悉，截至2015年，重庆发电厂九龙坡老厂区因环保搬迁全部关停时，该厂累计发电1262亿千瓦时，累计纳税7.94亿元。

苏联援建的156项重点工程之一
苏联专家送来了技术、知识和规章制度

九龙坡板凳角，是一个生僻的小地名，位于长江边上的九龙滩。1950年9月，这里突然出现了一群穿着工作服的外国人。他们是来自苏联的专家，和西南电力管理局的干部们一起，前来勘查厂址。

这次勘查，也彻底改变了板凳角的命运。1952年11月16日，重庆发电厂的前身重庆五〇七电力厂在此动工。全部设备由苏联设计、制造、供货。

一年又135天后，1954年4月20日，重庆五〇七电力厂发电开车庆典大会举行。时任中共中央西南局书记、西南军政委员会副主席贺龙在庆典上讲话，并为发电剪彩。同一天，庆典大会还向党中央、毛主席发出致敬电。

然而，建厂之初，重庆五〇七电力厂却面临着人员文化程度低、业务水平不足的困境。当时，技术工人和运行人员都从外地调来，只有在小规模旧电厂工作的经验，新工人更是毫无业务基础。

根据《重庆发电厂厂史》，1954年3月，苏联专家陆续来厂，先后为运行管理干部和工人讲课40多次，对提高职工技术水平起到了决定性作用。听课后的干部和工人又采取“滚雪球”的培训方式，分别将授课内容再传授给其他职工，使得先进技术和业务知识快速传遍全厂。

同时，结合全国开展的扫盲运动，重庆发电厂自1954年起，组织职工每周三次开展集中学习。至1957年，重庆电厂共扫盲245人，超过600人次参加了高小、初中和中专的考试。

此外，2台机组投运前，苏联专家还帮助重庆五〇七电力厂建立了分场运行、维护试验、事故处理和职责服务方面的48种规程制度。在全面学习这48种规程制度的基础上，重庆电力厂对具体操作进行了进一步细化，严

抓安全工作，为圆满完成“一五”计划任务奠定了基础。

两座高240米的烟囱将成艺术地标
遗址将打造为重庆美术公园核心区

“重庆五〇七电力厂又被称为重庆发电厂‘西厂’，后来扩建的厂区，称为‘东厂’。”77岁的赵兰芳是王秀的老同事，也是重庆发电厂的退休职工，说起重庆发电厂历史如数家珍。1955年，重庆五〇七电力厂更名为重庆发电厂。1958年，“东厂”开始建设，1969年全部建成投用。

“西厂”和“东厂”旧厂区内，分别建有一座高240米的烟囱。这两座烟囱先后在20世纪80年代和90年代竣工，是当时的亚洲最高烟囱。两座烟囱冒出的脱硫白烟，是老重庆人无比熟悉的景象。

“建烟囱，当时选的都是最好的工人，大家冲劲十足。”87岁的蒋高维是重庆九建公司退休工人，参与建设1984年完工的第一座烟囱。他告诉记者，当年工地上热火朝天，“只有向前，没有后退”。至今，蒋高维仍以参与建设为荣。

2014年至2015年，因为环保需要，重庆发电厂搬迁至万盛经开区。两座烟囱先后“熄火”。59岁的重庆发电厂职工吴玉璠告诉记者，烟囱熄火的瞬间，他和同事们心里都五味杂陈，仿佛多年奉献在岗位上的青春也画上了休止符。

不过，重庆发电厂的故事并没有结束。

2021年6月4日，记者在九龙半岛规划馆看到，重庆发电厂工业遗址将打造成为重庆美术公园的核心区。工业厂房将进行改造，发挥美术博览交流会展功能。

2020年5月，重庆美术公园正式落户九龙半岛，同年10月正式启动建设。其规划提出，要以四川美术学院黄桷坪校区为依托，以重庆发电厂工业遗址为核心，以九龙滨江生态区域为轮廓，在九龙半岛全域打造集“大美景、大美育、大美业”于一体，市民广泛参与的、国际化高品质美术主题公园，致力于建成“全球独特、中国唯一”。

重庆九龙半岛开发建设公司工作人员表示，重庆美术公园将保护和改造利用宝贵的工业遗存，促进工业遗存与文化艺术交融辉映。重庆发电厂的两座烟囱是全重庆保存最完好、最具特色的工业遗迹之一，今后有望打造为“灯塔”，继续点亮重庆夜景。

这也意味着，重庆发电厂，将以艺术载体的新身份，延续于重庆这座城市的故事。

（高树川　申晓佳）

“一五”计划为重庆经济奠定坚实基础

党史资料显示，重庆发电厂是重庆唯一列入苏联援建的156项重点工程的项目。另有长寿狮子滩水电站、重庆塑料厂、长寿化工厂、重庆木材综合加工厂、重庆肉联厂、重庆罐头厂等10多个工业项目，列入国家重点建设的694个大中型工业项目。

这批项目，共同见证了“一五”计划给重庆带来的巨变。

“经过‘一五’计划时期的建设，重庆在各个领域都取得了前所未有的成就。”重庆市政府原参事、市发展改革委原副主任马述林表示，“一五”计划为重庆经济奠定了坚实基础。重庆以工业、能源、基础设施为重点，实施了一大批建设项目，迅速填补了重庆经济的空白，初步建构起社会主义经济的骨干体系。

马述林介绍，1954年7月，重庆“一五”计划编就，指导方针是：“以国家的重工业建设为中心，根据统一的国家计划，从国家整体利益的观点出发，使地方的利益同国家的利益结合起来。”

“重化工业优先”战略，是重庆“一五”计划的突出特点。整个“一五”期间，仅国家有关部门在重庆安排的全民所有制基本建设项目投资，累计就达8.269亿元。其中，工业项目111个，投资5.46亿元，占总投资额的66%以上；重工业投资达4.91亿元，达工业总投资额的89.9%。

正因如此，“一五”时期实施了一大批重点工业项目，促进了重庆工业基地的形成和发展，极大地推动了重庆的工业化进程。

多个“中国第一”在此期间诞生。如中国第一座自行设计、自行施工、自行安装的水电站——长寿狮子滩水电站，中国第一座自主设计的具有当代水平的大平炉炼钢厂——重庆钢铁公司大平炉车间等。

重庆空气压缩机厂、六一〇染织厂、重庆热水瓶厂、重庆造纸厂、重庆农具厂、中梁山煤矿等重庆人耳熟能详的重点工业项目，也在“一五”时期建成。

重庆的基础设施建设，也在“一五”时期呈现出崭新的气象。

市政基础服务体系方面，渝碚公路、两路口缆车道、上清寺小什字无轨电车工程建成，修建了市区主要干道公路，增建了下水道、自来水管道、轮渡码头等。

一大批文化地标拔地而起，城市化进程加速。重庆市人民大礼堂、重庆市劳动人民文化宫、重庆市青年宫、重庆市少年宫、重庆大田湾体育场、枇杷山公园等先后落成，重庆群众精神文化生活更加繁荣。大坪、杨家坪、小龙坎等工业、生活一体化小区建成，促进产业工人向城市集聚，推动了重庆的城市化进程。

马述林表示，“一五计划”建设时期是重庆当代历史发展的一个重要时期。其间，重庆工业建设规模扩大，社会主义工业化基础基本形成；市政基础设施得到较大改善，工农业生产快速发展；社会主义文化、教育、医疗卫生等方面取得长足进步，人民生活水平不断提高。而且通过“一五”时期的建设和发展，重庆作为西南地区和长江上游重要工商业城市的地位也得到了进一步强化。

（高树川　申晓佳）

“备战备荒为人民”“好人好马上三线”
——走进“816”重温时代记忆

2021年6月8日，在涪陵区白涛镇乌江之畔，“816”地下核工程景区游人如织，从过去在地图上被抹去名字，到如今成为知名旅游地，“816”工程凝聚了太多人的青春和记忆。

20世纪60年代，祖国一声令下，数万爱国青年从天南地北汇聚至此，历时18年挖空了金子山，挖出了这个已知的“世界最大人工洞体”。

几十年后的今天，走进“816”工程，一个个复原的场景、闪烁的程序灯，让人仿佛穿越了时空，回到了那激情燃烧的岁月，重温“备战备荒为人民”

图为“816”地下核工程洞口。李辉摄

“好人好马上三线”的“三线建设”时期，无数人为了国家安全和民族自立，不怕牺牲、艰苦奋斗、无私奉献的时代记忆。

国家号令一出　6万余人跨越千山万水而来

20世纪60年代中期，为了应对紧张而复杂的国际局势，防备大规模战争爆发，中共中央作出了将我国生产力布局由东向西转移，进行“三线建设”的重大决策。

1966年，中央批准修建我国第二个核原料工业基地，作为当年国家最高机密的地下核工程，代号“816”。

“为了国家和民族，中央一声号令，大家都二话不说，甚至来不及跟家人道别，立刻收好行装奔赴深山。”老兵陈怀文说，当时，他与同乡毛劝来一起报名参军。火车一路向南，过黄河，跨长江，到重庆后，运送他们的船只最终在乌江边停下。

“最让我们吃惊的是，这个小镇竟然在地图上都找不到名字。”陈怀文说，尽管如此，大家精神头足得很，“条件再恶劣，也能迎风高唱‘团结就是力量’。”

市民参观“816”地下核工程。李辉摄

潘开泰老人当年参与了工程建设，说起当时的情况，老人也是记忆犹新。“我是从大漠来的，当时来了几万人，几乎全国各地的都有。”1969年，潘开泰33岁，毕业于湖南大学土木系的他原本在嘉峪关外工作，接到入川通知后，收拾行装从塞外踏入蜀道，来到涪陵白涛金子山这个荒山野岭。

“条件艰苦，不输于大漠”是潘开泰对这里最深的印象。“10多年间，山里前后来了数万人，哪有那么多房子住？我最初住的是一个废弃仓库，有窗户没玻璃，一到晚上，四面透风。”潘开泰说，更多战士只能用牛毛毡等材料搭棚子住。刚开始时，这里漫山遍野都是棚子，后来才逐步搭起临建房，但条件也很艰苦，往往外面下大雨，屋里就下小雨。

就是在这样的条件下，6万余名建设者先后来到这里，参与“816”这一“三线建设”重大工程建设，共同“建设祖国大后方”，为国家安全和民族自立奉献青春与热血。

艰难困苦都不怕　他们用简陋工具挖出核工洞

在当时那个年代，很难想象，数万年轻的工程兵是如何凭借简陋的工具，在大山中开掘出这个已知的“世界最大人工洞体”。

作为亲历者，最令陈怀文老人不能忘怀的是工程兵五十四师数万官兵掘洞的壮烈。没有先进设备，全靠工兵镐、工兵铲、炸药、风钻，24小时不停施工，凿开坚硬的岩石层。

施工条件的艰苦，超乎一般人想象。陈怀文说，他所在的一二三团六连，是一个“四好标兵”连队，也是全团坑道掘进的主攻连队，大家实行三班制、四班倒，每个班必须在8小时内完成工作量，才能确保工程进度，“我们头戴柳条制的安全帽，面戴防尘罩，脚穿高筒水靴，工作服外再套防水衣，使用重达50多公斤的凿岩机掘进。一个作业班下来，浑身湿透，精疲力尽。”

历时18年，建设者们用简陋的工具，硬是在深山中挖出了大小洞室18个，道路、导洞、支洞、隧道及竖井130多条，洞体总长25公里。

有人测算，如果将开挖出来的石渣筑成一米见方的石墙，可筑起1500

公里长。今天，如果不真正走进这个通道连廊交错纵横的迷宫，很难感受这个工程凝聚了一代人怎样的经历、沉淀了一代人怎样的情感。

在整个“816”工程建设过程中，先后有100多名官兵牺牲。在离洞口约3公里，一个叫“一碗水”的地方，有座烈士陵园，76位烈士长眠于此，他们平均年龄只有21岁。直到工程解密，他们的故事才逐步被世人所知。

推动文旅融合发展　重现历史弘扬家国情怀

20世纪80年代，和平与发展成为国际社会的主旋律。1984年6月，国务院、中央军委顺应时代发展，正式批准“816”工程停建。

工程停建之时，洞体工程内核反应堆等主体设施尚未建成投运，核反应堆支架、空间堆芯、监控仪表、中央控制器机组等设备仍在，基本保留了原有的施工建设状态。

“作为三线建设的历史见证，‘816’工程承载了重要的历史、文化价值，在爱国主义教育中具有非凡的意义。”涪陵区相关负责人介绍，为了让“816”工程在保护的基础上进一步活化、发展，涪陵区积极探索，全力挖掘“816”工程的潜在价值，使其在发挥社会效益的同时创造出经济价值。

2010年，“816”地下核工程景区以核反应堆工艺为核心吸引物，以原生态旅游为主打，正式对外开放，实现了从国家机密工程向大众可以畅游的景区的转型。

2016年，在进行了为期1年的全封闭改造，新建“816”工程展厅和“永远的工程兵”展厅，完善了“816”工程历史文化的挖掘和展陈，同时改善了洞内声、光、电等设施设备后，“816”景区重新开门迎客，让游客有了更为震撼的游览体验。2019年，“816”景区正式晋升为国家4A级旅游景区。

“在推动文旅融合发展过程中，我们还精心打造了‘816’小镇，一期已于2019年正式对外开放。”该负责人介绍，“816”小镇位于涪陵白涛街道麦子坪区域，这里有曾专门为核工程提供机械加工服务的旧厂区，通过改建，建起了“816”军工陈列馆、伊川书院、民宿、爱国主义教育基地、党群活动中心等系列文创和文化业态，成为集文旅、文创、文教于一体，留住军工建设时代印记、历史文脉的“816”小镇。

截至目前，“816”景区已累计接待游客135万人次，游客在一排排充满历史感的机械设备、一张张先辈们艰苦卓绝的工程建设图片、一句句充满时代感的标语中接受洗礼，升腾对历史的感动，对和平的珍视，对家国情怀的坚守。

（王翔）

“三线建设”成为重庆现代化进程重要助推器

“三线建设”是中共中央和毛泽东主席于20世纪60年代中期作出的一项重大战略决策。虽然它是在当时国际局势日趋紧张的情况下，为加强战备而进行的一次国家生产力布局由东向西转移的战略大调整，但从客观结果来说，历时10余年的“三线建设”，对重庆的工业经济、城市建设、道路交通等方面产生了巨大影响，在较大程度上，成为重庆现代化进程的重要助推器。

重庆地处西南，作为“三线建设”中心城市，当时中共中央和国务院决定：“以重庆为中心，用三年或者稍长一些时间建立起一个能生产常规武器并且有相应的原材料和必要的机械制造工业的工业基地”；“以重庆为中心逐步建立西南的机床、汽车、仪表，和直接为国防服务的动力机械工业”。

“在此背景下，大批迁建、新建、改扩建项目落地重庆。”市委党史研究室征研二处处长田姝介绍，1964年9月，重庆地区三线建设规划小组成立。10月，规划小组编制出《重庆地区三线建设规划》。该《规划》提出以重庆为中心迁建、新建的项目有200多个，仅重庆地区的投资就达42亿元。1965年2月，中央决定成立中共中央西南局“三线建设”委员会，由李井泉任主任，下设重庆地区常规兵器配套建设指挥部，负责指挥重庆地区的“三线建设”。

“三线建设”的第一步，是沿海大批企事业单位内迁。具体实施方案为：1964年下半年迁建少数工厂做试点，大部分工厂做好搬迁准备，1965年开始大规模迁建。迁建主要采取整体搬迁和部分搬迁的形式，即有的厂全部内迁，有的厂部分车间、工段内迁并与重庆原有厂合并，或在重庆建设新厂。据不完全统计，从1964年到1966年，有涉及中央15个部的企事业单位从北京、上海、辽宁、广东等12个省市内迁到重庆地区，内迁职工达43488人。此外，1964年下半年至1967年，在重庆地区进行的"三线建设"项目中，国家还安排了59个大的骨干项目和配套项目的新建和改扩建。

通过"三线建设"，重庆建立了门类较为齐备的以常规兵器制造为主，电子、造船、航天、核工业等相结合的国防工业生产体系。至1980年，"三线"新建企业加上原有兵工厂，重庆地区拥有38个军工企业和科研院所，固定资产原值达18亿元，占全市工业固定资产原值的20%。改革开放后，这些在"三线建设"时期建立的国防工业生产体系，经过调整改造，在向军民结合型转轨中发挥了巨大潜能，形成了诸如摩托车、微型车、小轿车等在全国有竞争力的拳头产品，对振兴重庆经济起着极其重要的作用。

同时，"三线建设"时期修建的川黔、襄渝和20世纪50年代初期建成的成渝三条铁路干线，与长江黄金水道共同构成重庆对外交通的4条大动脉，再加上航空运输和公路运输，大大改善了重庆的交通状况，使重庆成为长江上游的水陆交通枢纽。便利的交通还带动了沿线经济和小城镇的发展，使重庆初步形成了规模不等、职能各异的城镇体系，对经济的发展起到了重要的促进作用。

附：

重庆"三线建设"项目情况

一、兵器工业的改扩建

重庆常规兵器工业基地的建设，主要包括原有7个老厂(长安机器厂、望江机器厂、江陵机器厂、建设机床厂、空气压缩机厂、长江电工厂和嘉陵机器厂)的扩建和一批机械厂、研究所的新建。新建的机械厂有红山、庆岩等14个，还有六二、五四两个研究所。

二、船舶、电子、航天工业项目的建设

在船舶工业建设项目上，以重庆为中心的永川、江津、涪陵、万县沿江一带，从1965年开始，相继建成了配套较为完整的船舶工业基地。到20世纪80年代，重庆地区建成的造船工业有前卫仪表厂、重庆造船厂等近10家。

在电子和航天工业建设项目上，国家在重庆地区先后扩建了重庆无线电厂、重庆微电机厂和巴山仪器厂，新建了3个微电子研究所。与之配套，重庆还先后新建、扩建了测试仪器厂和无线电二、三、四厂等，从而形成了有30多个电子工业项目为依托的我国又一电子工业基地，能够生产国防和民用电子产品14个大类320余个品种。

三、冶金、化工、机械工业项目的配套建设

在冶金工业方面，如重钢、特钢及三江钢厂的改扩建，西南铝加工厂、重庆铜管厂的新建和重庆铝厂的恢复建设。

化学工业方面，国家投资建设了四川维尼纶厂、重庆氮肥厂、重庆磷肥厂等一批骨干化工企业，改造扩建了天原化工厂、长寿化工厂、重庆化工厂等一批老企业。

机械工业方面，先后改扩建了矿山机器厂、起重机厂等一批老企业，新建了四川仪表总厂、实验设备厂等一大批骨干企业。

到20世纪70年代“三线建设”末期，重庆已经形成了冶金、化工、机械、纺织、食品五大支柱产业。

四、对交通项目的建设

主要有川黔、襄渝铁路的修建，嘉陵江大桥、涪江大桥、朝阳桥的建设，以及各港口、码头、机场的新建和改扩建。

（王翔）

从0到1再到N
重庆科技创新，加速！

“1”，是从无到有。新中国第一根钢轨、第一辆吉普车、第一块PMOS型大规模集成电路板……这些新中国的“第一”都诞生在重庆。

“1”是世界第一。世界上第一张家蚕基因组框架图、第一张家蚕基因组精细图谱、第一张蚕类基因组遗传变异图谱……这些“第一”来自重庆。

“1”，更是争创一流的精神与努力。如今，重庆的科技进步贡献率达58.6%，综合科技创新水平指数排名跃居全国第7位、西部第1位。

“N”，则是“一只蚕”“一辆车”“一座城”背后，凭借创造无数个“从0到1”的精神，而具有的无限可能——重庆科技创新加速“前行”，成为高质量发展的主动力……

2015年6月14日，北碚区，少年儿童在西南大学家蚕基因组生物学国家重点实验室近距离观看彩色蚕茧。秦廷富摄

一只蚕>>>
有了基因组“肖像”

从绘制第一张家蚕基因组框架图到构建“立桑为业、多元发展”产业体系，向仲怀院士团队推动中国蚕桑业走向21世纪“新丝绸之路”

2021年6月18日，走进西南大学2号门，沿大路径直走两三百米，再往右拐进一条小路，就看到“家蚕基因资源库”的蓝色指示牌。

再往里走不远，一座欧式风格的建筑就出现在记者面前。这，就是被称作“蚕宫殿”的家蚕基因资源库所在地。

在国际知名蚕桑遗传育种专家、中国工程院院士向仲怀带领下，这里建立了世界最大的家蚕基因资源库，拥有1000份以上家蚕基因资源，覆盖家蚕突变型的90%以上。

有着数千年悠久历史的中国蚕桑业，造就了闻名于世的古代丝绸之路。而向仲怀的梦想，是让中国蚕桑业走向21世纪“新丝绸之路”。

1954年，向仲怀考入西南农学院（现西南大学前身之一）蚕桑系，从此与蚕桑结缘。4年之后，他被选中留校任教，并成为国际知名家蚕遗传学家蒋同庆教授的助手，开展家蚕遗传研究。

改革开放带来了蚕业发展的春天，但由于长期的封闭，我国与日本等国家先进蚕业科技的差距不下20年。

1982年，肩负振兴祖国蚕业使命的向仲怀被教育部选派去日本留学。

在日本的两年时间，他先后参与和完成了4个研究项目，还先后到东京大学、九州大学学习先进科学技术。

“刚回国时，没有实验室，也没有科研团队，基本属于从零开始。学校给了一万块钱作为搭建科研平台的启动资金，我到学校设备处，用7000块钱买了仪器设备，就剩了3000块钱作为启动运转资金。”回想起当年的“穷酸”，向仲怀记忆犹新。

通过先后建立博士点、国家重点学科、国家重点实验室等平台，推动学科建设，该校形成了一支年富力强的研究队伍。

2003年11月15日，这一天给向仲怀及其团队的每一名成员都留下了深深的印象：重庆市政府主持召开新闻发布会宣布，中国科学家完成世界第一张家蚕基因组框架图！

这一消息震惊了世界。然而在此之前，中国并不被看好。

2001年，由日本主导的国际鳞翅目昆虫家蚕基因组计划筹备会在法国里昂召开，8个国家的20多位科学家参会，可作为蚕桑大国的中国并未被邀请。

向仲怀心里很不是滋味。他们紧急启动了家蚕EST项目，完成了10万条EST的测序，超过日本的5倍。

随后，向仲怀带领团队与中科院北京华大基因组研究所联手，紧急启动家蚕基因组的测序工作。

这是一场没有硝烟的战争，他们必须破釜沉舟拼一把。攻坚克难，苦战百天，终于，他们完成了家蚕基因组6倍测序计划，比日本的计划早了一年。

之后的许多年，向仲怀带领的中国蚕学研究团队又绘制完成家蚕基因组精细图、桑树和家蚕微孢子虫基因组图谱，巩固了全球领跑地位。

不仅于此，他们通过做桑树基因组测序，最终找到蚕桑产业发展的新途径，确立了“立桑为业、多元发展”的根本方针，实现学科重建和产业重构，形成适应21世纪发展的崭新学科和产业。

“回顾几十年的发展历程，我们实现了中国回归蚕业科学引领地位的梦想。如今，中国已是世界公认的蚕桑产业和科学技术中心。”向仲怀说道。

一辆车>>>
跋山涉水的历程

从新中国第一辆吉普车到第2000万辆汽车下线，长安汽车始终锁定一个目标：“把民族汽车品牌搞上去”

2021年5月10日，长安系中国品牌汽车第2000万辆汽车——长安UNI-

K车型汽车在长安汽车两江工厂正式下线，宣告长安汽车正式迈入2000万辆时代。

长安汽车是中国汽车历史上继上汽通用、上汽大众、一汽大众三家合资车企之后第四家破2000万辆的车企，也是中国首家突破2000万辆的中国品牌。

拥有深厚历史底蕴的长安汽车，发源于1862年洋务运动中兴起的上海洋炮局，是中国近代工业先驱。新中国第一辆吉普车——“长江”牌46型吉普车，就是长安生产的，由此也开启了长安与汽车的不解之缘。

当时没有钱，没有专用的机床、试验设备，要造出这样一辆吉普车很难。所需要的零部件几乎都是工人们用铁锤等简单的工具一点一点敲出来的，敲出来的车壳坑坑洼洼不平整。为了让车壳看起来更美观，工人们在覆盖件上刮上厚厚的泥灰，等表面平整后，再刷上漂亮的草绿色漆。

2020年12月30日，在位于重庆两江新区的长安汽车两江基地乘用车工厂，机器人在焊接车间忙碌。2021年1月—11月，长安汽车共销售新车854072辆，同比大增26%，以长安为代表的重庆汽车的高质量发展进程再进一步。张锦辉摄/视觉重庆

重1150公斤，最大载重量440公斤，乘员6人；4缸4冲程汽化器式水冷发动机，排量2199毫升；最高时速115公里，100公里油耗13.7升，最大爬坡度30度……

“长江”牌吉普车的下线，填补了中国汽车工业研发、生产领域多项空白，为长安在改革开放后的汽车生产阔步向前奠定了基础。

从军用汽车转型的长安，于1984年进入民用汽车领域，到2001年第100万辆中国品牌汽车下线，用了17年；从第100万辆到2014年第1000万辆中国品牌汽车交付，用了13年；从1000万辆到2021年第2000万辆中国品牌汽车下线，仅用了7年。

这一系列飞跃的数字，是长安汽车发展的里程碑，是中国品牌向新向上的实力彰显，是中国汽车产业从小到大、由大变强的时代印证。

进入新时代的长安汽车，正在向智能低碳出行科技公司转型。

目前，长安汽车已在重庆、北京、河北定州、安徽合肥、意大利都灵、日本横滨、英国伯明翰、美国底特律和德国慕尼黑建立“六国九地”各有侧重的全球协同研发格局，并以每年销售收入的5%投入研发。

走进长安汽车两江工厂焊装车间，可见数百个机器人灵活地旋转、搬运、组装、焊接，在这里，畅销车型UNI-K正在紧锣密鼓地生产。

作为中国汽车行业首家“国家智能制造示范企业”，两江工厂冲压、焊接、涂装等环节的智能化程度已达到90%以上，可以轻松实现柔性制造、订单生产。

2021年6月18日，在上海举行的2021中国汽车论坛大会上，长安汽车总裁王俊表示，全球汽车产业向绿色低碳转型的新形势，对汽车产业发展提出了更高要求，能源转型、优化产业结构、加速新能源发展成为企业必选项。

实际上，早在2017年10月，长安汽车就开启了第三次创业——创新创业计划，到2020年底，通过不断审视、迭代优化，已升级到4.0版本，提出打造“新汽车+新生态”产业公司的目标。

“未来五年，长安汽车将陆续推出26款全新智能电动汽车。”王俊表示，

“把民族汽车品牌搞上去”是党和国家领导人对中国汽车产业的殷殷嘱托，是长安汽车坚定不移的努力方向。

一座城>>>
科技创新的梦想

从山清水秀的西部槽谷到“科学家的家、创业者的城”，西部(重庆)科学城加快打造重庆科技创新的引领性力量

2021年5月27日，重庆首个大科学装置——超瞬态实验装置项目在西部(重庆)科学城开工建设。

作为国际上首次明确在时间尺度上提出两种探针相互耦合的大科学装置，超瞬态实验装置将充分发挥电子探针在空间尺度、光子探针在时间尺度的各自表征优势，重点解决先进制造、先进材料、新能源、电子信息、生物医药等领域共性关键技术需求，为西部(重庆)科学城建设提供重要支撑。

2020年1月，习近平总书记在中央财经委员会第六次会议上发表重要讲话，专题部署成渝地区双城经济圈建设，强调要以“一城多园”模式合作共建西部科学城，使成渝地区成为具有全国影响力的科技创新中心。

东衔中梁山、西揽缙云山、南接长江、北拥嘉陵江，因两山夹两江而形成的重庆中心城区西部槽谷地带，是西部(重庆)科学城所在地，这片山清水秀之地，如今已经科学味十足、科技范凸显。

一年多来，西部(重庆)科学城一直在跟时间抢速度——

科学大道一期完成总工程量的30%，二期已开工；科学会堂正在开展PPP项目招标，力争6月底开工建设；科学公园正在完善方案设计，一期下半年即将开工；中国科学院重庆科学中心等17个科创平台落地；联合微电子中心等135个产业项目签约……一大批项目加速落地建设，让西部(重庆)科学城日新月异。

栽下梧桐树，自有凤凰来。项目加速落地建设的同时，西部(重庆)科学城人气高涨，创新生态虹吸力逐渐增强。

2018年10月注册成立、落户西部（重庆）科学城西永微电园的联合微电子中心有限责任公司，广泛汇聚一流集成电路人才，团队规模已由初期的20多人增至320多人，其中博士近80人，行业领军人才8人，高端研发及工艺人才15人。

作为全国首个能实现硅基光电子芯片全流程封装测试的实验室，2020年5月，联合微电子中心已宣布面向全球提供硅光芯片流片服务，正在加快打造国际一流的集成电路研发中心，推动重庆集成电路产业发展。

加快建设“科学家的家、创业者的城”，打造重庆科技创新的引领性力量，加快建设具有全国影响力的科技创新中心，目前，西部（重庆）科学城围绕人才、创新、产业、金融出台了四个“金凤凰”10条政策，进一步营造“近悦远来”的创新生态。

超瞬态实验装置总体规划设计效果图。重庆大学供图

重庆正在谱写高质量发展、高品质生活新篇章，对科技创新的需求比以往任何时候都更加迫切。重庆将坚持把科技创新作为高质量发展的主动力，把大数据智能化作为科技创新的主方向，把建设具有全国影响力的科技创新中心作为主目标，把产业科技创新作为主战场，把建设西部（重庆）科学城作为主平台，把科技成果产生、转化、应用作为主抓手，把优化创新生态作为主任务，进一步增强重庆科技创新的集聚度、活跃度、开放度、贡献度、辐射度，努力在新一轮竞争中抢占先机、赢得主动。

（张亦筑）

重庆用了近8年时间
建成中心城区首座跨江大桥

2021年6月18日早上9点，牛角沱嘉陵江大桥上车流不息。这座位于渝中区上清寺和江北区董家溪之间的桥梁，是重庆中心城区最繁忙的桥梁之一，每天通过的车流量接近10万辆。

“诞生”于1966年的牛角沱嘉陵江大桥，是重庆中心城区第一座跨江大桥。在重庆市城市建设档案馆内，25卷珍贵的档案资料记录着这座大桥建设的全过程。

近日，重庆日报记者走访该档案馆，采访了参与牛角沱嘉陵江大桥建设的相关人士，了解到大桥背后的故事。

牛角沱嘉陵江大桥。谢智强翻拍资料照片（由重庆市城市建设档案馆提供）

重庆人早就想在嘉陵江上修桥

重庆，四山环抱、两江相拥，交通不便限制了城市发展。重庆人早就有了在嘉陵江上修建跨江大桥的想法。

《重庆市市政环卫建设志》记载，江北地区是重庆与四川东北部、陕西联系的重要通道。1929年及抗战时期，国民政府市政当局就有在嘉陵江上建桥的想法。

为什么要在江北边上修桥？

原来，抗战时的江北，已发展成为重庆城市的一个繁华地带——人口有10万人左右，江北城、溉澜溪、相国寺沿江一线有中小厂家140余家。“大量人、财、物需要过江，嘉陵江成了阻碍城市发展的天堑，修建桥梁有了紧迫意义。”市城建档案馆馆长徐惦耕介绍。

1946年制定的《陪都十年建设计划草案》中，提出了在两江之上修建大桥的想法。随后，中国近代桥梁工程大师茅以升受重庆市政府委托，完成了

这是2016年1月12日拍摄的重庆嘉陵江大桥。自2002年渝澳大桥建成通车后，嘉陵江大桥改为渝中区往江北区单向通行。苏思摄/视觉重庆

两江大桥初步设计。在他的设计方案中，长江大桥选址东水门大码头至下龙门浩，全长982米；嘉陵江大桥拟建在曾家岩与陈家馆（现春森彼岸附近）之间，全长500米。

但因经费缺乏，两座大桥未能开工。1948年，时任市长杨森认为，同时兴建两江大桥人力物力均不允许，决定先建投资较小的嘉陵江大桥。1949年1月，重庆士绅在沧白路沧白堂为嘉陵江大桥举行了奠基典礼。当时，嘉陵江大桥计划从沧白路修到江北水府宫，长460米。

但大桥真正动工，是解放后的事情了。

解放后的重庆发展日新月异，原有的"母城"市中区（现渝中区）显得非常局促，城市急需向外扩展。而江北地区发展迅速，大批工厂拔地而起，修桥被提上议事日程。

一份半个多世纪前的《重庆市嘉陵江公路桥设计意见书》显示，重庆首座城市大桥修建的位置曾有两个选择：一是牛角沱，一是高家花园。

选择在牛角沱建桥的原因有二：一是当年的高家花园在市区上游，属于郊区；但牛角沱在市区范围内，在牛角沱修建大桥，既能方便市民出行，花费资金也较少。二是那时人们已有了修三峡大坝的想法。选址牛角沱建嘉陵江大桥，既能满足大坝蓄水之后的水位，在牛角沱修建大桥的规模和跨度，也能保证万吨级船队通行。综合考虑，在牛角沱修建嘉陵江大桥成为最佳选择。

桥墩建设，采用了当时世界上最先进的技术

牛角沱嘉陵江大桥的修桥地址确定下来了，但解放初期的重庆，并没有修建大型桥梁的经验，物资、设备以及技术人员都很缺乏，如何把这个"巨无霸"修起来成了难题。

20世纪50年代，重庆迎来了机会：武汉长江大桥通车后没多久，建设武汉长江大桥的队伍到重庆修建白沙沱长江大桥。

原重庆城建局局长林君宴是牛角沱嘉陵江大桥的首批技术员之一。他

回忆，市委、市政府对修建白沙沱长江大桥在人力和物资等方面都给予了大力支持，但也提出了请求：到市区来看看，给嘉陵江设计一座跨江公路大桥。

于是，武汉大桥工程局设计处在设计完白沙沱长江大桥后，又设计了一座五跨连续钢桁梁桥——牛角沱嘉陵江大桥。

1958年12月，牛角沱嘉陵江大桥正式动工。该桥总长600.56米、宽21.5米。“这座桥梁对重庆有着特殊的意义。是它，圆了重庆人的大桥梦。”林君宴认为。

据介绍，为解决建大桥缺技术的问题，在牛角沱嘉陵江大桥开工之前，重庆城建局市政工程处派出技术人员到白沙沱长江大桥工地学习。牛角沱嘉陵江大桥使用的很多建桥技术都与武汉长江大桥、白沙沱长江大桥相同，是当时世界上最先进的技术。

为解决牛角沱嘉陵江大桥建设缺少大型设备的问题，施工方利用修建白沙沱长江大桥的间隙，将一些暂时闲置的大型设备用拖船运输，从白沙沱长江大桥的施工现场拉到牛角沱嘉陵江大桥的施工现场“借用”。

牛角沱嘉陵江大桥的桥墩建设采用了当时世界上最先进的技术，也就是苏联专家在武汉长江大桥采用的大型管柱基础。因为嘉陵江的砂卵石覆盖层有数十米厚，桩要穿过它们打进河床基岩上，还要深钻5米才能稳固，再用水下钢筋混凝土浇筑起来。桥墩上部看起来单薄，其实有直径20多米的深墩在水下，是非常结实的。

水泥论斤用，10万立方米土石方几个月搬空

虽然各方建桥热情高涨，但谁也没有想到，牛角沱嘉陵江大桥施工竟花了近8年时间。

牛角沱嘉陵江大桥1958年12月开工，不久就碰到三年严重困难时期(1959年至1961年)，大桥建设进入停滞状态。

1964年，大桥建设复工。随着“原班人马”回到工地上，牛角沱嘉陵江大桥建设进入快车道。

一组数据说明了当时牛角沱嘉陵江大桥建设的热火朝天景象——重庆城建集团桥梁分公司原总工程师刘成清回忆，大桥上清寺一端，原是一座山，为建设引桥，山被挖出了一道凹槽；工地上每天穿梭着上千人，许多学校还为牛角沱嘉陵江大桥设立了义务劳动日；10万立方米的土石方，几个月就搬运一空。

桥墩建设是牛角沱嘉陵江大桥建设过程中最紧张的环节。因为桥墩建设必须要在嘉陵江的枯水期进行，一年只有3个月左右的时间。工人们争分夺秒，吃住都在岸边，换洗的衣服都是家人送来的。

此外，这座大桥还有一个有意思的设计，就是钢架上的铆钉结构，让钢结构之间的连接更加稳固。铆钉结构需要通过热铆接技术完成，铆钉必须要烧到300℃以上，再进行铆接。焊接工人最多工作两三个小时就要换一班。

林君宴透露，由于牛角沱嘉陵江大桥项目没有纳入国家建设计划，属于地方“自选动作”，钢材和水泥等建设材料都需要自己筹措。没有重型吊装设备，就用土办法，用千斤顶顶；没有大型浮船，就用小船拼凑；没现代化机具，就用人工操作；建桥用的水泥、钢材极度匮乏，大家就把水泥当金子一样珍惜，论斤用。

在此过程中，自主创新成为牛角沱嘉陵江大桥高品质建设的一大亮点。

建设跨江大桥，好钢材是关键之一。牛角沱嘉陵江大桥施工必须要用16锰钢才能达到要求，但当时全国能生产16锰钢的只有鞍钢。如果从鞍钢生产钢铁运到重庆，会增大建设桥梁的开销。为此，市里决定由重钢负责大桥钢材冶炼，再由山海关桥梁厂加工，最后运到牛角沱嘉陵江大桥施工现场。

大桥的桥面板采用的是预制板施工，加工地点选在人和街的一个街心花园里。桥面板的硬度要求很高，需要使用高标号水泥。南岸水泥厂为大桥专门研究生产出了高标号水泥，既节省了开支，又保证了质量。

林君宴还透露了一个细节：1965年，他正在值班，突然得到通知，让大家在大桥的脚手架上铺上长木板，说是有领导要过桥到对岸去视察，后来大家才得知走过桥的是邓小平。

市民出行变得风雨无阻，桥梁成为城市发展助推器

1966年1月20日，耗资1400多万元的牛角沱嘉陵江大桥正式通车，全城轰动。

“通车前几天，桥上基本都是行人。可能从那时开始，重庆人便对桥有了很深的感情。以至于后来，每一座桥通车，都有好多市民来‘踩桥’。”徐惦耕说。

“嘉陵江大桥没通车前，渝中区和江北城之间的往来全靠木船。”市公交集团退休职工祁莹全回忆，木船一次只能运送十来人，市民往返两岸要花大半天时间。渡船出现后，一次可运送100多人渡江，速度提高到10多分钟一趟。但每当遇上冬春大雾天气，上午要封渡，而夏季遇洪水就整天封渡，人们出行仍然受到限制。

随着牛角沱嘉陵江大桥通车，两岸居民结束了只能靠轮渡过江的历史，出行变得风雨无阻。中心城区有了第一班市中区到江北区的公交线路——从上清寺出发，经嘉陵江大桥到红旗河沟转盘，然后再开到五里店，最后抵达江北嘴。因为坐车从华新街到上清寺仅一站，又刚好驶过牛角沱嘉陵江大桥，人们把坐这趟公交称为坐“过河车”。

得益于这座桥梁通车，渝中半岛和江北五里店地区迅速发展起来。此后，中心城区的每一座跨江大桥通车，都对两岸的经济社会发展起到明显的带动作用。

徐惦耕介绍，牛角沱嘉陵江大桥通车后，成为各方珍爱的“宝贝”——为防止被人破坏，桥上安排有军队驻守。直到20世纪80年代，驻军才撤出。

2009年，牛角沱嘉陵江大桥被列入市级文物保护单位。对于在桥梁上乱涂乱画等行为，将按《中华人民共和国文物保护法》进行处罚；大桥要维修改动，也要经过文物部门批准。

2018年，因为多年“服役”，桥梁行车道板底板存在大量裂缝，钢桁梁杆件锈蚀严重等病患，时年50多岁的牛角沱嘉陵江大桥进行了史上最大规模的一次整修。大修采用了修旧如旧的方式推进，尽量选择与原结构相同或兼容的材料，使用传统工艺技法施工。在桥身与桥墩、桥面等得到精心整治后，牛角沱嘉陵江大桥恢复了1966年建成时的风貌。

值得一提的是，通过此次大修，这座桥梁上不仅增设了交通监控系统、防雷接地系统以及桥梁健康检测系统，其景观照明系统也进行了提档升级，它变得更加“耳聪目明”、光彩照人。承载重庆城市发展历史和记忆的传奇之桥——牛角沱嘉陵江大桥，正焕发出新的生机和活力。

中心城区已建成跨江大桥30座

在重庆，桥梁与城市发展结下不解之缘。来自市住房城乡建委的消息称，自1966年中心城区首座跨江大桥牛角沱嘉陵江大桥通车以来，截至目前，重庆中心城区已建成跨江大桥30座，其中跨嘉陵江大桥16座，跨长江大桥14座。而整个重庆境内的桥梁数量超过1.3万座。

市住房城乡建委人士介绍，1967年的重庆城区遥感影像图上，只能看到一座跨江大桥——牛角沱嘉陵江大桥。直辖后，重庆建桥的速度加快，从最初的几年建一座桥发展到一年同时开工修建几座桥。因为重庆桥梁数量多、桥梁规模大、桥梁技术水平高、桥梁多样化、桥梁影响力强，北京茅以升科技教育基金会桥梁委员会2005年年会认定，重庆是中国的“桥都”。至此，桥梁和火锅、美女一样，成为重庆的城市名片。

2021年，重庆桥梁家族将再添生力军。预计2021年，中心城区将有礼嘉嘉陵江大桥、水土嘉陵江大桥、蔡家嘉陵江大桥三座桥梁建成通车，市民出行将变得更加方便快捷。

（廖雪梅）

城市经济体制综合改革试点开启
重庆发展新篇章

重庆海关发布数据显示，2021年1月至5月，重庆外贸进出口总值3047.7亿元人民币，较去年同期（下同）增长39.9%。其中，出口增长42.6%，进口增长35.6%。

数据令人振奋。它表明重庆对外开放的道路越走越宽。

说起重庆的对外开放，1983年是重要的起点。这一年，重庆被中央确定为全国首个经济体制综合改革试点（以下称“改革试点”）大城市，开始直接出口。当年出口额超过2000万美元。

重庆改革试点，包括3项重大任务：进一步搞活和开发我国西南的经济，探索军工生产和民用生产相结合的新路子，如何组织好以大城市为中心的经济区。

自此，重庆经济开启了新的篇章。

党中央、国务院直接推动开展试点>>>
历史性机遇落在重庆

“重庆改革试点是在党中央、国务院直接推动下开展的。”重庆市政府原参事、市发展改革委原副主任马述林说。

马述林是重庆改革试点的亲历者。他告诉记者，重庆改革试点受到各方高度重视。1983年上半年，国家体制改革委员会先后3次召开重庆经济综合体制综合改革试点工作会，部署相关工作。

为什么改革试点如此受重视？马述林介绍，20世纪80年代初，全国改革重点开始从农村转向城市。在原有的计划经济体制下，全国用传统的行

政条块组织来管理经济，客观上束缚了城市的发展活力。改革试点是中央采取的一项重大战略决策，其目的正是搞活城市经济，从而推动整个经济体制改革。

在此背景下，全国改革试点为啥首选重庆？首先，重庆在历史上就是长江上游的经济中心；其次，重庆曾两次被列为计划单列市（即在国家计划中单列户头）；再次，重庆当时是非省会的特大城市，经济关系复杂。

同时，当时，重庆在全国经济版图中已经占据不小的份额。1980年前后，重庆工业固定资产在全国各大城市中居于第五六位，工业总产值居第七八位。当时重庆工业总产值占四川四分之一、西南六分之一。

马述林表示，这些情况，使得重庆在全国有一定典型性、代表性。这也意味着，重庆的改革试点将为全国城市摸索出新路子。

重庆经济发展更为自主>>>
为全国提供了一批新的探索成果

改革试点启动后，重庆经济发展获得了更大的自主权。

以江北机场为例。2020年，江北机场正式通航30年，实现旅客吞吐量3493万人次，位列全国第四位。而鲜为人知的是，江北机场在重庆第一次城市总体规划中，曾被列为2000年后建设。江北机场能“提前”诞生，就得

1990年，江北机场建成投用。许可摄

益于重庆改革试点。

马述林介绍，重庆改革试点的改革主要包括4个方面：计划单列、赋予省级经济管理权限、中央和省属企业下放、实行市带县体制。

其中，计划单列，意味着重庆经济和社会发展各方面基本上由市政府统筹协调，重庆与中央直接衔接；赋予省级经济管理权限，意味着重庆可以自主安排策划中长期发展；中央和省属企业下放，意味着由市管理过去归属中央和省的企业意味着市可以统筹安排全市范围内的经济发展；实行市带县体制，意味着重庆走上了“城乡大联合，城乡共发展”的道路，加快了区县经济发展可以充分发挥大城市的作用，加快区域经济的发展。

换言之，重庆发展经济，从此可以自己拍板干大事。

重庆计划单列后，1984年，投资预算2.6亿元的江北机场立项建设。1990年江北机场正式通航，1992年的年旅客吞吐量就突破100万人次。1995年，江北机场被正式批准为对外籍飞机开放的口岸，对20世纪90年代重庆的经济发展和对外开放起到了重要的推动作用。

更重要的是，重庆改革试点不仅惠及自身发展，也为全国提供了一批新的探索成果。

1983年至1987年改革试点期间，“第一个吃螃蟹”的重庆，开展一系列探索：进行“利改税”和工资奖励制度改革；探索军工生产和民用生产相结合的新路子；进行老企业技术改造；改革外贸体制，打通长江通道，发挥重庆内河外贸港口作用；以城市为中心合理组织商品流通，进一步搞活经济推进国有企业改革、撤销行政性公司、推进厂长（经理）负责制、完成“利改税”两步走、“抓大放小”、开展以企业为主体的改组联合等。

“重庆这些做法，当时在全国走在前列，为整个经济体制改革提供了宝贵的实践经验。”马述林说。

改革试点带来综合效益>>>
试点期间经济增速超过前32年

2021年6月10日，长江流域智慧管理“核心大脑”——长江模拟器落地广阳岛。未来，长江模拟器将建成国内外首个大型流域水系统综合模拟与调控科学装置。

探索、创新、敢为天下先，这些关键词是重庆城市气质的写照。30多年前，在没有前例的情况下，重庆的改革试点可以说是“摸着石头过河”，其效益却令全国瞩目。

马述林介绍，1983年至1987年改革试点期间，重庆的综合改革试点方向与全国改革的大方向一致，与市场经济趋向一致。

例如，从重庆完成3项改革试点任务的情况来看，在搞活和开发西南经济方面，重庆提出了“西南一片、长江一线”的区域经济发展战略，促进了经济发展；在探索军民结合的新路子方面，到1987年，嘉陵摩托、建设摩托等一大批军工企业开发的民品已成为全国名牌；在组织以大城市为中心的经济区方面，改革试点期间，重庆区县财政收入的增长速度超过了全市的平均速度。

党史资料显示，在改革试点期间，重庆国民经济持续、稳定增长。地区生产总值由1982年的67.2亿元增加到1987年的135.1亿元，年均增长14.1%，略高于全国同期水平，增长速度明显超过前5年和前32年。重庆全市干部群众对改革事业充满热情，干劲十足。

马述林认为，这场改革试点还为1997年重庆直辖奠定了基础，创造了条件，培养了人才。

改革，永无止境。2021年5月，重庆成为新增的国家“全面创新改革试验区”之一。下一步，重庆将围绕构建高效运行的科研体系等4项重点改革任务，注重将全国共性问题与地方个性问题相结合，借鉴先进省、区、市经验，谋划改革举措，解决制约创新的痛点堵点问题，让全面创新改革为科技创新动力引擎赋能，加快建设具有全国影响力的科技创新中心。

（申晓佳）

市场化大潮中破羁梏勇拼搏
重庆国企争当改革“排头兵”

20世纪80年代，市场化大潮席卷神州大地，给沿袭计划经济体制的国企，带来巨大冲击。对此，重庆积极推进全方位企业改革。许多国企在党组织领导下，努力破除羁梏、艰难拼搏，在竞争中成长。

进入新世纪，重庆国企更是加大了改革创新的力度，尤其近年来在“三去一降一补”、专业化重组和“混改”、市场化经营机制、国资监管体制等重要领域和关键环节，取得了一系列重大进展，不少企业成长为当今各行业的领头羊。

面对生死存亡，重庆牙膏厂奋起一搏

20世纪80年代中期，重庆国企整体处境较为艰难，“计划产品大量减少”“找米下锅”状况较为突出。

重庆登康口腔护理用品股份有限公司党委书记、董事长邓嵘回忆，他刚刚进重庆牙膏厂（登康口腔前身）时，厂里各项经济技术指标都下降到了前十年最低点，产品大量积压。

面临生死存亡，唯有奋起一搏。

1984年，重庆牙膏厂开始实行厂长（经理）负责制，领导任职由上级单位委派转为竞聘上岗。新的制度带来最大的变化，就是让真正懂经济、技术和管理的人，能够掌握企业的决策权和指挥权，并对领导决策负责。

1987年，该厂又开始试行承包经营责任制，领导班子与主管部门签订承包经营合同，开展自主经营，完成承包指标即可兑现奖励和报酬，这种激励政策增强了厂里党员干部和职工的责任心，激发了他们的内生动力。

体制机制搞活了，企业的“大脑”和“身体”也活络起来，厂里上上下下都开始想办法、谋前途。

邓嵘介绍，20世纪80年代，厂里共生产10多个牙膏品牌，牌子多、品种规格多，缺乏重点单品。时任厂长高明书与领导班子决定淘汰销售量少、知名度不高的产品，并拿品牌营销做文章，开发有市场针对性的主力新产品。

该厂过去有一款以“氯化锶”命名的新型脱敏牙膏，投放市场后，消费者的品牌认知度不高，销量也上不去。1987年，领导班子发动全厂职工集思广益，最后时任厂长助理兼供销科科长的韩泰军，给新产品想了个更形象的好名字——“冷酸灵”。随后，企业又给“冷酸灵”投放电视广告，很快打开销路。

到1990年，冷酸灵已经是享誉全国的大品牌。求购、催货或赞扬“冷酸灵”的函件络绎不绝，最高峰时，省外15个地市百货站经理采购员到厂候货，企业按合同欠交牙膏达2000万支。

1994年，重庆牙膏厂实施的“141”技术改造工程完工，新建厂房9000多平方米，引进了技术先进的意大利全密闭制膏设备。工厂晋升为国家大型二级企业，并荣获“中国轻工200强”“四川轻工百强企业”“巴蜀百家知名企业”“重庆工业50强”等荣誉称号，被时任国务院副总理吴邦国赞誉为重庆轻工业“五朵金花”之一。

改革春风　吹遍巴渝大地

和重庆牙膏厂一样，重庆水泵厂也经过改革，释放了经营活力。

1989年，该厂开展公开招聘，同样实行厂长（经理）负责制。重庆水泵厂党委书记、董事长李方忠正是在这个时候进厂的。当时，他看到的情形是：企业没有自主权，造成人浮于事，纪律比较散漫，生产效率也低，技术创新不受重视。

针对这些问题，企业开展了大刀阔斧的改革。重庆水泵厂从高校和科研院所招聘引进多名骨干，成立技术部门，并开始以计量泵为代表的往复式容积泵的改型设计和制造。

同时，公司现任总经理彭忠等一批销售人员，通过公开招聘进厂。公司还在北京、上海设立了办事处，在行业内率先树立了由市场指导生产的基本模式。

随着一系列改革措施落地，重庆水泵厂逐步转型成以计量泵为主导产品的企业，并凭借对产品的设计创新，将计量泵做到了国内领先地位。1993年到1999年，其年产值从两千万元增加到一亿元左右。

除了上述两家企业，同期本地各项企业改革也开展得如火如荼——1983年，重庆建筑、二轻和饮食服务行业100多个企业试行了税后承包经营责任制；1986年9月，红岩机器厂面向全国公开招聘厂长，实行资产经营责任制改革，同年10月，这一改革又扩大到重庆毛纺厂、西南制药三厂、中南橡胶厂等19户企业；1988年，重庆大多数国有大中型企业的承包经营责任制改为“税利分流，税后承包”经营责任制。

此外，重庆还开展了股份制改革试点。截至1988年底，全市已有各类股份形式的企业350多家，股份制逐步成为重庆工商企业的主要经营形式。

2021年，重庆水泵厂生产现场。重庆水泵厂供图

1991年，为了加快国企改革步伐，重庆又选择一批国营大中型工交企业，实行生产经营、产品定价、人事用工、内部分配、技术改造“五自主”试点，对国有商业实行经营、价格、用工、分配“四放开”改革试点，产生了明显的经济效益和社会效益。

重庆望江工业有限公司正是在此背景下开展改革的。该公司利用自身技术优势，先后研发推出摩托车、汽车、石油机械、风电齿轮箱、专用车等多类民用产品。截至目前，望江工业的风电齿轮箱已销售到云南、内蒙古等多个省、区、市，为上海电气、重庆海装、山东中车等9家主机企业供货，年销售超3亿元。

改革逐渐向“深水区”迈进

2000年以来，国内市场进一步开放，市场对产品的要求越来越高。对重庆企业来说，这意味着市场竞争加剧，新产品开发压力增大。

以牙膏行业为例。20世纪90年代末，不少外资牙膏品牌迅速进入中国市场。为抢占市场份额，不少牙膏品牌间打起了价格战。“广告战加价格战，中国自主品牌从70多家牙膏生产企业，减少到一只手能数过来。”邓嵘回忆说。

与国际巨头竞争，必须通过深化改革来释放企业经营活力。重庆牙膏厂进一步优化管理制度，树立了市场化的目标导向，将生产经营任务分解落实到部门、车间和人头，提高大家的积极性。

同时，企业成立了市场部，并与国际企业展开了深度合作，进行了消费者定性定量研究，最终提炼出了那句家喻户晓的广告语——冷热酸甜，想吃就吃。

2001年，登康口腔护理用品股份有限公司正式注册成立，通过“内外兼修”，顶住了竞争对手的压力，实现销量和市占率稳步增长。

同一时期，重庆水泵厂全面推行市场承包制，并进一步确定了“市场技术一体化”的发展方向。公司对技术人员采用收入浮动制和项目制，项目收入占五成，项目创新成果也直接关系到技术人员职级和收入评定；获得专利后，还有持续专利提成。这套制度极大地激发了员工们的创新热情。

2000年后，重庆水泵厂开始涉足石化、精细化工、冶金、矿山、清洁能源、海洋油田注水等多个领域，营业收入平均每年以近30%的速度快速增长，最高峰年订货额近8亿元。

“那时，许多重庆国企也和登康口腔、重庆水泵厂一样，努力探索着体制转换、结构调整，并成功实现了扭亏为盈。”重庆市国资委相关人士回忆说，2003年，市国资委成立，又标志着国企改革进入一个新阶段，国企的集中战略重组、投融资改革正式开幕。

到2007年初，重庆国资规模从4年前的1700亿元，增长到5400亿元，财政贡献率占到57%，成为全国国企改革的典范。

新时代的改革进行时

党的十九大以来，重庆将供给侧结构性改革作为国资国企改革的主攻方向之一，着力去产能、去库存、去杠杆。目前已累计处置“僵尸企业”703户，提前完成中央资产负债约束任务，市属国企营业成本较营业收入增幅低0.91个百分点。

随着“三去一降一补”的深入实施，重庆市又启动大数据智能化重点项目293个、总投资847亿元，推进国企数字化重点项目100个，实现战略性新兴产业增加值占比超30%。

在国务院国资委和重庆市委、市政府指导下，市属国企专业化重组整合紧锣密鼓、有条不紊展开——

水务资产与水投集团完成分离运行；重庆药交所事业单位属性资产和市场化资产分离；旅游集团整合市属国企文旅资源，打造全市旅游产业投资运营主平台；商社集团引入物美、步步高作为战略投资者完成增资混改；重庆建工、重庆医药、重庆农商行、三峰环境先后实现A股上市，西南证券完成定增募资49亿元。

目前，市属国企已形成工资总额与效益联动，推行全员业绩考核，建立“基本工资+绩效工资”的薪酬分配机制，实现一岗一薪、易岗易薪。重庆渝富集团、重庆农商行、重庆商社集团、重庆对外经贸集团、重庆医药健康公司、重庆三峰环境集团还纳入全国“双百行动”企业，打造改革“尖兵”。

长安汽车两江工厂，智能焊接车间，忙碌的机器人手臂。龙帆摄/视觉重庆

一系列重大改革成效也接连涌现——

重庆钢铁自2017年底重整以来，企业在组织结构、生产、管理、技术等方面实施的一系列深度改革，成功扭亏为盈、浴火重生，2021年第一季度，该公司实现营业收入99.78亿元，同比增长92.70%；

长安汽车从“企业办社会”到聚焦主业汽车，通过建立市场化人才机制，上市、融资发展，完善现代企业“新三会”治理体系，成了最畅销的国产汽车品牌。

登康口腔市场占有率已跃居中国第四位，在抗敏感细分品类市场名列第一。

重庆水泵厂每年都有近10个新产品推出，年营收增长率达到15%以上。如今，该公司研发众多核电泵产品全面进入市场，并正式涉足第四代核电泵研发。

（白麟　向菊梅）

“利改税”打破“统收统支” 激发国企发展活力

1980年，四川省委、省政府决定在成渝两市选5户国营工业企业作为“利改税”试点企业。重庆印制三厂，就是重庆两户试点企业之一。

当时，就职于重庆市市中区税务分局一股的龚仕康负责联系该厂。据他回忆，“利改税”试点前，国企的财税体制是税收和企业利润分开，收支两条线。税收由所在地税务机关全额征收，利润全额上交财政。企业如果想要购买固定资产，更新改造设备，必须向当地财政部门打报告，层层审批过后才能拿到资金，这使得企业生产发展的自主权受到很大限制。

“利改税”则是将国企原来需要全额上交的利润，改为向所在地税务机关上交国企所得税、固定资产税和流动资金占用费，税后利润企业可以自行留存，在规定范围内用于支付职工工资、设立生产发展基金、职工福利基金和职工奖励基金。

1980年到1983年，重庆印制三厂在“利改税”试点期间，用留存的生产发展基金进口了一批先进的印刷设备，生产规模进一步扩大，生产产量大幅度增加。

3年试点到期时，重庆印制三厂不仅没有因为留存利润而少缴税，反而因为产能的提高，取得了国家多收、企业多留、职工多得的较好成效。

5户企业“利改税”试点的成功，在四川省、重庆市引起强烈反响。经重庆市委、市政府审批同意，从1981年起，全市在第一轻工业、电子仪表两个行业的市级国企全面开展“利改税”试点。1983年7月，“利改税”在全国国企中普遍推行，后来又逐步完善，进一步调整了国家与企业的分配关系，极大激发了国企发展活力。

（向菊梅　白麟）

重庆“四放开”改革
开启中国第二轮商业改革新篇章

20世纪90年代，地处西部内陆地区的重庆，以一场突破“禁区”的改革，引领了中国商业改革潮流，获得国务院肯定，并在全国推广。

21年前的解放碑重庆百货大楼。重庆百货供图

这便是发源于重庆巴县青木关（现沙坪坝区青木关镇）供销社的国合商业经营、价格、用工、分配“四放开”改革。

“此次改革，在我国掀起了第二轮商业改革新高潮，在中国商业改革开放史上写下了浓墨重彩的一笔。”2021年6月18日，重庆市商业联合会原副会长柳松回忆起当年的“四放开”改革，依旧心潮澎湃。

为自救闯“禁区”，青木关供销社初试“三放开”

1990年7月的一天早晨，巴县青木关区供销社派出3名职工，乘车前往朝天门交易市场偷偷采购了100个书包，拿回来自行定价销售。

这在今天看来极为寻常，在当时却是堪称一件轰轰烈烈的大事。

20世纪八九十年代，国家对国合商业的经营有严格限制——指定渠道进货，指定价格销售，指定范围经营，不得越雷池半步。青木关供销社此举，无异于突破“禁区”。他们为何要冒如此大的风险？

“这也是迫于无奈的自救之举。”柳松回忆，当时，随着凭票供应体制逐步取消，大批个体户兴起，靠着灵活的渠道和定价抢夺市场。受此冲击，曾经风光无限的国合商店普遍出现亏损，经营日渐困难。

1990年，全市国合商业的利润从1989年的2.2.亿元，猛降至5400万元，亏损企业达227家。

青木关供销社也陷入了同样的困境。1989年，该供销社还实现盈利13.4万元。但从1990年1月起，其开始连月亏损。至当年6月，半年时间就累计亏损近4万元。

“怎么办?”形势严峻，时任青木关供销社主任罗应举和他的同事最终决定通过改革求生。

改革的第一步，就是“擅自”从朝天门市场进一批书包，然后自主定价销售。于是，在青木关供销社购进这批书包的第二天，青木关当地村民发现了一个新现象：个体摊上有的新款书包，供销社柜台上也有，并且每个还便宜近5元。

两天后，这批书包全部卖完。一个书包进价10元，售价14.5元，利润可观。

尝到甜头后，青木关供销社决定放手一搏，全面推行经营放开、价格放开、分配放开的“三放开”改革。1个月下来，以前被个体户吸引走的大批顾客又回来了，青木关供销社又恢复了往日的热闹。

胆子更大些，“三放开”升级为“四放开”

一石激起千层浪，青木关供销社这一改革做法，很快被周边的供销社知道了，并引起多家供销社效仿。

巴县县政府和县财办的领导也表态对“三放开”予以支持。1990年9月，在全市财贸会上，原巴县副县长牟启源汇报了由青木关供销社发起的“三放开”改革，在会场引起不小震动。

有的人赞成，也有的人反对，认为这种做法不符合国家相关规定。

时任重庆市副市长张文彬静静听着与会人员的发言，没有表态。会后，他让秘书捎信给青木关供销社：“胆子大一些，步伐快一点。”

大约3个月后，张文彬带队到沿海经济特区考察学习。18天急行军似的考察，令重庆考察团成员大开眼界。“回渝后，考察团提出了发展重庆经济的8条建议。其中之一就是：把青木关供销社创造的‘三放开’补充完善为经营、价格、用工、分配‘四放开’。”柳松说。

1991年1月，全市财贸工作会正式提出，在全市国合商业领域试行“四放开”改革。所谓“经营放开”，是要让企业获得更大的经营自主权，企业在搞好主营业务的同时，可适当扩大经营范围、改变经营方式，进一步开拓市场；“价格放开”，是要把企业推向市场。除国家定价的商品按规定执行外，其余商品价格全部放开，企业可根据市场需求和价格规律自行定价；“用工放开”，是要在企业内部实行合同制和内部待业制，运用竞争机制打破“铁饭碗”；“分配放开”，是要把劳动效率与职工收入紧密挂钩，实现多种分配形式，拉开分配差距，消除平均主义，不吃“大锅饭”。

一场轰动全国的改革，就此诞生。两路口百货公司、人道美商场等11家从全市遴选出来的企业，率先进行试点，充当改革先锋。1991年4月以后，“四放开”改革从试点阶段逐步向全市全面铺开。

重庆百货大楼顺应市场变化，及时果断调整经营结构，把购销重点放到新品、精品方面，扩大市场需求大的商品经营规模。同时，推行干部聘用制、全员劳动合同制，形成职工能进能出、干部能上能下、工资能升能降的运行机制。

到1991年底，重庆推行“四放开”的国合商业企业已有500余家，占比达到80%。

改革见效快，“四放开”引领全国商业改革潮流

“通过改革，重庆国合商业企业在经营管理理念上，实现了由‘抓购’到‘抓销’转变，经营特色突出，有力地提高经济效益。”柳松说。

更为重要的是，改革促进了企业内部经营机制的转换，增强了企业活力，提高了企业经济效益。1991年，全市国合商业实现利润8500多万元，比改革前的1990年增长51%，整体上扭转了此前两年连续下滑的趋势。首批试点企业的改革效果更好——与1990年相比，销售额总体增长30%，利润总体增长1倍有余，上缴利税总体增长40%。

凭借“四放开”改革，重庆在全国引起轰动。柳松回忆，“四放开”推进不到一年，全国就有350批、近4000人前来重庆取经；当时的国家体改委和商业部也派人来渝考察，并充分肯定重庆的做法，认为此举为全国商业改革带了一个好头，推动了商业改革向纵深发展。

1991年11月，为推广重庆的改革经验，当时的国家体改委和商业部联合在渝举行“全国搞好国合商业座谈会”。

时任国务院副总理田纪云参会。会上，田纪云说：“重庆能够把‘四放开’率先在四川打响，在全国也能够放上一炮，使全国的商业改革有所突破，就是立了一大功。尤其是在没有路的情况下，重庆走出了一条路，这对全国的改革是一大贡献！”

“重庆‘四放开’改革，为深化企业改革探索了新路子。这为后来重庆企业更高层次、更深层面的改革，起到了破冰起航的引领作用。”柳松认为。

重庆市商务委相关负责人介绍，“四放开”改革之后，以产权制度改革为核心的国有商贸企业改革，于1997年在重庆全市范围内全面推开。从2008年起，重庆商贸服务业迈入大发展阶段。

如今，重庆早已形成以民营商贸企业为主体、国有商贸企业集团为骨干、外资商贸企业为补充的商贸流通主体新格局。2020年，即便在新冠肺炎疫情影响下，重庆社零总额达到11787亿元，仅次于上海、北京两大城市。

（黄光红）

“军转民”的重庆记忆

20世纪70年代末80年代初，改革开放春风拂面，重庆“军转民”拉开帷幕。

长安、嘉陵、望江等重庆代表性军工企业，在不同领域、从不同层次探索军民结合，促进了重庆工业经济技术进步和国际市场拓展，提升了重庆区域经济整体竞争力，为此后重庆汽摩等制造业的发展打下了坚实基础。

长安的两次“再创业”

20世纪70年代末，随着军工任务和订单大幅减少，重庆的不少军工企业经济效益直线下降，长安厂也不例外。

怎么才能切实解决工厂近万名职工的吃饭问题？面对困境，长安不等不靠，开发适销对路的民品，开始了“第二次创业”。

1984年，第一批长安牌微型载重汽车下线出厂。受访者供图

“当时国家大力发展石油开采，针对市场需求，我们开始开发石油钻头产品。”时任长安厂工具科工程师的王世铮对这段历史记忆犹新。经过努力，长安改进设计后的产品，竟然比罗马尼亚进口的钻头还耐用，并获得国家银质奖。“那几年，长安在民品方面，尝试过缝衣服的绞边器、猎枪、纺织设备等，但规模都不大，无法从根本上解决万人大厂的吃饭问题。”

长安意识到，继续小打小闹搞这种缺乏竞争力的低档货，不可持续，要干，就要造附加值更高的汽车！

这种想法并非空穴来风。20世纪50年代，长安按照中央部署，把研发、制造吉普车的图纸资料无偿提供给北京吉普后，长安人就在心里种下了一粒种子——有机会还要生产中国人自己的汽车。

但是，当时中国市场到底需要什么样的汽车？长安并不清楚。一个偶然的机会，让长安人茅塞顿开——1981年举办的中国进出口商品交易会上，长安厂派出的兰祥义和杨明凡两名技术人员，目光同时被擦身而过的一辆小车“粘”住了，这是一辆日本铃木生产的微型汽车。

1981年11月，长安厂正式决定研制微型汽车。彼时，厂里技术人员连这种汽车发动机的工作原理都不懂。长安厂聘请重庆大学等高校的教授来授课。没有扫描样机的设备，他们就用尺子一毫米一毫米地量。时间紧，大家“连轴转”，甚至上厕所都要跑步前行。

1983年9月，长安厂自制的第一台汽车发动机点火成功，当年10月，第一辆样车总装完成。看到样车后，时任兵器工业部部长来金烈称赞：“硬是把车给造出来了，这是长安人的骄傲，更是中国兵器工业的自豪。”

1984年11月15日，长安第一批微型汽车剪彩出厂，标志着中国汽车微车时代的开始。此后，长安通过技术积累、滚动发展，产品谱系逐渐涵盖了微车、轿车、商务车、SUV（运动型多功能汽车）、中高端乘用车等。2011年12月，长安汽车第1000万辆在重庆渝北工厂下线，创造中国汽车累计产销突破千万辆的最快纪录。

2018年，中国车市出现了20年来的第一次负增长，国产汽车品牌危机凸显。长安汽车迅速推进战略转型，宣布开启“第三次创业”，销量再次持续快速增长。

2021年4月，长安又公布“十四五”时期发展规划及2030愿景，坚持向智能低碳出行科技公司转型。未来，长安将投入1500亿元，每年发布1—2个领先的智能场景应用，2022年上市L4级智能网联汽车，2025年后实现自动驾驶平台量产及商业化运营；未来5年内计划推出26款新智能电动汽车，并与华为、宁德时代合作推出5款智能电动车型。

中国首辆民用摩托车的诞生

当今，各式各样的国产摩托车奔驰在大街小巷。但你很难想象，改革开放初期，我国的摩托车工业还是“零”。第一个“吃螃蟹”的是重庆嘉陵。

1978年12月，嘉陵派了一个工作组到南斯拉夫商谈合作事宜。但南斯拉夫方面提出了发动机必须采用纯进口、支付高额技术转让费等苛刻条件。

眼看此路不通，时任嘉陵党委书记彭孙寿便带了几个人去日本，先后参观了本田和雅马哈的工厂，学习了摩托车的生产流程，并购买了本田公司的一款小排量摩托车回来做参考，进行摩托车产品开发。

1979年5月，重庆嘉陵开始自主研制摩托车，9月成功试制出第一辆50ml排量“争气车”样车。受访者供图

韩幼民是当时的主要开发人员之一。他回忆，在无资料、无经验、无工装、无设备情况下，要研制摩托车只能靠“借与巧”。奋战4个多月后，1979

年9月20日，一辆凝聚着嘉陵人汗水与智慧的“嘉陵”牌国产摩托车诞生了，全厂上下欢呼雀跃。

一个多月后，新中国三十华诞，5辆嘉陵摩托车驶过天安门广场！

1980年，嘉陵生产的2500辆摩托车陆续投放北京、成都、上海、重庆等市场，引起强烈反响，出现了全国性的“嘉陵热”。

伴随着中国首辆民用摩托车的诞生，嘉陵的“军转民”之路越走越宽——1981年开展“国内联合”和“国际合作”，1983年率先出口国际市场，1987年实施企业集团试点和股份制试点，1995年成为“中国摩托车之王”。嘉陵，由此也成了“军转民”的典范。作为中国现代摩托车工业的开路先锋，嘉陵还引导、带动了中国摩托车行业的诞生和发展。

除了摩托，“嘉陵”猎枪弹也是该企业“军转民”的拳头产品。1982年，该公司将此弹提供给运动员射击训练和比赛使用。1983年，嘉陵从比利时进口了第一条猎枪弹生产线，几年下来，猎枪弹年产能力达到了2000万发，并作为兵器工业部第一批重点出口产品。在1990年亚运会和1992年巴塞罗那奥运会上，我国著名运动员张山使用嘉陵弹先后获得金牌，“嘉陵”猎枪弹从此扬名体坛，被誉为奥运“金牌弹”。

近年来，嘉陵公司先后研制成功了数种型号的新产品，部分产品填补国内空白，达到国际先进水平。未来，嘉陵将紧跟国家、集团公司深化改革步伐，进一步巩固主导特种产品的国内领先地位，矢志成为受人尊敬的科技创新型企业。

望江风电齿轮箱拿下国内行业“四项第一”

1979年，随着国民经济的调整，望江厂开始进入“军转民”时期。

人多力量大。两个多月时间内，望江厂就承接了香烟过滤嘴接装机、12马力摩托车发动机等1633个品种、9万多件（套）零部件的制造和协作任务，迈出了军转民的第一步。那一年，望江厂完成民品产值203万元，全年实现利润136万元。

“我们一直注重按照工艺相近、技术相近的原则筛选支柱民品。”望江厂相关负责人这样解释其成功之道，比如1979年至1985年，先后试制并生产了ZYZ型、KX280型、ZY560型、ZY560K型4种液压支架。

同时，在军转民的过程中，望江厂瞄准民品生产中的薄弱环节，有计划、有重点地对表面精饰工艺进行了技术改造。比如，望江厂试验成功了光亮镀铬和塑料电镀工艺，成功研制了三层微型裂纹镀铬工艺。

另一方面，在“找米下锅”的过程中，望江厂发现重庆市的轻纺工业在技术改造中需要机器制造业提供设备。为此，从1980年开始，工厂紧紧围绕国家建设重点，发展技术密集、工艺相近、技术相近的民品。

1985年，望江厂工业总产值达到9921万元，为1978年的2.76倍，平均每年递增15.6%,成为工厂生产发展较快的时期之一。

2008年，望江厂正式进军风电产业，投入3.7亿元进行生产线、装备加工线建设，成为当年国内提供风电样机最多的风电企业。

近年来，望江公司先后研发出1.5兆瓦到3兆瓦系列共15个型号的风电齿轮箱产品，通过了世界权威认证机构德国劳氏船级社GL认证，获得进入国际市场的通行证。

如今，望江公司研发生产的风电齿轮箱达到国内同行业“四项第一”：国内第一款通过GL认证的风电齿轮箱产品；通过GL认证最多的风电齿轮箱制造企业；首家采用四行星轮加柔性销轴传动技术的企业；首家根据用户提出的瞬变载荷成功进行台架试验的企业。

（白麟　杨骏）

“西南第一路”建设背后那些事

城市基础建设是城市赖以生存和发展的基础，其发展水平反映了城市发展的质量和潜力。新中国成立后，特别是改革开放以来，重庆市加快了高速公路、机场、电厂等基础设施建设，为重庆经济发展注入了巨大动力。

2021年6月12日上午8时，端午节假期首日，成渝高速中梁山隧道出口，出城的车辆已排起长龙。

1995年9月，成渝高速公路全线通车，成渝的时空距离，由铁路的10个小时左右缩短至高速公路的4个小时。《重庆日报》资料图片

成渝高速，是重庆最繁忙的高速公路之一。数据显示，从1994年通车到2020年，成渝高速重庆段日均车流量从1.1万辆次增长至14.55万辆次，增长了12.23倍。

成渝高速，是西南地区修建的第一条高速公路，也是全国第三条高速公路，被称为“西南第一路”。它的建成通车，引领地处西部内陆的重庆进入了现代化交通时代——高速公路时代。

从重庆驾车到成都>>>
曾经需要10多个小时

成渝高速建设前，连接重庆、成都的是一条建成于20世纪30年代、全长438公里的成渝公路。新中国成立后，虽多次整修改建，但仍不堪重负，不仅堵车严重，而且交通事故频发，已远不能适应成渝两地经济发展的迫切需要。

“早上开车从重庆出发，晚上10点多才能开拢成都。”曾在重庆汽车运输公司跑运输、现任重庆成渝高速公路有限公司运行保障中心副主任的刘昕回忆，当时开车去成都单程少则10小时，遇上堵车甚至要约两天。

新建一条成渝公路，成为当时两地群众最热切的期盼。

20世纪80年代，成渝公路被列入“八五”期间重点公路建设项目，同时也成为交通部规划的“两纵两横”国道主干线上海至成都的组成部分。1983年9月，四川省和重庆市着手对成渝公路进行可行性研究。

成渝公路该怎么改建、建成什么标准？当时，没有多少可以参照的标杆，四川省和重庆市都只能“摸着石头过河”。

1987年12月，国家计委批复：保留原路，另建新线。当时的批复中，新成渝公路还只是“高等级公路”。按照设计方案，新成渝公路起于成都五桂桥，止于重庆陈家坪，为节省投资，成都五桂桥至简阳及重庆陈家坪至来凤驿为一级路，其余为二级路。

1991年，成渝公路建设者们在评估时发现，成渝地区车辆快速增加，预计到1995年新公路建成通车时，日流量将超过7000辆次，而二级路的承受上限是5000辆次。

"辛辛苦苦修条路，中间来个'小盲肠'。"重庆段和四川段相继修改了建设方案，将"二级"路改为"一级"路，"两车道"改"四车道"。

全封闭、全立交、双向四车道，设计时速80~100公里，设计流量是老成渝公路的150倍，新成渝公路已经达到了高速公路的建设标准。在计划经济年代，做这样的决定要冒"越矩违规"的风险。

为保工期，"二改一"方案由建设指挥部通过后直接实施，再报相关部门寻求批准。直到1992年12月，国家计委复函同意"成渝公路全线按一级公路一次建成"，这个冒险方案才得到承认。

引领高速路建设模式创新>>>
控制工程实现三大创新

业界人士普遍认为，成渝高速从设计、建设、运营全过程，一路探索、一路创新，早已成为重庆乃至全国高速公路的样板。

据悉，成渝高速公路建设期间，在交通部等相关部门的直接领导下，实现了"三个引进"，即引进世行贷款、引进竞争机制、引进实施国际通用的"菲迪克"条款，还推行了工程承包制、招投标制、管理制、工程监理制等先进管理模式。

据介绍，成渝高速重庆段是全线建设最艰难的一段。虽然长度仅为全线的1/3，但工程量就占了1/2，全线最长的隧道、最大的填方都在重庆境内。在建设过程中，建设人员积极创新，实现了控制工程的三大创新：

荣昌至来凤段，创新"利用废方，扩宽路基，把二级路改为一级路"的优化设计方案，一次建成一级路，不仅满足了今后车流量增大的需求，还节约了工程投资；中梁山和缙云山隧道，采用"半横向式通风改为纵向式通风"的方案；三星沟大桥变更为高路堤建设方案。

重庆结束没有高速路历史>>>
成渝两地车程缩短至约4小时

1994年4月28日，成渝高速迎来历史性一刻：重庆段首段陈家坪至上桥建成通车，全长5公里。

重庆成渝高速公路有限公司副总经理刘先明清楚记得当时的情景：当日上午10时，在陈家坪立交入口处（当时还未建立交）隆重举行了成渝高速通车典礼，准备上高速的车辆已经排成长队。刘先明与同事一起驾驶着5辆长安面包车，引领社会车辆驶上高速公路。

1994年10月18日，重庆段主线初通。1995年9月25日，成渝高速全线建成通车。它比原有的成渝公路车程短90多公里，比成渝铁路里程短160多公里。从此，两地间车程缩短至约4小时。

随着重庆直辖，重庆高速公路建设进入快车道。市交通局数据显示，到2020年底，重庆高速公路通车里程已经达到3400多公里，中心城区射线通道达到12个，对外通道达到24个，其中川渝间在建或已建高速公路已达到19条；每百平方公里路网密度达到4.13公里，均居西部前列。

（杨永芹）

重庆江北国际机场的5次扩建

2021年6月22日上午，重庆江北国际机场T3B航站楼施工现场，塔吊林立，机械轰鸣，一派忙碌。

工地的对面，正是T3A航站楼。“从T1航站楼到T3A航站楼，再到在建的T3B航站楼，重庆江北国际机场经历过5次扩建。”重庆机场集团有限公司党委书记、董事长谭平川说，江北国际机场2019年完成旅客吞吐量4479万人次，位居全国第9位，并跻身全球第48位。

T3B航站楼2024年建成后，重庆江北国际机场跑道数量将位居全国前列，以更靓丽、更先进、更国际化的面貌展现在世界面前。

20世纪80年代，重庆仅有军民共用的白市驿机场。建于1939年的白市驿机场，是当时国内仅有的4个国际民航机场之一。20世纪70年代，白市驿机场每天起降的民航班机只有四五架，20世纪80年代末时一共也只开通了十几条航线。航空是现代城市经济发展的重要“引擎”之一，重庆新建航空枢纽的迫切需求，被提上国家日程。

1984年10月，国务院、中央军委正式批准新建重庆江北机场。

1985年11月30日，机场破土动工。

1989年4月12日，时任中央军委主席的邓小平为机场题写了“重庆机场”4个字。

1989年12月6日，机场正式定名“重庆江北机场”。

1990年1月22日，重庆江北机场正式建成通航。

1998年，江北机场更名为“重庆江北国际机场”。

2001年12月，重庆江北国际机场启动了二期扩建，该工程是国家计委、重庆市和民航总局“十五”期间的重点建设项目，也是国家西部大开发首批十大重点工程之一。之后，重庆江北国际机场相继进行了三期、四期扩建。2020年11月，T3B航站楼和第四跑道开建，这是第五次扩建。

目前，重庆江北国际机场已经成为中西部首个拥有3座航站楼、3条跑道同时运行的机场，累计开通国际地区航线101条。到2024年，重庆江北国际机场可满足年旅客吞吐量8000万人次、年货邮吞吐量120万吨、年飞机起降量58万架次的需求，将支撑重庆在西部地区带头开放、带动开放。

（杨永芹）

三轮建设后珞璜电厂担当发电“主力”

20世纪80年代末，随着工矿企业产能的增长和居民生活水平的改善，电能紧缺成为重庆经济社会发展的“瓶颈”。

经多方努力，华能与重庆市达成共识，积极推进华能珞璜电厂一期工程上马，计划建设容量72万千瓦，这将把重庆的总发电量提升1倍多。

1988年9月，项目开工。华能和重庆在全国广招人才，华能珞璜电厂党委书记胡泽荣也是在此时加入珞璜电厂的。

作为国家“七五”重点能源建设项目，珞璜电厂一期总投资18.3亿元，是新中国成立以来重庆市投资最大的工程项目。

胡泽荣和来自全国各地的各类专业技术人员一起，被分配到各个岗位上，忙得热火朝天。那些纵横交错的巨大电缆沟、靠100多人拉动的6kV电缆、重达300吨的汽包、100多个轮子的平板车……让他们震撼又兴奋。

更让胡泽荣印象深刻的是来自国外的先进发电技术。电厂一期工程成套引进了法国阿尔斯通公司两台单机容量360MW亚临界燃煤汽轮机组，并在国内首家引进日本三菱重工烟气脱硫装置。一期工程建设现场一度驻扎有大批外籍技术专家，厂里也专门派出多批技术人才前往法国、日本、西德学习。

1991年9月11日，电厂1号机组投产发电，1992年2月14日，2号机组投产发电，标志着一期工程全面建成。1996年12月，电厂二期工程启动建设，继续成套引进法国阿尔斯通公司两台单机容量360MW亚临界燃煤汽轮机组，并于1998年12月全部投产。

二期工程建成后，电厂总装机容量达144万千瓦，超过新中国成立以来重庆市所建电厂的装机容量总和，为刚刚成立的重庆直辖市注入了新的发展动力。

2004年9月，电厂三期工程动工，这一次，核心技术设备和整个机组的建设运维实现了完全自主。

2007年2月，三期工程全部建成投产，电厂总装机容量达到264万千瓦，成为我国西南地区装机容量最大的环保型火力发电厂，当时重庆市每使用10度电，就有3度来自珞璜电厂。

建厂以来，珞璜电厂总投资约120亿元，累计发电2300亿千瓦时。2020年6月，该电厂建成投产西南地区首个污泥耦合发电项目，为传统燃煤电厂转型发展提供了示范。

（白麟）

从"村村点火、遍地冒烟"逐步走向规模化、集中化
——重庆乡镇企业异军突起

1984年，中共中央、国务院4号文件正式提出乡镇企业的概念，重庆乡镇企业局也随之挂牌成立，由此拉开了我市农村工业和现代化发展的序幕。

此后的近20年里，在政府优惠政策、鼓励措施的支持以及市场经济的推动下，全市乡镇企业从"村村点火、遍地冒烟"逐步走向规模化、集中化发展，不仅接纳了大量农村剩余劳动力，还促进了农村经济发展，加快了农村的城市化进程。

据《重庆市志·乡镇企业志》记载，截至2002年底，全市乡镇企业共计10.2万家，吸纳从业人员162.27万人，实现总产值1371亿元，向国家上缴税金37.48亿元，支付从业人员的劳动报酬128.2亿元，对地区经济发展乃至社会稳定起到了重大作用。

20世纪90年代，"荷花"牌米花糖的生产场景。受访者供图

社队企业萌芽发展

什么是乡镇企业？依照《中华人民共和国乡镇企业法》第二条规定，乡镇企业是指农村集体经济组织或者农民投资为主，在乡镇（包括所辖村）举办的承担支援农业义务的各类企业。

“事实上，乡镇企业是由社队企业发展而来的，萌芽于新中国成立初期的农村副业和手工业。最辉煌的时候，部分区县三分之一的财政收入都来自乡镇企业。”2021年6月28日，原市乡镇企业局副局长赵吉林向重庆日报记者回忆起那段历史时，仍有些心潮澎湃。

赵吉林口中的社队企业，起源于20世纪50年代。到20世纪70年代时，由于农村地区人多地少，在转移农村剩余劳动力变得十分迫切的情况下，社队企业得到更广泛发展。1978年，重庆市社队企业局正式成立。

地处西部山区的重庆，改革进程较慢，当时的社队企业并不多。改革开放后，一些人看到了机会。1979年，江津德感公社的一位普通村民吴永富率先行动起来。

那一年，吴永富在帮别人做工时，偶然听到对方有亲戚想成立一家塑料印刷厂。虽然当地没有发展先例，但因听说在其他地方有类似发展模式，他瞬间心动了。

随后，他动员村支书等4名村干部，每人出资300元，在村支书家的一间小门面房里，开办了一家简陋的塑料印刷厂。让他没想到的是，这一干就干出了大名堂。“那时可以说是发展得红红火火，一年销售额能有三四十万元，实在是一个不得了的数字。”吴永富说。

但在那个时候，社会上不少人对于这个新兴事物存在诸多误解，甚至认为是在走资本主义道路。1983年，有人告到德感公社，吴永富的工厂被大队收归接管。

尽管这样，吴永富在谈及那段经历时仍感叹：“多亏了改革开放，改变了我这个普通农民一生的命运，是我人生重要的转折点！”

乡镇企业异军突起

尽管有不同声音存在，但社队企业的兴办确实起到了繁荣农村经济、吸纳农村劳动力就业、增加农民收入的积极作用。

随着改革开放的深入推进，1984年，中央将社队企业更名为乡镇企业，正式提出发展乡镇企业。

这一时期，吴永富又联合自家亲戚共同出资5000元，创办了江津第一家乡镇企业性质的米花糖厂——江津县中渡食品厂。可正当工厂生产步入正轨时，有村民再次发出反对的声音，采用堵门、堵塞烟囱等各种方法阻拦生产。

与上次不同的是，此时乡镇企业的发展已得到政府的重视。“当时事情闹到了时任县委书记那里，他就亲自到我们厂现场办公，不仅处理了领头闹事的村民，还鼓励我‘你走的路子是对的，发展农村经济首先就要发展乡镇企业，你大胆地干，县委、县政府在背后给你撑腰’。”吴永富说，政府的态度给他吃了颗“定心丸”，也让他明白了政府推动改革的决心。

不仅仅是在江津，1986年，重庆市委、市政府在与无锡、成都等地比较后，提出要把全市农村工作的重点放在大力发展乡镇企业上，又在1988年成立了全市乡镇企业领导小组，出台了一系列政策措施激励、引导乡镇企业发展。

吴永富说，就在1986年前后，德感当地做米花糖的企业一下就冒出几十家。1988年，在当地政府的帮助下，他在已搬迁的中渡小学原址上建起了面积约2000平方米的新厂房，并采购了一批机械化设备，告别了手工作坊时代。

1986年至1995年开展“亿元乡”创建、1993年启动乡镇企业工业园区建设、2000年开展“明星乡镇”创建……在政府的支持推动下，乡镇企业迅速在全市遍地开花、异军突起，并逐渐从“村村点火、遍地冒烟”走向了规模化、集中化。

经过10余年的发展，到2002年，全市乡镇企业形成了以摩托车、汽车零部件加工制造为主的机械工业，农副产品加工业，建筑建材业和交通运输仓储、商贸批发零售业、餐饮住宿服务业等第三产业的四大支柱产业和多门类的工业行业及服务行业体系。

改制后“二次创业”

进入20世纪90年代后，随着多种经济成分的发展和市场竞争的加剧，乡镇企业的发展速度开始明显回落。

这一时期，因旧的管理体制不能适应新的经济发展形势，许多乡镇企业在实际发展中都面临诸多困难，乡镇企业迎来了改制后“二次创业”的阶段。

1995年2月，重庆市人大常委会颁布《重庆市乡镇企业股份合作制条例》。随后，市政府又发出关于条例实施有关问题的通知，指出实施乡镇企业股份合作制是明晰企业产权，建立财产制度，完善管理和经营机制，调动所有者、经营者、劳动者各方积极性，实现真正意义上的政企分开、民主管理和科学决策的重大举措，要求加快改制步伐。

但在实际实施过程中，股权具体怎么分配，却并没有明确。吴永富说，当时当地体改委主动找上门，提出让他在带头完成改制。

“最开始他们提出，街道和村都要分股份，然后我们几个合伙人再分别按出资比例分配，我考虑到这一来就把一个企业整得四分五裂了，就没同意。”吴永富说，后来经过协商，双方秉持着实事求是原则，最终达成一致：由吴永富出资10万元，购回了集体部分股份。

赵吉林说，在随后几年改制工作的开展中，市里以“谁投资、谁所有、谁受益”为原则，逐渐明确了股份制、股份合作制及兼并、拍卖、租赁等多种改制形式，进一步释放了企业活力。

吴永富表示，改制后产权明晰了，公司也拥有了更大自主权，可以制定自己的发展方向、目标，更好地适应市场。买土地、建厂房、建立销售网络……在市场经济的刺激下，公司不断适应新形势，逐步发展壮大，如2021年产值达到7000万余元。

"随着2003年中小企业局成立,后来又并入市经信委,乡镇企业逐渐退出了历史舞台,但通过改制后'二次创业',这些存活下来的企业依旧为后来社会经济发展起到了重要的推动作用,比如如今的宗申集团、隆鑫集团等皆是从乡镇企业发展而来的。"赵吉林说。

(栗园园)

“四件大事”开启重庆发展新航程

从2003年开始，中巴车逐渐淡出市民视野，如今已经成为重庆人的一种记忆。

淘汰主城区客运中巴车其实是重庆市政府实施“蓝天行动”、规范客运市场秩序的一项内容，所置换的车辆，全部使用的都是清洁燃料。

市政府实施的“蓝天行动”，与中央交给直辖后新重庆的“四件大事”（三峡移民、国企改革、扶贫工作、生态建设）密切相关。

新重庆扎实办好“四件大事”，一路爬坡上坎，历经十年奋斗，终由“呱呱坠地”，逐渐成长为“蓬勃少年”。

2007年初春，重庆在国务院新闻办举行新闻发布会，宣布直辖之初中央交办重庆的“四件大事”基本完成。

此后的重庆，经济社会持续快速健康发展，开启发展新航程。

“四件大事”交给直辖后的新重庆

1997年3月14日，八届全国人大五次会议进入最后一天。

20多年过去了，但第八届全国人大代表袁昌玉仍清楚地记得那天开会的情形。她回忆说，大会的议程比较多，表决设立重庆直辖市的议程比较靠后。

3月14日下午3点50分，时任全国人大常委会委员长的乔石宣布，开始投票表决《关于批准设立重庆直辖市的决定》。2720名全国人大代表按动表决器，3点54分，会场大屏幕显示出投票结果：重庆成为继北京、上海和天津之后的中国第四个直辖市。

消息迅速传开，袁昌玉走出会场后，收到了来自媒体和亲朋好友一个接一个的电话、短信。“大家都在为重庆直辖而兴奋。”她回忆说，许多市民冲上街头，为这个激动人心的消息欢欣不已，解放碑甚至放起鞭炮。

1997年6月18日，重庆市人民大礼堂，重庆直辖市挂牌揭幕大会。《重庆日报》资料图片

同年6月18日，整个山城都洋溢着节日的喜庆气氛，重庆市各界3500多名代表参加了直辖市挂牌揭幕大会。

很快，中央也给新重庆交办了迫在眉睫的“四件大事”。根据重庆直辖后的特殊市情和中央赋予重庆的历史使命，1998年3月全国两会期间，时任中共中央总书记江泽民在参加重庆代表团审议时发表了重要讲话，要求重庆必须集中精力办好“四件大事”：按时完成三峡工程重庆库区的移民搬迁任务；搞好国有企业改革，振兴老工业基地；加快农村经济发展，到20世纪末基本解决农村贫困人口温饱问题；加强生态环境建设，实现可持续发展。

累计搬迁安置113万余三峡移民

正在北京举办的“不忘初心、牢记使命”中国共产党历史展览中，有这样一件展品：两个写着“有事找共产党员”的工作标牌，这是忠县乌杨镇移民干部在护送移民外迁途中佩戴过的胸牌，见证了那段激荡人心的历史。

1994年12月14日，三峡大坝工程正式动工。因工程建设需要，重庆、湖北等地共131万三峡移民，需要到新的地方定居，而重庆承担了85%以上的三峡移民。自1993年正式实施百万移民工作到全面完成移民搬迁安置任务，重庆累计搬迁安置移民113万余人。

在这场艰苦卓绝的移民攻坚战中，广大移民远离故土，举家迁移。重庆的广大共产党员就是佩戴着“有事找共产党员”的胸牌，想移民之所想，急移民之所急，解移民之所难，忠实履行“权为民所用，情为民所系，利为民所谋”的铮铮誓言。

为了纪念三峡移民们的付出，国务院规划在重庆万州修建了重庆三峡移民纪念馆。日前，记者来到纪念馆，看到了一面移民干部展示墙——

2001年1月20日下午，正在移民现场办公的重庆市涪陵区百胜镇副镇长况守川，看到一面正在拆除的移民房屋土墙即将倒塌，而墙体下还站着一对母子，千钧一发之际，他冲上去撞开了这对母子，却献出了自己33岁的年轻生命；

云阳县高阳镇牌楼村原党支部书记叶福彩在得知自己身患晚期胃癌后，不但没有退缩，反而更加忘我地投入到了移民工作中。临终前，他唯一的请求就是希望妻子把自己安葬在三峡水库175米水位线上……

在波澜壮阔的百万移民历史洪流中，广大移民干部以自己的一言一行，践行了“宁可苦自己，决不误移民”的庄严承诺。

2010年1月，原重庆市移民局向重庆市三届人大三次会议提请审议《三峡（重庆）库区移民工作报告》，宣告至2009年底，重庆已全面完成三峡移民搬迁安置任务，累计搬迁安置113.8万移民。

此后10年，重庆库区进入以促进移民安稳致富、生态环境建设与保护、地质灾害防治为主要任务的后续期。

改革让国企焕发新生

直辖对于重庆来说是大喜事，让重庆广大市民为之欢欣鼓舞，但对年轻的直辖市而言，则是起步维艰、任务繁重。

其中,40万下岗职工、国有企业亏损面超过60%,这是摆在重庆面前的一大难题。重庆大城市与大农村、大工业与大农业并存,尽快化解经济社会发展中的突出矛盾和困难,实现重庆新的振兴,是直辖后的头等大事。

为此,重庆响亮提出:举全市之力打好国企改革攻坚战。

重庆登康口腔护理用品股份有限公司党委书记、董事长邓嵘,至今仍对20世纪90年代末的改革经历记忆犹新——当时,外资牙膏品牌进入中国市场,为抢占市场份额,不少品牌打起了价格战。

与国际巨头竞争,更是倒逼企业深化改革。为此,登康成立了市场部,与国际企业展开了深度合作,进行了消费者定性定量研究。那句家喻户晓的广告语——冷热酸甜,想吃就吃,也是在这一时期提炼出来的。

企业发展除了自身努力,更需市级层面的统筹创新。

2004年,重庆渝富资产经营管理集团有限公司挂牌成立(以下简称"渝富公司")。政府将分散在全市几千家国企里的不良债务全部剥离并划入渝富公司,由渝富公司将这些不良债务做分类整合打包后,再通过更专业有力的谈判,分别以很低的打折价购回这些资产包,渝富公司成为这些债务的债权人。

如此运作下来,企业的资产质量因不良债务的剥离而大大改善。同时,国有银行因为收回了部分不良贷款,也使得自己的不良资产率得以降低,乐意为之。

通过渝富公司的整体打包运作,重庆数百家国企得以从多年的债务泥潭中摆脱出来,重获发展生机。

"渝富就是一个专门为重庆国有企业减轻债务负担、筹集改制成本以及为企业下一步发展做投资和融资服务的平台。"渝富公司原总经理陶俊说。

2004年,市委二届五次全会做出《关于加快推进新型工业化的决定》,为老工业基地脱胎换骨找到了"秘方"。

到2007年初,重庆国资规模从4年前的1700亿元,增长到5400亿元,财政贡献率占到57%,成为全国国企改革的典范。

10年减贫313.42万人

万州区新田镇五溪村位于长江边上，是当年三峡移民后靠安置的区域。如今，村里海拔400米以上种的是麻竹，400米以下是漫山遍野的柠檬，放眼望去，是一望无际的绿色。

"当年刚移民搬迁时，可不是这样。"村支书、村主任"一肩挑"的冉振爱说，山上土地贫瘠，被称为"乱石岗"。为了让移民心里没有顾虑，当年他第一个响应国家号召带头搬迁，带领村民发展柠檬等林果经济。

现在，全村柠檬盛产时产量能达到500万公斤，年销售收入超过2000万元，人均增收8000多元。

忠县石子乡宝山村三社地处海拔1400多米的高山上，直辖前，由于贫穷和封闭，仅有的25户人家一度就有10多户的成年男子娶不到媳妇，小孩大都在小学二三年级就面临辍学。

从2004年开始，忠县开始实施易地扶贫搬迁，以每户1万多元建房补助的标准，让宝山村三社25户人家全部迁至山下。

仅仅两年后，宝山村三社家家户户的新房前建起了一条乡村公路，当地政府还通过扶贫项目，扶持村民们发展烤烟、板栗等经济作物。也是在这两年当中，宝山村三社开始逐渐走出贫困，8户人家娶上了媳妇，辍学在家的小孩重新走进课堂。

1997年重庆直辖时，18个扶贫开发工作重点县共有366.42万绝对贫困人口，到2006年底下降到53万人，10年间，绝对贫困人口减少了313.42万人。

甩掉"雾都"的帽子

2020年，重庆收获333个"蓝天"，全年空气质量为优的天数达135天，"重庆蓝"从此成为常态。在周百兴看来，这是一项十分了不起的成就。

原重庆市环境保护局副局长周百兴称得上是重庆"第一代环保人"。

1975年初，34岁的周百兴主动申请从科委调到刚成立不久的环保局工作。

“当时重庆城最严重的两个环境问题是大气和水均受到污染，其中位于江北的重庆水泥厂是城区主要大气污染源，粉尘顺着风从江北飘到渝中，屋顶上都是一片灰白。”周百兴回忆，而水污染最突出的问题就是位于猫儿石的重庆造纸厂的工业废水，造成嘉陵江江面飘满泡沫。

1997年直辖后，重庆采取了一系列环保行动，如以水、大气污染控制工程和固体废弃物处理工程为主要内容的“三大环保工程”；围绕“山水园林城市”和“青山绿水”两大战略，实施“碧水”“清新”和固体废物无害化处理三大工程，以及“清洁能源”工程、“五管齐下”净空工程……

“针对造纸废水造成水体污染，我们先后采取关停重庆造纸厂等一批造纸企业，对于燃煤企业造成的大气污染，我们采取引导企业开展烟气脱硫等措施，使主城大气二氧化硫和粉尘排放量大幅下降。”周百兴说，在一系列环保治理措施的实施下，到本世纪初，重庆生态环境质量有了初步的改善。

2006年底，重庆全年空气质量优良的天数达到了287天，“雾都”的称号已经不再适合重庆。

经过10年发展，2007年初春，重庆宣布直辖之初中央交办重庆的“四件大事”基本完成。

统计数据显示：1996年重庆GDP仅1315亿元，人均GDP为4574元，相当于全国平均水平的78%。经过10年的努力，2006年重庆GDP达到3907亿元，年均增长10.2%，总量是1996年的3倍；重庆人的“腰包”也逐渐鼓起来，城市居民和农村居民收入分别达到11570元和2874元，年均增长8.7%和6.9%。人均GDP从550美元增至1749美元。

（颜若雯）

一幢“工贸大厦”开创国内批发商业改革先河

“工贸车站到了，前往会展中心的乘客请在这里下车。”2021年6月22日，阳光明媚，一台公交车驶入南岸工贸公交车站，站台上下车的乘客熙熙攘攘。

“在重庆问10个市民，估计8个都知道工贸车站在哪里，但如果问工贸大厦，可能知道的人就不多了。”今年74岁的重庆市商业联合会原副会长柳松说。

距离工贸车站200米远的工贸大厦，准确名称是“重庆工业品贸易中心”，这幢高103米的21层大楼，曾是重庆第一高楼。在20世纪80年代，重庆工业品贸易中心开我国批发改革先河，是全国商业改革的风向标之一。

“改革开放前，我国是由生产决定消费，老百姓的吃、穿、用等消费品都是按计划分配，‘卖难’‘难买’，是计划经济时期流通领域的一大问题。”柳松说，当时国内的工业品和农产品都是按一级批发、二级批发、三级批发、零售依序进行销售，商业企业只是分配机构，无权进行交易。这极大地阻碍了商品生产和流通。

为改变僵化的流通方式，1983年8月，时任重庆市第一商业局局长的张文亭开始谋划成立工业品贸易中心。

“那时重庆刚试行城市经济体制综合改革不久，市里要求我们大胆闯出一条路子。”张文亭接到任务后，和同事们决定先从商业批发寻找突破口，利用朝天门商储公司的一间仓库进行试点。

1984年1月10日，在那个仓库里，重庆成立了国内第一个工业品贸易中心。

最初的工业品贸易中心，由重庆市第一商业局下属的7个工业品专业站(司)各自派员组成,共设立百货、针织服装、五金等7个交易厅,实行开放批发,由厂商、产销直接见面交易,打破了以前一、二、三级站的传统分配方式,这在当时计划经济体制下堪称一大创举。

"我们当时的口号很响亮,'批发全方位开放,人不分公私,地不分南北,谁都可以来买,谁都可以来卖'。"工业品贸易中心老职工彭子悟说。

这种突破旧体制束缚的全新产销方式,让工业品贸易中心从创办之日起就受到企业极大欢迎。当时,四川染料厂、脱硫厂等企业,多次把最紧俏的商品拿到重庆工业品贸易中心进行优先选购,重庆油漆厂、重庆衬衫厂等都通过工业品贸易中心这一平台打开了销路。

从1984年到1986年,重庆工业品贸易中心先后接纳全国28个省、区、市的4000多家工商企业前来设点,商品成交总额累计达10亿元,并组织全国性和地区性的商品交易会20多次,成交总额超过4亿元,常年经营商品多达3万多个。

"每到展会期间,商家的摊位要从朝天门摆到东水门,那场面,火爆!"回忆当时盛况,彭子悟感慨地说。

重庆的"工贸现象"很快引来中央领导和全国28个省、区、市党政领导亲临考察,工业品贸易中心先后接待前来考察的中外代表团120多个、近3万人次,欧、美、日等多个境外报刊先后用专版推介重庆工业品贸易中心。

在全国打响了名头,重庆工业品贸易中心扩容已是势在必行。很快,重庆市委、市政府就在南坪划拨一块土地,并在附近规划了酒店、公交站等配套设施,力图将该区域建成为西南地区规模最大的工业品贸易集散地。当时的国家商业部也非常支持该项目,不仅划拨资金还主持设计了交易场所。

1985年底,规划面积3万平方米的工贸大厦破土动工。1988年,工贸大厦开业,重庆工业品贸易中心正式进驻。

往后数年,工贸大厦不仅接纳了全国各地数以万计的工商企业进行商品交易,还举办过香港博览会、重庆对外经贸洽谈会、西南五省七方对外经贸洽谈会等国际性展览会,以及中华全国邮票展览会、全国医疗器械交易会、全国通信产品交易会等数十个综合性商品交易会。

岁月如梭,在2000年前后,随着陈家坪展览中心、南坪国际会展中心相继建成,工贸大厦的会展功能逐渐弱化。到2004年,重庆工业品贸易中心并入重庆商投集团,至此退出历史舞台。

(夏元)

百万三峡移民：一个感动世界的奇迹

2002 年 8 月 27 日，奉节外迁移民。刘强摄

110 万余移民告别故土，2 座城市、7 座县城、94 座集镇迁建，1400 家工矿企业搬迁……

这不是一组简单枯燥的数字，这是重庆为三峡工程按期蓄水、通航、发电做出的巨大牺牲和贡献！

三峡工程成败的关键在移民，而移民的重点在重庆，重庆承担着 85% 以上的三峡移民任务。自三峡工程移民搬迁安置工作启动到全面完成移民搬迁安置任务，重庆累计搬迁安置移民 110 万余人。

挥一挥手，作别故园的千重稻菽；鞠一鞠躬，叩别黄土下的祖辈魂灵。在这场艰苦卓绝的攻坚战中，中央领导高度重视、库区移民深明大义、移民干部舍己为公、全国人民倾情支援，重庆举全市之力，上下一心，以顾全大局的爱国精神，舍己为公的奉献精神，万众一心的协作精神，艰苦创业的拼搏精神，合力破解了百万移民这道“世界级”难题。

110 万余名重庆移民舍小家为国家，为三峡工程的顺利建设创造了条件

6 月的万州区新田镇五溪村黑儿梁，满目苍翠。海拔 400 米以上种的是麻竹，400 米以下是漫山遍野的柠檬。

58 岁的冉振爱正在林间查看柠檬长势。从 1995 年起，他在每一届村

(社区)换届选举中,都高票当选村(社区)主任,2021年5月又承担起了村支书、村主任“一肩挑”的重任。这代表了村民对他这个“领头雁”的信任。

“黑儿梁,乱石岗,坡坡坎坎草不长。”1993年,三峡百万移民工程正式实施,长江边的五溪村属于移民搬迁范围。因为山上土地贫瘠,后靠安置的移民心里有顾虑。冉振爱响应国家号召带头搬迁,从水土丰沃的长江边搬到乱石林立的黑儿梁。他开辟荒山建果园,带领村民发展柠檬等林果经济,硬是把昔日的荒山坡变成了现在的“花果村”。

中国人讲究“故土难离”,但为了建设一个更加美好的三峡,为了创造更加美好的生活,百万三峡儿女抛家舍业、别乡离土,不讲价钱,不言回报。

后靠移民离开肥沃的土地,把新家建在瘠薄的山梁台地上;外迁移民带着家乡的泥土、黄葛树,远赴十几个省市,把根扎在他乡的土地上。

在重庆三峡移民纪念馆三楼展厅,一面记录外迁移民场景的照片墙上,一张手捧黄葛树苗的中年男子与亲人泪别的照片,感动了无数中国人。

男子名叫徐继波。2000年8月,150户639名云阳县农村移民外迁上海崇明落户。徐继波兄妹八人都是移民,只有他是外迁移民。临别前,父亲满眼含泪,递给他一株家乡的黄葛树苗,希望他能把三峡的根深深地扎在上海的土地上。到上海后,徐继波勤恳做事、踏实做人,他种过地、卖过菜,当过机械工人,如今是崇明环卫工人,今年就要退休。

……

这些点点滴滴的凡人凡事,铸就了三峡移民这个平凡而英雄的群体。2002年,中央电视台首次评选“感动中国”年度人物时,将特别大奖授予了三峡百万移民。

广大移民干部舍己奉公,无私奉献,不少人累倒在工作岗位上

正在北京举行的“不忘初心、牢记使命”中国共产党历史展览上,有两个写着“有事找共产党员”的工作标牌,感动了无数观展者。

这两枚标牌来自重庆,是忠县乌杨镇移民干部在护送移民外迁途中实际佩戴过的胸牌。

在波澜壮阔的百万移民历史洪流中,广大移民干部想移民之所想,急移民之所急,解移民之所难,以自己的一言一行,践行着“宁可苦自己,决不误移民”的庄重承诺。

有的移民干部,是在用生命破解这道世界级难题。

2001年8月,巫山县移民干部冯春阳在步行赶往偏远的青云村做移民工作途中,被突如其来的山洪卷走,以身殉职。这一天,离他正式退休只差4天;

2001年1月20日下午,正在移民现场办公的涪陵区百胜镇副镇长况守川,看到一面正在拆除的移民房屋土墙即将倒塌,墙体下站着一对母子。千钧一发之际,他冲上去撞开了这对母子,献出自己33岁的年轻生命;

“请把我的坟墓面向长江,埋在175米水位线上……”这是云阳县高阳镇牌楼村原党支部书记叶福彩的临终遗言。在得知自己身患晚期胃癌以后,他不但没有退缩,反而更加深入地投入到移民工作中。临终前,他唯一的请求是希望妻子把自己安葬在三峡水库175米水位线上……

为了让移民“搬得出,稳得住,逐步能致富”,广大移民干部大胆实践,走出开发式移民的创新之路。

1992年,奉节县安坪乡被确定为首批三峡移民迁建试点乡,乡党委书记冉绍之拖着两条病腿挨家挨户地给村民做工作,10天就磨破一双鞋。他还带领村民开山修路,改土造田,成功创造“门前一条江、江边一条路、路边一排房、房后一片园”的就地后靠安置模式,探索出一条三峡库区多元化发展的路子,为农村移民后靠安置树立了样板。

2018年12月18日,在庆祝改革开放40周年大会上,冉绍之被党中央、国务院授予“改革先锋”称号,并获评“三峡移民安置的实践探索者”。2019年9月25日,冉绍之入选“最美奋斗者”名单。

各地对口支援三峡重庆库区资金超1500亿元，合作项目1858个

2020年11月26日，全国对口支援三峡库区经贸洽谈会上，重庆库区区县签约24个项目，签约金额303.3亿元。这批落户重庆库区的项目，涵盖农特产品、康养旅游、新能源、新材料、电子商务等生态特色产业，将有力助推库区产业实现高质量发展。

三峡工程是中华民族的世纪工程，三峡百万移民牵动着全国人民的心。1992年，党中央、国务院发出全国对口支援三峡库区的号召——自此，全国26个国家部委、23个省（区、市）、重庆主城7个区与三峡重庆库区结下浓厚情谊，协作一心，为破解百万移民世界级难题增添了强大力量。

对口支援省（区、市）通过资金帮扶、项目建设、技术交流、市场拓展、劳务合作、人员培训、干部交流等多种途径，全力支援重庆库区移民工作和经济社会发展。截至2021年5月，全国对口支援三峡重庆库区累计引入资金超过1500亿元、合作项目1858个。

在重庆库区所有区县，都有以对口支援地命名的道路、桥梁，一条条“辽宁大道”“山东路”“河北步行街”见证着库区人民与对口支援省（区、市）的深情厚谊。

在对口支援省（区、市）的倾情援助下，库区公共服务功能大幅提升。位于涪陵区顺江大道的浙涪友谊学校是一所九年一贯制学校，2004年由浙江省捐建。17年来，在浙江省的倾情帮助下，浙涪友谊学校占地面积由原来的4.3亩扩至50亩，办学规模由过去的1215人增加到3452人，办学质量进入涪陵区前列。

对口支援充分体现了社会主义集中力量办大事的优越性，它为三峡重庆库区经济发展注入了强大活力，并成为推动库区产业大调整的经济“引擎”。

产业空虚曾是困扰库区发展、移民安稳致富的难题。自全国对口支援三峡库区以来，浙江华峰集团、建峰集团、伟星集团、杭州娃哈哈集团和广

东雷士照明、山东如意集团等一大批国内知名企业到三峡库区投资兴业，有效助推了库区产业转型升级。

2010年，响应对口支援号召，华峰集团有限公司在涪陵区投资建设了重庆华峰新材料产业园，目前已成为全球最大的己二酸生产企业和全球单体最大的氨纶生产基地。2020年底，华峰集团投资60亿元建设的尼龙66一体化项目再次落户涪陵。

在全国人民的倾情支援下，重庆库区以移民迁建为契机，充分利用后期扶持、库区基金、产业发展基金等优惠政策，抓好库区产业结构调整。以对口支援与招商引资为平台，积极承接沿海地区产业梯度转移，变库区生态优势为发展优势，实现了库区经济快速发展，为移民安稳致富奠定了坚实基础。

（龙丹梅）

渝怀铁路：西部大开发中诞生的“黄金路”

2000年1月9日，重庆市西部大开发工作领导小组首次会议召开，标志着重庆市正式启动西部大开发工作。

西部大开发战略，是党中央总揽全局、面向新世纪实施的一项重大战略，政策适用范围包括重庆在内的12个省（自治区、直辖市）及湖南、湖北、吉林的部分自治州。重庆实施西部大开发以来，在基础设施建设、生态环境保护和建设、产业结构调整和发展、科技教育、人才培养等方面取得显著成就。

其中，2000年12月开工的渝怀铁路是西部大开发2号特大工程，全长624.523公里，连接重庆市和湖南怀化市。渝怀铁路工程量浩大，技术难度

2017年4月21日，渝怀铁路列车驶过涪陵区蔺市镇。苏思摄/视觉重庆

高,但对沿线地区经济社会发展有巨大的带动作用。2005年4月,渝怀铁路竣工。2007年,渝怀铁路全线开通货运和客运业务。

2021年6月25日零时起,全国铁路实行第三季度列车运行图,渝怀铁路新增动车组6对。其中,重庆到张家界首次开行动车组,两地铁路旅行时间压缩近1.5小时。

此时,距离渝怀铁路全线开通过去了14年。14年来,这条铁路给沿线地区发展带来巨大动力,被誉为重庆东南方向的“黄金路”。2020年12月,渝怀铁路二线全线开通运营。

这条“黄金路”,是在西部大开发中诞生的。

沿线群众像迎接刘邓大军一样欢迎筑路队伍

6月25日的全国铁路调图,为秀山带来一个好消息:渝怀铁路新增的6对动车组中,重庆北至秀山新增2对。

对秀山人而言,渝怀铁路是一条不折不扣的希望之路。

2007年11月1日8点40分,重庆北首次开行到秀山的8609次列车。首趟车的1300多张票,早在前一天下午3点就全部售罄。

“这一天,我等了10年!”秀山居民冉晓勇在外打工多年,深知大山阻隔的艰难,一直盼望秀山能通铁路,“通车后我特意带上全家,坐火车去重庆主城区(现中心城区)玩了一趟。”

事实上,渝怀铁路不仅是秀山的希望之路,更是沿线所有地区的希望之路。在这条铁路修建之前,武陵山区的许多人从未见过火车。坐火车走出大山,是沿线群众共同的梦想。

“当年,沿线各地群众就像过去迎接刘邓大军一样欢迎筑路队伍。”重庆市政府原参事、市发展改革委原副主任马述林曾担任重庆市铁路建设领导小组办公室主任,“渝怀铁路起于沙坪坝,在重庆境内经过渝北、江北、长寿、涪陵、武隆、彭水、黔江、酉阳、秀山。当时,沿线群众听说要修铁路,欢天喜地,奔走相告。”

马述林回忆，铁路技术人员每一次踏勘，都会受到当地群众热情欢迎。1999年8月，中国国际工程咨询公司专家组来黔江调研，当地群众不顾暑热，带来花生、瓜子、红鸡蛋送给专家组成员。甚至有群众从山里步行二三十里路赶来，只为见专家组一面，表达欢迎感激之情。

“渝怀铁路深入人心，更深得人心。”原渝怀铁路建设总指挥部副指挥长蔡碧林回忆，渝怀铁路开工后，他乘工程车经过彭水至酉阳一带，路边戴着红领巾的小学生看到工程车，总会停下来庄重地行少先队队礼。

完成当时的“中国铁路桥梁第一跨”等重点工程

寄托着沿线地区群众希望的渝怀铁路，也是一条充满挑战的铁路。

重庆市原副市长、市人大常委会原副主任赵公卿在《渝怀伟绩 山高水长》一文中指出，渝怀铁路沿线地形地质复杂，工程异常艰巨。线路两跨嘉陵江、长江，三跨乌江，穿行于乌江河谷和武陵山区。特别是从涪陵至酉阳一带，是我国著名的石灰岩溶地区，地质灾害严重，曾被视为铁路建设的禁区。

在这样的自然条件下，渝怀铁路建设之艰巨可想而知。但随着西部大开发的号角吹响，渝怀铁路的建设者们毅然担起重任，走上工地。

2000年12月16日，渝怀铁路在重庆宣布开工，时任国务院总理朱镕基对开工致以热烈祝贺，渝怀铁路建设总指挥部在重庆正式挂牌成立。

边建设，边攻关，成了渝怀铁路工地上的常态。其中，位于武隆的渝怀铁路黄草乌江大桥就是典型例子。

渝怀铁路黄草乌江大桥全长410.65米，最大跨度168米，是当时全国铁路双线桥跨度最大的桥梁，被称为“中国铁路第一跨”。因地理环境复杂，桥梁建设者们面临众多技术“瓶颈”。

整座大桥总用混凝土量多达3000多立方米，但由于地理环境限制，现场连可供车辆调头的地方都没有。如果采用常规的混凝土大型罐车倒运、吊车吊装输送等，不但混凝土质量难保，造价也高得惊人。

技术攻关，成为唯一的选择。项目组创新制定出“远距离泵送混凝土施工方案”,自行设制一套精密的混凝土自动计量、搅拌及泵式输送设备,又在输送管出口端头安装一套辐射装置,使之能够将混凝土输送到以搅拌站为中心的方圆600米范围内。整个工序只需10多人,功效比传统施工方式提高了几十倍。

类似的“瓶颈”,项目组突破了许多。在技术创新的同时,中国铁建大桥局还对施工废料等进行防泄漏无害化处理,保证项目不会造成环境污染。

带动沿线70多个城镇经济发展效益超2000亿元

已“服役”10多年的渝怀铁路,带来了一系列可喜变化,并将继续带着沿线群众的希望朝前跑。

渝怀铁路建成通车,使川渝地区与东南沿海的客货运缩短270至550公里,使重庆到怀化的时间从18小时缩短至8小时。

这一优势很快得到体现。2007年4月,渝怀线货运量仅为1万余吨,5月就达到了4万多吨,而到了9月,这一数字狂升至13万吨。据统计,渝怀铁路开通使得沿线70多个城镇受益,带动沿线地区的经济发展效益超过2000亿元。

为何渝怀铁路有这样大的作用?

渝怀铁路修建以前,重庆向东的通路有襄渝、川黔、焦柳、湘黔四条铁路干线,这四条干线东西相距400多公里,南北相距800多公里,在当中形成了一个面积近24万平方公里的铁路空白区域。而渝怀铁路在这块空白区域里画出一条对角线,成为重庆通向沿海的捷径。

换句话说,渝怀铁路将重庆与中南地区、华东地区和沿海发达地区连成一体,同时也承担起了川渝地区往来湖南、江西、福建等地区货运量的一大半。

马述林认为,渝怀铁路建成通车,充分体现了“火车一响,黄金万两”。沿线工业、旅游业发展局面焕然一新,更为招商引资创造了必要的条件。它的建成,对重庆有着重大的意义。

渝怀铁路的故事，还在续写。2020年12月25日晚，随着渝怀铁路二线全线开通，渝怀铁路正式进入复线运营模式，运能将提升4倍，沿线1300多万人口受益。

（申晓佳）

从三个正风肃纪故事说起

——涵养风清气正政治生态　重庆一直在路上

1950年6月6日，时任中共中央西南局第一书记的邓小平在中共重庆市第二次代表会议上作报告。在报告中，邓小平结合布置即将开始的全面整风工作，分析了西南地区党内存在的各种不良倾向及其原因，并提出了克服措施。关于整风的目的，邓小平说，这次整风主要是查思想、查作风。

2018年3月，习近平总书记在重庆代表团参加审议，他强调，政治生态同自然生态一样，稍不注意就容易受到污染，一旦出现问题再想恢复就要付出很大代价。

2019年，习近平总书记视察重庆时强调，要持续营造风清气正的政治生态。要坚决整治形式主义、官僚主义，让基层干部从繁文缛节、文山会海、迎来送往中解脱出来。

重庆牢记嘱托，自觉把全面从严治党责任扛在肩上、抓在手上，深入开展“以案说纪、以案说法、以案说德、以案说责”警示教育，探索建立“以案改治理、以案改监管、以案改制度、以案改作风”机制，持之以恒正风肃纪，坚定不移推进全面从严治党，反腐败斗争压倒性胜利不断巩固发展。

当好政治生态“护林员”，涵养风清气正的政治生态，重庆一直在路上。

故事一
严肃党内政治生活>>>
一场“辣味”十足的民主生活会

虽然巴南区花溪街道党工委2020年度专题民主生活会已过去4个月，但作为这场民主生活会的督导人员，区纪委副书记、区监委副主任徐仁伟仍然记忆犹新。

2021年2月22日，花溪街道党工委专题民主生活会一开始，该街道党工委书记就紧扣主题，代表街道领导班子检视问题、剖析原因、明确整改目标和措施，并带头作个人对照检查，剖析问题产生的原因，提出今后努力的方向和改进措施。随后，领导班子成员紧密结合个人实际，逐一对照检查发言。

“江伟同志，你工作缺乏创新思维，破解突出矛盾和问题的方式方法单一……”“郑飞同志，你存在‘老好人’思想，怕得罪人，不敢放开手脚大胆开展工作……”在批评与自我批评过程中，该街道领导班子成员之间开诚布公、毫不避讳，提出的一个个问题直指要害，一条条意见直接明了。

徐仁伟说，根据组织安排，他曾多次作为督导人员列席相关单位专题民主生活会。以前有的单位领导干部之间不敢说真话，谈问题要么遮遮掩掩，要么停留在表面，触及不到根本，“而这场专题民主生活会不绕、不假、不夸、不虚，开门见山，直奔主题，自我批评敢于揭短亮丑，见人见事见真章，相互批评敞开襟怀，真说问题、说真问题，既找出病灶，又提出整改意见，真正达到了红脸出汗、咬耳扯袖的效果”。

近年来，为严肃党内政治生活，巴南区各镇街、相关单位在专题民主生活会召开前就严把尺子、下足功夫，严格对标对表，认真制定工作方案，深入学习研讨，广泛征求意见建议，普遍开展谈心谈话，认真撰写对照检查材料，深刻剖析反思存在的问题，为高质量开好专题民主生活会做好充分准备。会中，直奔主题，找问题直指要害，提意见精准到位；会后，认真梳理查摆出的问题，扎扎实实抓整改，一项一项改到位。

高质量开好专题民主生活会，严肃党内政治生活，对营造良好政治生态具有重要作用和意义。近年来，巴南区纪委监委除了联合区委组织部全覆盖列席督导区管领导班子民主生活会外，还将肃清工作纳入区委巡察和区纪委监委监督重点，加大对“袍哥”文化、“码头”文化的监督查处力度，坚持每半年分析政治生态情况，及时纠治存在的突出问题，推动全区政治生态持续向好。

故事二
纠治“四风”不松劲>>>
一次“异常情况”的婚宴

“之前听说他把菩提和渡舟街道的干部全部请了，我刚刚还翻了翻礼金簿，也没有熟悉的街道干部名字……这是看得见的变化。”2021年3月，长寿城区某酒店，菩提街道退休干部老张女儿婚礼现场的“异常情况”，引起了一些亲戚的注意。

老张曾在菩提和渡舟两个街道工作过。之前，亲戚们听说老张打算邀请两个街道所有干部参加其女儿的婚礼，“让大家来热闹一下”。

亲戚们不知道的是，两个街道纪工委知情以后，提前介入，及时提醒，打消了老张的想法。老张明确表态：“婚宴一切从简，除了家里的亲戚，其他一个也不请。”

这个“看得见的变化”，源于近年来长寿区纪委监委以深化政治生态建设为统揽，不断健全完善政治监督与日常监督紧密结合的基层监督体系。该区通过制定“基层监督十条”和“村(居)监察监督员监督办法”，为基层纪检监察组织量身定制履职清单。同时，聚焦违规收送名贵特产和礼品礼金、违规吃喝、违规发放津补贴或福利等6类问题，集中开展享乐主义、奢靡之风专项整治，查处通报了大操大办、私车公养等问题50件68人，在全区引发强烈反响。

“看得见的变化”不止在大操大办方面。2021年春节期间，长寿区作风督查组工作人员在长寿湖景区蹲点一天，比对车辆300余台，暗访特色餐饮饭店20多家，未发现一起公车私用、公款吃喝现象，最后“无功而返”。这“无功而返”背后折射出的，正是党风政风的新变化、新气象。

党风政风好不好，群众最有发言权。“这两年党员干部开会不进‘馆子’，过节不买‘节礼’，私事不用‘公车’，去办事程序简单了，效率提升了。”凤城街道向阳路社区个体工商户老李竖起大拇指说。前不久，他去区行政服务中心办理营业执照，通过“无纸化”网上登记，当天就领到了执照，这样的效率让他非常满意。“不仅办事效率高，还提供上门服务。”八颗街道曙光村86

岁的晏大爷也有深刻体会。在开展社保生存认证工作中，街道社保所干部得知他行动不便，亲自上门帮他用身份证号注册了电子社保App，并采集指纹上传。

“党的作风是党的形象，是观察党群干群关系、人心向背的‘晴雨表’。对‘四风’问题必须做到露头就打、反复敲打。”长寿区纪委监委主要负责人介绍，该区在开展常态化监督检查的同时，还运用大数据信息化手段赋能基层智慧监督，将“四风”问题纳入“码上监督”的重要内容，方便群众“一键监督”。“我们将始终以‘永远在路上’的坚韧和执着，把作风建设不断引向深入，以优良党风政风凝聚人心、汇聚力量，为乡村振兴和‘十四五’开好局起好步提供坚强保障。”该负责人表示。

故事三
破除形式主义官僚主义>>>
一位企业家的烦恼解决了

近段时间，两江新区水土园区，某高端智能装备制造公司生产车间一派繁忙。这里生产的数控机床销往全国各地，用于汽车制造、机械制造、航空航天等行业。

“去年（2020年），我们克服疫情影响，实现产值1.57亿元，今年（2021年）预计将实现产值2亿元。”该公司相关项目负责人唐蕾说。

然而，2020年初，唐蕾还为厂房能否按时交付而头疼。原来，项目签约后，由国有企业两江产业集团负责标准厂房设计施工等相关事宜，但交付厂房的时间较最初约定的时间严重滞后，项目迟迟不能投产。该公司就这一问题多次向两江新区管委会反映。

作为国家级开发开放新区，两江新区一直将招商引资视作发展的生命线，坚持将企业落地服务作为招商引资工作的重要一环。了解情况后，新区纪工委监察室第一时间成立调查组，进行调查核实，同时督促两江产业集团与该公司相关负责人加强沟通，加快项目推进。

调查发现，在项目推进过程中，两江产业集团相关部门人员作风漂浮、工作拖沓，在厂房改造、设计变更、工程验收等方面存在等一等、放一放、拖一拖的心态，导致项目迟迟不能投产。

不作为、慢作为等问题是影响项目推进的关键因素，新区纪工委监察室及时对其班子成员、具体工作人员等10人采取调整岗位、诫勉谈话等方式予以处理，并责令两江产业集团举一反三，完善制度机制。

“在两江新区党工委管委会、纪工委监察室及相关职能部门的督促推动下，项目加速推进，把落下的时间赶了回来。”唐蕾介绍，去年5月，项目基地正式投产。

项目引进了，能否顺利推进，往往能折射出当地营商环境的现状。为此，两江产业集团对照整改要求，进一步完善保障项目落地机制，着力打通服务企业的中梗阻。“如今，我们在重点项目推进过程中坚持一企一策，确保一个项目、一套方案、一抓到底。”两江产业集团有关负责人说。

新区纪工委监察室把优化营商环境列为监督执纪工作重点，出台《服务保障优化营商环境十条措施》，跟进监督、精准监督，常态化开展窗口单位纪律作风专项整治，督促解决企业发展过程中的系列问题。

在良好营商环境的保障下，2020年两江新区经济发展逆势上扬，GDP增长7%；完成工业总产值3583亿元，增长15.7%；科技型企业累计达2219家，增长70.9%。

“栽好梧桐树，引得凤凰来。良好的营商环境能够吸引项目落地、资金流入、人才汇聚，既是一个地区发展的软实力，也是硬支撑。”新区纪工委监察室主要负责人表示，2021年是“十四五”开局之年，将持续加大对不作为、慢作为、乱作为等形式主义、官僚主义问题的查处力度，助力优化营商环境。

永川区纪委监委民生监督室和胜利路街道纪工委工作人员来到高粱机收现场，对杨广桥村78户贫困户帮扶资金入股的千亩高粱基地项目中的涉农政策措施落实、项目资金使用管理情况进行监督检查。齐岚森摄

2019年7月19日，南岸区长生桥镇“以案四说”警示教育会现场。受访者供图

2021年3月25日，南川区纪委监委组织木凉镇机关干部观看“以案四说”警示教育专题巡展。南川区纪委监委供图

（周尤）

防范化解社会矛盾风险　让老百姓安全感满满

党的十九大报告将防范化解重大风险摆在必须打好的三大攻坚战首位。就社会领域而言，近年来，重庆市切实落实保安全、护稳定各项措施，把防范打击犯罪同化解风险、维护稳定统筹起来，深入推进扫黑除恶专项斗争，并在加强和创新社会治理方面取得了较好效果，防范化解重大风险能力和水平不断提升。

前不久，重庆市高法院举办“人民法院老马工作室”揭牌仪式，并聘任时代楷模马善祥为“重庆法院多元解纷业务指导专家”。

马善祥是江北区观音桥街道人民调解委员会“老马工作室”负责人，大家都亲切地叫他“老马”。扎根基层30多年，老马成功化解大量矛盾纠纷，为维护群众利益、化解矛盾纠纷、促进社会和谐做了大量工作。

马善祥在调解家庭矛盾。市委宣传部供图

“揭牌仪式后，我市法院将全面设立‘人民法院老马工作室’。”市高法院相关负责人说，全市法院将以“人民法院老马工作室”整合驻院调解力量，强力推进“一站式”多元解纷机制建设，吸引更多社会力量参与诉前纠纷化解。

在人民法院设立“老马工作室”，拓宽第三方参与矛盾化解的制度化渠道，只是我市围绕打好防范化解重大风险攻坚战的举措之一。

近年来，重庆市以防范化解各类风险源为着力点，持续深化“枫桥经验”重庆实践，切实提高基层社会治理和平安建设水平。

据统计，2020年，全市各级各类调解组织累计受理矛盾纠纷35万余件，调解成功率达97%。全市群众安全感、政法队伍满意度、司法公信力分别达到99.17%、97.09分、97.28分，再创历史新高。

以防范化解重大风险为主线　完善矛盾纠纷大调解体系

“本以为这场交通事故必须走诉讼程序，不晓得要整好久！”前不久，在云阳县人民调解委员会驻法院调解室里，市民王女士当场签下调解协议后说，她本做好了打“持久战”的准备，然而出乎意料的是，这次纠纷一没花钱，二没走烦琐的流程，“现过现”就解决了！

原来，王女士曾在一起交通事故中受伤，出院后因伤残鉴定等级问题与保险公司难以达成协议。

“我本来是到法院来起诉保险公司的。”王女士说，到了法院才得知重大矛盾纠纷人民调解委员会已经进驻法院，交通事故、医疗和物管纠纷都可以在诉前调解解决。

其实，在重庆市，这样的调解室不仅入驻了法院，还进驻了派出所、来访接待中心，形成了诉调对接、警调对接、访调对接的“三调对接”社会矛盾纠纷化解新体系。

“新的社会治理机制导入后，全市的社会矛盾纠纷化解，社会的稳定和谐，都呈现了新局面。”市委政法委相关负责人介绍，近年来，我市以防范化解重大风险为主线，将矛盾纠纷大调解体系建设作为完善矛盾纠纷多元化解机制的重要内容，推动司法、公安、法院、信访等部门进一步健全落实警调、诉调、访调“三调对接”机制，加强人民调解、司法调解、行政调解“三调联动”，形成齐抓共管的工作格局。

该负责人说，具体来讲，为加强“警调”对接，我市在基层警力20人以上派出所设立乡镇（街道）人民调解委员会或行业人民调解委员会驻派出所调解室，推进人民调解员进驻公安派出所调解矛盾纠纷。

在“诉调”对接方面，则推动区县重大矛盾纠纷人民调解委员会或行业人民调解委员会派员进驻基层人民法院，接受法院委派、委托，通过诉前委派人民调解、诉中委托人民调解、诉后执行和解等方式开展调解。

在“访调”对接方面，我市将人民调解贯穿信访受理办理全过程，推动区县设立信访事项人民调解委员会或在区县信访部门群众来访接待中心设立“派驻人民调解室”。

此外，还推动检察机关依法建立健全当事人和解的公诉案件诉讼程序，明确民事行政申诉案件引导当事人和解的条件、范围、程序，努力推动矛盾纠纷化解。

“‘三调对接’机制的建立，是对我市矛盾纠纷多元化解工作体系的进一步完善。”该负责人说，其程序便捷、方式灵活、立场中立的独特制度优势，已成为重庆社会稳定的“压舱石”。

打造集约型综合调处中心　矛盾纠纷化解“只跑一地”

“发生纠纷，你去医院闹是绝对解决不了问题的。”

“你们小区的纠纷，物管方面肯定要负责任！”

……

日前，记者在荣昌便民纠纷解决中心大楼里看到，这里分别设立了家庭、医疗、征地拆迁、物业等30多个调解室，部分调解员正在为群众现场调解矛盾纠纷。

据了解，这是荣昌区为进一步方便群众“一站式”解决矛盾纠纷，在原有综调处基础上新建的便民纠纷解决中心。

该中心有30多间调解室，可将群众生活中遇到的纠纷矛盾“一网打尽”，群众遇操心事、烦心事“只进一门，只跑一地”。这里也成为荣昌区社会矛盾纠纷化解的“集散地”和“大本营”。

市委政法委相关负责人介绍，近年来，我市着力打造市、区县、乡镇（街道）、村（社区）四级矛盾纠纷综合调处平台，逐步建成由党委政法委统筹，公安、司法、法院、检察、信访及矛盾纠纷比较集中领域的行业主管部门共同参与的矛盾纠纷综合性集约型调处中心，并通过信息化智能化运用，形成矛盾纠纷集中统一受理、分流交办、督办、反馈、考核的横向闭环工作流程，努力实现矛盾纠纷受理和调处“一个口子进，一个口子出”，让数据多跑路、群众少跑腿。

持续深化“枫桥经验”重庆实践　提高基层社会治理水平

基层是防范化解重大风险的前沿阵地。

那么，如何在基层构筑起防范化解重大风险的防线？重庆结合自身特点，给出了自己的答案——通过开展深化“枫桥经验”重庆实践十项行动，回应群众期盼，切实提高基层社会治理和平安建设水平。

前不久，沙坪坝区回龙坝镇聚龙城社区主任何丽娟接到物管的电话。原来，小区里发生了一起流浪狗咬人事件，被咬伤孩子的母亲情绪激动，找到小区物管要求赔偿。

“不要着急，我们去社区的和顺茶馆喝杯茶，坐下来慢慢谈！”何丽娟没有马上参与到事件调解中，而是主动邀请双方到和顺茶馆“喝杯茶”，并请来调解员、律师和陈家桥法庭的法官共同参与其中。

几口茶后，孩子母亲的情绪平静了不少。最终，经过调解，双方达成协议，物业承担80%的医疗费用，孩子家长作为监护人承担20%的费用。

和顺茶馆里的一杯清茶，化解了这场矛盾纠纷。这个神奇的“茶馆”位于沙坪坝区回龙坝镇聚龙城社区，如今已成为当地不少居民调解纠纷的第一选择地。

“和顺茶馆其实是沙坪坝区立足辖区实际，打造的一个基层社会治理的综合体。”该负责人说，该茶馆集矛盾化解、民意沟通、法治宣传、法律服务、心理疏导、公益服务、文化生活七大功能于一体，为社区居民搭建起上传下达的桥梁和沟通交流的平台。

近年来，我市各区县按照“政府搭台、社会参与、群众受益”的模式，结合基层党建、基层群众自治、基层协商民主、基层矛盾调解等工作开展了大量切实有效的实践创新，总结形成了“三事分流”“楼栋工作日”“老杨群工”等典型经验，努力把矛盾风险化解在基层，将和谐稳定创建在基层。

扫黑除恶专项斗争奏响凯歌　群众安全感满意度不断提升

防范化解重大风险，关键是要以提升群众安全感、满意度为目标，下大气力解决好人民群众切身利益问题。

2020年，为期3年的扫黑除恶专项斗争奏响巴渝凯歌——截至2021年3月，全市共侦办涉黑犯罪组织17个、恶势力犯罪集团和团伙251个，抓获涉黑涉恶犯罪嫌疑人3573人，破获涉黑涉恶案件9343起；立案查处涉黑涉恶腐败和“保护伞”问题308件409人，我市社会生态、政治生态和经济生态明显改善，人民群众安全感、满意度不断提升。

城口县蓼子乡茶林村，曾是当地出名的社会治安重点挂牌整治区。2016年至2017年，该村社会治理成效不佳，相继发生两起盗窃案和一起纵火案。

“连续发案，让人觉得我们村治安不好。”茶林村一组村民杨天长说，那段时间，他每晚睡觉前，都要反复确认门窗是否反锁。

“自扫黑除恶专项斗争启动以来，我们通过一系列举措，去提升该村的社会治理水平。”城口县蓼子乡政法书记张维周介绍，系列举措包括由乡负责人带队联合片区派出所定期到茶林村召开院坝会，进村入户走访了解治安情况，排查安全隐患；安排派出所民警进行治安巡逻排查……

很快，茶林村的社会治安明显好转，发案数降为“0”。如今，该村不仅摘了牌，还成了创新社会治理的典范村，群众安全感普遍得到增强。

据了解，近年来，我市将扫黑除恶专项斗争与基层社会治理结合起来，重点打击群众反映强烈、深恶痛绝的各类黑恶势力和各领域突出乱象；大力推进基层治理创新，加强矛盾纠纷和安全隐患排查，进一步完善市、区县、乡镇（街道）、村（社区）防范化解重大风险组织体系和社区农村社会治安综合治理联防体系，构建起共建共治共享的社会治理格局。

（黄乔）

千年梦想今朝梦圆　乘势而上接续奋斗
——脱贫攻坚和乡村振兴的重庆实践

2021年2月25日上午，全国脱贫攻坚总结表彰大会在北京人民大会堂隆重举行。

合影留念时，习近平总书记和李克强总理中间坐着巫山县竹贤乡下庄村党支部书记、村委会主任毛相林。

群山合围的下庄，是一个“锅底村”，以前外出只有一条绝壁上的羊肠小道。1997年，不信天不认命的毛相林，带领下庄人向大山和贫困宣战。历时7年，他们用最原始的方式，在悬崖绝壁上抠出了一条8公里长的“天路”。

毛相林不知道，在1997年的1月7日，中共重庆市委、市人民政府在《关于加强重庆市扶贫开发工作机构的通知》中规定：“重庆市扶贫开发办公室为重庆市扶贫开发领导小组的常设办事机构，具体负责全市的扶贫开发工作。”这意味着重庆的扶贫开发进入了新阶段。

毛相林更没想到，24年后的今天，自己成了全国脱贫攻坚楷模、时代楷模，而下庄人问天要路的壮举，也和重庆气壮山河的脱贫攻坚历程一起，为中国波澜壮阔的脱贫攻坚伟大历程镌刻下了生动注脚。

“加油干！”这既是习近平总书记对毛相林的叮嘱，更是对下庄、对重庆的殷殷嘱托。小康梦圆不是终点，艰苦奋斗未有穷期。伟大的脱贫攻坚精神正激励巴渝儿女以永不懈怠的精神状态，一往无前的奋斗姿态，向着幸福奔跑，奋力谱写乡村振兴的新篇章。

“敢教日月换新天”：心里话道出认同感

农历夏至这天，奉节县平安乡文昌村村民朱学兵有些忙碌：清晨在菜园子里摘菜，上午又跑到附近的蔬菜基地打工，下午还被人叫去帮村民拆房子复垦。

贫困，刺中生命的痛处，也孕育着茁壮的梦想。一场脱贫攻坚战，让朱学兵走出住了25年的阴冷潮湿的山洞，住上了新房，发展起了产业，一家人吃穿不愁，过上了梦寐以求的好日子。

与朱学兵一道告别贫困的，还有全市累计动态识别的190.6万贫困人口。

处于西部地区的重庆，“脱贫攻坚任务不轻”。党的十九大明确把精准脱贫作为决胜全面建成小康社会必须打赢的三大攻坚战之一。巴山渝水间，脱贫攻坚的磅礴力量不断汇聚，贫困面貌得到了根本性改变。

政治认识上，全市上下深学笃用习近平总书记关于扶贫工作重要论述，全面贯彻落实中央决策部署，始终坚持正确政治方向，严格落实主体责任，集全民之智、聚全市之力，谋脱贫之路、施治贫之策，大力开展精准扶贫、精准脱贫。

组织力量上，重庆严格落实“五级书记抓扶贫”责任制，市委书记、市长带头落实脱贫攻坚“双组长制”，市领导定点包干18个深度贫困乡镇及所在区县，各级各部门层层签订责任书。

关键环节上，重庆坚持把精准方略贯穿脱贫攻坚全过程，围绕“扶持谁”“谁来扶”“怎么扶”“如何退”等问题，实施“六个精准”“五个一批”举措，大力提升脱贫攻坚质量和实效。同时，把解决“两不愁三保障”突出问题作为打赢脱贫攻坚战的基础性战役、底线性任务和标志性指标，高位推动。

脱贫攻坚决战决胜之年，虽遭受突如其来的新冠肺炎疫情冲击和严重洪涝灾害袭击，但重庆坚定如期完成脱贫攻坚目标任务不动摇，坚决克服疫情灾情影响，重点做好决战决胜“必答题”、疫情灾情“加试题”、脱贫成果“巩固题”、衔接试点“新课题”等“四道题”，圆满完成各项目标任务。

一点一滴、一丝一毫的务实努力，一乡一镇、一村一户的精准施策，贯穿于这场伟大战役的始终，蕴藏着脱贫攻坚四两拨千斤的法门。

巴南区东温泉镇黄金林村民小组边缘易致贫户谭勇家的厨房炖着鸡汤，他准备再做几个菜接待亲友。镇扶贫办专职副主任梁正勇的突然造访，谭勇并不意外，“帮我跑低保政策那时候，天天能见到他”。谭勇面对记者连声夸赞：“梁主任工作扎实。”

城口县高观镇，住在新房里的村民孙翠明说起房子声音便提高了八度：“从我记事起，我家就住在高山上的旧房子里，又漏雨又漏风。”前两年，一批驻村干部走访调查收集信息后，给孙翠明一家带来了易地扶贫搬迁的好消息。就这样，孙翠明一家住进了新房，家里添置了电视机、洗衣机、冰箱等。回忆着日子是怎么一天天好起来的，“感谢共产党”是她挂在嘴边的话——言为心声！

“稻花香里说丰年”：欢笑声透出获得感

在这场波澜壮阔、气壮山河的脱贫攻坚战中，重庆交出了一份硬核答卷：18个贫困区县全部脱贫摘帽，1919个贫困村全部脱贫出列，动态识别的190.6万建档立卡贫困人口全部脱贫，贫困人口全部实现“两不愁三保障”，与全国人民一道告别了绝对贫困。

蜂箱旁立着不少水瓶，里头装着白糖加啤酒，那是丰都县双路镇莲花洞村六组村民陈光金自制驱赶野蜂的“秘方”。他说：“党和政府的好干部常常来帮忙，我脑壳也要想问题。”

脱贫攻坚战打响后，村干部成了陈光金家里的常客，老问他需不需要什么帮助。

“不需要，别人能做的我也能做。”说这句话时，陈光金声音不大，却在旁人心里激起阵阵涟漪——透过这样的话语，分明能感受到“我要富”的决心和信心。

这股决心和信心，在丰都县十直镇秦榜沟村村民付体碧身上也得到鲜明体现：从2003年开始，付体碧家里接连遭遇不幸，5岁的女儿突患疾病，在成都打工的丈夫出了事故导致右手残疾，接着公公又出了车祸，全家生活的重担一下子落在了她的肩上。擦干泪水后，这位不向命运低头的“铁娘子”横下一条心，把闲置的土地都要过来种，借钱养猪，起早摸黑地干，最终摘下了穷帽子，靠勤劳创造了幸福生活。

在与贫困的搏击中，“陈光金”“付体碧”们找到了自我、获得了成长、实现了梦想。

无论是农村脱贫人口持续稳定增收，还是为推进乡村振兴找到关键支撑，重点还是产业。在家门口的扶贫车间做些分拣的轻体力活，每月能有2000多元收入，脱贫户胡春蓉的笑容，就像吸足了阳光雨露的莲子一般，饱满地鼓胀着幸福与憧憬。“以前挣了点钱，但是家人看不到，孩子没人管，现在有事做，我当然回来咯！”她爽朗的笑声回荡在扶贫车间。

石柱黄连、巫山脆李、涪陵榨菜……千姿百态的巴渝大地，能从脚下土地所赋予的物产来识别标记自我，展现出独特的自信和妖娆。重庆实践告诉人们：只要建立紧密的利益联结机制，加大资产收益、反租倒包、订单生产等产业模式的推广应用，就能够延续“靠山吃山、靠水吃水”的古老智慧。

与脱贫攻坚同样重要的是防止返贫。重庆出台防止返贫动态监测和帮扶机制，识别监测对象21856户66510人，全面掌握致贫原因、返贫隐患，对脱贫户按“缺什么、补什么”原则巩固帮扶，边缘户则给予其扶贫小额信贷、就业培训、公益岗位、危房改造、参加医保补贴等扶持。

“虽不是脱贫攻坚中任务最艰巨、最困难的地方，却较早开辟了乡村振兴的新战场”，正如市乡村振兴局党组书记、局长刘贵忠所言，重庆以乡村振兴战略的实施带动脱贫攻坚，全面提升脱贫攻坚的质量和水平。

2018年，中央农村工作会议召开及中央一号文件印发后，重庆市委、市政府便及时制定重庆市实施乡村振兴战略行动计划，提出实施城乡融合发展、共同富裕、质量兴农等为重点的农村民生保障和改善“七项行动”，明确时间表、任务书、路线图。

2020年年中，重庆市又在部分区县、乡镇和贫困村开展脱贫攻坚与实施乡村振兴战略的有机衔接试点工作，衔接工作包含规划、政策、工作和保障4个方面。

2021年是全面推进乡村振兴的建设元年，重庆市重新组建了由市领导牵头挂帅的17个市级乡村振兴帮扶集团，分别定向帮扶“两群”17个区县及17个市级乡村振兴重点帮扶乡镇。同时，大力推动驻村第一书记和工作队轮换选派工作，市级选派驻乡驻村帮扶干部588名，较脱贫攻坚期间增加133名，实现对38个涉农区县和开发区的全覆盖。

初夏时节，鲜花绽放、瓜果飘香、吊脚楼风格的门楼古朴别致……兴产业、聚人心、扬美德、汇民智，乡村振兴的多彩画卷正在巴渝大地上徐徐展开。

“遍地英雄下夕烟”：返乡路体现归属感

重庆，是英雄汇聚、人才辈出的地方，但广袤的农村也面临着人才外流、村庄空心化等难题。

一场取得完胜的脱贫攻坚战，一场万众瞩目的乡村振兴实践，亦是一场伟大的社会变革。

行走山城，人们会惊讶于乡村多样化的姿态——浸润人心的红色故居，青山绿水的生态村落，深厚历史的文化古村，展现出自然和人类互动产生的不同风貌。发端于农村人居环境整治的美丽乡村建设，正推动重庆乡村量体裁衣、精耕细作，不断实现从生活美到生态美的跃升。

有劲头更有奔头，有收入也有乡愁，越来越多游子怀揣梦想回归乡村。

巫山县竹贤乡下庄村，小娃娃们沿着父辈们用生命和汗水修筑的天路，一个个走出了下庄，又一个个地回到下庄，用知识和文化改变着家乡。杨亨均成立了秀葱农业专业合作社；毛连长带着女朋友一起返乡，开始做网络直播带货；毛连军参与下庄村旅游环线建设；彭淦考取了村里的本土人才……美丽的乡村，成为他们的“新战场”。

在新疆干得风生水起的巫山人魏宗平，14岁便因为贫穷离开了家乡。从工地到餐馆，从煤窑到工厂，丰富的打工经历造就了魏宗平吃苦耐劳、敢闯敢拼的个性。他的见识广了，心思也大了，注册成立了新疆佳能保温防腐安装工程有限公司，并逐步发展成为集房地产开发、建筑施工和新材料生产为一体的宏博集团公司。看到不少乡亲还受穷，他回来了，累计带领3000多巫山籍贫困人口外出务工，实现脱贫。过去大字不识几个的村民，如今掏出名片，上面醒目写着"经理"或"技术员"。

在贫穷的压力下离开，在振兴的召唤中"归巢"。

归去来兮，从清华大学毕业的谭雪峰回来了，他在石柱县中益乡的辛苦耕耘已逐渐收到了回报。

归去来兮，巫山县红槽村的第一个大学生严克美回来了，她希望在乡村振兴的广阔舞台上发光发亮。

归去来兮，曾在广州做淘宝店的小镇青年李想回来了，他自信能用崭新的理念和敢想敢拼的闯劲改变家乡彭水大垭乡。

归去来兮，未来的英雄们回来了，为实现中华民族伟大复兴的中国梦不懈奋斗。

石柱土家族自治县中益乡，孩子们在新建成的幼儿园里搭积木享受着幸福童年时光。万难摄

铜梁西郊绿道沿线乡村美景。铜梁区融媒体中心供图

（颜安）

统筹“建、治、管、改” 打好污染防治攻坚战

2021年6月，随着桃花溪雨污分流管网工程提档升级完成，桃花溪水流愈发清澈。发源于九龙坡区石桥铺街道老顶坡的桃花溪为长江一级支流，曾因两岸每天约6万吨生活、工业污水直排而臭气熏天，河道内淤积的垃圾曾一度超过300万吨。

2001年，被重庆市政府列为“民心工程”的桃花溪治理工程全面开工。6年之后的2007年，“清水重新注入了桃花溪”成为当年重庆环保十大热点新闻之一。

就在这一年，重庆新修订了《重庆市环境保护条例》，生态环境保护和污染防治开启了新篇章。

2018年6月，中共中央、国务院印发《关于全面加强生态环境保护 坚决打好污染防治攻坚战的意见》。重庆市委、市政府及时部署、全面落实，并出台《污染防治攻坚战实施方案（2018—2020年）》，强化“上游意识”，担起“上游责任”，体现“上游水平”，以持续改善环境质量为核心，坚持“建、治、管、改”并举，坚决打好污染防治攻坚战，持续改善生态环境质量，加快建设山清水秀美丽之地。

着力补齐环保设施短板>>>
新建乡镇污水管网2163公里

总蓄水量168万立方米、平均水深近80米的彩云湖水库，为桃花溪提供补水水源。九龙坡区不断完善彩云湖周边污水处理配套设施，仅在2020年就投入5亿多元，实施彩云湖及桃花溪流域雨污分流管网提档升级工程建

设，新建雨污水管网约44公里，新建两座雨污水净化设施，实现流域污水应接尽接、雨污分流。

近年来，重庆新改扩建城市生活污水处理厂9座、新增污水处理能力23万吨/日；完成7座城市生活污水处理厂提标改造和123座乡镇污水处理设施技术改造，实现全市城市生活污水处理厂全部达到一级A标排放。推进城乡污水管网建设，新建城市污水管网589公里、乡镇污水管网2163公里。

截至2020年，全市一般工业固体废物集中处置能力、危险废物利用处置能力和医疗废物集中处置能力分别达到1642万立方米、240万吨/年、111吨/天，与实际需求匹配。基本建成固体废物污染防治大数据平台，建立危险废物产废单位、经营单位及自行利用处置设施“三张清单”，纳入清单企业数量近6000家，对400余家重点企业及医疗卫生机构实施精细化管理。

着力解决突出环境问题>>>
整治污水偷排直排乱排问题6000余个

2019年4月，为了改善璧南河水质，江津区决定关闭年产罗非鱼等苗种1亿尾、商品鱼197万余公斤的德感街道长冲渔场。如今，每天8万立方米温泉水经太平桥河沟补给璧南河，璧南河相关断面水质也已提升至Ⅲ类，并在江津区油溪场镇外汇入长江。

“黑臭在水里，根源在岸上，治水先治岸。”重庆市生态环境局水生态环境处负责人介绍，深挖“病因”精准“治疗”，是水污染防治工作的关键。

为此，重庆市生态环境局专门组建重点流域监督指导组，全年累计组织2000人次开展重点流域巡查检查。重庆还持续深化开展污水偷排直排乱排专项整治，累计发现并整治问题6000余个，偷排直排乱排行为得到有力遏制。

截至目前，长江干流重庆段水质总体为优，长江流域重庆段未发生重特大水污染事件。

“嘉陵天气好，百里见双流”，唐代诗人李端的这句诗，正是如今重庆碧水蓝天美丽景致的写照。

2020年，重庆空气质量优良天数达333天，同比增加17天，与2015年相比增加了41天。为有效防治大气环境污染，重庆以废气深度治理为重点控制工业污染，以柴油货车整治为重点控制交通污染，以扬尘控制示范建设为重点控制扬尘污染，以餐饮油烟整治为重点控制生活污染，以政策法规和大数据应用为重点增强监管能力和科研能力。市大气污染防治攻坚战指挥部成立5个综合巡查组、2个督导帮扶组和1个执法监测组，实施空气质量日预警、周调度、月通报、季约谈。2018年以来，重庆已启动空气污染应对预警32次，督导帮扶企业2200余家，曝光重点污染源165个、会商约谈36次、执法监测企业1500余家。

强化全过程环境监管>>>
划定2.04万平方公里生态保护红线范围

为了守护一江碧水、两岸青山，重庆划定了2.04万平方公里、占国土面积24.82%的生态保护红线，将国家级和省级禁止开发区域，具有水源涵养、水土保持、生物多样性保护等重要生态功能的区域，以及水土流失、石漠化等生态敏感脆弱区域划入红线，实现了山水林田湖草系统保护。

2020年上半年，长寿高新区认真执行环保法律法规，累计拒绝了近10亿元的项目投资。

近年来，重庆严格执行产业禁投清单，严控长江干流及主要支流岸线“1公里”“5公里”两条空间红线，禁止在长江、嘉陵江、乌江岸线1公里范围内布局新建重化工、纸浆制造、印染等存在环境风险的项目，5公里范围内坚决禁止新布局工业园区，从严审批产生有毒有害污染物的新建和改扩建项目，严控新增污染物排放，严控过剩产能，全面推进供给侧结构性改革，严格化工、涉重、涉危、造纸、印染、火电等高污染、高排放和资源性项目环评文件审批，严守生态安全生命红线。

重庆还制定了《关于落实生态保护红线、环境质量底线、资源利用上线制定生态环境准入清单实施生态环境分区管控的实施意见》，并已应用于万州经开区九龙园规划、丰都工业园区镇江组团控制性详细规划、重庆市武隆区白马山旅游度假区总体规划等十余个规划环评审查。

重庆还强化在线监管，用大数据让污染无处遁形。

重庆大气环境大数据系统全面汇聚了全市73个空气自动监测站点实时监测数据，初步实现了6000余万条数据动态管控。而重庆水环境大数据系统则全面汇集了全市42个河流和湖泊断面水质监测数据，初步实现用1400余万条数据为流域画像。

加快推动生态文明体制改革>>>
办理生态环境损害赔偿案件184件

2020年9月8日，南川区南坪镇木渡河，20.5万尾中华倒刺鲃、厚颌鲂、瓦氏黄颡鱼、白甲鱼、长吻鮠被增殖流放。这是南川区先锋氧化铝有限公司因赤泥输送管道发生泄露污染环境而实施的，总额达106.95万元的生态环境损害赔偿措施之一。

近年来，重庆市大力推进生态环境损害赔偿案例实践，构建以重庆实施方案为基础，以赔偿事件报告、鉴定评估、赔偿磋商、损害修复、资金管理、司法衔接等系列制度为配套的“1+12”生态环境损害赔偿制度体系，建立起生态环境损害赔偿专家支持机制、联合指导机制、动态管理机制、司法衔接机制，助力生态环境损害赔偿制度改革在重庆落地见效。

截至2020年底，重庆办理生态环境损害赔偿案件297件，生态环境损害赔偿量化金额约1.5亿元。办理的磋商案件1件和司法确认案件1件分别入选全国“生态环境损害赔偿磋商十大典型案例”和“长江流域水生态司法保护十大典型案例”。

重庆市生态环境局负责人介绍，随着近年来一系列重要改革任务和重点改革专项的相继实施，我市在实践中不断充实和完善制度建设，在深化生态环境损害赔偿制度改革、完善流域横向生态补偿机制及实施环保税等方面取得了成效，为推进我市的生态文明建设释放了政策红利，增添了强大动力。

为维护流域生态环境安全，地处小安溪上游的铜梁区以及下游的合川区打破传统局部水污染治理局限，以流域污染防治为重点，签约建立小安溪上下游横向生态补偿机制。

“补偿金为每月100万元，实行‘月核算、月通报、年清缴’，最高一年补偿金额可达1200万元。”合川区生态环境局负责人介绍，补偿资金将专项用于小安溪流域产业结构调整和产业布局优化、流域水污染综合治理、生态环境保护和环保能力建设等。

2018年4月，《重庆市建立流域横向生态保护补偿机制实施方案（试行）》印发，建立起“谁污染、谁补偿，谁保护、谁受益”的横向生态保护补偿激励约束机制。

重庆市生态环境局水生态环境处负责人介绍，表面看似“掰手腕”的流域横向生态补偿机制，实质却是两区联手改善流域生态环境的相互激励，形成了争相改善各自辖区生态环境的促进机制。

同时，重庆积极加强与周边省份协调联动，加快推动建立跨省（市）流域补偿机制。比如：经过磋商，重庆市政府与湖南省政府就酉水河（经酉阳、秀山流入湖南湘西州）签订《酉水流域横向生态保护补偿协议》，协议有效期为2019年1月1日—2021年12月31日。

重庆市生态环境局水环境生态处负责人介绍，流域横向生态补偿机制的实施，充分体现了重庆综合运用行政、法律、经济手段协同推进水生态环境保护与建设，取得明显成效。

2021年4月27日，大足双桥经开区，工作人员正在检查污水管网是否有破损情况。该污水管网全都建在了半空中，便于在第一时间发现电镀废水渗漏等问题并及时进行处置。龙帆摄/视觉重庆

（陈维灯）

重庆高质量发展注入智慧新动能

2021年6月25日，两江新区数字经济产业园，中国国际智能产业博览会（以下简称“智博会”）承办委员会办公点，近百名工作人员正在为即将在8月举行的2021年智博会忙碌。

智博会自2018年8月在重庆举办首届以来，不仅成为推动重庆经济高质量发展的重要载体，也成为对外展示重庆形象的重要窗口。

近年来，重庆大力实施以大数据智能化为引领的创新驱动发展战略行动计划，通过建设“智造重镇”“智慧名城”，为经济社会发展装上“新引擎”——从车间厂房到生活消费，从产品出口到项目投资，大数据智能化无处不在，数字经济成为全市经济社会发展的一抹亮色，智慧新动能让重庆高质量发展之路越走越宽广。

重庆国博中心，一名小姑娘好奇地打量重庆馆展示的石墨烯穿戴设备。崔力摄

智能化为经济赋能、为生活添彩

2018年8月23日，首届智博会在重庆开幕。

这是一场“智汇八方、博采众长”、共同推动数字经济发展的“饕餮盛宴”，这是一场企业相约、嘉宾云集、精彩绝伦的“思想盛会”，这是一次推进数字产业化、产业数字化的“联合演练”。

3天会期里，30个国家和地区的嘉宾、14个国家和地区的企业、23个国际友好城市、18个兄弟省区市代表团来渝参会或参展。

3天会期里，重庆国际博览中心人气爆棚，市民热情空前，总观展人数超过50万人次，其中不乏远道而来的市外观众。智博会，彰显着人们对美好生活的向往，以及对未来的憧憬与期待。

首届智博会，凸显了国际影响力、行业引领性、品牌美誉度，成为重庆迈向智能化新征途的新起点。

随着中国国际智能产业博览会永久落户重庆，一年一度的智博会精彩持续上演。

2019年8月26日，第二届智博会如约而至。在这次会上，重庆提出集中力量建设“智造重镇”“智慧名城”。

2020年9月15日，2020线上智博会开幕。这次智博会紧扣“线上”特点，开展“云上”交流，开启了一场场别开生面的“云端之约”，为参展企业及嘉宾提供了全新的数字体验。

重庆是一座集火锅、夜景、8D魔幻地形和传统制造业等诸多元素于一身的城市。智博会，让重庆城市形象融入了“科技”“创新”“智能”等新的元素。

智能化改造为生产植入“智能因子”

智博会的成功举办，为重庆企业敲开了智能化大门。

2018年首届智博会闭幕不久，重庆金康赛力斯两江智能工厂建成投用。

如今,在这座智能工厂里,冲压、焊装、涂装、总装等生产环节都由1000多台机器人完成,多个生产运行智能系统全方位掌控每一道制造环节的信息数据,保障产品质量和生产效率。

智能化改造,为一大批传统企业带来质的飞跃——

再升科技通过建设一批数字化车间,生产效率提升151%,产品不良品率降低25%,运营成本降低近40%;綦江齿轮引入6条自动化生产线,在节约近半数人力成本的同时,实现产能倍增;中铝萨帕特种铝材重庆公司投用多个数字化车间,从接单、生产到运输实现全流程智能化操作,产能达到国内行业平均水平5倍……

"实施智能化改造,推动新技术、新应用落地,不仅带动企业生产效率提高,更重要的是让企业明白了智能制造是改造升级的最佳路径,这是传统企业加速发展的最好方式,也是重庆制造业实现高质量发展的重要抓手。"市经信委相关负责人说。

在传统产业实施智能化改造的同时,重庆还在"芯屏器核网"产业全链条持续发力,形成以万国半导体、紫光等为代表的集成电路产业集群,以京东方、金渝惠科等为代表的新型显示产业集群。

截至2020年底,重庆数字经济企业数量达到1.85万家,同比增长11%。截至目前,重庆共实施2780个智能化改造项目,其中67个项目达到智能化工厂标准,359个项目达到数字化车间标准,实现生产效率平均提高54.3%,运营成本下降21.9%,不良品率下降39.5%。

大数据应用带来智慧生活

如今的重庆,无论在酒店、银行、景区,还是去集市、商超、医院,"智慧生活"已经无处不在。比如农贸市场,越来越多的人使用手机扫码买菜。在部分商超,消费者还能刷脸支付。

"刷脸支付太方便了,有时买的东西多了,掏手机也麻烦,现在看看屏幕就可以完成支付,排队时间减少很多!"市民周亦燕说,她深刻感受到大数据应用带来的便捷。

在江北区经营一家广告公司的赵明朗说，以往办理企业工商、税务等事务需要到处奔波，现在足不出户通过“渝快办”就能办妥所有涉企事务。

“智慧名城”建设，让重庆城市越来越“聪明”——

居民进出小区大门，“刷脸”即可；城市路面积水，“智慧城管”会自动抓拍上报并通知工作人前来处理；“智慧路灯”可自动调整红绿灯间隔时间……

在工信部评选的2019年度十大智慧城市典型案例榜单中，重庆榜上有名。

智能产品担当“重庆造”出口“领跑者”

自新冠肺炎疫情暴发以来，居家办公、网课和“云会议”“云招商”等新的工作学习方式兴起，全球对智能终端产品需求量大增。

以笔电为代表的重庆智能终端产业逆势崛起——惠普、华硕、英业达等笔电企业在渝工厂的订单多得“接到手软”。

“以笔电、手机为代表的智能终端产业，为稳住全市经济基本盘作出了巨大贡献。”重庆市经信委相关负责人说，目前电子信息产业已成为重庆第一支柱产业，其产值占全市工业比重超过1/4。其中，智能终端产业占全市规模以上电子信息产业总产值近七成。

如今，全球每3台笔电、每10部手机中就有一台（部）是“重庆造”，在全市每年众多出口产品中，市场需求量庞大的智能产品成为“领跑者”。

“重庆造”智能终端产品走向全球，离不开重庆在中欧班列（渝新欧）、西部陆海新通道等开放通道建设上的提前布局，后者为“重庆造”出口提供了安全、稳定的贸易通道，而在这些通道的建设过程中，同样大量运用了大数据智能化技术。

大数据智能化助力传统产业迭代升级，助力新兴产业培育，推动一批智能产品走向全球。同时，重庆还持续开展5G、工业互联网等智能产业新基建项目建设。

2020年4月,重庆首轮22个涵盖5G、数据中心等领域的新基建重大项目开工;6月18日,《重庆市新型基础设施重大项目建设行动方案(2020—2022年)》发布,3年内全市将滚动实施和储备375个新基建重大项目,计划到2022年基本建成全国领先的新一代信息基础支持体系。

逐浪数字经济发展大潮,重庆在路上。

(夏元)

重庆由“内陆腹地”变身“开放前沿”

2021年6月，新加坡世界商品智能交易中心与两江新区订立盟约，双方将在两江新区打造果园港世界商品智能交易中心。

优势互补，合作共赢。新加坡世界商品智能交易中心向全球批发商户提供大宗商品交易，有丰富的国际资源，能实现数据互通和交易互联，可完善果园港发展国际大宗贸易的生态圈；果园港有中新（重庆）多式联运示范基地、西部陆海新通道等优势，能提供涵盖交易配对、通关报关、供应链物流、贸易融资、供应链金融等服务。

此次签约，是重庆两大开放平台的一次联手——

两江新区是中国内陆第一个开发开放新区，目前正朝着建设高质量发展引领区、高品质生活示范区（简称“两高两区”）目标大踏步前进。

中新（重庆）战略性互联互通示范项目（简称“中新互联互通”）是中国和新加坡设立在中国西部地区的中新第三个政府间合作项目，正以重庆为运营中心深入推进。

2021年1月4日，在两江新区（自贸试验区）政务大厅，市民在各个区域有序办理业务。新年上班第一天，该政务大厅196个窗口全部开窗，为市民提供包括不动产登记、社保、社会事务等1003项事务的“一站式”政务服务。张锦辉摄/视觉重庆

还有不断改革创新的重庆自贸试验区，充分释放加工贸易活力的两路寸滩保税港区，不断丰富口岸功能的西永综保区……近年来，重庆借力开放平台，克服地理局限，冲破山水阻隔，“内陆腹地”正变身“开放前沿”。

瞄准“两高两区”新目标>>>
国家级新区展现新作为

前不久，在重庆工作的唐女士想要在成都天府新区注册一家食品生产企业。在两江新区政务中心异地通办窗口，她迅速完成信息填报，并在网上完成了审批。

数据多跑路，群众少跑腿。

2020年6月5日，两江新区政务大厅开设了川渝第一个异地互认的办事窗口——“两江天府合作示范窗口”，新办企业可通过集群注册的方式在两地进行注册。共建成渝地区双城经济圈，川渝两地的国家级开发开放新区冲锋在前，群众获得感不断增强。

在产业方面，党的十九大以来，两江新区产业结构形成了支柱产业、战略性新兴产业、先导产业排浪式推进的格局。汽车、电子信息两大支柱产值突破千亿元；数字经济、高端装备、生物医药、金融等一批战略性新兴产业做大做强；软件信息服务、服务贸易等先导产业也快速崛起。

2021年2月18日，桥吊司机胡万琪在果园港一距离地面约20米的驾驶室里吊运集装箱。张锦辉摄

2020年，两江新区贡献了全市约15%的经济总量、工业产值、数字经济增加值，集聚了30%的实际利用外资、进出口，以及50%的世界500强企业、60%的汽车产量。

近年来，国务院办公厅出台了《关于支持国家级新区深化改革创新加快推动高质量发展的指导意见》等重要文件。重庆市委、市政府大力支持两江新区做大做强、实现高质量发展。两江新区站上了发展新起点。

围绕"打造内陆开放门户，建设重庆智慧之城"新定位，"打造高质量发展引领区、高品质生活示范区"成为新区新目标。

承接新机遇，两江新区铆足干劲，力争上游，在服务构建新发展格局中，展现出了国家级新区的新作为：

新区将科技创新作为"一号工程"来推进，促进产业链、供应链、创新链、人才链和资金链深度融合。

在两江协同创新区的明月湖畔，通过协同创新纳八方之才，吸引了哈工大重庆研究院、北工大重庆研究院、湖南大学重庆研究院等35个大院大所落户，产业、人才、生活、生态协同发展，创新链、产业链、价值链加速融合。

在礼嘉智慧公园，机器人冲咖啡、无人汽车载客、机器臂弹钢琴、5G自行车竞速等可体验的智慧项目和场景有近百处，人工智能、大数据、物联网等现代信息技术贯穿于生产空间、生活空间、生态空间各个方面。

作为重庆数字经济主战场——两江数字经济产业园自开园以来已经聚集企业超过5600家，为两江新区提供着持续不断的科技创新原动力。

不仅如此，两江新区还推出"1+2"文件（即《两江新区关于贯彻落实市委五届十次全会精神深入推动科技创新支撑引领高质量发展的实施意见》《重庆两江新区打造产业创新高地行动计划》《两江新区管理委员会关于高标准打造两江协同创新区2021年重点任务》），为科技创新提供政策支撑。同时，作为建设"两高两区"的具体抓手，新区还一口气推出两江协同创新区建设工程、礼嘉悦来智慧园建设工程、两江数字经济产业园建设工程、果园港枢纽港建设工程等十大工程。

“联结”西部与世界>>>
中新互联互通项目打造中新合作“3.0”

2015年，中新第三个政府间合作项目落地重庆，至今已走过5个年头。

从上个世纪90年代的苏州工业园，到2008年的天津生态城，再到中新(重庆)战略性互联互通示范项目，中新两国将合作从工业、生态，推向服务业、物流和互联互通等领域，体现出两国经贸合作与时俱进、不断开拓创新的特点。

可以说，主打“现代互联互通”和“现代服务经济”的中新互联互通项目，是中新政府间合作的“3.0”版，其在金融服务、航空产业、交通物流和信息通信等四大重点领域的推进，为中国广袤的西部插上了腾飞的翅膀。

金融服务领域，中新跨境融资通道持续拓展，有力解决了西部融资难题并促进金融国际化。截至2021年5月底，累计落地跨境融资项目167个，折合151亿美元。其中，四川、广西、新疆等其他西部9省区企业获得境外资金逾55亿美元，项目辐射、示范性进一步凸显。

航空领域，机场非航业务强势发展，渝新空中通道更宽更畅。即便在疫情中，中新机场商业合作公司运营的江北机场非航业务也实现强劲复苏。新加坡胜安航空每周保持1班客运服务(2021年3月起，由新加坡航空执飞)，新加坡航空开通每周2班载货客机航班，保障了重庆和新加坡之间的空中通道畅通。

物流领域，为西部联结世界提供“大通道”“大物流”支撑。2020年，全线陆海新通道国际铁海联运班列同比增长57%，为各方抗击疫情、稳定区域产业链供应链发挥了积极作用。实施中新(重庆)互联互通多式联运示范项目，助推以果园港为核心区的多式联运体系建立；探索中新海关关际合作和渝新国际贸易“单一窗口”对接，促进数据、信息交互共享联通；开展中新农业合作示范计划，助力中国—东盟贸易合作发展。

信息通信领域，推动“1通道+2中心+N应用”中新数字经济合作新生态取得初步成效。在数据传输层面，双方持续深化中新数据专用通道项目合作，开展通道应用推广和政策创新；在数据处理层面，积极谋划中新（重庆）国际超算中心在技术研发、市场开拓等领域开展国际合作；在数据存储层面，深化与新加坡科技电信媒体合作加快建设万国数据重庆数据中心；在数据运用层面，促成10余家中新企业联合开发新应用，助力重庆数字经济产业发展，为打造联通中国西部与东南亚的信息高速路奠定坚实基础。

可以说，相对苏州工业园区和天津生态城这两个有园区载体的中新合作项目而言，不设实体区域的中新互联互通项目，惠及面更广，站位也更高。与此同时，中新互联互通项目与其他为西部大开发和“一带一路”、长江经济带建设而设立的区域联动，堪称是“现象级”的互动共赢佳作。

比如，两江新区是中新互联互通项目的核心承载地。项目实施至今，两江新区与新加坡在金融、物流、信息、航空等领域开展了全面合作。截至目前，两江新区累计签约项目37个，约占全市31%，签约金额107.5亿美元，约占全市50%。这堪称是国家级新区和国家层面的对外合作项目的同频共振、优势叠加。

当好改革“试验田”>>>
重庆自贸试验区积极开展首创性差异化探索

2020年6月，一桩案件，让重庆两江新区（自贸区）法院成为全国司法、铁路、贸易等领域关注的焦点。

原被告因货物交付问题对簿公堂，双方围绕“提单持有人是否可以提货”这一焦点争执不下。此案，被称为全国“铁路提单第一案”。

当月30日，法院作出判决：支持铁路提单持有人(原告)的诉讼请求，确认原告享有铁路提单项下车辆的所有权，物流公司向原告交付车辆。

这一判决结果意义重大，它明确了铁路提单的物权属性，其确立的裁判规则，对推动铁路提单交易行为规范、建立陆上贸易规则、规范中欧班列运行等具有重要的示范意义。为此，该案例入选《中国审判》和最高法院研究室联合评选的“2020年度十大典型案例”。

这直接推动了重庆铁路提单进一步发展。目前，重庆已实现了铁路提单批量化运用，截至2021年2月底，累计签发铁路提单81笔，融资金额约2200万欧元。

铁路提单只是重庆自贸试验区积极探索陆上贸易规则的冰山一角。类似的探索还有很多。

比如，重庆自贸试验区制定的国际货运代理铁路联运作业规范等3项标准，已于去年（2020年）获批为国家标准；依托西部陆海新通道，重庆推广“铁路原箱下海、一箱到底”全程多式联运模式，实现通关时间压缩40%；依托长江黄金水道，与上海自贸试验区联动，开行渝申集装箱直达快线，在全国率先开展水运转关“离港确认”模式试点，提升江运时效40%等。

重庆自贸试验区挂牌4年多以来，积极开展首创性、差异化的改革探索，较好地发挥了改革发展排头兵、开放发展制高点、创新发展先行者作用，为重庆打造内陆开放高地提供了重要平台支撑，发挥了改革创新“试验田”、风险压力“测试区”的作用，成效明显。

截至2020年底，重庆自贸试验区培育创新成果79项，铁路提单信用证融资结算等6项改革试点经验和最佳实践案例向全国推广；海关特殊监管区域“四自一简”被作为优化营商环境典型受到通报表彰，创新物流大通道运行机制改革入选“中国改革2020年度50典型案例”。同时，重庆自贸试验区总体方案确定的151项改革试点任务已全部落实，复制推广全国改革试点经验和案例216项。

4年多来，重庆自贸试验区探索权限下放，让基层“点菜”，41项市级管理权限下放到各片区，对523项中央设定和14项地方设定的涉企经营许可事项实行全覆盖清单管理。

同时，重庆自贸试验区各片区全面提升公共服务水平，比如在全国率先推出“全程电子退库系统”、推进“互联网+政务服务”等，将出口业务办理时限缩短至5.3个工作日，低于全国10个工作日的平均水平，企业开办时间压缩至3个工作日以内。

作为重庆重要的开放平台,重庆自贸试验区积极发挥集聚效应,培育壮大开放型经济主体,有效激发市场主体活力,实现新旧动能转换,推动重庆高质量发展。

4年多以来,区内新兴产业不断集聚,累计新增市场主体超过5万户,是设立前的3.5倍,德国埃马克、博世创新中心、奥特斯IC载板、万国数据和中欧数字生态城等一大批标志性项目相继落地。目前,重庆自贸试验区已集聚了全市超1/4的进出口企业,贡献了全市约70%的进出口贸易总额,吸引了超全市40%的外商直接投资总额。

(陈钧)

西部大开发　重庆大发展

西部大开发，为重庆带来了巨大的发展机遇。2021年7月1日，重庆日报记者从市发展改革委获悉，西部大开发战略启动以来，重庆的GDP增长达15.72倍，在西部地区的GDP贡献率由1999年的9.9%提升至2020年的11.7%。

2020年5月17日，《中共中央国务院关于新时代推进西部大开发形成新格局的指导意见》(以下简称《指导意见》)公开发布。这份《指导意见》为推动西部发展提出了36项重磅举措，涉及创新能力、产业发展等。

记者了解到，重庆深入贯彻《指导意见》，取得了一系列显著成就。

创新驱动发展能力逐步增强。到2020年底，重庆科技型企业、高新技术企业数量分别增长55.9%、27.4%。高新技术制造业增加值占规上工业增加值比重达19.5%，新增国家级孵化平台14家，"英才计划"遴选支持优秀人才401人、团队67个。

城乡区域协调发展持续推进。重庆大力推动成渝地区双城经济圈建设，到2020年底，川渝已协同推出95个川渝通办事项，市级部门和区县层面累计签署合作协议236份，形成总投资2万亿元的项目储备库；提出规划建设了万达开川渝统筹发展示范区、川渝高竹新区等9个合作平台。重庆出台建立健全"一区两群"协调发展机制实施意见，制定分片区建设行动方案，建立"一区两群"区县对口协同发展机制。

高质量现代产业体系加快构建。重庆实施制造业高质量发展行动方案，到2020年底，高技术产业、战略性新兴产业对工业增长贡献率分别达到37.9%、55.7%；数字经济增加值占地区生产总值比重达到25%左右；金融业增加值占GDP比重为8.9%。

基础设施网络布局不断完善。《重庆市新型基础设施重大项目建设行动方案（2020—2022年）》出台。到2020年底，重庆已储备重大项目143个、总投资4297亿元。全市路网密度位居西部前列。

更高水平对外开放深入推进。重庆支持企业积极开拓“一带一路”国家等国际市场。到2020年底，铁海联运班列、跨境公路班车、国际铁路联运班列分别增长40.5%、126%、149%。中欧班列（渝新欧）开行班列2431列，首发“中国邮政号”专列。两江新区进出口额增长16%以上。

2020年8月10日，重庆涪陵站，首趟途经新建渝怀二线涪陵至中嘴段的K585次列车驶出车站。崔力摄/视觉重庆

生态屏障建设扎实推进。重庆启动“两岸青山·千里林带”工程，到2020年底，已实施岩溶石漠化治理400平方公里、坡耕地水土流失治理1.6万亩、退耕还林23.5万亩、天然林保护52万亩、长江防护林18万亩，完成长江干流及主要支流10公里范围内废弃露天矿山修复，全市森林覆盖率提高到52.5%。42个国考断面水质优良比例首次实现100%，空气质量优良天数达到333天。

民生保障水平不断提升。到2020年底，全市14个国家扶贫开发工作重点区县、4个市级扶贫开发工作重点区县全部脱贫摘帽，1919个贫困村脱贫出列，累计动态识别的190.6万建档立卡贫困人口全部脱贫。新增城镇就业

65万人。基本医疗保险、城乡养老保险参保率巩固在95%以上。

重庆市发展改革委相关负责人表示，下一步，重庆要坚持稳中求进工作总基调，立足加快形成以国内大循环为主体、国内国际双循环新发展格局，紧扣“一带一路”、长江经济带、成渝地区双城经济圈建设等国家战略，坚持更加开放的格局、打造更加开放的平台、集聚更加开放的资源，以更高站位、更宽视野、更大力度推进西部大开发，确保全面建成小康社会，开启全面建设社会主义现代化国家新征程。

（申晓佳）

开辟物流大通道
重庆内陆开放打通“任督二脉”

结合自身特点，重庆打造了西、南、北、东四条国际物流大通道，加上长江黄金水道、空运，将曾经位居内陆腹地的物流劣势转化为新发展格局下的优势，从开放末梢向开放前沿迈进。

重庆市政府口岸物流办副主任胡红兵有一台已不能使用的老旧笔记本电脑，但一直保存得很好，他说：“这台笔电对我，乃至对整个重庆而言，有很特殊的意义。”

中欧班列（渝新欧）试运行时，胡红兵和同事找来自己的笔记本电脑放在集装箱中，看它们在“长途旅行”后能否保持完好无损。试运行顺利完成，胡红兵便将这台电脑收藏以作纪念。

2021年1月1日，重庆团结村中心站，重庆、成都两地同时发出2021年中欧班列（成渝）号第一趟列车。龙帆摄/视觉重庆

“开辟一条通道不容易，重庆克服了很多困难。”在不久前接受采访时，胡红兵这样说道。

西向>>>
中欧班列(渝新欧):加工贸易“逼”出来的大通道

不靠海、不沿边，以前，重庆的物流条件不算好。想要与世界做生意，重庆货物必须先抵达沿海港口，再出海。“以重庆货物到欧洲为例，海运大概需要两个月。”胡红兵说，物流一直是重庆对外开放道路上的“拦路虎”。

契机出现在惠普等笔电厂商落户重庆之后。当时，有加工贸易企业向重庆市政府提出，希望有一条可以直达欧洲的物流大通道。经过商议，各方决定以铁路为载体，由新疆阿拉山口出发，打通一条向西的铁路大通道。

时间非常紧。2010年9月，市政府抽调8个有相关经验、有干劲的年轻人，组建了一个新部门——重庆笔记本电脑物流协调办公室。胡红兵是被抽调的8个人之一。

“那时的工作节奏几乎让人‘崩溃’。”胡红兵回忆说，团队几乎每天加班到深夜，他甚至没法抽出时间来陪伴怀孕的妻子。

同时，因为缺乏经验和先例，有关部门和企业层面都对重庆要开通的这条线路充满“质疑”。为此，这个团队要挨个去汇报、协调、洽谈。“为了获得国家相关部委支持，我们在一个月内跑了3次北京，不断完善细化相关方案，最终获得支持。”胡红兵说。

要处理的问题还有很多，比如铁路集装箱数量不够、电子产品如何经受极寒天气等。胡红兵与团队要做的便是“精算”时间，一项项地解决。

2011年1月28日，中欧班列(渝新欧)进行了第一次国外段测试，83个集装箱顺利抵达俄罗斯切尔克斯克的交货点。

后面的日子更忙了，胡红兵及其团队把日子安排得满满当当——赴北京争取海关总署、铁路相关部门支持；找驻外使馆协调哈萨克斯坦铁路总公司；跑团结村中心站协调货物组装和班列开行的技术操作……

功夫不负有心人。2011年3月19日，一趟载着惠普在重庆生产的电子产品的列车，从重庆出发，历经16天，顺利抵达德国的杜伊斯堡。中欧班列（渝新欧）由此诞生。

如今，中欧班列（渝新欧）已开行超过8000班，货值近3000亿元，开行数量、货值均位居全国第一，形成30余条成熟路线，辐射超过26个国家、40余个城市。

南向>>>
中新互联互通项目“造就”国际陆海贸易新通道

中欧班列（渝新欧）的成功，为重庆乃至整个西部在物流大通道建设方面，带来了新的思路。

在中新（重庆）战略性互联互通示范项目（以下简称“中新互联互通示范项目”）的框架下，重庆国际物流枢纽园、广西北部湾国际港务集团、新加坡港务集团汇聚在重庆，探讨能否借鉴中欧班列（渝新欧）的思路，开辟一条向南的国际物流大通道。

三方初步设想：“重庆铁路港—广西北部湾港—新加坡港”三港联动，实现“一带一路”无缝衔接、内陆口岸与全球联结、中西部与东盟联动发展。

2016年5月13日，重庆国际物流枢纽园与广西北部湾国际港务集团签订战略合作协议，约定共同推动通道物流建设、国内国际贸易、金融资本服务、资源互导共享等事宜。陆海新通道现雏形。

2017年2月，中新互联互通项目联合协调理事会第一次会议在北京召开。也是在这次会议上，中新双方提议，探讨建设一条通过北部湾—新加坡—重庆与21世纪“海上丝绸之路”结合的陆海贸易路线。

2017年4月28日，广西成功开行钦州港—重庆测试班列；5月10日，重庆开通至钦州港的铁海联运班列，实现班列双向运行。这条线路比传统运输时间缩短了15—20天。自此，西部地区的货物有了“一路向南”的新选择。

2018年11月12日，中新两国正式签署《关于中新（重庆）战略性互联互通示范项目“国际陆海贸易新通道”建设合作谅解备忘录》,“南向通道”正式更名为“国际陆海贸易新通道”,简称“陆海新通道”。

2021年1—5月,重庆开行陆海新通道铁海联运班列781列,同比增长150%;运输接近4万标箱;货值50亿元,同比增长141%。辐射范围上,陆海新通道物流网络辐射105个国家和地区的304个港口,运输货品种类519个。

四向>>>
持续发力,逐步形成“东南西北”立体物流体系优势

向西、向南大通道形成的同时,重庆也在积极构建其他物流大通道。

向北,自重庆团结村铁路口岸出发,北上经满洲里口岸出境,横越西伯利亚到达莫斯科的国际铁路班列,是为“渝满俄”班列。

该班列从2013年起开始运行。但受制于俄罗斯方面的集货问题,此前一直为去程班列,直到去年6月才正式迎来首次回程,进入常态化开行、提速降本以及通关合作。2021年1—5月,渝满俄班列开行550列,同比增长45%。

东向,重庆开辟渝甬班列,作为长江黄金水道的补充。

“长江行船很多,也容易遇到拥堵的情况。”西永微电园相关负责人表示。为此,重庆开通直达浙江宁波的渝甬班列,仅57小时就可以抵达舟山港。如今,这趟班列已实现常态化运行。2021年上半年,渝甬班列累计开行141列,运输10276标箱。

“物流通道是开放的基础,重庆通过打造符合自身特点的物流通道,已经将曾经位居内陆腹地的物流劣势转化为优势。”市政府口岸物流办主任巴川江说。

如今,重庆以铁路为载体,陆续打造了西、南、北、东四条国际物流大通道,加上长江黄金水道、空运,成功打通了开放的“大动脉”,从开放末梢向开放前沿迈进。

(杨骏 郭心悦)

城市提升行动计划　让重庆颜值更高气质更佳

2021年6月26日14时30分左右，伴随着阵阵锣鼓声和市民的欢呼声，166舰顺利抵达重庆市九龙坡区建设码头。

166舰是我国自行研制的051型第二代导弹驱逐舰，1991年11月21日完工交付南海舰队服役。166舰退役后，被赠予重庆建川博物馆，由湛江拖运至重庆。如今，166舰作为爱国主义教育基地已面向市民开放。

把历史文物融入滨江空间，是重庆的一项创举。根据2018年出台的《重庆市城市提升行动计划》（以下简称《计划》），重庆应提升城市人文品质，丰富“两江四岸”公共空间，包括166舰、故宫文物南迁纪念馆、特钢厂两江码头等在内的滨江公共空间已成为连接城市腹地的文旅景点，让时尚与历史文化有机交融。

两年多来，按照《计划》，重庆整理出9大板块、21个重点专项任务。随着一个个任务落地落实落细，山城重庆近悦远来，颜值更高气质更佳。

保留城市记忆　延续历史文脉

让市民望得见山、看得见水、记得住乡愁，这是城市更新过程中，重庆一直坚守的一种情怀——保留城市记忆，延续历史文脉。

故宫文物南迁纪念馆背靠长江，与朝天门码头隔江相望，去年（2020年）12月对外开放后吸引了不少市民前来打卡。

“想不到长江边上还有这样的纪念馆，青砖青瓦的建筑好看，通过建筑里的文物还能一睹那段厚重的历史，滋润心灵。”博物馆爱好者林玥表示。

提升城市人文品质，传承巴渝优秀文化，也是《计划》的主要任务之一。

近年来，我市开工实施巫山龙骨坡遗址保护等30个项目，有序推进十八梯传统风貌区保护提升、大田湾—文化宫—大礼堂文化风貌片区保护提升等项目，广阳岛抗战遗址修缮及弹子石、合川涞滩二佛寺摩崖造像保护修缮等工程，以及安达森洋行旧址故宫文化项目等一批工程陆续完工……成为市民感受文脉、休闲打卡的好去处。

“两江四岸”要建国际一流滨水岸线

两江四岸，是大自然对重庆最好的馈赠。《计划》指出，要按照国际一流滨水岸线标准，通过优化“两江四岸”城市功能、修复“两江四岸”生态系统、丰富“两江四岸”公共空间、提升“两江四岸”滨江颜值、着力展现最美“桥都”风采，系统开展“两江四岸”整治提升。

为此，重庆向全球征集设计方案，近百家知名设计机构及联合体应征。截至今年（2021年）一季度，“两江四岸”十大公共空间节点项目中，珊瑚公园片区、江北嘴江滩公园、磁器口滨江段等8个项目已动工建设，九龙外滩广场一期工程已向市民开放。

来到正在建设的江北嘴江滩公园，长达6公里的岸线南北延伸，记者的视野也豁然开朗。嘉陵江穿城而过，黄花园大桥、千厮门大桥飞架南北……

过江大桥也是“两江四岸”的一道靓丽风景线。我市把城市大桥及其景观艺术设计摆在首要突出位置，分门别类加强对大桥造型、色彩等的景观艺术效果管控，与城市山水环境整体协调；同时加强跨江大桥与滨江路车行及步行道联系，让市民无论驾车或是步行，都可以顺利到达。

“山城步道”串起历史资源

这是一条展现重庆百年党史的步道，串联起大礼堂、文化宫、体育场等重要建筑，沿线分布周公馆、跳伞塔、潘文华公馆等大批文保单位。

每到周末，不少市民纷纷来西南大区步道“打卡”。走在其间，置身于众多历史遗址和文物建筑中，市民仿佛与历史对话，百年党史中的许多鲜活画面不禁浮现在眼前。

西南大区步道整体提升也是《计划》的一部分。根据丰富慢行系统“毛细血管”，打造“山城步道”特色品牌，到2022年，各区县山城步道串联成网，叫响“山城步道”城市品牌的部署，目前，西南大区步道已整治提升完成约10.3公里，包括主线3公里，支线曾家岩临崖步道一期、枣子岚垭步道、张家花园巷等步道共7.3公里。

像这样依山傍水的步道，重庆还有很多。2019年至2022年中心城区已规划建设17条约353公里的山城步道，截至去年，半山崖线步道、重钢步道等16条已开工，歌乐山步道、沙磁步道等约172公里已建成。

2021年3月3日，红岩村嘉临江大桥下，市民在江北区北滨路漫行步道上休闲，沿途设置的书吧等可满足市民的差异化需求。按照规划，2019年至2022年，重庆将建设17条约353公里山城步道。截至目前，中心城区已开工鸿恩步道、重钢步道等16条步道，建设完成约172公里。张锦辉摄/视觉重庆

让城市回归绿色融入自然

2021年开春，重庆天气转暖，红梅、玉兰、海棠、山茶、美人梅等花竞相开放，山城犹如花海，美不胜收。

这得益于《计划》提出的开展城市增花添彩、增绿添园等举措。近段时

间，重庆又在原有绿色基底的基础上，丰富了花草树木的品种，特别是增加了色叶植物、开花植物的品种。

2018年，我市启动“清水绿岸”治理提升工作，建设海绵城市，提升城市水环境，切实解决黑臭水体这个“老大难”问题，还百姓水清岸绿、鱼翔浅底的景象。

到2020年底，20条河流累计建成“清水绿岸”河段约90公里，城市集中式饮用水水源地水质达标率常年保持100%，42个国考断面水质优良比例从85.7%提升至97.6%，优于国家考核目标2.4个百分点。

2019年，《重庆市中心城区“四山”保护提升实施方案》出台，着力将“四山”打造成“城市绿肺、市民花园”，展现“山青、水秀、林美、田良、湖净、草绿”的自然环境。

同年，《关于加强广阳岛片区规划管理的决定》出台，为广阳岛开发立下“规矩”。今年1月，生态环境部公布第四批“绿水青山就是金山银山”实践35个创新基地名单，广阳岛名列其中。

《计划》提到，“力争到2022年，中心城区建成区绿化覆盖率达45%”。重庆离目标实现已越来越近。

“水陆空”立体出行方便快捷

交通拥堵是大城市的“通病”，为此重庆在城市提升行动实施过程中，着力打造便捷之城、通畅之城。

重庆实施的缓堵保畅项目，切实提升了市民获得感、幸福感和安全感。2020年6月，快速路一横线歇马隧道东西干道开通，至此，快速路一横线全线建成通车；华岩隧道西延伸段主线通车，使得重庆向西发展的距离缩短，有力助推成渝地区双城经济圈建设；12月31日，曾家岩嘉陵江大桥主线通车，从渝北区兴盛大道到渝中区菜园坝车程仅10分钟，比之前少20多分钟……

缩短重庆与周边省市的距离，重庆正加快建设“米字型”高铁网络。

早上在重庆吃碗麻辣小面，中午到郑州吃烩面，不久之后将不再是句玩笑话。

2020年11月9日，渝万高铁开工。5年后，从重庆中心城区到万州，将由目前的90分钟缩短至约50分钟；重庆与西安、郑州等城市的时空距离也将进一步缩短。乘高铁从重庆中心城区出发，到西安2.5小时，到郑州4小时。

西南向的渝昆高铁于2019年开工建设，预计2025年建成；东北向的郑渝高铁郑万段（重庆段）全部隧道已实现贯通；东南向的渝湘高铁重庆至黔江段于2018年开工建设，去年重庆段全面开工建设；南向的渝贵高铁已于2018年开通……

重庆高速公路网也越织越密。截至2020年底，全市高速公路通车总里程达到3400公里，在建规模近1600公里，创历史之最，"三环十二射多联线"高速公路网络基本形成。

水运方面，长江朝天门至九龙坡段3.5米水深航道整治完工，朝天门至涪陵段4.5米水深航道整治工程开工，长江上游航运枢纽基本建成。长江、嘉陵江和乌江"一干两支"干支联动的航道体系基本形成，全市四级及以上航道达到1400公里。

航空领域，截至2020年底，重庆已建成"1+4+3"民用机场体系："1"为重庆江北国际机场；"4"为万州五桥机场、黔江武陵山机场、巫山机场、仙女山机场等4个支线机场；"3"为两江新区龙兴通用机场、永川大安通用机场和梁平通用机场等3个A1级通用机场。

另一方面，重庆构建起以航空快线为核心的国内航线网络，覆盖国内主要城市；重庆与世界建立起畅通的"空中走廊"，累计开通国际地区航线101条。

城市内部通畅，通往外部便捷，市民"水陆空"立体出行的构想正逐渐成为现实。

加快建设城乡公共充电网络和“光网重庆”

“我们村已经安装了汽车充电桩，以后就可以来这里充电，再也不用在家里拉条电线充电了。”2021年6月18日，彭水苗族土家族自治县高谷镇青山村，高山移民小区居民李敏看到小区正在安装调试充电桩，高兴地说。

充换电站等基础设施是推动新能源汽车产业发展的关键保障。近年来，重庆加强充换电、加氢等基础设施建设，加快形成以快充为主的高速公路和城乡公共充电网络。

目前，全市已形成了“一环十射”高速公路充电网络，实现了38个区县充电桩全覆盖。2020年全市新建充电桩约3500个，服务市民充电超500万车次。2021年预计全市实现272个乡村供电所充电桩全覆盖。

按照《计划》，我市还将建成“光网重庆”，光纤到户端口数达到1800万个；实现4G网络深度覆盖，基本建成全市移动物联网，建设5G基站1000个。

（郭晓静　崔曜）

创新创业环境更加优良 “近悦远来”生态日趋优化

2018年，重庆市全面贯彻中央决策部署，提出实施好“八项行动计划”，其中包括“科教兴市和人才强市行动计划”。

截至目前，重庆市已建成国家科技创新基地63个，综合科技创新水平指数和区域创新能力排名全国第七；形成教育链、人才链与产业链、创新链共生共荣的生态系统；每年有计划地遴选支持高层次人才和团队，持续营造“近悦远来”的人才氛围。

未来，如何推动科技与经济融合、教育与产业对接、人才与发展匹配，把重庆建成“创新之城”“创业之都”？连日来，重庆日报记者就此进行了走访。

2020年9月28日，重庆川仪自动化股份有限公司，产线上配备有采集生产数据的看板。由中国联通重庆市公司运用5G网络构建的物联网，为这个智能化生产车间提供技术支持。近日，重庆联通工业互联网标识解析综合行业二级节点上线，在制造协同方面，基于标识的协同管理，实现高效地在各个协同企业之间调配物料、人员及生产等。自国家顶级节点（重庆）上线运行以来，全市已累计上线15个工业互联网标识解析二级节点，累计标识注册量达到3842万个，累计解析量2852万次，接入企业节点252个，赋能重庆制造业数字化转型升级。张锦辉摄/视觉重庆

从技术引进到自主创新>>>
全社会研发经费占地区生产总值比重持续增加

生产车间里的工人寥寥无几，从生产物料进入、输送、产品质量检测到最终成品出厂，基本上都是机器自动操作。这样的生产场景在重庆川仪自动化股份有限公司（以下简称“重庆川仪”）并不鲜见。

重庆川仪是20世纪60年代国家重点布局的三大仪器仪表制造基地之一，已建成全国最大的仪器仪表生产基地。其生产的产品中，智能变送器是一种广泛应用于石油、化工、冶金、煤炭、电力等重化工行业智能生产线、用于监测相关参数的关键设备。

高精度的智能压力变送器技术含量高、制造工艺复杂、难度大，被誉为“仪器仪表行业皇冠上的明珠”。为了振兴我国民族仪表工业，重庆川仪开启了自主创新之路。2011年，重庆川仪生产的具有完全自主知识产权的智能变送器诞生。

“我们生产的PDS系列智能变送器，精准度0.04%，达到全球顶级水平，还曾荣获中国机械工业联合会‘改革开放四十周年机械工业杰出产品’称号。”重庆川仪相关负责人说。

智能变送器只是重庆川仪的多项主导产品之一。近年来，重庆川仪的主导产品市场占有率位居全国前三，保持了良好的增长态势，对保障国家装备安全发挥了重要作用。

“作为行业领军企业，我们一直把‘创新’作为立身之本、强企之道。”该负责人表示，“十四五”时期，重庆川仪将抓住成渝地区双城经济圈建设战略机遇，进一步发挥科技创新在企业创新中的引领作用，持续加大科技创新投入，力争研发投入强度达到7%~8%，聚焦工业互联网、大数据、智能化发展方向，深入推进实施企业创新驱动发展战略行动计划。

不仅仅是重庆川仪，来自市委组织部的数据显示，在科技工作方面，重庆市通过智能化引领，创新能力不断增强，创新主体加快集聚，创新园区提档升级，创新成果不断涌现，科技创新水平不断跃升。

截至目前,全社会研发经费占地区生产总值比重持续增加;建成国家科技创新基地63个;新增超声医学工程、山区桥梁及隧道工程2个国家重点实验室;累计培育科技型企业2.6万家;综合科技创新水平指数和区域创新能力排名全国第七。

聚焦“智造重镇”“智慧名城”建设>>>形成教育链、人才链和产业链、创新链共生共荣的生态系统

在工地施工现场,机器人按照计算机智能设计的结构图建造房子;工厂里,机械设备可以像人一样思考,实现智能制造;庞大的电力能源系统中,电力设备可以通过智能感知,为人们提供经济节能的供电方式……在大数据、智能化大背景下,未来的产业发展方向无疑是高科技、智能化。

“未来建筑是以工业化、信息化、智能化为基础的绿色建筑。”2021年6月24日,中国工程院院士、重庆大学钢结构工程研究中心主任周绪红在谈到未来建筑发展趋势时如是说。

“比如,有了人工智能助力,建筑结构图纸可以让电脑设计完成,更高效更精准;在高空作业、危险环境施工等情况下,我们可以让机器人去完成施工作业。”周绪红介绍,人工智能与传统建筑行业的结合将大大提高工程建造效率,降低人力投入、提高建造质量,改变传统建筑业污染重、能耗高的影响,经济、生态、环境和社会效益都将大幅提升。

近年来,周绪红带领的团队聚集了土木、机械、人工智能、自动化、计算机、数学等多领域、交叉学科的人才,取得系列创新成果,引领我国高层混合结构以及相关建造技术的发展,“高层钢-混凝土混合结构的理论、技术与工程应用”项目于2020年获国家科技进步奖一等奖。

周绪红团队的研究成果离不开政策扶持。如市教委在2019年印发了《重庆市高等学校人工智能+学科建设行动计划》,近3年累计投入1亿余元,支持重庆大学、西南大学、重庆交通大学等14所在渝研究生培养单位,

聚焦智能制造、智慧农业、智能交通、智慧医疗、智慧教育等领域立项建设30个人工智能+学科群，促进机械、电力、交通等传统优势学科与人工智能学科的交叉融合，助力“双一流”建设。

“以经济社会发展需要为导向，我市不断深化教育改革，人才培养质量、科技创新水平和社会服务能力持续增加。”市教委相关负责人说。

数据显示，“十三五”时期，重庆市累计投入40余亿元支持高校“双一流”建设，进入世界ESI学科排名前1%的学科从2016年初的9个增加到目前43个。

此外，重庆市积极将教育与产业对接、以产教融合为主攻方向构建现代职业教育体系。聚焦重庆“智造重镇”“智慧名城”建设，重庆市将专业设置紧扣产业需要，近3年新增云计算、工业机器人、现代服务业等500余个专业点，全市职业院校专业对接支柱产业率达到86%以上。无论在高等教育还是职业教育领域，都形成教育链、人才链和产业链、创新链共生共荣的生态系统。

深化改革、优化人才发展环境>>> 营造“近悦远来”的人才氛围

产业发展离不开人才、城市发展离不开人才。近年来，重庆大力实施人才强市战略，营造“近悦远来”的人才氛围。

31岁的陶璐琪是重庆大学能源互联网与智能装备重庆市协同创新中心副主任，90后的他已是博士生导师。陶璐琪是山东人，2017年从清华大学微电子学研究所博士毕业，后前往深圳工作。2018年，在师兄陈显平的邀请下，来到重庆大学。

陶璐琪回忆，之所以选择重庆，自己最看重的是相关平台。“重庆现在大力发展新材料等产业，我的研究方向正与之契合，在这里有用武之地。”

如今，陶璐琪在新型微纳米材料、功率半导体器件、多尺度理论计算与仿真领域均取得不错成果，承担了国家自然科学基金、国家重点研发计划子课题、重庆市自然科学基金等项目，在《自然·通讯》等国际重要学术期刊发

表论文30余篇。2020年，陶璐琪入选“重庆英才青年拔尖人才”。

同样30出头就当上博导的重庆医科大学附属第一医院精神科主治医师周新雨是本土培养的人才。他本硕博都就读于重医，2018年，周新雨获得“重庆市杰出青年基金”等政策支持，相关成果发表在《柳叶刀》等国际知名期刊上。去年，周新雨作为重庆市科技创新领军人才，被纳入“重庆市英才计划”。

数据最有说服力。自2018年我市科教兴市和人才强市行动计划实施以来，我市新增人才52.93万，其中省部级及以上人才项目、计划入选人才2780名，人才总量达565.12万人。

“重庆市以市委、市政府名义主办两届重庆英才大会，共集中引进优秀紧缺人才2504名、项目515个；相关系列引才活动3年引进紧缺优秀人才2.5万余名，推动人才强市建设加快推进。”市委组织部相关负责人介绍，我市坚持培养和引进相结合，2019年梳理整合市级人才项目，出台《重庆市英才计划实施办法（试行）》，近年来还出台“1+10”人才分类评价改革方案，开展职务科技成果分配改革试点等，每年有计划地遴选支持重点领域、重点产业、重点行业的高层次人才和团队。

下一步，我市还将持续深化改革、优化人才发展环境，滚动提供6万套定向配租住房支持青年人才安居；支持“双一流”建设，提升高等教育质量，深化产教融合发展，集聚更多创新要素，加快建设具有全国影响力的科技创新中心。

（李星婷　张亦筑）

坚持不懈保障和改善民生　用幸福绘就民生底色

悠悠万事，民生为重。

近年来，在重庆市委、市政府的坚强领导下，在市级相关部门和区县党委、政府的积极配合下，重庆市实施保障和改善民生行动计划，各级各部门像抓经济建设一样抓民生工作，像落实发展指标一样落实民生任务，教育、就业、社保、医疗、养老等社会事业加快发展，28项行动目标指标均已完成预期任务，人民日益增长的美好生活需要得到更好满足。

端稳就业"饭碗"　基本民生网底不断筑牢兜实

"说实话，去年（2020年）的新冠肺炎疫情，对我们高校毕业生找工作还是有一定影响。"2020年6月毕业于重庆理工大学会计信息化专业的王凡回忆，去年上半年，线下招聘活动场次大大减少，她和同学们只能在网上海量"盲投"简历，但效果并不理想。

"后来，我看到'重庆英才·职等您来'招人招才的网络直播，多个企业通过直播互动的方式进行招聘，并'屏对屏'清晰展示企业情况及岗位情况。"王凡说，她在第18期的直播中，了解到翼空间(重庆)企业孵化器股份有限公司正在招聘会计，便赶紧投递了简历，并成功入职。

就业是最大的民生。为此，我市始终坚持就业优先战略和积极就业政策，实施"劳有所得"专项行动计划，全市就业局势总体稳定，稳中有进、稳中向好。自2018年以来，全市累计实现城镇新增就业216万人，年度高校毕业生就业率均保持在93%以上，零就业家庭实现动态清零，累计帮扶78.37万名城镇登记失业人员、38.99万名城镇就业困难人员实现就业。同时，通过创业带动就业，累计发放创业担保贷款167.5亿元，扶持创业11.1万人，累计建成市级创业孵化基地102家,孵化企业1.6万户。

2021年3月24日,沙坪坝区歌乐山街道高店子社区,在失业人员免费技能培训现场,学员们认真观摩中式面点老师现场演示。此次免费技能培训歌乐山街道“我为群众办实事”的具体行动,旨在提高辖区失业人员的就业能力,拓宽就业渠道,创造更多就业创业机会。李攀摄

稳好“饭碗”也要兜牢底线。在社会兜底能力方面,我市城乡居民人均可支配收入分别达到40006元、16361元。城乡低保、特困人员救助标准逐年递增,城乡低保标准从5年前的每人每月460元、300元分别提高到620元、496元,分别增长34.78%、65.33%,城乡差距从5年前的1∶0.65缩小到1∶0.8。

同时,大力加强困难群体救助工作,城乡低保人数减少至139.66万人,城乡特困供养人员人数减至18.41万人。建立农村留守儿童和困境儿童关爱体系,4000余名孤儿、3150余名事实无人抚养儿童基本生活、医疗、教育得到保障。

此外,重庆市还统筹实施住房保障,累计提供8.25万套公租房进行配租,提供1.66万套公租房用作安置房,惠及140多万住房困难群众。完成农村危房改造近10万户。

社会事业保障水平全面提升　民生各领域透着温暖幸福

家住大渡口区九宫庙街道的廖兴碧老人每天都要到新工社区养老服务站"报到"。廖阿姨认为家门口的社区养老服务站环境好、设施好、服务态度也好，天晴下雨都有地方活动，老年生活过得很充实。

如今，像廖阿姨一样选择社区居家养老的人越来越多。市民政局相关负责人介绍，在2017年，全市有1000个社区养老服务站，近年来，我市大力实施"老有所养"专项行动计划，全市220个街道养老服务中心和2912个社区养老服务站实现全覆盖，累计开展老年助餐服务14.8万人次、助浴服务1.3万人次、助医服务32万人次。

从2019年开始，我市还实施老年人照顾服务计划和农村失能特困人员集中照护工程，398家乡镇敬老院完成提档升级改造，47家失能特困人员集中照护中心建成，实现有意愿的失能特困人员集中照护全覆盖。

教育是国之大计、党之大计，让孩子们"有学上""上好学"是民生要事，关系亿万家庭的幸福。为让每个孩子都能享有公平而有质量的教育，我市实施"幼有所育""学有所教"专项行动计划，为全市教育事业中长期发展指明方向。全市新增幼儿园494所，公办园在园幼儿占比达到50%，学前教育普惠率达到88.3%，学前三年毛入学率达到90.3%。国家义务教育发展基本均衡县（区）实现全覆盖，高中阶段教育毛入学率达到98.5%，高等教育毛入学率达到53%。主要劳动年龄人口平均受教育年限达到11.3年。

一老一小之外，病有所医同样也是关注的热点。重庆市实施"病有所医"专项行动计划，基本形成"一街一中心、一镇一院、一村一室"标准化卫生服务网络和"农村30分钟、城市15分钟"医疗服务圈。全市三级医院增加至61个，每千常住人口拥有编制床位数、执业助理医师数、注册护士数达到6.44张、2.79人、3.44人。

同时，重庆市还实施"文化体育惠民"专项行动计划，公共文化服务设施加快完善，每万人拥有文化馆站、公共图书馆、博物馆面积分别提高至309、118、228平方米，基层综合文化服务中心覆盖率达到100%。

扎实办好重点民生实事　为老百姓幸福“加码”

衣食住行看民生，一枝一叶总关情。今年（2021年）2月，我市又如期公布了“城镇老旧小区改造和社区服务提升”“发展普惠性学前教育”等15件重点民生实事，涉及百姓养老、就学、出行、住房等多个方面。

从最困难的群体入手、从最突出的问题着眼、从最具体的工作抓起。据了解，我市聚焦人民群众最关心最直接最现实的利益问题，已连续多年滚动实施好重点民生实事。自2018年以来，全市滚动实施民生实事项目29件，已完成总目标任务实现销号14件。建立民生实事广泛征求群众意见制度，广泛征求“两代表一委员”和基层干部群众意见建议。

“通过实施重点民生实事，一批群众最关心最直接最现实的利益问题得到解决，脱贫解困更加精准，农村基础设施更加完善，人居环境明显改善，文教发展更加均衡，民生网底更加密实。”市发改委相关负责人说，通过实施重点民生实事，让群众真切感受到了党员干部的亲和力，感受到了党政部门的执行力，密切了党群干群关系，提高了党和政府在人民群众心目中的形象。

民之所盼，政之所向。该负责人表示，接下来，重庆市将继续滚动实施一批重点民生实事，通过广泛征求党员群众意见，从党代表、人大代表、政协委员反映的民生诉求和广大人民群众关切的突出问题中筛选确定要重点办好的民生实事。主动公布民生实事方案、进度和实施效果，接受群众评价和监督，切实解决好人民群众最关心最直接最现实的利益问题，不断增强群众获得感。

八成财力惠民生　保障机制不断完善

民生涉及广大老百姓的根本利益，而制度建设则是能够保障民生命题顺利地发展的一个基础。

在保障机制方面，我市健全了政府投入机制，出台基本公共服务市与区县共同财政事权和支出责任划分改革方案，进一步厘清基本公共服务领域市、区县两级财政事权和支出责任。

调整完善了财政体制，在适度提高主城片区财政收入分成比例的同时，将贫困片区收入全部下放区县，保障贫困区县提供基本民生服务财力。

优化了资金分配办法，加大生态补偿力度和对农业转移人口市民化的财政支持力度。2018年以来，全市民生支出占当年一般公共预算支出的比例保持在80%以上，民生支出力度不减。

同时，我市创新城乡社区公共服务供给方式，创新打造“一门受理、协同办理”工作机制。支持社会服务机构承接社区公共服务项目，发展专业社会工作服务和社区志愿服务。全面放宽养老服务市场准入，取消养老服务机构开办许可，积极开展居家和社区养老服务改革试点。以公建民营为重点的公办养老机构改革加快推进。实施城企养老联动专项行动，鼓励企业积极参与养老服务供给。支持就业创业工作，推行“政策性+商业性”组合贷款、无抵质押物和无担保人信用贷款，解决创业初期融资难问题。

这些改变，精准对接基层所盼、民心所向，为老百姓带来更多更实在的获得感，为重庆增添“幸福底色”。

（黄乔　张莎）

后记

POSTSCRIPT

为做好庆祝中国共产党成立一百周年党史宣传报道工作，中共重庆市委党史研究室、重庆日报、重庆电视台于2020年底联合策划开展“奋斗百年路 启航新征程·寻访红色印记——庆祝建党一百周年大型全媒体报道”活动。中共重庆市委党史研究室、重庆日报、重庆电视台共同制定了采访报道方案，中共重庆市委党史研究室宣教处、征研一处、征研二处共同梳理了中国共产党成立100年来，在重庆大地上发生的重大事件、重要会议、重要人物、重大成就的采访线索。从2021年1月下旬开始，重庆日报、重庆电视台派出记者深入相关党史事件发生地、重要人物活动地，记录历史伟业、展现百年风华，全面、系统、生动、立体地展现中国共产党重庆历史发展进程、伟大成就和宝贵经验。市委党史研究室联系协调部分采访对象，组织有关专家接受采访，组织专门力量对采访报道稿件进行审核把关。至7月中旬，陆续推出特刊、专题、专访、视频等深度融媒体报道，大力营造共庆百年华诞、齐心协力开创新局的浓厚氛围，掀起庆祝建党一百周年宣传高潮。

新闻是历史的第一张草稿，历史是新闻长时段的沉淀。为更好地集中呈现这组系列报道，让大家更好地了解中国共产党在重庆的故事、领导重庆发展的故事，重庆日报收集提供所有采访报道文字稿和图片，中共重庆市委党史研究室宣教处将其汇编成《重庆红色印记寻访录》，以更好地发挥其存史、资政与育人之作用。

由于水平有限，在书稿编辑过程中难免存在不足、不当之处，恳请广大读者批评指正！

2022年3月